GAVIN EXTENCE

Libellen im Kopf

GAVIN EXTENCE

LIBELLEN IM KOPF

ROMAN

AUS DEM ENGLISCHEN
VON ALEXANDRA ERNST

blanvalet

Die Originalausgabe erschien 2015 unter dem Titel
»The Mirror World of Melody Black«
bei Hodder & Stoughton, London.

Verlagsgruppe Random House FSC® N001967

1. Auflage
Taschenbuchausgabe 2018 bei Blanvalet,
einem Unternehmen der Verlagsgruppe Random House GmbH,
Neumarkter Straße 28, 81673 München

Umschlaggestaltung: www.buerosued.de
Umschlagmotive: DigitalVision Vectors/saemilee/Getty Images;
www.buerosued.de
Redaktion: Susann Rehlein
WR · Herstellung: sam
Satz: Uhl + Massopust, Aalen
Druck und Bindung: GGP Media GmbH, Pößneck
Printed in Germany
ISBN 978-3-7341-0099-4

www.blanvalet.de

Für ACE und TOE,
wenn ihr alt genug seid.

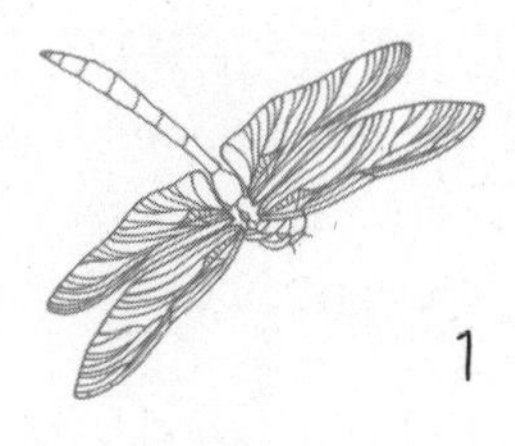

1

HINTER DEN SPIEGELN

Simons Wohnung war ein Spiegelbild unserer eigenen. Ein Schlafzimmer, ein Duschraum statt eines Badezimmers, ein Wohn-Esszimmer mit Küchenzeile, das ein Immobilienmakler in ein paar Wochen großspurig als »offen geschnitten« anbieten würde. Die Diele war eng und fensterlos, erleuchtet durch einen Deckenfluter, der konzentrische Pfützen aus Licht und Schatten auf schmucklose, gestrichene Wände warf.

Der Mangel an Dekorationsgegenständen fiel mir gleich auf, als ich über die Schwelle trat. Beck und ich waren in unserer Wohnung den entgegengesetzten Weg gegangen. Überall hingen diese kleinen Kronleuchter aus Acrylglas, die man für zehn Pfund in jedem Haushaltswarengeschäft bekam, und jeder Zentimeter Wandfläche war mit Drucken oder Fotos behängt – Landschaften und Schnappschüsse von unseren Urlaubsreisen –, außerdem mit einem halben Dutzend Spiegel in allen möglichen Formen und Größen, um Weitläufigkeit vorzutäuschen. Ich fand schon immer, dass die Art, wie jemand seine Umgebung gestaltet, Bände spricht. Die Deko bei mir würde zum Beispiel jedem auf Anhieb sagen, dass ich eine Schwäche für Kitsch habe, dass ich dazu neige, Krimskrams anzuhäufen, und dass ich von Größerem träume.

Aber was sagte Simons Wohnung über ihn aus? Oberflächlich betrachtet gar nichts. Sie war nur ein weiteres Puzzlestück in dem ganzen Rätsel. Die Diele, die vor mir lag, wies nicht ein einziges Totem auf, das einen Einblick in seine Persönlichkeit gegeben hätte. Nichts, was den skizzenhaften Eindruck, den ich von dem Mann hatte, mit Leben erfüllt hätte. Ehrlich gesagt weiß ich gar nicht, ob man das, was ich von ihm hatte, einen Eindruck nennen kann. Es war nicht so sehr Realität, sondern eher eine Fantasie, so in der Art der halbgaren Geschichten, die wir uns über die Nebenfiguren in den Daily Soaps zusammenreimen. Was Tatsachen betraf, so hätte alles, was ich über Simon wusste, auf einem Post-it Platz gehabt. Er war in den Vierzigern, lebte allein, war gepflegt, ausgesprochen höflich, hielt immer mindestens eine Armlänge Distanz, sprach ohne Akzent und hatte einen Job, bei dem er ein weißes Hemd und manchmal ein Jackett tragen musste, aber keine Krawatte. Ich hatte nie so viel Interesse an ihm gehabt, dass ich mir die Mühe gemacht hätte, herauszufinden, was für ein Job das genau war.

Ich weiß nicht, wie lange ich an der Wohnungstür stehen blieb. In meiner Erinnerung zieht sich dieser Augenblick endlos hin. Ich kam mir vor wie ein Insekt, das in Bernstein gefangen sitzt. Aber ich vermute, das war nur der Effekt einer düsteren Vorahnung, die mich befiel. Irgendwie wusste ich, was mich erwartete. Die Tür zum Wohn-Esszimmer (mit integrierter Küchenzeile) stand einen Spalt offen, und der Fernseher plärrte laut. Das, so dachte ich mir, könnte der Grund dafür gewesen sein, dass er auf mein Klopfen nicht reagiert hatte. Ich klopfte noch einmal etwas lauter an die Innenseite der Wohnungstür, dann rief ich seinen Namen, bekam aber keine Antwort. Nur das unermüdliche Geplapper aus dem Fernseher.

Weitergehen oder umkehren? Neugier und Zurückhaltung lieferten sich eine kurze, blutige Schlacht (mehr ein Geschubse und Gerangel, um die Wahrheit zu sagen), und dann brachten mich viereinhalb Schritte zu der halb offen stehenden Wohnzimmertür, wo ich mitten in der Bewegung erstarrte, den linken Arm halb erhoben und die Hand zum Klopfen leicht gekrümmt.

Simon war tot. Ich musste keinen Schritt weitergehen, um mich von dieser Tatsache zu überzeugen. Er saß in einem Sessel auf der gegenüberliegenden Seite des Zimmers, knapp drei Meter von mir entfernt, die Augen weit offen und der Rücken unnatürlich gerade und steif. Aber im Grunde genommen lag es nicht an seiner Haltung, dass ich Bescheid wusste, es war auch nicht der leere, glasige Blick, in dem sich das Flackern des Fernsehers spiegelte. Es war vielmehr ein Gefühl von Abwesenheit – und gleichzeitig die Gewissheit, dass ich der einzige Mensch in dieser Wohnung war. Ich war ein Mensch, und Simon war eine Leiche.

Mein unmittelbarer Gedanke war, dass ich eine rauchen musste, gefolgt von der Erkenntnis, dass ich die Zigaretten in meiner Handtasche hatte. Auf dem Couchtisch lag eine Packung Marlboro. Na ja, was machte es schon aus? Beck konnte es sowieso nicht leiden, wenn ich in unserer Wohnung rauchte, egal, wie weit ich meinen Kopf aus dem Fenster streckte. Simon dagegen konnte schlecht Einwände erheben. Es war eine durchaus vernünftige Reaktion auf die Situation, in der ich mich befand. Ich ging zum Couchtisch, zog eine Zigarette aus dem Päckchen – es waren noch sieben übrig – und schaute mich nach einem Feuerzeug um. Es lag keins auf dem Tisch neben dem Aschenbecher, also war der nächste logische Schritt, in Simons Hosentasche zu suchen. Das allerdings erschien mir doch ein wenig zu pietätlos. Stattdessen zündete ich die Zigarette an dem Gasherd in der Küchenzeile an, wobei ich aufpasste, dass ich mit den Haaren nicht in die Flamme geriet. Dann lehnte ich mich an die Arbeitsplatte und dachte nach.

Ich hatte schon einmal eine Leiche aus der Nähe erlebt, bei der Beerdigung meiner Großmutter, aber das war etwas völlig anderes gewesen. Die ganze Sache hatte wie eine öffentliche Aufführung gewirkt, in der alle – ich, meine Mutter, der Vikar, der Organist – eine per Drehbuch vorgegebene Rolle spielen mussten. Hier und jetzt war ich allein mit meinen Gedanken, und das vorherrschende Gefühl war ein ruhiges Verstehen. Gleichzeitig haftete der Situation auch etwas Erregendes an. Es war immer so, dass ich mich lebendiger fühlte, wenn ich rauchte – das ist ja das wundersame Paradoxon des Rauchens –, aber hier ging es darüber hinaus noch um etwas anderes. Meine Sinne waren klar und geschärft, es war wie an einem heißen Tag eiskaltes Wasser zu trinken, und ich fühlte meinen Puls bis in die Fingerspitzen. Ich nahm mir vor, Dr. Barbara bei unserem nächsten Treffen von diesem Gefühl zu berichten. Sie würde die Einzige sein, die davon erfuhr; bei anderen Menschen war die Offenlegung solcher Gefühle nicht angebracht.

Als ich die Zigarette bis zum Filter geraucht hatte, löschte ich die Kippe unter dem Wasserhahn, rieb die Spüle trocken und ging dann mit entschlossenen Schritten zu Simons Sessel. Mein Finger verharrte nur ganz kurz in der Luft, ehe ich gegen seine Wange stupste. Sein Fleisch fühlte sich nicht organisch an, sondern eher wie Gummi oder Latex, aber es war nicht so kalt, wie ich erwartet hatte. Allerdings hatten meine Erwartungen vermutlich wenig mit der Realität zu tun. Man dachte wohl immer, dass sich der Tod eiskalt anfühlen würde, aber stattdessen ähnelte er eher abgekühltem Badewasser. Oder vielleicht fühlte sich einfach allgemein dieser Abend im Londoner Spätfrühling so an.

Natürlich war weit und breit kein Telefonbuch zu sehen, und mein Handy steckte in meiner Handtasche, zusammen mit meinen Zigaretten, aber mir war so, als gäbe es eine Nummer der Polizei, die man in einem solchen Fall – der ja kein Notfall war – anrufen konnte. Ich glaubte mich zu erinnern, dass sie mit einer 1 anfing. Beck hätte sie sofort gewusst, er kam mit Zahlen viel besser zurecht als ich, aber aus irgendeinem Grund wollte ich jetzt noch nicht in unsere Wohnung zurück und alles erklären. Ich fand es wichtig, dass ich allein mit dieser Sache zurechtkam, als wäre das hier ein Test über meine Kompetenz als verantwortlich handelndes Individuum. Für Erklärungen war später noch Zeit.

Ich nahm den Hörer ab und wählte die Kombinationen mit drei Zahlen, die mit einer 1 begannen, die mir am naheliegendsten erschienen. Davon gab es nicht viele, aber trotzdem brauchte ich vier Anläufe. 111 war die Servicenummer der Gesundheitsbehörde, 100 stellte mich zu der Telefongesellschaft durch, und bei 123 kam die automatische Zeitansage. Diese Nummer kannte ich sogar, was ich aber in diesem Moment vergessen hatte. Als ich bei 101 angekommen war, trommelten meine Finger ungeduldig gegen die Wand.

Ich hätte mir eine zweite Zigarette anzünden sollen, bevor ich mich in diesen Trial-and-Error-Albtraum begab. Dann klickte es in der Leitung, und ich war mit der Polizeizentrale verbunden.

»Ich möchte eine Leiche melden«, sagte ich zu der Frau am Telefon. Eine Leiche. Das war zweifellos die korrekte Bezeichnung, die keine Fragen offenließ. Das dachte ich zumindest.

»Eine Leiche?«, wiederholte die Beamtin.

»Eine Leiche«, bestätigte ich. »Die Leiche meines Nachbarn.«

»Okay. Können Sie mir bitte Ihren Namen sagen? Und dann erzählen Sie mir, was passiert ist.«

»Mein Name ist Abby. Abigail Williams.«

»Abby oder Abigail?«

Was für eine merkwürdige Frage.

»Spielt das eine Rolle? Entweder Abby oder Abigail. Abigail steht auf meiner Geburtsurkunde. Abby, wenn Sie sich eine Silbe sparen wollen.«

Stille.

»Okay, Abby. Erzählen Sie mir, was passiert ist?«

»Da gibt es nicht viel zu erzählen. Ich kam in seine Wohnung, und er ist tot. Er ist kalt und steif.«

»Sind Sie absolut sicher, dass er tot ist?«

»Wie bitte?«

»Haben Sie seinen Puls gefühlt? Ich kann Sie über das Telefon anleiten, wenn Sie möchten.«

Ich schaute zu Simon, seinem verkrampften Hals, den schlaffen Handgelenken. Beides sah nicht gerade anziehend aus. »Er ist kalt und steif«, wiederholte ich. »Er ist offenbar schon eine ganze Weile tot.«

»Sind Sie sicher?«

»Ja doch, ich bin mir sicher!« Diese Frau war wirklich dämlich. »Er ist tot. Er hat schon seit vielen Stunden keinen Puls mehr.«

»Okay, ich weiß, dass Sie sich in einer Stresssituation befinden. Aber Sie machen das wirklich gut, Abby. Ich brauche nur noch ein paar Informationen, ehe ich jemanden zu Ihnen schicken kann. Sie sagen, der Verstorbene war Ihr Nachbar?«

»Ja, er ist mein Nachbar. War mein Nachbar. Er wohnte nebenan. Ich kam rüber, weil ich mir eine Dose Tomaten ausleihen wollte. Mein Freund kocht gerade Nudelsoße. Aber als ich reinkam, war er tot, verstorben, wie ich Ihnen bereits sagte.«

»Abby, Sie reden ziemlich schnell« – eine sehr subjektive Betrachtung –, »und ich muss Sie bitten, ein bisschen langsamer zu machen. Wie lautet der Name Ihres Nachbarn?«

»Simon …« Ich stockte und dachte nach, versuchte, mir einen an ihn adressierten Briefumschlag vorzustellen. »Simon …« Aber da war nichts, kein Bild. »Ich kann mich nicht an seinen Nachnamen erinnern«, gestand ich. »Ich kannte ihn nicht besonders gut.«

»Wissen Sie, wie alt er war?«

»In den Vierzigern. Anfang vierzig, würde ich sagen.«

Durch die Leitung hörte ich, wie sie tippte. »Und jetzt die Adresse bitte.«

»129 Askew Road, W12.«

»Okay. Ich schicke Ihnen einen Streifenwagen. Er sollte in etwa zehn Minuten da sein.«

»Super. Es gibt eine Gegensprechanlage. Sagen Sie denen, sie sollen bei Wohnung Nr. 12 klingeln, dann lasse ich sie rein.«

»Danke, Abby.«

»Keine Ursache.«

»Es ist wi…«

In dem Moment, in dem ich auflegte, wurde mir klar, dass sie noch etwas gesagt hatte. Jetzt würde ich nie erfahren, was es war. Wichtig? Wirklich? Wirklich – was? Ich wartete noch eine halbe Zigarette, ob sie zurückrufen würde.

Sie tat es nicht.

Als ich in unsere Wohnung zurückkehrte, schwitzte Beck in der Pfanne noch immer eine einsame Zwiebel an, die mittlerweile zu einem gelblichen Brei zerfallen war. Ich stellte die Dose mit den Tomaten neben den Herd.

»Simon ist tot«, sagte ich. Anders konnte ich es nicht ausdrücken.

»Tot.« Er schaute mich an, als würde er auf die Pointe warten. »Was denn – wollte er die Dose etwa nicht kampflos aufgeben, und du hast ihn alle gemacht? Das würde zumindest erklären, wo du so lange gesteckt hast.«

Ich schmollte. »Das ist kein Scherz. Er war schon tot, als ich reinkam. Er sitzt in seinem Sessel.«

»*Tot?*«

»Tot.«

»Wie jetzt – richtig tot?«

»Herrgott noch mal! Was gibt's denn sonst noch? Fast tot? Ein bisschen tot? Er ist tot! Einfach nur tot. Kalt und steif.« Warum vertraute bloß niemand meinem Urteil in dieser Angelegenheit?

»Wow, das ist…« Er verstummte, senkte den Blick und runzelte die Stirn. »Ähm.«

»Was ist?«

»Du hast dir trotzdem die Tomaten genommen?«

Ich zuckte mit den Schultern. »Was macht das denn für einen Unterschied? Wir müssen etwas essen. Du kannst ohne Tomaten nun mal keine Tomatensoße machen.«

»Na ja … stimmt schon, da hast du recht.« Wieder eine bedeutungsschwangere Pause. »Ist alles klar bei dir?«

Aus irgendeinem Grund ärgerte mich diese Frage. »Natürlich ist alles klar. Was soll denn sein?«

»Also … ach, du weißt schon.« Er deutete vage auf die Küchenwand – oder besser gesagt durch die Wand zu Simons Wohnung, die von unserer nur durch eine etwa fünfundzwanzig Zentimeter dicke Backsteinmauer getrennt ist und durch eine dünne Schicht Fliesen an der Wand. Es war komisch, sich vorzustellen, dass er uns da drüben in seinem Sessel so nahe war.

»Mir geht's gut«, versicherte ich ihm.

Beck nickte, aber er wirkte nicht überzeugt. Der Ausdruck auf seinem Gesicht – zu bemüht neutral – verriet mir, dass er bereits über seinen nächsten Einwand nachdachte.

»Hör mal, Abby, du solltest dich ein paar Minuten hinsetzen. Du kommst mir so …«

»Wie lautet die Nummer der Polizei, die man wählen muss, wenn es kein Notfall ist?«, fragte ich.

»101«, antwortete er wie aus der Pistole geschossen.

»Richtig.«

»Ich kann anrufen, wenn du möchtest.«

»Schon erledigt. Sie müssten gleich da sein.«

»Oh. Und warum hast du dann …?«

»Weil ich wissen wollte, ob du's weißt. Ich hab's mir aber schon gedacht. Ich glaube, die Zwiebel brennt an.«

Wie die meisten Männer ist auch Beck nicht multitasking-fähig. Er wandte sich wieder der Bratpfanne zu, und ich nutzte die Gelegenheit und verzog mich in die Diele. Kurz danach klingelte es.

Ich drückte meine Nase gegen die Glasscheibe, damit ich sehen konnte, was unten auf der Straße passierte. Mein Spiegelbild wurde unscharf. Blaulicht, das aufblitzte wie ein Stroboskop. Ein Streifenwagen und ein Krankenwagen. Ich wunderte mich über den Krankenwagen. Sollte es nicht … irgendwas anderes sein? Ein Kühlwagen oder so? Vielleicht wurde meine Diagnose immer noch angezweifelt. Man sollte eine Art Kompetenztest für die Telefonzentrale der Polizei einführen. Oder vielleicht gab es den schon: Wer ihn bestand, durfte die Notrufnummer bedienen, wer durchfiel, landete bei 101.

Es dauerte noch weitere zehn Minuten, ehe sie seine Leiche abtransportierten, in einem Sack auf einer Bahre. Kurz danach klopfte die Polizei an unsere Tür. Mittlerweile war es draußen dunkel geworden, und ich goss mir ein Glas Rotwein ein. Beck kochte Tee für die anderen, für sich selbst und die beiden Polizisten – was mich als Außenseiterin dastehen ließ. Ich war nicht nur die einzige Frau, ich war auch die einzige Person, die Alkohol trank. Die Ironie dabei war, dass es doch völlig irre ist, an einem Mittwochabend um Viertel vor zehn gesüßten Tee zu trinken. Ich war immerhin die Einzige mit einem der Uhrzeit angemessenen Getränk.

Einer der Beamten nannte uns seinen und den Namen seines Kollegen, aber ich vergaß sie sofort wieder. Wachtmeister Soundso und Wachtmeister Irgendwas. Noch bevor wir uns einander fertig vorgestellt hatten, wurde ich von dem Gedanken abgelenkt, dass jede Begegnung mit der Polizei von einem fundamentalen Ungleichgewicht der Kräfte geprägt ist, angefangen damit, dass sie unsere Vornamen wussten, wir dagegen lediglich ihren Rang und ihre Nachnamen. Ich weiß noch, dass ich mich einmal mit Dr. Barbara darüber unterhielt, dass kurz nach der Jahrtausendwende die Psychiater plötzlich gemeinschaftlich entschieden, sich künftig nicht mehr mit dem Vornamen, sondern mit dem Nachnamen anreden zu lassen. Dr. Barbara behauptete, sie hätte sich diesem Trend vehement widersetzt (nicht zuletzt, weil sie keine Psychiaterin war). Sie hatte schon früh in ihrer Laufbahn begriffen, dass ihren Patienten die Gewissheit, dass sie nicht nur Ärztin, sondern auch ein Mensch war, viel bedeutete, und dass sie sich eher einer Frau Dr. Barbara anvertrauten als einer Frau Dr. Middlebrock. Aber für die Polizei kam ein derartiges Konzept wohl nicht infrage. Man konnte sich nur schwer einen Wachtmeister Peter oder Wachtmeister Timothy vorstellen – allein schon bei dem Gedanken brodelte ein unfreiwilliges Kichern in meinem Magen nach oben. Ein paar Sekunden später tauchte es aus meinem Mund auf, wo ich es rasch als Schluckauf tarnte, aber keiner der Beamten schien etwas zu bemerken.

Noch einmal musste ich in allen Einzelheiten erzählen, was vorgefallen war, woraufhin sie sich auf all die Kleinigkeiten stürzten, die ich weggelassen hatte, um die Schilderung nicht ausufern zu lassen, angefangen bei dem unerklärlichen Geruch nach Zigarettenrauch. Ob mir das aufgefallen war.

»Ach, das war ich«, stellte ich klar. »Ich habe eine Zigarette geraucht, anderthalb Zigaretten, um genau zu sein. Nachdem ich ihn gefunden hatte.«

»Das hätten Sie nicht tun sollen«, tadelte mich Wachtmeister Soundso. »Das ist ein potenzieller Tatort.«

»Oh. Na ja, ich habe eine gebraucht. Und Beck will nicht, dass ich hier in der Wohnung rauche.« Ich glaubte, einen Blickwechsel zwischen den Beamten zu bemerken, und so setzte ich hinzu: »Er ist kein Kontrollfreak, wenn Sie das denken. Es ist nur, na ja, Sie wissen schon, eine dieser Sachen, bei denen man Kompromisse machen muss. Ich meine, im Allgemeinen haben wir eine gute Beziehung.« Ich legte meine Hand auf Becks Bein und lächelte ihn an, um ihn zu ermuntern, mir Rückhalt zu geben. Stattdessen warf er mir einen ungläubigen Blick zu, der mich zu fragen schien, was zum Henker in mich gefahren sei. Im Nachhinein betrachtet war dieser Blick wohl begründet. Ich weiß auch nicht, woher dieser verbale Dünnpfiff kam, aber vermutlich hing er mit der Enge und der schlechten Luft hier im Zimmer zusammen. Unsere Wohnung war nicht für vier Insassen designt. Eigentlich nicht mal für einen. Beck und ich saßen auf dem Zweisitzer, und die Polizisten hatten sich Stühle vom Esstisch herangezogen. Wir hatten etwa so viel Platz, als würden wir zu viert auf einer Waschmaschine hocken. Da ist es doch kein Wunder, dass sich unser Gespräch eher wie ein Verhör anfühlte.

»Können wir noch einmal von vorne anfangen?«, verlangte Wachtmeister Irgendwas. »Was genau wollten Sie in seiner Wohnung?«

»Tomaten«, sagte ich. »Ich wollte mir eine Dose Tomaten ausleihen.« Ich hatte eigentlich geglaubt, dass ich diesen Punkt unmissverständlich klargemacht hätte.

Der Polizist nickte langsam. »Ja, ich begreife, was Sie *ursprünglich* wollten. Aber dann, warum sind Sie in die Wohnung hineingegangen? Hatten Sie irgendeinen Grund zu glauben, dass etwas nicht stimmte?«

»Nein, natürlich nicht.«
»Warum dann? Sie sagten, die Tür sei zu gewesen.«
»Ja, das stimmt.«
»Hat er Sie erwartet?«
»Nein.«
»Und es war auch nicht üblich, dass Sie einfach so unangekündigt bei ihm vorbeischauten?«
»Nein.« Ich verschwieg den Umstand, dass dies das allererste Mal war, dass ich überhaupt Simons Wohnung betreten hatte, dass ich den Typen kaum gekannt hatte. Die ganze Sache war ohnehin schon kompliziert genug. »Ich habe aus einem momentanen Impuls die Türklinke heruntergedrückt«, sagte ich. »Ich habe nicht wirklich gedacht, dass sich die Tür öffnen würde. Ich dachte, sie wäre verschlossen.«
»Aber sie war offen, also sind Sie hineingegangen.«
»Ja.«
»Noch so ein Impuls?«
»Ja. Mehr oder weniger. Nun ja, der Fernseher war sehr laut, und ich dachte, vielleicht hat er mich nicht klopfen gehört.«
»So ein Zufall«, sagte Wachtmeister Soundso, »dass Sie ausgerechnet heute hinübergegangen sind.«
»Ja, das dachte ich mir auch.«
Was hätte ich sonst sagen sollen?
Ich nippte an meinem Wein und wartete ab, ob noch etwas folgen würde.

»Herrgott, Abby! ›Im Allgemeinen haben wir eine gute Beziehung.‹ Was sollte das denn?«
»Klang das verrückt?«
»Oh ja, das kann man wohl sagen.«

»Oh.«

»Bist du betrunken?«

»Nein.« Nach zwei Gläsern Wein fühlte ich mich ein bisschen schwerelos, aber das musste ich Beck ja nicht auf die Nase binden. Es war nicht wichtig. »Das lag nur an der Art, wie die beiden sich Blicke zugeworfen haben. Das muss dir doch aufgefallen sein. Die haben mich nervös gemacht.«

»Sie haben sich Blicke zugeworfen, weil du ihnen gerade erzählt hattest, dass du dich hingesetzt und eine Zigarette geraucht hast – entschuldige, anderthalb Zigaretten – und zwar direkt neben einer Leiche. Als ob es das Normalste von der Welt wäre.«

Ich zuckte mit den Schultern. Was an diesem Abend war schon normal?

»Ich frage mich, was passiert ist«, sagte ich später, bereits zum wiederholten Mal. Wir saßen wieder auf dem Zweisitzer, vor uns eine leere Flasche Wein und die zweite gerade geöffnet.

»Wer weiß?«, sagte Beck. »Wie alt war er überhaupt? Vierzig? Fünfundvierzig?«

»Ja, so in etwa. Kein Alter zum Sterben.«

Das war ein ziemlich blöder Spruch, aber Beck schien es nicht zu bemerken. Er streichelte meinen Nackenansatz mit zwei Fingern.

»Ich glaube nicht, dass es ein natürlicher Tod war«, fuhr ich fort. »Es sah zwar nicht wie der Ort eines Verbrechens aus, aber trotzdem…«

»Hm.«

»Gesunde Leute um die vierzig fallen nicht einfach so tot um, richtig? An der Sache ist bestimmt mehr dran, ein Selbstmord oder so. Obwohl… na ja, man hört doch hin und wieder von einem plötzlichen Todesfall: Blutgerinnsel, Hirnblutung, Herzversagen, so etwas in der Art.«

Becks Finger massierten jetzt meine linke Schulter, unter dem Träger meines BHs, und schienen mit jeder Sekunde weiter südlich zu wandern. Was ging nur in den Köpfen der Männer vor? Wenn es auch nur ein einziges Thema gab, das ihre Aufmerksamkeit von Sex ablenken konnte, so hatte ich es noch nicht entdeckt. Ich verlagerte meine Sitzposition und lehnte mich zurück, um seine Hand in eine andere Bahn zu lenken, aber mein Manöver wurde missverstanden.

»Weißt du, mir ist momentan nicht nach Sex zumute«, sagte ich also.

»Oh.« Sein Gesichtsausdruck war eine Mischung aus Verwirrung und Enttäuschung, gespickt mit einem Hauch Empörung, als ob ich ihm seit einer Stunde eindeutige Avancen gemacht hätte. »Wegen Simon?«

»Nun ja, teilweise«, log ich.

»Ich dachte, es ginge dir gut.«

Ich zögerte, nur ganz kurz.

»Nein, natürlich geht es dir nicht gut. Du bist…«

»Doch, bei mir ist alles klar«, versicherte ich ihm. »Das ist nicht der Grund.«

Was war der Grund? Ich wusste es nicht. Sex war ja nun kein so abwegiger Vorschlag. Wir hatten etwas getrunken, und es war Mittwochabend. Nicht, dass wir bereits in dem Stadium angekommen waren, wo wir Sex planen mussten. Aber er war auch nicht mehr ganz und gar spontan. Mittwochs schien es einfach nur besonders gut zu passen. Wir waren stillschweigend übereingekommen, dass wir nicht unseren ganzen Sex auf das Wochenende legen wollten.

»Ich bin ein bisschen verwirrt«, sagte Beck. »Simon ist tot, und das hat dir … ähm, die Lust auf Sex genommen? Aber nicht die Lust auf seine Tomaten?«

Ich sagte nichts.

Beck schaute mich ein paar Sekunden lang ernst an, dann nahm er meine Hand und sagte: »Also, wenn du dich dann besser fühlst, können wir eine Schweigeminute einlegen, bevor wir anfangen.«

Ich musste unwillkürlich grinsen, was natürlich seine Absicht gewesen war. Er versuchte, mir dabei zu helfen, mit der Sache auf meine Art zurechtzukommen, wie wenig er diese Art auch verstand.

»Oder danach. Oder währenddessen. Such's dir aus.«

Ich verdrehte die Augen. »Natürlich werden wir *währenddessen* schweigen. Wir sind doch Engländer.«

»Ich erlaube dir auch, danach eine Zigarette zu rauchen. Im Bett. Ich werde mal ausnahmsweise nicht den Kontrollfreak raushängen lassen.«

Ich gebe es nicht gerne zu, aber damit hatte er mich.

Der Sex erwies sich als überraschend gut, wenn auch ein wenig seltsam. Nicht der Sex an sich war seltsam, im Gegenteil, er war völlig normal: fünfzehn Minuten Vorspiel, gefolgt von fünf Minuten Missionarsstellung. Seltsam war eher meine Reaktion auf den Sex. Anfangs rasten meine Gedanken wild durcheinander. Ich dachte an das Outfit, das ich mir für morgen überlegt hatte, für das Interview mit Miranda Frost, und überprüfte noch einmal das Spiegelbild, das ich mental von mir abgespeichert hatte. Kühl, ruhig, klar. Dann dachte ich an Simon, wie sich sein Fleisch an meinem Finger angefühlt hatte. Teigig und schwammig. Und in diesem Augenblick veränderte sich etwas. Ich driftete aus der Realität weg.

Ich war körperlos, schwebte über mir, als ob ich eine künstlerische Einstellung in einem ansonsten mies abgedrehten Pornostreifen betrachten würde.

Als ich zurückkehrte, war alles anders, obwohl ich nicht genau wusste, warum. Vielleicht war es mir gelungen, mir genau die richtige Menge Alkohol einzuflößen – genug, um zu entspannen, aber nicht so viel, um gefühllos zu werden. Vielleicht erlebte auch meine Libido ihre Renaissance, nach so vielen Monaten im freien Fall. Vielleicht war es der Gedanke an Simon. Jedenfalls empfand ich in diesem Moment ein spontanes Glücksgefühl darüber, am Leben zu sein, warm und beweglich. Wie auch immer, ich kam sehr schnell, und nach einer relativ langen Phase mit mittelmäßigem Sex fühlte es sich an wie das längst überfällige Ablassen eines Überdruckventils.

»Ich bin froh, dass du mich überredet hast«, sagte ich zu Beck, als ich mit dem Kopf auf seiner Brust dalag. Er strich mit der Hand über meinen Rücken und meinen Hintern, sagte aber nichts. Als ich ihn noch einmal ansprach, war er erwartungsgemäß eingeschlafen.

Ich aber war wach. Hellwach.

Ich legte mich neben ihn und rauchte eine Zigarette. Dann eine zweite. Dann lag ich einfach nur im Dunkeln und wartete darauf, dass mein Geist den Betrieb einstellte. Nach einer Weile wünschte ich, ich hätte die Nachttischlampe angelassen. Dann hätte ich wenigstens lesen können.

Unser Schlafzimmer war ein Nicht-genug-Zimmer. Die Vorhänge waren nicht dicht genug gewebt, um das Licht der Straßenlaternen auszusperren, und die Doppelverglasung der Fenster war nicht gut genug in die Rahmen eingesetzt, um den Straßenlärm Londons abzuhalten. Außerdem wurde es im Sommer ziemlich warm hier drin. Wenn ich jemals ein Schlafzimmer designen müsste, würde ich es so kühl und dunkel und still machen wie auf dem Grund des Meeres.

Um 1.37 Uhr gestand ich meine Niederlage ein und stieg aus dem Bett. Mit der Geräuschlosigkeit eines Einbrechers zog ich die Schlafzimmertür auf und schloss sie wieder. Dann schaltete ich das Wohnzimmerlicht an und goss mir ein Glas Wasser ein. Ich hatte Lust auf Kaffee, machte mir zu diesem Zeitpunkt aber immer noch Hoffnungen, dass ich vor dem Morgengrauen müde werden würde.

Trotz allem, trotz der Tatsache, dass ich in etwa sechs Stunden ausgeruht und wie aus dem Ei gepellt bei Miranda Frost auftauchen musste, war es irgendwie interessant, mitten in der Nacht wach zu sein, allein und aus keinem besonderen Grund. Die Wohnung kam mir fremd vor, so wie sich ein Heim anfühlt, wenn man die Weihnachtsdekoration abgenommen hat oder aus einem langen Urlaub zurückkehrt. Es schien nicht mehr dieselbe Wohnung zu sein, die ich vorhin verlassen hatte, um eine Dose Tomaten zu holen. Es war, als ob Simons Tod das Tor zu einer leicht veränderten Realität geöffnet hätte. Mir wurde klar, dass ich mehr als alles andere wieder nebenan sein wollte. Ich wollte still und reglos in dieser leeren Wohnung sitzen. Aber als ich mich hinausschlich, fand ich die Tür verschlossen vor.

Also öffnete ich stattdessen ein Fenster in unserem Wohnzimmer, lehnte mich so weit wie möglich nach draußen und rauchte. Hin und wieder fuhr unten auf der Straße ein Taxi vorbei, sonst war niemand unterwegs. Die Häuser gegenüber waren dunkel. Kein Licht war an. Es war eine gleichförmige, anonyme Front aus Backstein. Jedes Gebäude verschmolz mit dem danebenliegenden. Ich zog den warmen Rauch in meine Lungen, gepaart mit der kalten Nachtluft, und fragte mich, wie viele einsame Tode in London an einem durchschnittlichen Mittwochabend vorkamen. Und wie viele dieser Tode plötzlich und unerklärlich waren. Etliche, kein Zweifel. Auf jeden Fall genug, um aus Simons Ableben nur eine Zahl in einer Statistik zu machen. Nicht genug, um im *Evening Standard* Erwähnung zu finden. Anders wäre es, wenn ich nicht in London leben würde. In anderen Teilen des Landes, wo die Leute nicht so dicht wie in einer Legebatterie aufeinanderhockten, wäre es einfacher zu trauern, wenn ein Nachbar starb. In anderen Teilen der Welt würde niemand mit der Wimper zucken – und schon gar nicht die Augenbrauen hochziehen –, wenn man einfach nach nebenan ging und um eine Dose Tomaten bat. Aber hier, in einer Stadt mit acht Millionen Einwohnern, vermittelte man mir das Gefühl, dass diese Handlung Simons überraschenden Tod erst ausgelöst hatte. Es war, als ob ich eine der wichtigsten Regeln des Lebens in einer modernen Großstadt gebrochen hatte und jetzt die Konsequenzen dafür tragen musste. Vielleicht hätte ich das Wachtmeister Soundso sagen sollen: An meinem Besuch in Simons Wohnung war nichts Zufälliges. Hier ging es um Ursache und Wirkung.

Meine Gedanken drehten sich im Kreis. Ich zog mich vom Fenster zurück und versuchte es eine Weile mit Lesen. Als ich mich auch darauf nicht konzentrieren konnte, klappte ich mein Notebook auf und checkte meine E-Mails. Ich hatte nur eine neue Nachricht, von meiner Schwester. Sie wollte sich vergewissern, dass ich mich nicht vor dem Familienessen Ende diesen Monats drücken würde. Ich schickte ihr eine Antwort, in der ich ihr versicherte, dass ich bereits eine Liste von guten Ausreden anlegte. Danach stöberte ich eine Weile auf meiner Google-Homepage. Der Spruch des Tages stammte von Einstein: »Der Unterschied zwischen Genie und Dummheit ist, dass Genie seine Grenzen hat.« Das Wetter morgen war grau in grau. Einem Impuls folgend tippte ich »Empfindungslosigkeit Tod« ein und verbrachte die nächsten fünfzehn Minuten damit, einen Psychotest zu absolvieren und dann einen Beitrag über einen Mann zu lesen, der nichts gefühlt hatte, als seine Mutter bei einem Autounfall ums Leben kam. Ich klickte mich durch einen Link nach dem anderen, folgte einer willkürlichen Spur durch den Cyberspace, ohne ein Ziel vor Augen.

Und dabei stolperte ich über den Affenkreis.

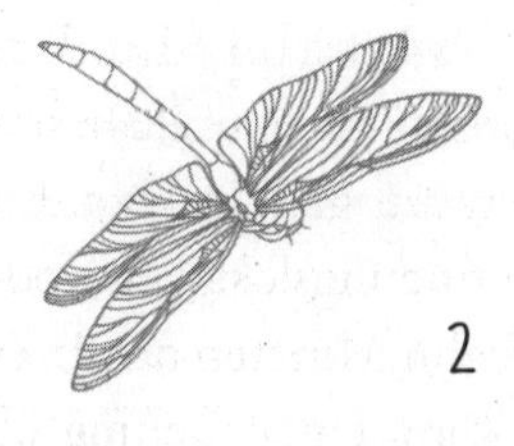

2

DER STURM

Ich wachte auf, über der Armlehne des Zweisitzers hängend, die Wirbelsäule wie ein Korkenzieher verdreht. Ich hatte kaum mehr als zwei Stunden geschlafen, aber die Muskeln in meinem Lendenwirbelbereich waren hart wie Stein, und in meinem Kopf waberte dicker, trüber Nebel, durch den verschwommene Gestalten geisterten: Simon, flach auf einer Bahre liegend, die Polizisten, die sich verschwörerische Blicke zuwarfen, Miranda Frost, die mich in einem Haus in Highbury erwartete.

Scheiße.

Ich fuhr hoch und schaute auf die Uhr. 7.48 Uhr. Warum hatte Beck mich nicht geweckt? Die Absicht, jemand anderen für meinen Fehler verantwortlich zu machen, löste sich in Wohlgefallen auf, als mir einfiel, dass Beck immer wie ein Toter schlief und angesichts der lächerlich kurzen Zeit, die er brauchte, um sich morgens fertig zu machen, sein Wecker erst um acht Uhr klingeln würde. Meiner hätte um zwanzig vor sieben losgehen müssen. Ich kramte mein Handy hervor. Es *hatte* um zwanzig vor sieben geklingelt, war aber auf stumm gestellt.

Wie lange würde ich brauchen, um quer durch die Innenstadt zu kommen? Ein zehnminütiger strammer Marsch zu Shepherd's Bush Market, fünfundzwanzig Minuten bis nach King's Cross, dann noch einmal fünf nach Highbury und Islington. Fünfzehn Minuten, in denen ich auf Züge warten und mich durch die U-Bahn-Tunnel schieben musste. Plus zehn Minuten, um das Haus zu finden. Zahlen taumelten durch meinen Kopf wie betrunkene Hochseilartisten, bis mir klar wurde, dass es zum Rechnen noch viel zu früh war. Sagen wir mal, eine Stunde. Dann blieben mir noch genau zwölf Minuten, um mich zu waschen und anzuziehen.

Duschen konnte ich mir abschminken, Frühstück und Kaffee genauso – obwohl ich Koffein noch nie so nötig hatte. Unten im Kühlschrank war noch ein Rest Speed, aber es war verrückt, das Zeug auf nüchternen Magen einzuwerfen, wegen des Magengeschwürs, das ich seit letztem Jahr hatte. Trotzdem war ich schon halb durch die Küche, ehe ich beschloss, es sein zu lassen. Speed zum Frühstück – Dr. Barbara würde einen Anfall bekommen! Zwanzig Milligramm Fluoxetin und eine Zigarette auf dem Weg zur U-Bahn würden ausreichen müssen.

Klamotten, Haare, Zähne, Make-up, Toilette: In dieser Reihenfolge sortierten sich meine Prioritäten wie Dominosteine, die schon in Schräglage geraten sind. Glücklicherweise hatte ich bereits am Vortag meine Kleidung zusammengestellt. Das Einzige, was ich ändern musste, war das Schuhwerk: Ballerinas statt High Heels. Die zusätzlichen Zentimeter hätten mir zwar nicht geschadet – so etwas schadet nie –, aber um diese Uhrzeit, mit so wenig Schlaf würden mich hohe Absätze unter Garantie geradewegs in die Notaufnahme bringen.

Nach meinem eigenen rüden Erwachen nahm ich keinerlei Rücksicht auf Beck. Ich riss die Schlafzimmertür auf, woraufhin er senkrecht in die Höhe fuhr, schnappte mir meine Sachen und raste blitzschnell ins Bad. Nachdem es mir gelungen war, mich in meine Nylons zu zwängen, war der Rest ein Kinderspiel. Eine halbe Dose Trockenshampoo und ein Haarband verliehen meiner Frisur den Anschein von Ordnung und Sauberkeit. Um Zeit zu sparen, gurgelte ich mit Mundspülung, während ich auf dem Klo saß und pinkelte. Mit der Liniensicherheit eines Comiczeichners legte ich Eyeliner und Mascara auf und spielte einen Moment lang mit dem Gedanken, meine Kontaktlinsen einzusetzen, entschied dann aber, dass meine Brille mit den großen Gläsern und dem breiten schwarzen Gestell die bessere Wahl war. Beck behauptete immer, dass ich damit sexy und gelehrt aussah, und ich hegte die Hoffnung, dass Miranda Frost wenigstens einen Teil davon zu schätzen wusste.

In einer Wolke aus Body Spray sauste ich aus dem Bad und hörte, wie Beck durch die offene Schlafzimmertür irgendetwas Langatmiges und – soweit ich das mitbekam – Sinnloses von sich gab. Ich konnte nicht warten, bis er zum Ende kam, ich musste ihm ins Wort fallen und entschied mich zu einer knappen Schilderung meiner Misere.

»Liebling, ich bin schrecklich spät dran. Hab verschlafen, auf dem Sofa, frag nicht! Ich muss los. Bitte steh nicht auf und sprich mich nicht an. Du hältst mich bloß auf.«

»Oh. Verstehe. Na, ich hoffe, es …«

Den Rest hörte ich nicht mehr. Ich packte meine Tasche, mein Handy und meine Zigaretten. Ein flüchtiger Blick aus dem Fenster zeigte mir, dass es nieselte, aber ein Schirm war nun wirklich zu umständlich. Drei Stufen auf einmal nehmend, hetzte ich die Treppe hinunter und trat hinaus in den Rushhour-Regen.

Als ich den flaschenhalsschmalen Zugang zur U-Bahn-Station Shepherd's Bush Market erreicht hatte, war ich nass bis auf die Knochen. Es war dieser verdammte, trügerische Regen, der wie Morgennebel daherkommt und einen dabei sozusagen mit seiner Beharrlichkeit tränkt. Während des Laufens zu rauchen, stellte eine logistische Herausforderung erster Güte dar, und in der U-Bahn ging es zu wie in Dantes fünftem Höllenkreis – das ist derjenige, der für die zornigen und mürrischen Zeitgenossen reserviert ist. Der Wagen, in den ich einstieg, war voll und wurde an jeder der folgenden elf Haltestellen immer voller. Eine halbe Stunde lang stand ich in meinem eigenen Saft.

Als ich in King's Cross umstieg, war Marie Martin überall – auf den Gleisen, in den Tunneln, in jedem dritten Rolltreppenpaneel. Sie wirkte überrascht, was sonst, natürlich weichgezeichnet, in Schwarz-Weiß, mit Haaren, so dunkel wie der Tod, und einem Schmollmund, der Männer zum Schmelzen brachte. Um genau zu sein, sah sie aus, als ob sie auch herrlich riechen würde, als würde sich dieser Geruch durch eine geheimnisvolle Foto-Alchemie verbreiten. Vielleicht lag es an den winzigen, glitzernden Schweißperlchen auf ihrer Oberlippe. Vielleicht zog ich auch nur einen instinktiven Vergleich, bei dem ich nicht besonders gut abschnitt. Ich roch alles andere als herrlich. Eine Mischung aus billigem Körperspray und nassen Nylons.

Marie Martin: Séduction.

Abigail Williams: Schweißfeucht.

Ich hoffte inständig, dass ich feucht roch wie etwa der Regenwald am Amazonas.

Am liebsten hätte ich meiner Schwester eine SMS geschickt, um meine schlechte Laune bei ihr abzuladen. Oder meinem Vater, um ihm zu sagen, dass er ein oberflächliches Arschloch war. Aber ich hatte weder für das eine noch für das andere Zeit.

Um 9.07 Uhr tauchte ich aus den Tiefen der Highbury and Islington-Station auf und rannte den Rest des Weges zu Miranda Frosts Haus, eine Zigarette in der einen Hand und mein Handy mit Google Maps in der anderen. Als ich um 9.14 Uhr ankam, war aus dem hohlen Hungergefühl in meinem Magen ein stechender Schmerz geworden.

»Ah, Miss Williams.« Miranda Frost blickte auf die Armbanduhr, die sie nicht trug. »Ich freue mich, dass Sie es einrichten konnten. Sie sind doch Miss Williams, nicht wahr?«

»Ähm, ja. Abby. Hallo. Tut mir leid – es war nicht ganz einfach, herzukommen.« Ich wedelte vage mit der Hand in den Himmel, um meine Aussage zu untermauern. »Ich hätte anrufen können, aber … na ja, ich habe Ihre Nummer nicht.«

»Ich habe Ihnen meine Nummer nicht gegeben.«

»Nein.«

»Der Fehler liegt also bei mir?«

Niemals klein beigeben, wenn man sich einmal für eine Ausrede entschieden hat. »Ja. Unbestreitbar.«

Miranda Frost lächelte nicht. »Sie kommen besser herein. Ich habe nicht den ganzen Vormittag Zeit. Ich beabsichtige, um zehn Uhr am Schreibtisch zu sitzen. Schuhe aus, wenn ich bitten darf.«

Es war unbestreitbar eine Wohnung, hatte aber mit dem Schuhkarton, in dem ich hauste, nichts gemein. Die Wohnung umfasste zwei Stockwerke eines Stadthauses aus dem frühen neunzehnten Jahrhundert, das die Highbury Fields überblickte. Es gab einen Garten hinter dem Haus und Fenster, die größer waren als der Grundriss unserer Küche, während Miranda Frosts Küche größer war als unsere ganze Wohnung. Die Vermutung, dass unser beider Behausungen letztlich in dieselbe Kategorie fielen, war nahezu absurd: Zu behaupten, Miranda Frost und ich lebten beide in Wohnungen, war dasselbe, als würde man behaupten, John Lennon und Ringo Starr wären beide gefeierte Songwriter.

»Sie haben ein hübsches Zuhause«, bemerkte ich.

»Das ist nicht mein Zuhause, Miss Williams. Es gehört einer Freundin. Ich wohne hier, wenn ich in London bin, was so selten wie möglich vorkommt. Ich könnte mir eine solche Wohnung nicht leisten. Ich bin Dichterin, keine Anwältin.«

»Oh.« Die Stille war bleischwer. »Was ist mit Ihrer Freundin? Was macht sie?«

»Sie ist Anwältin.«

»Ach so.«

Ich machte mich an meiner Tasche zu schaffen.

»Wären Sie damit einverstanden, wenn ich das Gespräch aufzeichne? Das ist zeitsparender.«

»Was immer Ihnen praktisch erscheint.«

Ich griff in das Seitenfach meiner Handtasche, wobei die Hälfte des Tascheninhalts über den Küchentisch kullerte – Zigaretten, Lippenstift, ein Tampon. »Scheiße! Tschuldigung, ich habe nicht viel geschlafen. Mein Koordinationsvermögen ist heute Morgen nicht das beste.«

»Offensichtlich. Ist das vielleicht der Grund, warum es Ihnen so schwergefallen ist, hierher zu finden?«

»Ja.« So, wie die Dinge lagen, hatte es keinen Sinn zu leugnen. »Aber es war nicht gänzlich meine Schuld«, setzte ich hinzu.

Miranda Frost zuckte mit den Schultern. »Es steht mir nicht zu, Ihre Professionalität infrage zu stellen. Sie sind jung. Sie führen zweifellos ein faszinierendes Leben. Soll ich Ihnen vielleicht einen starken Kaffee kochen?«

Ich beschloss, dieses Angebot ernst zu nehmen, obwohl ihr Mienenspiel eindeutig davon abriet. »Ja, danke. Das wäre sehr liebenswürdig.«

Sie schaute mich sekundenlang wortlos an. Dann glaubte ich, das Aufflackern eines Lächelns über ihre Miene huschen zu sehen. Aber vermutlich war das eine Halluzination. »Also schön. Es wäre ja auch zu ärgerlich, wenn dieser Morgen zu rein gar nichts nutze gewesen wäre.«

Als sie mit der Kaffeekanne zurückkehrte, hatte ich in Gedanken schon mit dem Entwurf angefangen.

Wir sitzen in der ~~palastähnlichen~~ großzügigen Küche eines Stadthauses in Highbury. Miranda Frost, 52 (überprüfen!), trägt eine Strickjacke aus Kaschmir und einen Faltenrock. Wenn sie spricht, dann liegt dieselbe klare und ungeschönte Präzision in ihrer Stimme, für die ihre Dichtkunst berühmt ist. Sie kocht einen grottenschlechten Kaffee und ist noch zickiger, als man gemeinhin behauptet.

»Mhm, Koffein! Danke, Miranda. Darf ich Sie Miranda nennen?«

»Sie haben noch dreiunddreißig Minuten, Miss Williams. Es liegt an Ihnen, wie Sie die verbleibende Zeit verbringen wollen, aber ich schlage vor, dass wir die Liebenswürdigkeiten beiseitelassen und zur Sache kommen.«

Ich lächelte durch zusammengepresste Zähne. »Ja, kommen wir zur Sache. Nur noch einen Moment.«

Der Regen hatte meine Tasche durchnässt, und die Seiten meines Notizbuchs waren mit Feuchtigkeit vollgesogen. Wo einmal meine Fragen gestanden hatten, schwamm nun ein nicht schiffbares Meer aus blauer Tinte. Ich beschloss, erst mal Zeit zu schinden und dann zu improvisieren. »Hätten Sie etwas dagegen, wenn ich ein wenig abseits der Spur anfange?«

Sie nippte an ihrem Kaffee. »Ich habe nichts anderes von Ihnen erwartet.«

»Okay … Also, Sie leben sehr zurückgezogen, haben sozusagen eine Passion für Privatsphäre.«

»Ist das eine Frage oder eine Behauptung?«

»Eine Behauptung.«

»Und eine Alliteration.«

»Ja, mag sein. Aber auch die haben manchmal ihre Berechtigung.«

»Bei Shakespeare, ja. Aber nicht in der seriösen Berichterstattung, Miss Williams.«

»Na gut. Also, das ist gar nicht so weit von dem weg, worauf ich eigentlich hinauswollte. Sie geben so gut wie keine Interviews. Ihr letztes war glaube ich 2010 für *The Culture Show*.«

»Korrekt.«

»Also, ähm, die Frage, die sich mir stellt, lautet – nur aus reiner Neugier – warum jetzt? Nein, streichen Sie das. Nicht warum jetzt. Warum ich? Ich meine, ich bin nicht gerade *The Culture Show*.«

So unbeholfen und tapsig meine Worte auch klangen, war es doch das erste Mal, dass etwas, das ich sagte, Miranda Frost zu gefallen schien. Das Lächeln blitzte wieder auf.

»Es war Ihr Name, Abigail. Sonst nichts. Ihr Name belustigte mich, also entschloss ich mich, Ihre E-Mail nicht zu löschen. Ich vermute, Ihnen ist Ihre literarische Namensvetterin bekannt. Salem? Die Hure in *Hexenjagd*?«

»Seit ich fünfzehn war. Wir haben das Stück in der Schule gelesen. Sie haben ein gutes Namensgedächtnis.«

»Nur in der Literatur. Aus Prinzip.«

»Den meisten Leuten entgeht die Namensgleichheit.«

»Wie vermutlich auch Ihren Eltern, richtig?«

»Ja. Meine Mum liest zwar ein bisschen, aber nicht regelmäßig. Und mein Dad verabscheut Kultur in jeglicher Form. Er ist in der Werbung. Ich glaube nicht, dass er meine Mutter jemals ins Theater ausgeführt hat.«

»Aha, ›ausgeführt hat‹. Vergangenheitsform. Sie leben getrennt?«

»Geschieden.« Mir war natürlich klar, dass es Miranda Frost irgendwie gelungen war, den Spieß umzudrehen, dass nun sie die Fragen stellte. Aber wenigstens taute sie ein wenig auf. Ich fand, dass ich nichts zu verlieren hatte, und redete weiter. »Mein Dad hat uns wegen seiner Sekretärin verlassen – das größte aller Klischees. Im Augenblick zappelt er am Haken eines französischen Parfüm-Models, ganze vier Jahre älter als ich.«

»Ein Parfüm-Model? Wie geht denn das?«

»Das ist ein Model in einer Parfümwerbung. Marie Martin. *Séduction*. Sie hängt überall in der U-Bahn, wenn es Sie interessiert.«

»Ich würde nicht mal mit der U-Bahn fahren, wenn Sie

mir eine geladene Pistole an den Kopf halten würden. Wie alt waren Sie, als er Ihre Mutter verließ?«

»Vierzehn.«

»Und Ihre Mutter?«

»Fünfundvierzig.«

»Aha, ein tödliches Alter. Mein Mann hat mich verlassen, als ich vierundvierzig war. Als ich vierunddreißig war, hat er Yeats für mich zitiert. Sie haben Yeats gelesen?«

»Ja, sicher.«

»*Wie viele liebten dich im heitren Licht*
Und, weil du schön warst, sahn dich mit Begier,
Doch einer liebt' das Pilgerherz in dir,
Die Trauer in dem wechselnden Gesicht.
Verlogener Dreckskerl.«

»Yeats?«

»Mein Exmann. Aber ja, auch Yeats, da bin ich mir sicher. Sie wissen doch, wie Männer sind, oder? Wenn nicht, nehmen Sie sich die Zeit, es herauszufinden. Sie denken alle mit ihren Pimmeln, mehr oder weniger.«

»Ja, richtig, ihre Pimmel …«

Miranda Frost zuckte mit den Schultern. »Heutzutage bevorzuge ich diesen Ausdruck. Männer nennen ihn Schwanz oder Lümmel oder Rute oder Liebesmuskel oder was für eine lächerliche Bezeichnung sie sich auch immer ausdenken, aber wir Frauen müssen da nicht mitmachen. Männer legen viel zu viel Wert auf ihre Pimmel.«

Ich nickte. Gegen diese Analyse war nichts einzuwenden.

»Gott sei Dank ist Lesbentum nichts, wofür man sich entscheiden kann, wie uns die Fundamentalisten glauben machen wollen. Denn dann wäre die menschliche Rasse längst ausgestorben.«

»Haben Sie etwas dagegen, wenn ich jetzt ein paar Fragen stelle? Über Ihre Gedichte vielleicht?«

»Ja, das sollten Sie tun.«

»Großartig.« Ich trank einen Schluck Kaffee und räusperte mich. »Ihr letzter Gedichtband war ein riesiger Erfolg bei den Kritikern. Sind Ihnen Kritiken immer noch wichtig?«

»Ja.«

Ich wartete.

Miranda Frost bedachte mich mit einem Blick, der ihrem Namen alle Ehre machte. »Was, Sie wollen noch mehr?«

»Das wäre hilfreich.«

Miranda Frosts Augen bohrten sich weiterhin in meine, eine Ewigkeit, so kam es mir vor. »Es fühlt sich gut an, wenn die Leute deine Arbeit loben, schlecht, wenn sie es nicht tun. Was gibt es da noch zu sagen? Sie könnten einem Schulkind dieselbe Frage stellen, und Sie würden dieselbe Antwort bekommen.«

»Ja, gut… Also, ist das Schreiben für Sie immer noch so aufregend wie vor dreißig Jahren?«

»Sagen Sie mal, Miss Williams, warum müssen alle Fragen immer so langweilig sein? Ich habe dergleichen schon ein Dutzend Mal beantwortet. Das steht bestimmt alles irgendwo im Internet. Glauben Sie nicht, dass Ihre Leser mal etwas anderes hören möchten?«

»Bitte verzeihen Sie. Ich hatte ein paar gute Fragen, aber…« Ich zeigte ihr mein Notizbuch. »Sie sind weggeschwommen.«

»Das sehe ich. Trotzdem, vorhin haben Sie sich gar nicht so schlecht geschlagen. Wir hatten ein recht stimulierendes Gespräch am Laufen. Ich bin sicher, dass Sie das zu einem Text verweben können.«

»Ich verkaufe dem *Observer* ein Exklusivinterview«, sagte ich. »Ich schreibe kein Essay über Männer und ihre Pimmel.«

»Also gut. Dann fragen Sie mich etwas Interessantes. Fragen Sie mich etwas, das mich überrascht.«

»Okay.« Nach meinem letzten Blick auf mein ruiniertes Notizbuch legte ich es auf den Tisch und dachte nach. »Wie gut kennen Sie Ihre Nachbarn?«, fragte ich. Miranda Frost atmete mit hörbarer Verachtung aus. »Wären Sie beispielsweise bestürzt, wenn einer von ihnen sterben würde?«

»Ich habe keine Nachbarn, Miss Williams. Ich lebe in einem Cottage meilenweit von allem entfernt. Die Einsamkeit tut mir gut.«

»Mein Nachbar ist gestern Abend gestorben«, platzte ich heraus. »Ich habe die Leiche gefunden.«

»Wie bitte?«

Es gab jetzt keinen Zweifel mehr: Sie lächelte. Zum ersten Mal, seit ich das Haus betreten hatte, zeigte sich Miranda Frost eindeutig interessiert.

»Fahren Sie fort«, sagte sie.

3

ETWAS ANDERES

Als ich heimkam, kochte ich mir einen Kaffee und hörte mir das Desaster an, zu dem sich mein Exklusivinterview mit Miranda Frost ausgeweitet hatte. Soweit ich das überblicken konnte, hatte ich nichts Brauchbares. Rein gar nichts. Ob ich ihr eine E-Mail schicken und um einen Folgetermin bitten sollte? Selbst wenn sie zustimmte, kam es mir doch ziemlich sinnlos vor. Wer wollte schon etwas über das Weib hinter den Worten wissen? Es waren die Worte, die zählten. Trotzdem, irgendetwas musste ich abliefern. Für meine Verhältnisse war dies ein lukrativer Auftrag. Ich konnte es mir nicht leisten, ihn mir entgleiten zu lassen.

Ich ackerte drei Stunden am Stück an meinem Notebook und suchte nach einem cleveren Ansatz, irgendetwas Postmodernes. *Miranda Frost häppchenweise: ein Interview, das keines ist, mit einer Frau, die Interviews hasst.* Das war eine entsetzliche Idee, die mit jedem unnötigen Wort, das ich hineinpumpte – wie eine aufgeblähte Mücke, die gleich zu blutigem Matsch zerplatzen würde –, noch entsetzlicher wurde.

Ich änderte meinen Kurs. *Mäander Frost: eine Psychoanalyse über das, was die Dichterin verschweigt.*

Das war noch um einiges schlimmer.

Ich schickte eine E-Mail an Jess vom *Observer*, um ihr zu sagen, dass ich bereits mit dem Schreiben angefangen hatte, aber ein paar Tage länger brauchte als geplant – wegen eines Todesfalls im Bekanntenkreis. Als ich das tippte, wusste ich selbst nicht, was ich von dieser Halbwahrheit halten sollte. Einerseits war sie schlau und setzte auf emotionale Manipulation. Andererseits handelte es sich lediglich um eine Art kreativen Denkens, das ich gut gebrauchen konnte, wenn ich dieses »Interview« in etwas Verwertbares umwandeln wollte.

Mittlerweile war es später Nachmittag, und heute war ich dran mit dem Abendessen. Ich ging also einkaufen, holte Eier, Brot und eingepackten Salat. Daraus zauberte ich ein angebranntes Omelette samt Beilage. Als sehr verspätetes Mittagessen genehmigte ich mir zwei Zigaretten und einen Schokoriegel. Dann setzte ich mich wieder voller Entschlossenheit an mein Notebook. Das Nächste, woran ich mich erinnern konnte, war ein Vorstellungsgespräch für einen PR-Job in Canary Warf. Das Gespräch fand im 101. Stock statt, und weil ich mich nicht um die Wäsche gekümmert hatte, musste ich mir einen Hosenanzug von meiner Schwester ausleihen, der an meinem Körper hing wie ein Kartoffelsack. An meinem Körper, der darunter – aus Gründen, die mir verborgen blieben – splitterfasernackt war.

Als ich zwanzig Minuten vor Becks Rückkehr aufwachte, fühlte ich mich dumpf und dämlich.

Das Essen servierte ich mit einem kräftigen Rioja und einer demütigen Entschuldigung, denn diese Mahlzeit hatte beides nötig. Beck machte gute Miene zum bösen Spiel, aber mir war klar, wenn dieses Essen in Erinnerung blieb, dann aus den falschen Gründen. Er verdiente wahrlich etwas Besseres nach einem Neun-Stunden-Tag im Büro und zwei elenden U-Bahn-Fahrten, obwohl er immer behauptete, er liebe seinen Job und fände die U-Bahn viel erträglicher als ich.

Beck arbeitete für ein digitales Planungsbüro in South Bank, nur ein paar Steinwürfe von Waterloo entfernt. Es war die Art von cooler Technikfirma, die sich Google zum Vorbild genommen hatte. In den Stellenanzeigen standen Sätze wie: *We work hard, we play hard.* Im Büro gab es Zimmer mit Billard- und Pingpong-Tischen, Sitzsäcken und einem Kühlschrank mit Bier – sowie dem stillschweigenden Gesetz, dass niemand diesen Kühlschrank vor 18 Uhr öffnete (es sei denn, es war Freitag oder ein heißer Sommertag). Und soweit ich wusste, gab es in dem Arbeitsbereich nirgends Trennwände. Denn gemäß dem Motto der Firma förderte das eine Atmosphäre voller Kreativität, Zusammenarbeit und gegenseitiger geistiger Befruchtung. Aber wenn man ein wenig Privatsphäre wollte, blieben einem nur die Toiletten oder der Wandschrank. Die Toiletten waren, glaube ich, nicht »offen geschnitten«. Trotzdem, jedes Mal, wenn ich über das Dasein in einem Büro nachdachte – in irgendeinem Büro –, bekam ich Angstzustände. Zwischen einundzwanzig und vierundzwanzig hatte ich es überall in der Innenstadt von London probiert, und ich litt immer noch an etwas wie posttraumatischer Belastungsstörung.

»Also, wie war sie?«, fragte Beck, während wir uns die Highlights unserer jeweiligen Arbeitstage erzählten. An diesem Punkt war das gummiartige Omelette verzehrt, die letzten Salatblätter welkten in der Folie, Wein war nachgeschenkt worden, und im Wohnzimmer stank es nach Bratfett. Sobald man die Pfanne auf den Herd stellte, konnte man sicher sein, dass sich der Geruch tagelang in unserer Wohnung halten würde.

Ich hatte ihm schon über die Höllenfahrt nach Highbury berichtet, jetzt kamen wir zu der Frau, die an der Pforte zur Unterwelt wartete und die ich mit ein paar Sätzen skizzierte: »Stell dir vor, Miss Havisham und Hannibal Lecter zeugten ein Kind der Liebe«, schloss ich, »gespielt von einer verkaterten Bette Davis.«

»Knackig. Das gefällt mir. Bis auf die Vorstellung von Hannibal Lecter beim Sex. Das Bild braucht keiner in seinem Kopf.«

»Ist mir zwischen Euston Square und Great Portland Street eingefallen. Eine von vielen Ideen, die ich leider nicht verwenden kann.«

»Stimmt.«

»Ich muss mir irgendwas aus den Fingern saugen. Ehrlich, du müsstest dir mal die Aufnahme anhören. Das ist so, als würde man nach einem Zugunglück durch die Wrackteile waten.«

»Hm. Das klingt eigentlich ziemlich interessant.«

»Es ist auch interessant. Vermutlich viel interessanter als der Quatsch, den ich letztendlich zu Papier bringen werde. Aber das ist nicht der Punkt. Das Zeug ist trotzdem nicht verwertbar.«

»Vielleicht würde dir in dieser Beziehung eine zweite Meinung helfen.«

»Hast du schon mal vom Affenkreis gehört?«

Beck starrte mich an, als würde ich plötzlich Suaheli sprechen.

»Wie steht's mit Caborns Zahl? Das ist eigentlich dasselbe, aber das Erste klingt besser. Das ist Wissenschaft«, setzte ich hinzu. »Ich dachte, du hättest vielleicht davon gehört.«

»Habe ich nicht«, versicherte mir Beck.

»Na ja, gut. Im Grundsatz geht es um Primaten. Professor Caborn ist ein Evolutionspsychologe. Er hat Affengehirne untersucht und einen Zusammenhang entdeckt zwischen der Größe des Gehirns und der Größe des sozialen Umfelds des betreffenden Affen. Paviane zum Beispiel leben in Sippen von, sagen wir mal, dreißig Affen und Schimpansen in Sippen von fünfzig und so weiter. Kannst du mir folgen?«

»Ja, je cleverer der Affe, desto mehr Affenfreunde hat er. Worauf willst du hinaus?«

»Immer mit der Ruhe.« Ich trank einen großen Schluck Wein. »Caborns Zahl ist eine theoretische Grenze. Es ist die Anzahl der sozialen Kontakte, mit der ein Affe zurechtkommt, vorbestimmt durch die Größe seines Gehirns. Oder anders formuliert, es ist die maximale Anzahl an Affen, die zusammenleben kann, ohne dass ihre Gemeinschaft instabil wird und zerbricht.«

Beck musterte mich. »Ich bin verwirrt. Was hat das mit Miranda Frost zu tun?«

»Nichts. Ich habe das Thema gewechselt oder bin abgeschweift. Wie auch immer. Das hätte ich vermutlich deutlich machen müssen. Aber lass mich fertig erzählen. Caborns Zahl trifft auch auf Menschen zu. Eigentlich glaube ich, dass es hauptsächlich um Menschen geht, die Affen hängen da bloß mit dran. Professor Caborn hat eine Grafik erstellt mit den unterschiedlichen Gehirngrößen von Affen auf der einen Achse und der durchschnittlichen Größe ihrer sozialen Gemeinschaften auf der anderen. Und ausgehend von dieser Grafik war er in der Lage, die maximale Größe abzuleiten, die eine menschliche Gemeinschaft haben sollte – oder kann –, ehe sie in Stücke bricht. Die Zahl liegt bei etwa hundertfünfzig. Menschen können bis zu einhundertfünfzig sinnvolle soziale Kontakte pflegen, aber nicht mehr. Danach … Ich weiß auch nicht. Unsere Gehirne laufen heiß oder so was in der Art. Sie wurden nicht dafür geschaffen, um mit großen Bevölkerungszahlen fertigzuwerden.«

»Unsere Gehirne laufen heiß?«

»Na ja, im übertragenen Sinne. Glaub mir, das ist seriöse Wissenschaft, untermauert durch eine Menge an Statistiken und Forschungsergebnissen. Wie groß, schätzt du, war die durchschnittliche Größe einer Sippe in der Jäger-und-Sammler-Periode?«

»Ähm – hundertfünfzig?«

»Bingo! Das Gleiche gilt für vorindustrielle Dörfer. Und weißt du, was die Amish machen, wenn ihre Gemeinschaften größer als hundertfünfzig werden?«

»Sie fangen an, sich gegenseitig zu erwürgen?«

»Nicht nötig. Ihre Gemeinschaften teilen sich auf. Das ist Vorschrift. Die Amish haben nämlich gemerkt, dass unterhalb dieser Zahl von hundertfünfzig eine Gesellschaft grundsätzlich stabil ist und funktioniert. Alle kennen einander und sind emotional verbunden. Also gibt es ein natürliches Bedürfnis, einander zu helfen, zusammenzuarbeiten und einander zu vertrauen. Erst wenn die Bevölkerung über Carbons Zahl hinausgeht, kippt die ganze Sache ins Negative. Man fühlt sich anonym in der Gruppe, und es gibt weniger Zusammengehörigkeitsgefühl. Die Moral sinkt. Die

Menschen verlieren die Fähigkeit, sich um andere in der Gemeinschaft zu kümmern. Der soziale Kitt bröckelt.«

»Okay, das ist alles sehr interessant … Und woher kommt dieses plötzliche Interesse an Evolutionspsychologie?«

Ich zuckte mit den Schultern. »Ich habe vergangene Nacht darüber gelesen, als ich nicht schlafen konnte. Ich bin im Netz darüber gestolpert, und es kam mir irgendwie passend vor. Du weißt schon, wegen Simon.«

»Simon?« Beck ließ den Namen einen Moment lang in der Luft hängen. »Hier geht es um Simon?«

»Ja. Wir wussten doch gar nichts über ihn. Er war für uns nicht wirklich eine Person, nicht im eigentlichen Sinn des Wortes, nur ein Gesicht, das wir hin und wieder im Hausflur sahen. Wir haben nur wenige Meter voneinander entfernt gelebt, aber nie etwas miteinander zu tun gehabt, und sein Tod war bloß ein leiser Misston in unserem Leben. Er hatte keinerlei emotionale Bedeutung.«

Beck zog eine Grimasse, wie Leute das machen, wenn man ihnen etwas Wahres, aber Inakzeptables sagt. Ich musste lächeln.

»Jedenfalls nicht in unserem Affenkreis.«

In dieser Nacht konnte ich wieder nicht schlafen.

Um halb eins saß ich am Computer und hämmerte mit dem Schädel gegen die Mauer, die das Miranda-Frost-Interview umgab. Ich fand einfach keinen Zugang. Alles, was mir auch nur ansatzweise relevant vorkam, löste sich nach ein paar Sätzen in Wohlgefallen auf, und alles, was mir irgendwie interessant erschien, worüber es sich zu schreiben gelohnt hätte, war irrelevant und gehörte nicht in ein Interview einer großen Wochenzeitung.

Ich fragte mich, ob es daran lag, dass ich mich nicht fokussieren konnte. Ich fischte in meinem Gehirn herum, konnte aber nichts länger als ein paar Sekunden im Netz behalten. Meine Gedanken sprangen herum wie die Nadel auf einer kaputten Schallplatte. Und die ganze Zeit lang plapperten Miranda und ich im Hintergrund weiter, die Stimmen gedämpft und blechern. Was wir sagten, hatte eine seltsame Logik, ergab ein Hin und Her wie bei einem Tennisspiel, aber keine weitergehende Bedeutung oder Realität.

Ich dachte wieder an das Speed im Kühlschrank, und wieder entschied ich mich dagegen. Vielleicht half es mir dabei, mich zu konzentrieren, aber genauso gut konnte es passieren, dass ich danach bis zum Morgengrauen an die Wand starrte und mit den Zähnen knirschte. Stattdessen trank ich ein Glas Wasser, öffnete das Fenster, so weit es ging, und zündete mir eine Zigarette an.

Der Wind frischte auf. Sein Brausen mischte sich in das Knistern des Nieselregens und erschuf einen Vorhang aus weißem Rauschen. Ich hockte auf dem Fenstersims, streckte meinen Kopf nach draußen und ließ mir die schmutzige Stadtluft um die Nase wehen. Und dann, ohne großartig darüber nachzudenken, kehrte ich zu meinem Notebook zurück und fing an, das Interview abzutippen.

Ich spielte die Aufnahme von Anfang an ab und schrieb jeden Satz auf, einen nach dem anderen. Ich veränderte nichts, kein einziges Wort, und je mehr ich schrieb, desto klarer wurde alles.

Nach ein paar Stunden war ich fast bei den geforderten zweitausend Wörtern angekommen. Jetzt musste ich nur noch erzählen, wie ich Simons Leiche gefunden hatte. Diese Stelle schmückte ich ein wenig aus, ergänzte hier und da ein wenig Drama. Dann scrollte ich den Text zum Anfang und setzte einen langen, aber passenden Titel darüber: *Etwas anderes: Miranda Frost interviewt Abigail Williams, die literarische Hure (Worte: Abigail Williams, Schmähungen: Miranda Frost).*

Gegen Viertel vor vier setzte ich mich hin und schrieb das Begleitstück zum Interview.

»Simons Wohnung war ein Spiegelbild unserer eigenen …«

Mein Geist war so klar und scharf wie eine Glasscherbe.

4

GONZO

An: jessica.pearle@observer.co.uk
Von: Abbywilliams1847@hotmail.co.uk
Gesendet: Freitag, 10. März 2013 6.48 Uhr
Betreff: MF Interview

Hi Jess,
erst mal muss ich mich entschuldigen: Der Tote, von dem ich gesprochen habe, war mein Nachbar. Er stand mir räumlich nahe, aber sonst in keinster Weise. Ich fürchte, dass ich dir diese Halbwahrheit aufgetischt habe, weil ich wegen des Interviews mit Miranda Frost ein bisschen durch den Wind war. Es lief nicht so wie geplant. Du wirst verstehen, was ich meine, wenn du den anhängenden Artikel liest.

Ebenfalls angehängt habe ich einen Begleitartikel, den ich einfach schreiben musste. Er setzt direkt dort an, wo das »Interview« aufhört. Bitte lies die beiden Texte in der richtigen Reihenfolge, ansonsten ergibt keiner von ihnen einen Sinn.

Mir ist natürlich klar, dass ich nicht das abliefere, was ich dir versprochen habe, und die beiden Artikel sind vermutlich eine Million Meilen von dem entfernt, was du erwartet hast, aber vielleicht findest du doch ein Plätzchen für sie.

Was meinst du? Kann man sie drucken?

Bitte gib mir Bescheid. Und noch einmal: Bitte verzeih mir meine kleine Notlüge.

Abby.

An: j.b.caborn@ox.ac.uk
Von: abbywilliams1847@hotmail.co.uk
Gesendet: Freitag, 10. Mai 2013 7.01 Uhr
Betreff: Mittagessen?

Sehr geehrter Professor Caborn,
mein Name ist Abigail Williams. Ich bin freischaffende Journalistin.

Aus einem merkwürdigen Zufall heraus – zu merkwürdig, um ihn an dieser Stelle näher zu erläutern – bin ich kürzlich über Ihre Forschungen bezüglich sozio-kognitiver Grenzen bei Primaten gestolpert. Ich würde Sie sehr gerne treffen und mit Ihnen über »Caborns Zahl« sprechen, mit der Absicht, einen Artikel über dieses Thema zu schreiben.

Wenn Sie eine Stunde Ihrer Zeit erübrigen könnten, würde ich gerne nach Oxford kommen und Ihnen ein paar Fragen stellen. Vielleicht kann ich Sie zum Mittagessen einladen?

Mit erwartungsvollen Grüßen

Abby Williams

An: abbywilliams1847@hotmail.co.uk
Von: jessica.pearle@observer.co.uk
Gesendet: Freitag, 10. Mai 2013 12.03 Uhr
Betreff: RE: MF Interview

Hi Abby,
ja, man kann den Artikel drucken (und wie man ihn drucken kann! Schon nach dem ersten Absatz konnte ich ihn nicht mehr aus der Hand legen!!). Aber bist du sicher, dass du ihn gedruckt haben willst? Ich frage dich als Freundin, nicht als Redakteurin. Das ist ziemlich provokant, was du da schreibst.

Ein paar Fragen, nur der guten Ordnung halber:

1. Ist das alles wahr? Es klingt wahr, aber ich muss es genau wissen, besonders was das Interview mit MF betrifft. Es ist nicht gerade schmeichelhaft. Ich will mich vergewissern, dass du dir keine künstlerischen Freiheiten genommen hast. So, wie ich dich verstanden habe, ist das ein Transkript. Kannst du mir das bitte noch einmal bestätigen? (Es ist nicht irgendein abgefahrenes Gonzo-Experiment?)

2. Ich will mich nicht anhören wie eine Schallplatte mit einem Sprung, aber hast du dir das wirklich gut überlegt? Einige der Details – in beiden Texten – sind außerordentlich intim. Das wird vielleicht ein paar Leute vor den Kopf stoßen (Deinen Vater? Deinen Freund?). Könnte es da Probleme geben? Ungeschminkte Ehrlichkeit liest sich fantastisch, aber du machst dich damit nicht unbedingt beliebt. Bist du sicher, dass du nichts ändern möchtest?

Bitte denk darüber nach, und sag mir dann Bescheid, wie ich weiter damit verfahren soll.

Jess

An: jessica.pearle@observer.co.uk
Von: abbywilliams1847@hotmail.co.uk
Gesendet: Freitag, 10. Mai 2013 13.15 Uhr
Betreff: RE: RE: MF Interview

Jess,
1. anhängend findest du die MP3-Datei. Überzeuge dich selbst, dass ich kein Wort verändert habe. Alles Weitere – z. B. »sie kocht grottenschlechten Kaffee« – ist nur meine Meinung. Das hat nichts mit »künstlerischer Freiheit« zu tun.

2. Danke für deine Fürsorge, aber entweder wird alles gedruckt oder nichts davon. Ich habe einen absolut ehrlichen Bericht über Miranda Frost abgeliefert, also kann ich jetzt schlecht die Sachen streichen, bei denen ich selbst nicht gut wegkomme. Es ist gerade die Intimität, durch die der Artikel funktioniert, wie du mir sicher zustimmen wirst. Er muss hundertprozentig authentisch sein. Beck wird mir vergeben (so schlimme Sachen schreibe ich ja gar nicht), und mein Vater gibt nicht einmal vor, meine Artikel zu lesen.

Bitte druck die Texte!

Abby

An: abbywilliams1847@hotmail.co.uk
Von: jessica.pearle@observer.co.uk
Gesendet: Freitag, 10. Mai 2013 16.22 Uhr
Betreff: RE: RE: RE: MF Interview

Abby,
ich kann dir die bereits zugesagten fünfhundert Pfund für das Interview bieten und weitere fünfhundert für den zweiten Text.

Wir würden beide im Magazin abdrucken, MF nächste Woche und Simon in der Woche drauf. Du verstehst sicher die Gründe für den zeitlichen Abstand: Sie sind zu lang, um sie hintereinander abzudrucken, und das Interview endet mit einem so wunderbaren Cliffhanger.

Bitte sag mir Bescheid, ob du damit einverstanden bist.

Jess

An: jessica.pearle@observer.co.uk
Von: abbywilliams1847@hotmail.co.uk
Gesendet: Freitag, 10. Mai 2013 16.42 Uhr
Betreff: RE: RE: RE: RE: MF Interview

Fantastisch – wenn all meine Artikel so gut bezahlt werden würden, könnte ich endlich ein Honorar verdienen, das mein Vater nicht erbärmlich findet.

A

An: abbywilliams1847@hotmail.co.uk
Von: j.b.caborn@ox.ac.uk
Gesendet: Montag, 13. Mai 2013 11.08 Uhr
Betreff: RE: Mittagessen?

Sehr geehrte Miss Williams,
obwohl ich zugeben muss, dass mich interessieren würde, von welcher Art »merkwürdigem Zufall« Sie sprechen, muss ich leider ablehnen. Meine Forschungen nehmen im Augenblick meine ganze Aufmerksamkeit und Zeit in Anspruch, und das wird mittelfristig auch so bleiben. Ich habe vor einigen Jahren etliche

Interviews über meine Arbeit gegeben und fand das ziemlich zeitraubend.

Es tut mir wirklich leid, dass ich Ihnen nicht weiterhelfen kann.

Mit freundlichen Grüßen und einer Entschuldigung.

Joseph Caborn

An: j.b.caborn@ox.ac.uk
Von: abbywilliams1847@hotmail.co.uk
Gesendet: Montag, 13. Mai 2013 11.59 Uhr
Betreff: zum Nachtisch gibt es Pudding

Sehr geehrter Professor Caborn,
ich kann gut verstehen, dass Sie einen ausgefüllten und anspruchsvollen Job haben, aber auch Wissenschaftler müssen essen, nicht wahr? Ich bitte Sie lediglich um eine Stunde Ihrer Zeit. Bitte denken Sie noch einmal darüber nach!

Mit flehenden Grüßen

Abby Williams

An: abbywilliams1847@hotmail.co.uk
Von: j.b.caborn@ox.ac.uk
Gesendet: Montag, 13. Mai 2013 13.44 Uhr
Betreff: Es gibt nichts umsonst, alles hat seinen Preis

Sehr geehrte Miss Williams,
ich bewundere Ihre Beharrlichkeit, aber meine Antwort ist immer noch dieselbe. Möglicherweise bereite ich Ihnen eine schreckliche Enttäuschung, aber meiner Erfahrung nach ist »eine

Stunde« für einen Journalisten etwas völlig anderes als für einen Wissenschaftler.

Mit kompromisslosen Grüßen

Joseph Caborn

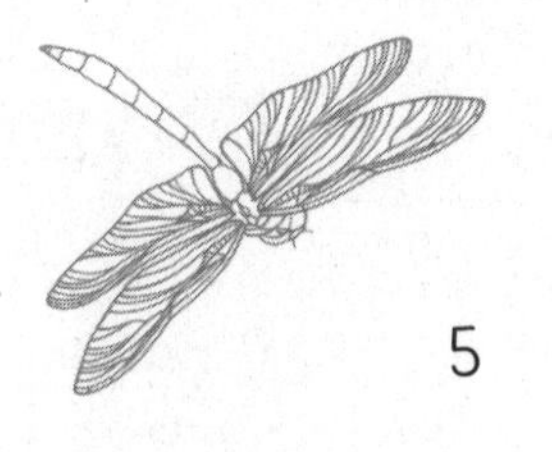

5

DR. BARBARA

»…und an diesem Punkt wache ich auf. Immer im selben Moment – wenn der Interviewer mich fragt, ob ich es mir nicht bequem machen und meinen Blazer ausziehen möchte. Ich weiß nicht, ob ihm klar ist, dass ich darunter nackt bin, und er mich nur auf den Arm nehmen will oder ob er wirklich um mein Wohlergehen besorgt ist, weil es so ein heißer Tag ist. Aber das spielt vermutlich keine Rolle, ich habe nämlich nie die Gelegenheit, es herauszufinden. Der Traum endet immer in diesem Moment. Ich wache auf, im Schlafzimmer ist es heiß und stickig, und ich bin hellwach und muss pinkeln. Das ist meistens so gegen vier Uhr morgens, und danach kann ich nicht mehr einschlafen. Ich stehe auf und lese. Obwohl, manchmal ist es umgekehrt: Ich kann abends nicht einschlafen, egal, wie sehr ich es versuche. Ich lese oder schreibe, bis ich völlig erschöpft bin, dann gelingt es mir, drei oder vier Stunden zu schlafen – höchstens. Das einzig Gute daran ist, dass ich mittlerweile eine Menge Bücher gelesen habe. *Bleak House* hatte ich in zweieinhalb Nächten durch.«

Dr. Barbara nickte nachdenklich. »Die Schlaflosigkeit sollten wir auf jeden Fall im Blick behalten.«

»Ja. Und was ist mit dem Traum?«

»Der Traum sagt mir, dass mit Ihrer Fantasie alles in Ordnung ist.«

»Bei Freud wäre es ein typischer Angst-Traum.«

Dr. Barbara lächelte und schüttelte knapp, aber resolut den Kopf. Sie hatte grundsätzlich kein Interesse an Traumdeutung. Sie hörte mir aufmerksam zu – egal, was ich ihr erzählte –, aber sie hatte ihre eigenen Regeln.

»Es gibt keine Grenzen dessen, worüber wir reden können«, sagte sie einmal zu mir, nicht lange nach unserer ersten Sitzung. »Wir reden über alles, was Ihnen wichtig erscheint. Wirklich über alles. Aber es ist ein Dialog, kein Monolog. Manchmal reden wir über das, worüber Sie reden möchten, manchmal über das, worüber ich reden will. Es ist ein Geben und Nehmen wie bei jedem sinnvollen Gespräch.«

Freud war eines der Themen, über die Dr. Barbara nicht reden wollte. Sie erklärte mir, dass jene Psychologen und Psychiater, die auch nur einen Funken Verstand besaßen, ihn als historische Kuriosität betrachteten. Es gab keinen Grund, Zeit (ihre Zeit) und Geld (das meines Vaters) mit Freud zu verschwenden.

Aber heute blieb ich stur. »Sie haben ihn doch gar nicht gelesen«, sagte ich. »Sie können doch nicht etwas abkanzeln, was Sie gar nicht kennen.«

»Natürlich kann ich das«, konterte Dr. Barbara. »Astrologie, Chakren, Numerologie. Ich weiß genug, um der Überzeugung zu sein, dass diese Themen nichts mit der Realität zu tun haben, genauso wie Freud keine Bedeutung in diesem Raum hat.«

»Ich glaube, das ist nicht der Punkt«, sagte ich. »Mir ist es egal, ob Freud recht hatte. Er ist interessant, und er konnte gut schreiben. Das reicht mir völlig. Ich lese lieber gut geschriebenen Humbug als schlecht geschriebene Tatsachen. Sie nicht auch?«

Dr. Barbara stellte immer noch dieses schmale Lächeln zur Schau. »Okay. Ich will Sie etwas fragen. Was, denken Sie, bedeutet Ihr Traum?«

»Das ist doch klar«, antwortete ich. »Schmerzlich klar. Ich habe Angst, dass ich früher oder später erwachsen werden und mir einen richtigen, anständigen Job besorgen muss, den ich hasse – wie meine Schwester. In der letzten Zeit lief es zwar nicht schlecht, aber meistens kann ich mich nur gerade so über Wasser halten. Ohne Becks Gehalt hätten wir überhaupt keine finanzielle Sicherheit, und ich hasse das Gefühl … abhängig zu sein. Aber andererseits würde ich mir wie eine Schwindlerin vorkommen, wenn ich etwas täte, das ich verabscheue, nur des Geldes wegen. Ich weiß nicht einmal genau, ob es irgendeinen regulären Job gibt, für den ich qualifiziert wäre. Das ist der Grund, warum ich unter dem Hosenanzug meiner Schwester nackt bin.«

Dr. Barbara wartete geduldig, bis ich fertig war, dann nickte sie wieder. »Okay. Wenn Sie all das wissen, warum müssen wir den Traum dann noch analysieren?«

»Ja, in dem Punkt haben Sie recht. Es hätte keinen Sinn. Es ist nur einfach eine interessantere Art, ein Problem zu betrachten.«

»Es ist eine Art, ein Problem zu verschleiern. Wenn Sie Angst haben, sollten wir darüber reden. Warum um den heißen Brei herumreden, wenn man die Dinge beim Namen nennen kann?«

Ich wusste nicht, ob das eine ehrliche Frage war oder ob mehr dahintersteckte. Vermutlich beides. So oder so, Dr. Barbara hatte recht. Es war unnötig, die Dinge komplizierter zu machen, indem man Freud auf den Plan rief.

Mein zweiter Therapeut war ein eingeschworener Freudianer gewesen. Auf seiner Visitenkarte stand: *Dr. Bryce, freudscher Analytiker*. Ich hatte eine Annonce auf der letzten Seite der *London Review of Books* gelesen und hatte mich in seine Behandlung begeben. Es war eine einzige Katastrophe. Er war belehrend und arrogant und viel weniger intelligent, als er glaubte. Er erinnerte mich an den Medizinstudenten, mit dem ich im ersten Jahr an der Universität zusammen war, ein hochtrabender Idiot, der nur *The Lancet* las und der festen Überzeugung war, George Eliot wäre ein Mann. Diese Beziehung dauerte drei Wochen; Dr. Bryce kehrte ich nach weniger als einer Stunde den Rücken.

Der Therapeut davor, mein erster Therapeut, war ein ähnlicher Reinfall gewesen. Es war eine Frau Anfang vierzig, psychologische Beraterin der nationalen Gesundheitsbehörde, die drei Tage pro Woche Patienten empfing. Ihr Behandlungszimmer war in einem schrecklichen Pastellblau gestrichen und übersät mit Zeichnungen ihrer Kinder aus den unterschiedlichsten Altersperioden. Fünf Wochen lang fand ich sie einfach nur belanglos, doch ab der sechsten Woche brachte sie in zunehmender Regelmäßigkeit die Sprache auf »hilfreiche« Medikamente. Nicht unbedingt Lithium, weil ich mich danach völlig benebelt und tranig gefühlt hatte, aber vielleicht einen dieser neueren Stimmungsstabilisierer, die weniger Nebenwirkungen hatten. An diesem Punkt angelangt, wurde mir klar, dass sie mit meinem Hausarzt unter einer Decke steckte, und ich brach die Behandlung ab.

Verglichen mit diesen Erfahrungen war Dr. Barbara ein Geschenk Gottes. Sie war weder belehrend, noch gab sie irgendwelches Pseudo-Psychogebrabbel von sich. Und sie spielte immer mit offenen Karten. Möglicherweise hätte sie meiner ersten Therapeutin zugestimmt. Ein Stimmungsstabilisierer, so sagte sie mir einmal, könnte mir tatsächlich von Nutzen sein, und zwar, weil er genau das tun würde, was er sollte: Er würde meine Stimmung stabilisieren. Aber das war nicht der Punkt. Wenn ich die Heilungsmethode schlimmer fand als die Krankheit, dann respektierte sie meine Weigerung, mich darauf einzulassen. Eines Tages könnten die Dinge anders aussehen, aber das war etwas, das ich selbst entscheiden musste.

Dr. Barbara war eine Frau mit scharfem Blick und scharfer Zunge. Sie war etwas jünger als meine Mutter und hatte stahlgraue Haare und eine geschmackvoll akademisch eingerichtete Praxis in South Kensington. An ihrer Wand hingen keine Kinderzeichnungen. Dr. Barbara hatte bereits im Alter von fünfzehn Jahren gewusst, dass sie keine Kinder haben wollte. Ihr Schreibtisch war aus dunklem Mahagoni, und darauf standen ein Drachenbaum und ein Kugelstoßpendel, dessen Verspieltheit von dem gerahmten Diplom an der Wand darüber abgemildert wurde. Allerdings saß Dr. Barbara nur äußerst selten an diesem Schreibtisch. Sie hielt ihre Sitzungen lieber in zwei Ledersesseln ab, die einander vor einem der zahlreichen Bücherregale aus Eiche gegenüberstanden.

Insgesamt besaßen die Möbel in Dr. Barbaras Praxis eine angenehme Schwere. Mir gefiel es hier. Die Routine hatte etwas Tröstliches: die gemächliche Fahrt durch die wohlhabende Innenstadt, die Sessel, der schwarze Kaffee aus dem *Caffè Nero* auf der anderen Straßenseite, alle vierzehn Tage, seit sieben Monaten. Selbst die Tatsache, dass ich meinen Vater brauchte, um die Rechnungen zu bezahlen, wurmte mich nicht mehr. Er schuldete mir das Geld. Und mir kam es auch nicht so vor, als würde er sich damit von seiner Schuld freikaufen, wie er es früher immer wieder versucht hatte. Ich sah es eher als eine Art Entschädigung, die mir von einem wohlwollenden, weisen Richter in einem kleinen, altmodischen Gerichtssaal zugesprochen worden war. Ich hatte das Gefühl, dass ich es verdiente, und Freud hätte mir sicher beigepflichtet.

»Ich habe Ihren Artikel gelesen«, sagte Dr. Barbara. »Das Interview.« Bislang war nur das Interview gedruckt worden. Simon war nächsten Sonntag dran.

»Was halten Sie davon?«, wollte ich wissen.

»Es war sehr fesselnd. Und natürlich gut geschrieben. Aber das muss ich Ihnen ja nicht sagen.«

»Danke.«

»Sie haben also eine Leiche gefunden?«

»Ja. Meinen Nachbarn.«

»Wollen Sie darüber reden?«

Ich musste nicht lange nachdenken. »Eigentlich nicht, Dr. Barbara. Es wäre mir lieber, wenn Sie den Artikel am kommenden Sonntag lesen würden. Wären Sie damit einverstanden?«

»Ja. Es ist Ihre Entscheidung. Aber …« Dr. Barbara verschränkte die Finger und bohrte ihre Zunge von innen in die linke obere Ecke ihres Mundes, so wie sie es immer tat, wenn sie über ihren nächsten Satz nachdachte. »Aber ich würde Sie bitten, mir ein paar Dinge über die beiden Artikel zu erzählen.«

»Schießen Sie los.«

Dr. Barbara trank einen Schluck von ihrem Kaffee. »Mich würde interessieren, warum es Ihnen lieber ist, ich lese Ihre Schilderung, anstatt dass Sie mir sagen, was passiert ist. Das kommt mir umständlich vor.«

Diese Frage war einfach zu beantworten. »Ich will nicht umständlich sein«, sagte ich. »Im Gegenteil: Es geht mir um Klarheit. Was ich geschrieben habe, drückt genau das aus, was ich sagen will. Es ist so perfekt wie nur irgend möglich. Alles, was ich Ihnen jetzt sagen würde, wäre nicht halb so akkurat. Es wäre nicht die ganze Wahrheit.«

»Okay. Dieses Argument leuchtet mir ein. Aber es führt auch zu meiner zweiten Frage. Ich bin sehr für Ehrlichkeit – innerhalb dieser vier Wände ist sie unabdingbar –, aber Sie haben eine breite, öffentliche Plattform gewählt, um über einige sehr private Dinge zu sprechen.«

»Meinen Vater?«

»Ihren Vater, Ihre Gedanken, Ihre Gefühle. Ist das ein guter Weg?«

»Mein Vater liest nicht, was ich schreibe. Und was meine Gedanken und Gefühle angeht, nun, ich hatte nicht vor, über mich selbst zu schreiben. Es hat sich einfach so ergeben. Das Interview hat mich regelrecht dazu gezwungen.«

»Sie können selbst entscheiden, was Sie in die Öffentlichkeit tragen.«

»Ja, das stimmt. Aber irgendwie war es eine Art Befreiung. Es hat sich richtig gut angefühlt, die Wahrheit auszusprechen, ohne sie zu verwässern. Wenn ich versucht hätte, das Interview auf irgendeine andere Art in einen Text zu fassen, hätte es nichts mit der Wirklichkeit zu tun gehabt. Und es ist mir zuwider, etwas Unehrliches zu schreiben.«

»Es gibt einen Unterschied zwischen Ehrlichkeit und dem Schreiben ohne jeglichen Rückhalt. Jeder hält irgendetwas zurück, die ganze Zeit.«

Ich zuckte mit den Schultern. »Wie ich schon sagte, es war ein befreiendes Gefühl. Außerdem glaube ich nicht, dass Miranda Frost irgendetwas zurückhält, oder wenn, dann jedenfalls nicht viel. So gesehen war die Form des Interviews vorprogrammiert.«

»Und was ist mit dem Folgeartikel? Ist es auch vorprogrammiert, dass Sie sich weiterhin in der Öffentlichkeit entblößen?«

»Sie hören sich an wie Beck. Er drückte sich allerdings etwas anders aus. Er meinte, ich würde mein Leben dramatisieren.«

»Wie kommt das bei Ihnen an?«

»Ich finde es ein bisschen unfair. Ich dramatisiere nicht. Ich schreibe über etwas Dramatisches, das sich in meinem Leben ereignet hat. Das ist ein Unterschied.«

»Ein kleiner Unterschied, könnte man behaupten.«

»Es ist ein großer Unterschied! Das Interview mit Miranda Frost ist Wort für Wort so gewesen. Es ist objektiver Journalismus in seiner reinsten Form.«

»Und der Folgeartikel?«

»Nein, der nicht. Das ist ein persönlicher Bericht. Er muss subjektiv sein, nur so wird er interessant. Aber das heißt noch lange nicht, dass ich dramatisiere. Ja, gewiss, es gibt sicher ein dramatisches Element in Sprache und Struktur, aber nur deshalb, weil ich die Erfahrung widerspiegeln wollte. Ich wollte emotionale Wahrhaftigkeit.«

Dr. Barbara wog dieses Argument eine Weile schweigend ab.

Es war mir offensichtlich nicht gelungen, mich ihr verständlich zu machen, also versuchte ich es noch einmal: »Sehen Sie es doch mal so: Wir alle haben unsere kleinen dramatischen Tricks. Sagen wir mal, Sie kommen zu spät zur Arbeit, haben den Bus verpasst oder im Stau gesteckt. Es ist unglaublich schwierig, diese Geschichte wahrheitsgetreu zu erzählen, ohne einzelne Details zu übertreiben: den Ärger, den ständigen Blick auf die Uhr, dann war da der Idiot im Auto vor einem, der telefonierte und nicht merkte, dass die Ampel auf Grün gesprungen war. Man will das Erlebte darstellen, wie es sich in dem Moment angefühlt hat. Das ist ganz normal und hat nichts mit Dramatisieren zu tun. Man malt nur aus, was einem in dem Augenblick dramatisch vorkam.«

Das waren Argumente, die ich mir für nächste Woche zurechtgelegt hatte, wenn Beck den Folgeartikel gelesen haben würde. Auch ihm hatte ich nichts verraten. Gemessen am Ergebnis dieses Testlaufs musste ich wohl noch ein bisschen an meiner Beweisführung arbeiten: Dr. Barbara blickte nach wie vor skeptisch drein.

»Ich werde mir ein Urteil verkneifen, bis ich den Artikel gelesen habe«, sagte sie.

Der Himmel verdunkelte sich. Als ich vor fünfzig Minuten Dr. Barbaras Praxis betreten hatte, waren über mir nur dünne, hohe Wolken zu sehen gewesen, aber mittlerweile war es so düster geworden, dass sie beide Stehlampen einschalten musste. Ich dachte, dass diese Sitzung mit Dr. Barbara nicht ganz meinen Erwartungen entsprach. Ein müßiger Gedanke. Dr. Barbara hatte mich schon immer herausgefordert, hatte mich dazu angeregt, meine Meinung zu hinterfragen, aber heute war es noch mal anders. Ich fühlte mich in der Defensive und irgendwie missverstanden, als ob meine Worte nicht die Wirkung zeigten, die ich beabsichtigt hatte. Aus diesem Gefühl heraus beschloss ich zu erwähnen, dass meine Libido sich wieder regte. Ich wollte ihr eine unmissverständlich gute Nachricht geben, den Beweis dafür, dass trotz allem – trotz der Streitigkeiten mit Beck, dem Angsttraum und Simons Leiche – ich mich insgesamt besser fühlte. Aber selbst jetzt war Dr. Barbaras Reaktion zurückhaltend.

»Ich finde, das ist auch etwas, das wir im Auge behalten sollten.«

»Es ist etwas Gutes«, versicherte ich ihr. »Es ist so, dass ich den Sex tatsächlich will. Ich genieße ihn, genieße ihn in vollen Zügen, und zwar zum ersten Mal seit Monaten. Ich hatte in den vergangenen vierzehn Tagen drei Orgasmen. Ich denke, das ist ein deutliches Zeichen, dass sich meine Stimmung bessert.«

Dr. Barbara runzelte die Stirn und lehnte sich in ihrem Sessel zurück, aber sie wurde nicht rot. Es war schier unmöglich, Dr. Barbara zum Erröten zu bringen. Das habe ich schon vor Monaten gemerkt. Sie wusste natürlich, dass meine Lust auf Sex das Erste war, was sich verabschiedete, wenn ich depressiv wurde. Ich habe ihr vor Weihnachten davon erzählt. Es ist so vorhersehbar wie Ebbe und Flut. Sie erwiderte, dass ich mich weniger auf die körperlichen Aspekte konzentrieren sollte und mehr auf die emotionale Nähe, die das Liebemachen vermitteln konnte. Das hätte *mich* beinahe zum Erröten gebracht; jedenfalls sackte ich ein bisschen in mich zusammen, was Dr. Barbara zu der Vermutung veranlasste, ich hätte ein »Intimitätsproblem«. (Paradoxerweise glaubte sie auch, dass ich unter einer ungesunden Sehnsucht nach romantischen Beziehungen litt, weil ich seit meinem fünfzehnten Lebensjahr nie länger als zwei Wochen ohne Partner gewesen war.) Aber das einzige Problem, das ich in diesem Moment sah, war Dr. Barbaras Wortwahl. Ich fand, eine Ärztin sollte eine Bezeichnung wie »Liebemachen« nicht verwenden. Ganz ehrlich, das war doch ein Wort, das seit der Literatur der 1950er nicht mehr verwendet wurde, und damals war seine Bedeutung ganz anders, weniger widerlich beschönigend.

Genervt dachte ich, dass es meine akribische Dokumentation von Orgasmen sein musste, die Konzentration auf das Körperliche, was Dr. Barbara jetzt die Stirn in Falten legen ließ, obwohl ihr Stirnrunzeln immer schwer zu deuten war. Es war durchaus möglich, dass sie allgemein beunruhigt war über diesen plötzlichen Stimmungswandel hin zum Positiven. Aus ihrer Perspektive war das natürlich verständlich, was es für mich aber nicht einfacher machte. Es war frustrierend, so ausgebremst zu werden und jede Emotion – selbst die positiven – als potenzielles Symptom betrachten zu müssen.

»Gibt es noch etwas, worüber Sie reden möchten, bevor wir zum Ende kommen?«, fragte Dr. Barbara.

Ich schmollte immer noch ein wenig, wollte aber gleichzeitig ihr Wohlwollen wiedergewinnen, ehe wir uns für heute trennten. Und deshalb erzählte ich ihr von dem Speed, dass es in den vergangenen vierzehn Tagen zwei Situationen gegeben hatte, in denen ich es hatte einnehmen wollen, dass ich aber jedes Mal widerstanden hatte. Es war eine gewisse Leistung, obwohl mir nach der Hälfte meiner Schilderung klar wurde, dass ich wohl kaum Lob und Anerkennung erwarten durfte. Dr. Barbaras Stirnfalten wurden tiefer, und ihre Miene verlor alle eben noch zur Schau gestellte Unverbindlichkeit. Rückblickend betrachtet war es dumm, irgendetwas anderes zu erwarten. In Sachen Drogen waren Dr. Barbara und ich nie einer Meinung. Wir konnten uns nicht einmal auf ein gemeinsames Vokabular einigen. Ich redete von hilfreicher Entspannung und der Möglichkeit, Dampf abzulassen, sie von gefährlicher Eigenbehandlung und Begleiterkrankung.

Als ich mit meiner Lobeshymne auf mich selbst geendet hatte, saß sie einen Moment lang mit steinernem Gesicht da. Dann sagte sie: »Okay, das ist nun wirklich etwas, das wir unbedingt im Auge behalten sollten.«

Sex, Drogen und Schlaflosigkeit – dafür brauchten wir drei Augen. Viel mehr »Probleme« durften es nicht werden, schließlich hatten wir nur vier.

»Ich finde, Sie sehen das ganz falsch«, sagte ich zu ihr, nachdem ich einige Sekunden lang ruhig abgewartet hatte. »Ich habe mich entschieden, es nicht zu nehmen, obwohl ich erschöpft und über alle Maßen gestresst war. Vor ein paar Monaten noch hätte ich nicht einmal darüber nachgedacht. Aber bei diesen beiden Gelegenheiten habe ich entschieden, dass es angesichts der Tageszeit und der allgemeinen Umstände besser wäre, es nicht zu tun. Das ist doch ein Fortschritt, finden Sie nicht?«

Den letzten Satz sagte ich mit einem scherzhaften Unterton, weil ich Dr. Barbaras beunruhigte Miene ein wenig aufheitern wollte. Aber es war kein Scherz. Ich wollte sie dazu bringen, einzusehen, dass ich auf dem Weg der Besserung war, wollte ein Zeichen von ihr, dass sie mir zustimmte, nur ein kleines.

Aber sie tat mir den Gefallen nicht.

»Abby, das ist Wahnsinn. Ich habe Ihnen immer wieder gesagt, dass ich erst dann zufrieden sein werde, wenn Sie ganz damit aufgehört haben. Mit den Amphetaminen, dem Ecstasy… mit allem. Es wirft Sie um Längen zurück, jedes Mal, wenn Sie es einnehmen.«

»Was ich nicht getan habe«, erklärte ich noch einmal.

»Wunderbar! Warum gehen Sie dann nicht noch einen Schritt weiter und entsorgen das Zeug? Vernichten Sie die Versuchung.«

»Das habe ich Ihnen doch schon gesagt. Es hält mein Schiff auf Kurs. Manchmal hilft nichts anderes. Außerdem ist es viel besser, ich nehme etwas, als dass ich zu viel trinke. Glauben Sie mir, das weiß ich aus Erfahrung.« Ich deutete auf die Narbe in meiner rechten Handfläche, eine kreisrunde weiße Scheibe, etwa so groß wie eine Kopfschmerztablette. »So etwas wollte ich noch nie machen, wenn ich auf Speed war, und schon gar nicht auf Ecstasy.«

Dr. Barbara ließ dieses Argument mit einem knappen Nicken gelten. Aber ich glaube nicht, dass sie dem Bild, das ich ihr vor Augen führen wollte, auch nur einen Schritt nähergekommen war.

An diesem Tag verließ ich ihre Praxis mit einer gewissen Unzufriedenheit.

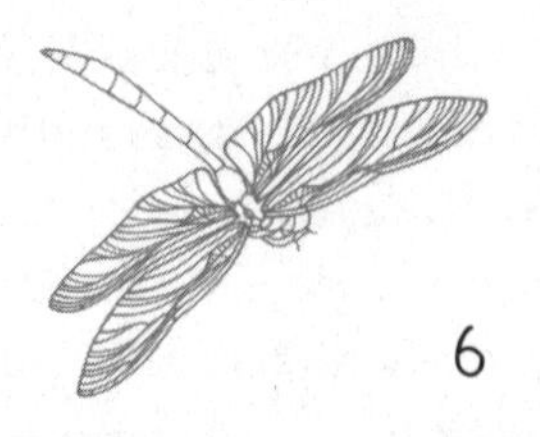

6

DADDY

Am liebsten hätte ich meine Schwester umgebracht.

Einen Tag vor dem Familienessen rief sie mich an – einen Tag davor! –, um mir zu sagen, dass ihr irgendeine Sache auf der Arbeit dazwischengekommen wäre. Sie würde noch an diesem Abend nach New York fliegen. Das sei etwas, das sich einfach nicht verschieben ließe.

»Du Fotze! Du linke Fotze!«

Was folgte, war eine gelassene Stille am anderen Ende der Leitung. »Hör mal, Abby, ich weiß, das ist nicht schön. Ich mach's wieder gut, versprochen.«

»Du hast mich die letzten zwei Wochen ständig damit belagert. Und jetzt das!«

»Es geht um die Arbeit. Ich habe keine Wahl. Es ist ja nicht so, dass ich mich drücken will. Daddy hat sich wirklich Mühe gegeben und einen Tisch in einem tollen Restaurant reserviert. Ich habe mich auf den Abend gefreut.«

»Na prima, dann geh du doch mit Daddy essen, und ich fliege nach New York und futtere Häppchen und mache

Smalltalk mit irgendwelchen Idioten und schließe diesen dämlichen Deal ab!«

Ich merkte, dass meine Stimme mit jedem Wort schriller wurde, konnte aber nichts dagegen tun. Francesca indessen hatte ihre Telefonstimme aufgelegt, die so akzentuiert war, dass man meinen konnte, sie hätte sie in einem Mädchenpensionat eingetrichtert bekommen. Tatsächlich hatte man ihr diese Art zu sprechen wohl in irgendeinem Selbstbehauptungstraining beigebracht, das von ihrer Firma bezahlt worden war. Diese Stimme holte sie immer dann aus der Schublade, wenn es Stress gab, und ich fühlte mich sofort, als wäre ich wieder elf Jahre alt und sie fünfzehn, und es gäbe noch immer diesen unüberbrückbaren Graben zwischen unseren Entwicklungsstadien.

Je mehr ich darüber nachdachte, desto mehr war ich davon überzeugt, dass dieser Altersunterschied von vier Jahren alle grundsätzlichen Unterschiede zwischen uns definierte. Das betraf ganz besonders das Verhältnis zu unserem Vater. Francesca war achtzehn gewesen, als er uns verließ. Damals hatte sie schon in Cambridge studiert. Sie hatte Wichtigeres im Kopf als die letzten Zuckungen unseres sterbenden Familienlebens. Ich war vierzehn gewesen und blieb allein mit der Frage *Warum jetzt*? Die Antwort, die ich mir zurechtlegte, war, dass meine Schwester der Kleister gewesen war, der meine Eltern zusammengehalten hatte.

Jedenfalls hatte die Beziehung zwischen meiner Schwester und unserem Vater durch die Scheidung nicht sonderlich gelitten. Zwölf Jahre später nannte sie ihn immer noch Daddy, als ob sie ein Mädchen wäre, das zum Abschlussball gefahren werden will. Wenn ich ihn Daddy nannte, dann war ich Sylvia Plath.

»Abby, du benimmst dich wirklich unmöglich«, fuhr meine Schwester fort.

»*Ich* benehme mich unmöglich? Ich bin doch nicht diejenige, die in den vergangenen vierzehn Tagen immer wieder davon anfing, wie wichtig diese elenden Familienzusammenkünfte seien. Ich bin nicht diejenige, die alles stehen und liegen lässt, wenn die Arbeit ruft.«

»Ach, hör doch auf. Das ist wohl kaum zu vergleichen. Unsere Jobs sind ganz unterschiedlich. Deiner ist eher ...«

»Eher was? Eine Spielerei? Zeitverschwendung? So eine Art Hobby?«

»Flexibel. Du bekommst nicht irgendwelche kurzfristigen Termine auf den Tisch geknallt, so wie ich. Du kannst dir deine Zeit frei einteilen. Sei doch froh darüber.«

»Herrgott noch mal! Hast du eine Ahnung, wie überheblich das klingt?« Das müde Seufzen meiner Schwester signalisierte mir, dass sie die Sache anders sah. »Also gut«, sagte ich. »Weißt du was? Ich gehe auch nicht hin.«

»Mach dich doch nicht lächerlich. Du musst hingehen. Daddy hat schon im Restaurant angerufen, um die Reservierung zu korrigieren. Sie waren wirklich verständnisvoll. Und du weißt doch, wie schwer es ist, dort einen Tisch zu bekommen. Sie sind Monate im Voraus ausgebucht.«

»Ja, ja, ich bin mir sicher, es war fast unmöglich, eine Reservierung für sechs auf eine Reservierung für fünf zu reduzieren.«

»Vier.«

»Was?«

»Ein Tisch für vier.«

»Verdammte Scheiße! Adam kommt auch nicht?«

»Nein, natürlich nicht. Warum sollte er ohne mich hingehen? Das wäre absurd. Du würdest doch Beck auch nicht zu einem Familienessen schicken, wenn du selbst nicht hingehen könntest.«

»Oh doch, das würde ich! Ich würde ihn zwingen hinzugehen und sich Notizen zu machen und mir dann alles haarklein zu berichten.«

»Haha.«

»Das war kein Witz.«

Ich hörte, wie sie noch einmal tief Luft holte. »Wann hast du Daddy das letzte Mal gesehen?«

»Komm mir nicht mit der Masche. Du hast kein Recht, mir irgendwelche Schuldgefühle einzuimpfen.«

»Wann?«

»Das ist noch gar nicht so lange her.«

»Wann?«

»An Weihnachten.«

»Das *ist* lange her.«

»Nicht besonders lange.«

»Er macht sich Sorgen um dich. Er fragt mich jedes Mal, wie es dir geht, wenn wir miteinander sprechen.«

Darauf sagte ich nichts. Es entsprach vermutlich nicht der Wahrheit. Aber ein Teil von mir wollte es gerne glauben. Und diesen Teil von mir hasste ich aus vollem Herzen.

Ich hatte ein Loch in meinem Magen, als müsste ich gleich anfangen zu weinen.

Aber ich weinte nicht. Stattdessen erklärte ich meiner Schwester, dass ich ihr dieses Jahr nichts zum Geburtstag schenken würde. »Das verdienst du nämlich nicht, und außerdem kann ich mir ein Geschenk nicht leisten.«

Dann legte ich auf.

Ich hatte natürlich gelogen. Ich würde Beck nicht zwingen, ohne mich zu dem Familienessen zu gehen. Das hätte ich gar nicht gekonnt, jedenfalls nicht im Moment. Er hatte mir den zweiten Artikel noch immer nicht verziehen.

Die Liste mit seinen Beschwerden umfasste die folgenden Punkte: 1. Ich dramatisierte sehr wohl mein Leben – unser Leben – egal, wie ich die Sache auch verpackte. 2. Ich hatte über unsere privaten Gespräche geschrieben und zu viel Persönliches preisgegeben. 3. Ich hatte einige Andeutungen über unser Sexleben gemacht. (Dieser Punkt gehört eigentlich zu 2.), aber seinem Ton entnahm ich, dass ihm diese Sache besonders wichtig war.) 4. Ich wollte mit Absicht provozieren. 5. Keiner von uns beiden kam in dem Artikel besonders gut weg.

In meinen Augen war das eine einzige, sich ständig wiederholende und völlig übertriebene Heulerei. Im Grunde genommen lief alles darauf hinaus, dass er den Standpunkt vertrat, es wäre falsch, in einer landesweiten Zeitung über mein Leben zu schreiben.

»Was glaubst du, wer du bist?«, fragte Beck. »Katie fucking Price?«

Das war wirklich unfair.

Ich versuchte nicht, irgendjemand anderer zu sein. Ich war nur ich selbst und schrieb einen offenen und ehrlichen Artikel. Er tat so, als ob ich auf dem Tisch getanzt und dabei meine Titten gezeigt hätte.

»Hast du ja auch!«, behauptete Beck.

Seiner Meinung nach zeigte ich meine literarischen Titten.

Sechs Tage nachdem der Artikel erschienen war, fuhren wir mit dem Taxi durch die schmalen Straßen von Soho und stritten so lange, bis wir in eine frostige Sackgasse geraten waren. Ich glaube, wir waren zu der stillschweigenden Übereinkunft gekommen, das Thema vorläufig ruhen zu lassen. Wir ließen gleich alle Themen ruhen. Reden brachte uns nicht weiter.

Wir hatten ein Taxi nehmen müsen, um zu dem Restaurant zu kommen, denn zu Fuß hätten wir es nicht einmal zu einer Bushaltestelle oder zur U-Bahn geschafft. Ich trug zwölf Zentimeter hohe Absätze, mit denen ich zumindest bis zu einem gewissen Grad den Größenunterschied zwischen Marie Martin und mir überspielen wollte, vorausgesetzt, sie würde nicht auch Schuhe mit Zwölf-Zentimeter-Absätzen tragen. (Was ich nicht glaubte, denn dann wäre sie knapp neun Zentimeter größer als mein Vater, und er war viel zu eitel, um sich auf so etwas einzulassen.) Ich hatte Stunden gebraucht, um mich für dieses dämliche Essen fertig zu machen, und die meisten Anstrengungen hatte ich ihretwegen unternommen.

Dieser Umstand war nicht dazu angetan, mein Selbstwertgefühl zu steigern. Und es sank noch tiefer, als wir vor dem Restaurant hielten. Ich wusste gleich, dass ich es verabscheuen würde. Die Fassade bestand größtenteils aus Glas. Es war trendy, minimalistisch möbliert und mit abstrakten Gemälden dekoriert. Ein Blick auf den Tisch in der Nähe des Eingangs bestätigte mir, dass man hier keine runden Teller finden würde. Das Geschirr war eckig – zumeist quadratisch und rechteckig, obwohl ich meinte, auch einen Rhombus gesehen zu haben.

Mein Vater und Marie Martin warteten an der Bar auf uns. Unnötig zu sagen, dass sie unglaublich aussah. Sie trug ein schwarzes Neckholder-Kleid, das sich wie eine zweite Haut um die zarten Kurven ihrer Hüften schmiegte. Ihr Make-up sah aus, als wäre es von einer professionellen Visagistin aufgelegt worden, und ihr Haar fiel in einer Kaskade eleganter Löckchen über eine Schulter. Sie sah makellos aus, wie gemalt, als ob sie gerade aus einer ihrer Plakatwerbungen getreten wäre. Der einzige Trost, der mir blieb, war, dass ihre Brüste nicht größer waren als meine. Wahrscheinlich waren sie sogar etwas kleiner, je nachdem, wie stark gepolstert ihr BH war. Aber garantiert trug sie höchstens Cupgröße B.

Ich weiß auch nicht, warum das so wichtig war, aber so war es nun einmal.

Mein Vater und ich zelebrierten die steife Umarmung, die wir in den vergangenen zwölf Jahren perfektioniert hatten. Es war die Art von Umarmung, die man sich bei Angela Merkel und Silvio Berlusconi vorstellen konnte, die nur für die Kameras gedacht war, ehe sie wieder hinter die Kulissen traten und über die Finanzkrise diskutierten. Nur dass ich mit Angela Merkel nichts gemein hatte.

Marie beugte sich zu einem französischen Doppelküsschen vor, aber ich erstickte ihre Absicht im Keim, indem ich meinen Arm zu einem festen Händedruck vorstreckte. Sie starrte die ihr dargebotene Hand an, verzog das Gesicht zu einem belustigten Lächeln und konterte dann mit einem makellosen Knicks. Nun hatte sie mich vorgeführt. Ich nickte in Anerkennung meiner Niederlage und zog meine Hand so würdevoll zurück, wie es mir möglich war.

Mein Vater versetzte Beck einige übermäßig begeisterte Klapse auf den Arm und gab ihm so die Gelegenheit, dieses peinliche Powerplay von uns Damen zu übersehen. Vielleicht hätte ich Marie Martin auch ein paar Mal freundschaftlich auf den Arm hauen sollen. Das wäre jedenfalls eine angemessene Antwort auf diesen dämlichen Knicks gewesen. Aber die Gelegenheit war längst vorbei. Sie brachte nun ihr Doppelküsschen bei Beck an, und er tat natürlich nichts, um sie davon abzuhalten. Es war in dem viel zu dämmrigen, violett und türkis gefärbten Licht der Bar nicht genau zu erkennen, aber ich meine, dass er leicht errötete, was durchaus verständlich war. Wenigstens würde ich ihn nachher fragen können, wie sie gerochen hatte.

Ich bestellte einen doppelten Wodka und eine Cola, bevor wir zu unserem Tisch geführt wurden.

Der Tisch schien sich genau im Zentrum des Raums zu befinden. Ich fühlte mich zur Schau gestellt und verletzlich, zumal Marie unausweichlich die Blicke auf sich zog. Einige Leute überlegten wohl angestrengt, woher sie sie kannten. Andere himmelten sie bloß an, wie man etwa die Sixtinische Kapelle bewundert, voller Ehrfurcht, dass so ein Wunderwerk existiert. Sie dagegen schien sich der Aufmerksamkeit, die sie erregte, gar nicht bewusst zu sein. Sie wechselte ein paar Worte auf Französisch mit dem Sommelier. Was sie sagte, klang kokett, aber das ist bei Französisch immer so. Vermutlich war sie es gewohnt, im Mittelpunkt zu stehen. Sie hielt es für selbstverständlich. Bei meinem Vater war das etwas anderes. Er registrierte all die Blicke ganz genau, wie ein Dutzend Hände, die sein Ego massierten. Aber fühlte er sich nicht zumindest ein bisschen unbehaglich? Etliche der Gaffer versuchten wohl – vergeblich – die merkwürdige Zusammensetzung unseres Tisches zu durchschauen. Die naheliegendste Vermutung war, dass ein Vater seine drei etwa gleichaltrigen Kinder zum Essen ausführte – nur dass Töchter sich für ihren Vater nicht so auftakeln würden, wie Marie und ich es getan hatten. Und niemand, aber auch wirklich niemand, käme auf die Idee, dass wir beide dieselbe Mutter haben könnten.

Ich betrachtete die pompöse Speisekarte, während sich mein Vater abmühte, ein Gespräch in Gang zu bringen. Wie lief es denn so? Was hatten wir in letzter Zeit gemacht? Nachdem wir etwa fünf Minuten lang ein Frage-und-Antwort-Spiel durchgezogen hatten, das mich an einen Schusswechsel erinnerte, waren wir bei den Themen Arbeit und Geld angekommen. Diese beiden Dinge waren fest in seinem Geist verankert.

»Wenn du Probleme hast, Abigail, dann komm zu mir, ich kann dir immer Arbeit beschaffen. Du musst nur fragen. Wir brauchen ständig Schreiber.«

»Wir kommen zurecht.«

»Ja, natürlich. Aber du könntest so viel mehr erreichen, als bloß zurechtzukommen. Du könntest in der Werbung doppelt so viel verdienen wie bei den Zeitungen. Mindestens. Denk wenigstens mal darüber nach.«

Beck nickte. Es war ein kleines, diplomatisches Nicken, ganz und gar nicht überschwänglich, aber trotzdem ärgerte ich mich maßlos darüber.

»Ich habe darüber nachgedacht«, sagte ich. »Ich bin nicht interessiert.«

Mein Vater ließ die Fingerknöchel knacken und nippte dann an seinem Wein. »Ich finde bloß, es ist eine Schande, das ist alles. Du kannst gut mit Worten umgehen, und dieses Talent ist eine Menge wert. Wenn man den richtigen Satz findet, den richtigen Slogan, um jemanden zu ködern – das ist eine Gabe, mit der man viel Geld machen kann. So was sollte man nicht vergeuden.«

»Wie denn vergeuden? Indem ich über Dinge schreibe, die mich wirklich interessieren? Die mir etwas bedeuten?«

»Das meine ich doch nicht. Das kannst du doch trotzdem noch machen. Das wäre nur ein Nebenverdienst, ein zweites Standbein. Was ist denn dagegen einzuwenden?«

»Daddy, ich will keinen sinnlosen Mist schreiben, an den ich nicht glaube. Ich will keinen sinnlosen Mist *verkaufen*.«

Der verständnislose Ausdruck auf dem Gesicht meines Vaters war so echt und rein, dass man ihn abmalen und als Emoticon hätte benutzen können. »Ich will doch nur, dass du es ein bisschen besser hast, dass du ein bisschen glücklicher bist.«

Für ihn war diese Gleichung ganz einfach: Steigere dein Einkommen, dann steigerst du deine Glückseligkeit. Aber ich hatte keine Lust, darüber zu streiten. Ich trank den Rest meines zweiten Wodkas aus und erklärte, dass ich nach draußen gehen und eine Zigarette rauchen würde.

»Wenn die Bedienung kommt, während ich weg bin«, ich deutete auf die Speisekarte, »dann bestellt mir den geschmorten Lammrücken mit der Karottenreduktion.«

Ich hatte keine Ahnung, was eine Karottenreduktion war.

Ich hatte mich verrechnet, und zwar gründlich. Ich hatte gedacht, dass ich mich während drei oder vier strategisch geschickt platzierter Zigarettenpausen von der Tortur des Abends erholen konnte. Nur deshalb hatte ich zugesagt; dies war eine der seltenen Gelegenheiten, da mir das Rauchverbot nicht wie ein Fluch, sondern wie ein Segen vorkam. Was immer für ein Sturm da drinnen tobte, so konnte ich mich immer noch in diese kurzen Oasen der Ruhe zurückziehen, um mich zu entspannen und wieder zu sammeln.

Aber Marie Martin war Model. Sie war Französin. Natürlich rauchte sie. Ich konnte nicht fassen, wie blöd ich gewesen war, diese Möglichkeit nicht in Betracht zu ziehen. Aber die Wahrheit traf mich wie ein Vorschlaghammer, als sie aus der Tür trat und sich zu mir gesellte. Sie hatte ein Päckchen Gitanes dabei, Zigaretten, die an Stärke einem doppelten Espresso gleichkamen. Zögernd reichte ich ihr mein Feuerzeug. Sie verzog das Gesicht zu einem kleinen Dankeslächeln, ich machte mein *Lass-stecken*-Schulterzucken. Wir schwiegen eine Weile. Ein Mann in knallengen Jeans und einer Lederjacke ging an uns vorbei, machte noch sechs Schritte, drehte sich nach Marie um und prallte gegen einen Mülleimer.

Ich deutete mit meiner Zigarette auf ihn. »So was passiert Ihnen wohl oft, schätze ich.«

»Wie bitte?«

»Na ja, dass Männer gegen Mülleimer oder Laternenpfähle laufen oder vor ein fahrendes Auto. So was halt.«

Sie nickte bescheiden. »Manchmal.«

»Einer der Nachteile von Schönheit.«

»Ich versuche, nicht darauf zu achten.« Sie zog an ihrer Zigarette und ließ den Rauch aus ihren Nasenlöchern sickern. »Es ist nicht immer angenehm, wenn man ständig nach seinem Aussehen beurteilt wird.«

Ich schnaubte. »Dann haben Sie vermutlich den falschen Beruf gewählt.«

»Ja, vielleicht. Ich war sehr jung, als ich damit anfing. Sechzehn. Damals war es aufregend. Aber Model zu sein ist ein bisschen, wie Football zu spielen. Mit dreißig endet die Karriere. Mit fünfunddreißig, wenn man Glück hat.«

Sie betrachtete mich, als ob sie eins der abstrakten Gemälde im Innenraum des Restaurants studieren würde. »Ich habe Ihre Artikel gelesen«, sagte sie. »Alle beide.«

»Oh.«

Ich war überrascht, tadelte mich aber im gleichen Moment dafür. Die Artikel waren online. Vermutlich hatte sie einen Google Alert auf ihren Namen gesetzt oder so etwas Ähnliches.

»Was halten Sie davon?«, fragte ich.

»Ich fand sie ... interessant. Das Zitat von Yeats gefiel mir sehr. Es ist wunderschön. Ich fühlte mich gleichzeitig warm und traurig.«

Von mir aus. Sie wusste also Yeats zu schätzen. Sie verstand ihn ganz offensichtlich auch (obwohl sie ihn falsch aussprach). Das hatte gar nichts zu bedeuten. »Wenn Sie Yeats mögen, dann wird die Sache mit meinem Vater wohl kaum funktionieren«, sagte ich. »Er ist kein besonders sensibler Mann.«

Marie zog wieder an ihrer Zigarette und sagte nichts. Die Stille fühlte sich irgendwie anklagend an, und plötzlich wollte ich sie brechen.

»Wie hat er darauf reagiert?«, fragte ich.

Marie schüttelte den Kopf. »Er hat sie nicht gelesen.«

»Ach, er hat sich geweigert?«

»Ich habe sie ihm nicht gezeigt. Ich fand, das wäre nicht nett gewesen.«

Großartig. Eine Lektion in Nettigkeit von der dreißigjährigen Freundin meines Vaters, die noch dazu ein bekanntes Model war. Ich wusste nicht, ob ich schreien sollte, lachen oder weinen, aber die zweite Wahl schien mir das geringste Übel zu sein.

»Sie sind hübsch, wenn Sie lachen«, sagte Marie.

»Ja sicher. Aber nicht so hübsch, dass irgendwelche Männer gegen Mülleimer laufen würden.«

»Nein«, bestätigte sie mir. »Nur hübsch.« Aber irgendwie klang sie neidisch.

Ich hielt es für Fassade, für irgendein Psychospiel, das sie abzog.

»Es war schön, mit Ihnen zu reden«, sagte sie zu mir. Dann zertrat sie die Gitane unter ihrem fünf Zentimeter hohen Absatz und ging wieder hinein.

Ich zündete mir mit zitternden Fingern eine zweite Marlboro an. Simon hatte mich auf den Geschmack gebracht.

Ich war entschlossen, mir weitere fünf Minuten Ruhe zu gönnen.

Als ich zu unserem Tisch zurückkam, amüsierten sich Beck, mein Vater und Marie gerade über irgendeinen Witz. Es sah ganz so aus, als ob sie ohne mich besser dran wären. Dann hätten sie ungestört ihren Spaß haben können.

»Du und Daddy, ihr habt euch ja blendend verstanden«, sagte ich zu Beck, während wir auf das Taxi warteten. Ich gab mir keine Mühe, die Anklage aus meiner Stimme zu verbannen.

»Ach, Herrgott noch mal, Abby!«

»Was denn? Es ist doch prima, dass wenigstens einer von uns beiden den Abend genossen hat.«

»Manchmal begreife ich dich nicht. Erwartest du allen Ernstes von mir, dass ich mich mit deiner Familie an einen Tisch setze und sie dann die ganze Zeit lang anfeinde?«

Aus seinem Mund klang das abwegig.

»Ich wünsche mir einfach nur ein bisschen Rückendeckung. Ist das zu viel verlangt? Ich erwarte ja nicht, dass du meinem Vater feindselig gegenübertrittst, aber du musst doch nicht die ganze Zeit nicken und jeder seiner dämlichen Bemerkungen beipflichten. Das untergräbt meine Position.«

»Deine Position? War es nicht vielleicht andersherum? Zum Beispiel als du mir gesagt hast, ich solle meine Brieftasche wegstecken, das wäre doch – ich zitiere – ›lächerlich‹. Weißt du, es ist ganz normal, anzubieten, die Rechnung zu teilen. Es ist höflich.«

»Ach, sei doch nicht so ein Macho! Es war lächerlich. Wie hätten wir uns das leisten sollen? Außerdem hat mein Vater ja unmissverständlich klargemacht, dass er bezahlen würde. Dir ist doch wohl bekannt, dass sein monatliches Einkommen vier- oder fünfmal so hoch ist wie unsere zusammen, oder?«

»Jetzt übertreib mal nicht. So viel ist es ganz bestimmt nicht. Jedenfalls nicht nach Abzug der Steuern.«

Ich lachte, ein echtes, ernst gemeintes Lachen. »Also wirklich, Beck! Du bist ja so naiv. Daddy zahlt keine Steuern. Aus Prinzip nicht. Stattdessen bezahlt er seinen Buchhalter. Er hat mehr Geld im Ausland angelegt, als wir beide in zehn Jahren verdienen können.«

Beck blickte finster drein. »Weißt du was? Das nächste Mal komme ich einfach nicht mit. Dann kannst du von mir aus den ganzen Abend lang schmollen.«

Das Schlimme daran war, dass ich natürlich wusste, wie dämlich und unfair ich mich benahm. Ich war eine richtige Zicke. Aber irgendwie konnte ich nicht anders. Eine Begegnung mit meinem Vater brachte immer das Schlechteste in mir zum Vorschein.

Ich hätte mich entschuldigen sollen. Ich hätte Beck sagen sollen, wie froh ich war, dass er mitgekommen war, dass er mir die Sache viel leichter gemacht hatte, auch wenn man es mir nicht anmerkte. Aber wenn ich das sagte, würde ich einen Heulkrampf bekommen, und das Ende vom Lied wäre eine weitere ernsthafte Unterhaltung über meine Stimmung gewesen. Das war im Augenblick einfach nicht drin. Ich hatte zu viel Wodka getrunken. Der Alkohol benebelte meinen Geist und machte mich depressiv. Und der Gedanke, in das Taxi einzusteigen und nach Hause zu fahren, machte es nur noch schlimmer. Unsere Wohnung war nicht dafür geschaffen, ein streitendes Paar zu beherbergen, und für angespanntes Schweigen war sie auch nicht der rechte Ort. In unserer Wohnung war es wie in einem Dampfkochtopf: ständiger Druck, keine Möglichkeit, sich aus dem Weg zu gehen und sich abzukühlen.

Ich hatte das Bedürfnis, noch ein bisschen draußen zu bleiben. Genauer gesagt hatte ich das Bedürfnis nach dieser besonderen Klarheit, nach dem Gefühl absoluten Friedens, das nur Ecstasy einem verschaffen kann. Das war die beste Lösung, die mir für unser augenblickliches Problem einfiel. Ich würde uns eine kurze Atempause verschaffen, in der wir keine Worte brauchten, keine Kompromisse schließen und auch nicht mit diesen schmerzvollen Gefühlen umgehen mussten.

Beck zögerte – obwohl er von den Streitigkeiten genauso die Nase voll hatte wie ich.

»Ich weiß nicht, ob das eine so gute Idee ist«, sagte er. »Im Augenblick, meine ich.«

»Es ist eine tolle Idee. Wir brauchen ein bisschen Entspannung, müssen die letzten Tage vergessen. Ich habe wirklich keine Lust heimzugehen, nicht so.«

»Wir müssen auf jeden Fall nach Hause«, merkte Beck an, »um das Zeug zu holen.«

»Nein, ich habe es in meiner Tasche«, entgegnete ich. Wir nannten es »Zeug«, weil wir in der Öffentlichkeit waren und hin und wieder Fußgänger an uns vorbeikamen. Allerdings glaube ich nicht, dass es irgendjemanden gekümmert hätte, wenn wir offen darüber gesprochen hätten. Außerdem war »Zeug« nicht gerade ein einfallsreicher Code.

»Es ist in deiner Tasche?«, wiederholte Beck nach einer kurzen, bedeutungsvollen Pause.

»Na ja, du weißt schon … Dinner mit Daddy. Man sollte nie die Hoffnung aufgeben, aber trotzdem auf alles vorbereitet sein. Ich dachte mir schon, dass wir es brauchen würden.«

Er wirkte immer noch alles andere als überzeugt.

»Hör zu«, sagte ich. »Was hältst du davon, wenn wir noch irgendwo hingehen und etwas trinken? Ohne Alkohol – davon hatte ich bereits mehr als genug.«

Das stimmte, aber ich sagte es auch, um ihn zu besänftigen. Es klang fast wie eine Entschuldigung.

»Nur was trinken?«, vergewisserte sich Beck.

»Ja, nur was trinken. Wenn du dann immer noch heimgehen willst, gehen wir heim.« Wir würden nicht heimgehen. »So oder so wird uns das guttun.«

Beck überdachte den Vorschlag. Ich konnte förmlich sehen, wie sich die Zahnrädchen drehten. Irgendwo hinzugehen, um etwas zu trinken, war weitaus verführerischer, als nach Hause zu fahren und sich gegenseitig anzuschweigen. Aber ich musste geschickt sein, durfte den Köder nicht allzu offensichtlich auswerfen. Ich legte meine Hand auf seinen Arm und schenkte ihm ein kleines, zögerndes Lächeln. Es grenzte an Verführung, aber wieso auch nicht.

»Bitte! Ich muss erst mal wieder runterkommen. Der Abend war wirklich nicht leicht für mich.«

Ein freies Taxi bog um die Ecke. Beck schaute es an, nahm die Hand herunter und ließ es vorbeifahren.

»Nur was trinken«, sagte er.

Wir fanden einen Club, in dem Classic Trance lief, und blieben ziemlich lange. Als wir nach Hause kamen, nahmen wir noch eine Pille, legten Blondies Greatest Hits auf und hatten Sex auf dem Boden. Es war wohlig und schmelzend sanft.

Irgendwann mittendrin musste ich an Marie Martin denken und fing an zu kichern.

»Was ist?«, fragte Beck.

»Marie Martin findet mich hübsch, wenn ich lache.«

»Du bist hübsch.«

»Hübscher als sie?«

»Ja, viel, viel hübscher.«

»Danke.«

»Es ist die Wahrheit.«

»Ich glaube nicht, dass die Mehrheit der Männerwelt dir zustimmen würde.«

»Nein, vermutlich nicht. Aber das spielt keine Rolle. Du bist eher ein Nischenmarkt. Dunkler. Nicht so leicht zu durchschauen.«

»Herrlich. Ich will ein Nischenmarkt sein.«

»Mehr Nische als dich gibt's nicht.«

Er fuhr mit seinen Fingern durch meine Haare. Debbie Harry sang *Sunday Girl*.

»Was ist mit Debbie Harry? Debbie Harry 1977. Bin ich hübscher als sie?«

»Natürlich. Sie kann dir nicht das Wasser reichen.«

Ich merkte, wie mir die Tränen in die Augen traten. Ich schlang meine Beine um Becks Hüften und vergrub mein Gesicht an seiner Schulter.

»Ich liebe dich«, sagte ich. »Ich bin so verdammt glücklich.«

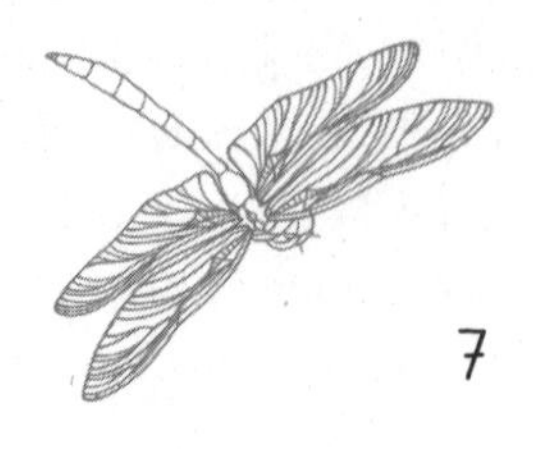

7

SCHMUTZWÄSCHE

Das Problem mit Drogen ist, dass sie zu gut wirken.

Der Niedergang begann am Montagmorgen. Ich erwachte um neun und stellte fest, dass Beck schon gegangen war, ohne mich zu wecken. Ich war irgendwann gegen halb vier eingeschlafen. Zu diesem Zeitpunkt hatte ich ein Stadium erreicht, in dem Schlafmangel und Ecstasy mir Halluzinationen vorgaukelten. Meine letzte Erinnerung ist, wie ich in der Dunkelheit liege, die Finger gespreizt und so ausgerichtet, als würde ich eine unsichtbare Plasmakugel umfassen. Allerdings brauchte ich gar keine Plasmakugel. Zwischen meinen Fingerspitzen zuckten auch so zarte Adern aus elektrisch blauem Licht zischend hin und her. Mir kam es vor, als ob ich ihnen stundenlang zugeschaut hätte, während Beck neben mir lag und schlief. Ich steckte meine Ohrstöpsel ein und hörte mir *The Orb's Adventures Beyond the Ultraworld* an. Und die ganze Zeit hielt ich die tanzenden Lichtblitze in meinen Händen.

Die Welt, in der ich erwachte, war eine trübe, verwaschene

Version dessen, was sie hätte sein sollen. Mir war nicht nach Aufstehen zumute. Am liebsten hätte ich mich unter die Decke verkrochen und abgewartet, bis es wieder dunkel war. Aber das war vermutlich das Schlimmste, was ich hätte tun können. Außerdem hatte ich die Hoffnung, dass, wenn ich diesen Tag überstand, sich meine innere Uhr endlich wieder richtig einstellen würde und ich meine gewohnte Nachtruhe zurückbekam.

Ich stand auf.

Beck hatte mir einen Zettel an die Kaffeemaschine geklebt. Darauf stand: *Du bist tausendmal hübscher als Marie Martin und Debbie Harry (1977) zusammen. Sei heute lieb zu dir. X*

Das war wirklich süß von ihm, aber ich fühlte mich trotzdem nicht besser. Ich verdiente das nicht. Ich faltete den Zettel so klein wie eine Briefmarke und steckte ihn in mein Portemonnaie.

Im Wohnzimmer erwartete mich der Anblick meines Kleides und meiner Schuhe, die wie ein Stillleben auf dem Boden arrangiert waren. Meine Schuhe standen ordentlich nebeneinander, wie in einem Schuhgeschäft, während das Kleid zerknüllt dahinter lag. Die Wirkung war ziemlich dramatisch. Es sah so aus, als ob die Trägerin des Kleides einfach verschwunden wäre wie Murakamis Elefant. Die Schuhe standen so, als ob eben noch Füße in ihnen gesteckt hätten, während das Kleid schlaff zu Boden gefallen war. Ich ließ die Sachen liegen, setzte mich aufs Sofa, rauchte eine Zigarette und versuchte darüber nachzudenken, was ich tun musste, um diesen Tag zu überstehen. Die Aufgabe, die vor mir lag, schien unlösbar zu sein.

Es klingt vielleicht verrückt, aber ich musste mir vorstellen, mein Körper wäre ein Haustier – ein kleines, zartes Tierchen, für das ich in den kommenden zehn Stunden sorgen musste. Es gelang mir, eine simple Checkliste aufzusetzen:

1. Das Tier füttern.
2. Das Tier waschen.
3. Das Tier Gassi führen.
4. Den Käfig saubermachen.
5. Dem Tier ein paar Streicheleinheiten verpassen.

Nummer 3 war besonders wichtig, weil ich mir nichts sehnlicher wünschte, als mich den ganzen Tag in meinem Bademantel in der Wohnung zu verkriechen. Was die restlichen Punkte betraf: Seit dem Abendessen hatte ich nichts mehr zu mir genommen, und geduscht hatte ich auch nicht. Wie die Streicheleinheiten aussehen konnten, wusste ich noch nicht. Ich wusste nur, dass ich nach den Anstrengungen, die es mich kosten würde, die Liste abzuarbeiten, eine Belohnung verdient hatte. Beck hatte gesagt, ich solle lieb zu mir sein.

Das Essen stand an erster Stelle, ansonsten würde ich wahrscheinlich in der Dusche umkippen. Ich brauchte Zucker, Proteine und Kohlenhydrate. Die Fütterung bestand daher aus einer Schale Müsli mit Joghurt und Honig. Dann brachte ich den Wäschekorb in den Duschraum und stopfte die Sachen in die Waschmaschine.

Unsere Waschmaschine wohnte im Duschraum. Das war nicht unsere Entscheidung gewesen, sie hatte dort bereits bei unserem Einzug gewohnt. Eine Badewanne passte nicht hinein, denn der Raum war wie ein unregelmäßiges L geformt, aber die Waschmaschine schmiegte sich in eine Ecke. In der Küche war kein Platz für sie, also war dieses Arrangement gar nicht dumm, obwohl man Platzangst bekommen konnte, wenn man auf der Toilette saß. Der einzige Vorteil einer Waschmaschine im Duschraum war, dass man sich ausziehen und die Wäsche gleich in die Trommel legen konnte. Daher war unser Wäschekorb verhältnismäßig klein.

Ich dusche gerne siedend heiß, sodass der Schmutz eher weggebrannt als abgewaschen wird. Aber heute gab es ein Problem mit dem Wasserdruck. Das schwache Tröpfeln, das aus der Brause kam, war gerade einmal lauwarm. Als ich fertig war, fühlte ich mich kaum sauberer als zuvor.

Nachdem ich einmal mit dem Aufräumen angefangen hatte, konnte ich nicht mehr aufhören, wie eine Hausfrau aus den 1950ern. In meinem Kopf hatte sich das Bild festgesetzt, dass ich die Uhr zurückdrehen konnte, dass die Woche noch einmal neu anfangen würde, rein und weiß, wenn alles blitzblank war. Und Beck würde sich freuen. Er würde nach Hause kommen und sehen, dass ich nicht den ganzen Tag heulend auf dem Sofa gelegen hatte. Also putzte ich wie eine Irre.

Ich brauchte Musik beim Arbeiten, um die Stille auszufüllen. Eine breite Vielfalt aus Dance, Rock und Pop stand mir zur Verfügung – zwei Sammlungen, die miteinander verschmolzen waren, als Beck und ich zusammenzogen. Jetzt waren sie wie eine sich ausbreitende Einheit mit multiplen Persönlichkeiten. Meine Augen wurden heute unweigerlich von den dunkleren und melancholischeren Persönlichkeiten angezogen – Pink Floyds *The Wall*, *Kid A* von Radiohead, The Cure, Morrissey, Nick Cave –, aber ich widerstand der Versuchung, in Düsternis zu schwelgen. Gleichzeitig ertrug ich auch nichts, was *zu* munter und fröhlich war, weil sich das wie eine höhnische Täuschung angefühlt hätte. Also suchte ich einen Mittelweg und kramte ein paar Alben heraus, die den Drahtseilakt zwischen Hochs und Tiefs bewältigten: PJ Harveys *Stories from the City, Stories from the Sea*, Mobys *18* und *Vicious Delicious* von Infected Mushroom.

Ich saugte durch und putzte, wischte die Schränke in der Küche ab, kratzte den Dreck vom Kochfeld, leerte Mülleimer und Aschenbecher aus, hängte die Wäsche auf, wienerte die Dusche und zündete ein halbes Dutzend Duftkerzen an.

Um die Mittagszeit war ich mit dem Gröbsten fertig, also fing ich mit der Feinarbeit an. Ich polierte die Spiegel, entkalkte den Wasserkessel, wischte die Oberseiten der Küchenschränke ab. Dann beschloss ich, unser Bettzeug zu waschen, einschließlich der Kissen, Decken und Matratzenschoner. Das war ideal, weil ich diese Arbeit nicht in der Wohnung erledigen konnte. Ich musste in den Waschsalon ein Stück die Straße hinunter gehen, was mich dazu zwang, das Haus zu verlassen. Ich nahm mir vor, das Bettzeug hinzubringen, dann zum Coop zu gehen und Hüttenkäse zu kaufen – wegen des Tryptophans –, nach Hause zurückzukehren, das Notebook zu holen, dann zum Waschsalon, um das Bettzeug von der Waschmaschine in den Trockner umzuladen, von dort aus ins Café, wo ich mir einen doppelten Espresso und ein Stück Kuchen gönnen würde (meine Streicheleinheiten), und dann eine Stunde lang die Leute zu beobachten und meine E-Mails zu lesen, bis die Wäsche trocken war. Dann musste ich nur noch zwei Stunden totschlagen, bis Beck heimkam. Danach war der Tag so gut wie gelaufen.

Jemand folgte mir. Das war mir klar, noch ehe ich fünfzig Meter weit gegangen war. Das Gefühl, beobachtet zu werden, verfolgt zu werden, war überwältigend. Das Problem war, dass ich mir nicht bestätigen konnte, was ich bereits wusste, jedenfalls nicht, ohne gleichzeitig alle Welt darüber in Kenntnis zu setzen. Mit beiden Armen umfasste ich die riesige schwarze Mülltüte, in der sich unsere Bettdecken und die Kissen befanden. Mein Blickfeld war eingeschränkt, und ich konnte mich nicht schnell genug umdrehen, um meinen Verfolger in flagranti zu erwischen. Ich erhaschte lediglich hin und wieder aus dem Augenwinkel einen Blick auf eine graue Gestalt. Ich konnte nicht einmal erkennen, ob es ein Mann oder eine Frau war.

Das Beste wäre, so zu tun, als hätte ich nichts bemerkt, als wäre alles in Ordnung, beschloss ich. Beim Waschsalon angekommen, würde ich den Müllsack auf einer Waschmaschine absetzen, zur Tür gehen und die Person auf offener Straße konfrontieren.

Das versuchte ich jedenfalls.

Aber als ich aus der Tür trat, war da niemand, der irgendetwas Ungewöhnliches tat. Nur eine Mutter mit einem Kinderwagen, Leute an der Bushaltestelle, ein paar Passanten, die einkaufen gingen, und Arbeiter, die ihre Frühstückspause genossen.

Ich kam mir lächerlich vor.

Ich ging wieder hinein und stopfte meine Wäsche in eine der Maschinen.

Meine E-Mails erwiesen sich als unerwartet spannend. Vergraben unter der üblichen Junkmail – Werbung für Viagra und Penisvergrößerung und dubiose Aufforderungen zur Eingabe meiner Kontodaten – fand ich eine Nachricht von Miranda Frost und eine von Jess vom *Observer*. Mit einem leicht nervösen Flattern in der Magengrube klickte ich auf die erste.

An: abbywilliams1847@hotmail.co.uk
Von: miranda@mirandafrostpoetry.co.uk
Gesendet: Sonntag, 2. Juni 2013 11.03 Uhr
Betreff: (Kein Thema)

Bravo, Miss Williams!
Mein Verleger hat mir berichtet, dass ich im Augenblick die Nummer 1 auf der Lyrik-Bestsellerliste bei Amazon bin (was einer gewissen Pointe nicht entbehrt). Wir laufen Gefahr, fünfstellige Verkaufszahlen zu erreichen. Ich glaube, ich habe Sie unterschätzt. Es zeigt sich, das Klischee trifft zu: Jede Publicity ist gute Publicity. Wer hätte das gedacht?

Ich nehme an, auch Ihre Karriere erlebt einen Höhenflug.

MF

PS: Mögen Sie Katzen?

Ich starrte etwa zehn Minuten lang auf die E-Mail, als ob es sich um einen verschlüsselten Hinweis auf die Lösung eines Kreuzworträtsels handeln würde. Dann antwortete ich.

An: miranda@mirandafrostpoetry.co.uk
Von: abbywilliams1847@hotmail.co.uk
Gesendet: Montag, 3. Juni 2013, 14.40 Uhr
Betreff: RE: (Kein Thema)

Ich mag Katzen sehr. Sie sind einfacher zu durchschauen als Menschen.

AW

Es dauerte sehr lange, bis ich diese Aufgabe gemeistert hatte, denn mein Kopf fühlte sich an wie mit Sirup gefüllt. Ich musste die Nachricht dreimal durchlesen, um mich davon zu überzeugen, dass ich zwei zusammenhängende Sätze geschrieben hatte.

Jess' E-Mail war eine noch größere Herausforderung.

An: abbywilliams1847@hotmail.co.uk
Von: jessica.pearle@observer.co.uk
Gesendet: Montag, 3. Juni 2013 10.13 Uhr
Betreff: Bitte mehr davon!

Abby,
ich komme gleich zur Sache: Hast du dir die Online-Kommentare zu deinen Artikeln angeschaut? Es sind bereits Hunderte, und ständig kommen mehr. Wenn du sie noch nicht gelesen hast, möchte ich dich vorwarnen: Ein Teil davon ist ziemlich feindselig. Aber ich bin sicher, dass du die Bedeutung der Sache an sich begreifst: Die Leute lesen dich. Sehr viele Leute.

Also, wie wär's mit einem Nachschlag? Irgendwelche Ideen? Ein Thema, das auf dem aufbaut, was du bisher geschrieben hast, wäre ideal, aber ich möchte dich nicht drängen. Du hast die freie Wahl: Leben, Tod, Sex, Kulturelles. Es liegt ganz bei dir. Hauptsache, du schreibst etwas für uns! Vielleicht winkt sogar eine regelmäßige Kolumne.

Sag mir Bescheid.

Jess

Das waren wohl gute Neuigkeiten. Allerdings fand ich die Sache schwierig zu beurteilen, weil ich im Augenblick völlig gefühllos war. Die Leute redeten ständig über düstere Stimmungen. Düstere Stimmungen hier, düstere Stimmungen da. Aber eine Depression ist keine düstere Stimmung. Es ist eine aschgraue Stimmung oder vielleicht auch eine beigefarbene Stimmung.

Jess' E-Mail enthielt zu viele Informationen, um sie auf einmal zu verarbeiten. Ich antwortete nicht sofort. Ich öffnete ein neues Fenster, rief den Artikel über Simon auf und las einige der Kommentare.

TheodoraEdison: Ist das echt? Es liest sich wie eine erfundene Geschichte. Noch so eine frustrierte Möchtegern-Schreiberin?
EastofJava: Ich hasse es. HASSE ES. Was ist nur aus der Welt geworden?
010001110100010 1: @EastofJava: Bin ganz deiner Meinung. Ich hasse diesen Artikel so sehr, dass ich ihn zweimal lesen musste. Ich kann's nicht glauben.
James Woliphaunt: Kommentar wurde gelöscht, weil er nicht den allgemeinen Nutzungsbedingungen entsprach.
Doctoroctopussy: Fand außer mir noch jemand den Teil, wo sie neben dem Toten eine Zigarette raucht, irgendwie sexy?
ExistentialSam: Was soll das überhaupt?

Ich las nicht weiter. Wenigstens Doctoroctopussy sah etwas Positives in meiner Arbeit. Er war natürlich pervers, aber im Augenblick nahm ich, was ich an Anerkennung kriegen konnte.

Ich öffnete wieder meinen Mailordner und konzentrierte mich.

An: jessica.pearle@observer.co.uk
Von: abbywilliams1847@hotmail.co.uk
Gesendet: Montag, 3. Juni 2013 14.58 Uhr
Betreff: RE: Bitte mehr davon!

Hallo Jess,
möglicherweise habe ich etwas für dich. Es geht um Affen. Na ja, eigentlich sind die Affen nur Nebensache. Das Thema ist, dass wir nicht dafür geschaffen sind, in Städten zu leben. Gib mir ein paar Tage Zeit.

Abby

Das erschien mir eine vernünftige Antwort.

Ich aß meinen Kuchen, ohne irgendetwas davon zu schmecken, und ging dann noch einmal zum Coop, um noch mehr Hüttenkäse zu kaufen.

Wieder hatte ich das Gefühl, verfolgt zu werden, auf dem ganzen Weg nach Hause. Ich wusste genau, dass ich paranoid war, dass mein Gehirn nicht richtig funktionierte, aber dieses Wissen änderte nichts an meinem Gefühl. Ich fühlte mich beobachtet.

Ich stöpselte meinen iPod ein, hörte Tori Amos und versuchte, die Welt ringsum auszusperren.

Es funktionierte nicht.

Als ich zu unserer Wohnung kam, war ich kurz vorm Durchdrehen. Ich war noch nicht im Waschsalon gewesen, weil ich erst das Notebook zu Hause abliefern wollte, damit ich nicht so viel tragen musste.

Ich spürte, dass etwas los war, sobald ich die Haustür hinter mir schloss. Stimmen säuselten durch das Treppenhaus zu mir nach unten, aber ich konnte die Worte nicht verstehen. Ich zog die Ohrstöpsel heraus, wartete einen Moment und schlich dann die Treppe hoch.

Die Tür zu Simons Wohnung stand offen. Im Dämmerlicht seiner Diele konnte ich zwei Männer und eine Frau sehen.

»...bitte hier entlang, dort finden Sie einen modernen, offen geschnittenen Wohnbereich. Sehr pflegeleicht. Ideal für ...«

Der Mann verstummte und schaute mich an. Ich stand vor der Tür und starrte. Er trug einen Anzug, obwohl es ein heißer, schwüler Tag war. Der andere Mann und die Frau waren lässig gekleidet, in T-Shirts, Shorts und Rock. Sie trug noch ein kurzes Jäckchen.

»Hallo«, sagte ich. Ich hatte heute kaum gesprochen; meine Stimme war flach wie ein Pfannkuchen.

»Hallo?«, antwortete der Mann im Anzug. Allerdings klang das Wort aus seinem Mund wie eine Frage.

Ich schaute zu der Frau. »Ziehen Sie hier ein?«

»Ähm ... wir schauen uns die Wohnung erst an. Wohnen Sie hier?«

»Ja, nebenan.«

»Oh, wie nett. Vielleicht werden wir Nachbarn.« Sie kicherte nervös.

»Vielleicht.« Etwas anderes fiel mir nicht ein.

Stille.

Der Immobilienmakler räusperte sich. »Können wir Ihnen irgendwie helfen?«

»Nein. Ich sah nur die Tür offen stehen und ...« Ich überlegte mir, wie dieser Satz enden könnte. Der Makler starrte mich an. »Ich glaube, ich bin ein bisschen erschrocken. Ich war diejenige, die seine Leiche gefunden hat.«

»Seine … Leiche?« Das war der andere Mann. Die Frau hatte seine Hand genommen.

Ich wollte das Gespräch eigentlich nicht fortführen, aber es schien keine andere Möglichkeit zu geben.

»Simon«, erklärte ich. »Der Mann, der hier gewohnt hat. Er ist gestorben.« Ich deutete zu der Tür, die der Makler gerade hatte öffnen wollen. »Da drin.«

»Das ist …« Der Mann schaute seine Frau an. Jedenfalls vermutete ich, dass es seine Frau war. Sie sah aus wie eine Ehefrau. »Nun, eigentlich weiß ich gar nicht, was das ist.«

»Nein, ich auch nicht.«

Der Immobilienmakler warf mir einen Blick zu, den ich nicht deuten konnte.

»Ich muss jetzt gehen«, sagte ich. »Ich muss meine Wäsche abholen.«

In meiner Wohnung stellte ich das Notebook ab und legte dann mein Ohr an die Wohnungstür und wartete, dass sie wieder gingen. Es dauerte fünf Minuten, bis ich hörte, wie sich ihre Schritte über die Treppe entfernten. Dann erst wagte ich mich aus dem Haus.

Als ich wieder heimkam, sah ich, dass ein Zettel unter der Tür durchgeschoben worden war.

Sie brauchen Hilfe.

Ich las die Worte ein paar Mal, faltete den Zettel zusammen und steckte ihn zu Becks Nachricht von heute Morgen in mein Portemonnaie.

Danach zündete ich mir eine Zigarette an, setzte mich in unser blitzblankes Wohnzimmer und schaltete Johnny Cashs Coverversion von *Hurt* auf Endlosschleife, während ich die Hass-Kommentare las. Mir musste niemand sagen, dass ich mich selbst geißelte, aber ich konnte einfach nicht anders. Ich wollte aufhören, wollte zum Telefon greifen und Dr. Barbara anrufen. Das wäre das Vernünftigste gewesen. Aber ich konnte es nicht ertragen. Ich konnte es nicht ertragen zu reden.

Ich rauchte noch eine Zigarette, schloss die Augen und wartete darauf, dass es endlich Abend wurde.

8

SKYPE

Abends skypte mich Fran an. Wenn es nach mir gegangen wäre, hätte ich nicht geantwortet. Ich hatte mein Handy schon stumm geschaltet, als Beck nach Hause kam, und ich hatte keine Lust, mit sonst irgendjemandem zu reden. Es war auch so schwer genug, sich einigermaßen normal zu benehmen. Ich hatte beschlossen, dass Beck nicht erfahren musste, wie schrecklich ich mich fühlte. Immerhin war es meine eigene Schuld, ich hatte das Schiff in den Sturm gesegelt, und da war ich nun. Diese Niedergeschlagenheit hatte ausschließlich chemische Ursachen, und wenn ich genug Hüttenkäse aß, war sie bald vorbei. Natürlich merkte Beck, dass ich nicht hundertprozentig fit war, aber ich überzeugte ihn davon, dass ich lediglich übermüdet war. Wenn ich abwesend erschien, dann nur weil ich zu wenig Schlaf bekommen hatte.

Der Wasserdruck hatte sich wieder normalisiert, und ich nahm eine lange, glühend heiße Dusche, in der Hoffnung, das würde mir helfen.

Aber das tat es nicht.

Ich fönte mir im Schlafzimmer die Haare, als Beck hereinkam und mir sagte, dass Fran mich sprechen wollte. Wenn ich schneller reagiert hätte, hätte ich sie abgewimmelt, hätte behauptet, dass ich gerade schlafen gehen wollte oder so. Aber sie erwischte mich unvorbereitet, und so wartete ich reglos, bis Beck mir das Notebook gebracht hatte.

Dem Hintergrundbild nach zu urteilen, stand Francesca in ihrer Küche. Aber ich machte mir nicht die Mühe, sie nach dem Grund zu fragen. Vielleicht war das noch so ein Trick, den sie auf der Arbeit gelernt hatte. Wenn man aufrecht steht, präsentiert man ein starkes Bild von sich oder irgend so einen Quatsch. Ich hätte wetten können, dass es in Frans Firma etliche Leute gab, die aufstanden, wenn sie angeskypt wurden.

»Ich habe gerade meine E-Mails durchgeschaut und gesehen, dass du online warst«, sagte sie.

»Ich war nicht online«, antwortete ich. »Ich habe bloß vergessen, mein Notebook auszuschalten.« Meiner Stimme fehlte immer noch jegliche Emotion, aber Fran empfand sie wohl als feindselig.

»Bist du beschäftigt?«

»Nein.« Ich konnte nicht lügen. Dazu fehlte mir die Geisteskraft. »Ich bin der Sache im Moment bloß nicht gewachsen.«

»Welcher Sache? Abby, das ist eine Unterhaltung mit deiner Schwester, kein Nahkampf.«

Mein Schulterzucken sollte ihr signalisieren, dass ich da keinen großen Unterschied sah.

»Kannst du nicht wenigstens deinen Bildschirm richtig ausrichten? Ich sehe bloß dein halbes Gesicht.«

Ich hatte keine Ahnung, warum das für Fran wichtig war – mir kam es wie ein Detail vor, das man durchaus vernachlässigen konnte –, aber ich würde deswegen keine Diskussion anfangen. Ich neigte den Bildschirm leicht. »Besser?«

»Viel besser. Okay, hör zu. Ich will mich entschuldigen.« Fran war der einzige Mensch, den ich kannte, bei dem eine Entschuldigung wie ein Vorwurf klang. »Wir müssen die Atmosphäre bereinigen.«

»Okay.«

»Okay? Wie, okay …?«

»Ich akzeptiere deine Entschuldigung.«

Ich dachte, das sei der einfachste Weg, das Gespräch zu beenden, aber Fran starrte mich auf eine Art und Weise an, die mir verriet, dass nichts einfach sein würde.

»Was ist?«, fragte ich.

»Ich habe ein mieses Gefühl wegen dem, was passiert ist, glaub mir.«

»Ich glaube dir.«

»Es war einfach ein ganz blödes Timing.«

»Ja, ich weiß. Es war ein blödes Timing, und es war nicht deine Schuld.«

»Abby, lass das.«

»Was soll ich lassen?«

»Diese passiv-aggressive Tour. Hör auf damit.«

»Ich habe deine Entschuldigung angenommen. Was willst du sonst noch von mir?«

»Ich will, dass du mit mir redest. Von mir aus schrei mich an. Du kannst nicht einfach sagen, dass du meine Entschuldigung annimmst. Das bedeutet gar nichts.«

Das war so typisch für Fran: Sie wollte die Bedingungen diktieren, unter denen ich ihre Entschuldigung annehmen durfte. Und diese Bedingungen schlossen mit ein, dass ich böse auf sie war.

»Ich muss dich nicht anschreien«, sagte ich. »Es ist alles gut. Ich bin drüber hinweg.«

»Also bitte! Es ist ganz eindeutig nicht alles gut. Du bist immer noch sauer wegen dem, was passiert ist.«

»Ich bin nicht sauer. Ich bin …«

»Was?«

Hohl. Schlaff. Leer.

»Was bist du?«

»Nichts. Ich bin nichts.«

»Abby, bitte. Können wir nicht versuchen, das wie Erwachsene zu klären?«

Ich wusste nicht, was ich darauf erwidern sollte. Fran sagte noch etwas, aber ich hörte nicht zu. Mir war ein Gedanke gekommen.

»Hast du mit Daddy gesprochen?«, fragte ich.

Sie zögerte kaum merklich. Und das lag sicher nicht daran, dass ich ihr ins Wort gefallen war.

»Daddy? Nein, ich wollte zuerst mit dir reden.«

»Du hast nicht mit ihm gesprochen?«

»Na ja, wir haben gesimst, aber miteinander gesprochen haben wir nicht.«

»Oh.«

»Oh, was?«

»Oh. Einfach nur oh.«

»Hör zu, ich weiß, was du denkst, aber Daddy und ich führen oft Gespräche, die rein gar nichts mit …«

Ich merkte, dass es keinen Sinn hatte, noch weiterzumachen. Aber gleichzeitig hatte ich keine Ahnung, was ich sagen konnte, das Fran zum Schweigen bringen würde.

Ich legte auf.

Dann klappte ich das Notebook zu und legte es neben dem Bett auf den Boden.

Etliche Minuten vergingen. Ich lag vollkommen still da, die Augen geschlossen, und wartete ab, ob das Festnetztelefon klingeln würde. Was würde ich dann tun? Aber glücklicherweise rührte sich nichts. Nur das endlose Stöhnen und Zischen des Verkehrs vor dem Haus wie ein empörtes Publikum in einem drittklassigen Theater.

Ich versuchte herauszufinden, ob Fran recht hatte, ob ich vielleicht wirklich noch wütend auf sie war. Ich nahm an, dass irgendwo, tief in mir drin, ein Funke Ärger glomm, aber im Augenblick kam mir dieser Funke sehr klein und bedeutungslos vor, ohne Farbe oder Form. Und es war ja auch nicht so, dass Frans Handlungsweise für mich überraschend gewesen wäre. Sie führte ihr eigenes Leben – ein geschäftiges, von Erfolg geprägtes Leben –, in dem ich, wenn überhaupt, nur eine Nebenrolle spielte. Warum sollte ich mich also im Stich gelassen fühlen?

Es kam mir fast undenkbar vor, als ob ich eine falsche Erinnerung abgespeichert hätte, aber ich wusste genau, dass Fran und ich uns einmal nahegestanden hatten. Als ich dreizehn gewesen war und sie siebzehn, da war sie die ideale große Schwester gewesen. Sie half mir über den ersten Liebeskummer hinweg. Sie zeigte mir, wie man sich richtig schminkte, während alle anderen Mädchen sich immer so viel Farbe ins Gesicht klecksten, dass sie aussahen, als hätten sie Malerpinsel dafür benutzt. Sie kümmerte sich um mich, wenn ich mies drauf war. Und sie hatte immer Zeit, um mir zuzuhören.

Als sie zur Universität ging, im Sommer nach der Scheidung, da sagte sie mir, dass sich nicht viel ändern würde. Sie war ja nur einen Telefonanruf weit weg. Und wenn nötig, konnte sie den nächsten Zug nehmen und war innerhalb einer Stunde in London.

Ich machte von ihrem Angebot nur ein einziges Mal Gebrauch. Als ich fünfzehn war, rief ich sie an, in Tränen aufgelöst, und beichtete ihr, dass ich es fertiggebracht hatte, auf einer Saufparty im Haus eines Freundes meine Jungfräulichkeit zu verlieren. Am Nachmittag kam sie und brachte mir die Pille danach mit, und bis zum heutigen Tag wissen unsere Eltern nichts davon. Fran hielt mir nicht einmal eine Standpauke. Sie machte nur einen langen Spaziergang mit mir im Regent's Park und nahm mir das Versprechen ab, nie wieder etwas so Dummes zu tun.

Und dieses Versprechen bereitet mir heute noch Mühe. Ich will es immer noch halten, was ein Grund für unser Problem ist. Als ich ein Teenager war, konnte meine Schwester mir meine zahlreichen Fehltritte leichter vergeben: dass ich rücksichtslos war, verantwortungslos, ohne jede Orientierung. Dazu kamen meine heftigen Stimmungsschwankungen und meine sturköpfige Weigerung, mit meinem Vater zu reden. Ich muss auch zugeben, dass ich selbstsüchtig, aufmerksamkeitsgeil und narzisstisch sein konnte. Aber ich war jung. Ich durfte Fehler machen.

Erst ein paar Jahre später, als ich mit Anfang zwanzig immer noch »Theater« machte, vertiefte sich die Kluft zwischen Fran und mir zu einem Abgrund. Sie hatte keine Zeit mehr, sich mit dem unendlichen Melodrama meines Gefühlslebens auseinanderzusetzen. Sie verstand nicht, warum ich mich die meiste Zeit mehr wie ein Kind als wie eine erwachsene Frau benahm, warum ich keinen Job länger als ein paar Monate behalten konnte, warum ich ständig Schulden hatte, warum ich von einer chaotischen Beziehung in die nächste stolperte, warum ich ein so selbstzerstörerisches Verhalten an den Tag legte. Auch nachdem ich meine Diagnose bekommen hatte, fiel es ihr schwer zu akzeptieren, dass es in dieser Sache ein Element gab, das sich meiner Kontrolle entzog. Sie fand, wenn ich nur wollte, könnte ich einfach damit aufhören. Einmal sagte sie sogar, dass es nicht fair von mir war, mein Leben auf diese Weise zu sabotieren, wo es doch so viele Menschen auf der Welt gab, die in Armut lebten und einen Mord begehen würden, um die Chancen zu bekommen, die mir gegeben waren. Fran war nun einmal nicht dafür geschaffen, die Stimmungsschwankungen ihrer kleinen Schwester zu durchschauen. Was ihre eigene geistige Gesundheit betraf, konnte man sie mit jemandem vergleichen, der sich noch nie im Leben auch nur einen Schnupfen eingefangen hatte. Natürlich war auch ihre körperliche Gesundheit makellos. Vermutlich hatte Fran sich noch keinen einzigen Tag krankschreiben lassen.

Und deshalb hatte ich nicht die Absicht, ihr lang und breit auseinanderzusetzen, wie ich mich im Augenblick fühlte. Es wäre etwa so, als wollte man einem Blinden die Farben erklären. Was ich Fran zugutehalten musste, war, dass sie heute – anders als noch vor fünf Jahren – zumindest akzeptierte, dass ich Dinge empfand, die sie nicht nachvollziehen konnte, weil sie sich außerhalb ihrer Gefühlsskala befanden. Gelegentlich war es ihr sogar gelungen, solche Gefühle in mir zu identifizieren. Heute allerdings scheiterte sie daran. Sie warf mir vor, ich sei passiv-aggressiv, und im Augenblick hatte ich weder die Energie noch das Verlangen, sie vom Gegenteil zu überzeugen. Es war schlicht und ergreifend leichter so.

9

SLOUGH

Am Donnerstagmorgen war ich wieder auf normal. Sogar ein bisschen über normal, aber das war alles relativ. Immerhin hatte ich zweieinhalb Tage in einem geistigen Koma verbracht. Nun zu erwachen und zu merken, dass sich mein Geist kalibriert hatte, war eine ungeheure Erleichterung. Ich fühlte mich vergleichsweise großartig.

Ich wachte um drei Uhr morgens auf. Mein Hirn arbeitete auf Hochtouren; in meinem Kopf formte sich ein Plan.

Professor Caborn reagierte nicht mehr auf meine Anfragen. Mittagessen, Pudding, Portwein, Käse, Zigarren – der Mann war unbestechlich. Mir war klar geworden, dass ich überhaupt keine Chance hatte, ihn durch E-Mails zu einem Interview zu überreden. E-Mails konnte man viel zu leicht ignorieren. Um ihn ins Boot zu holen, musste ich von Angesicht zu Angesicht mit ihm reden. Ich war mir hundertprozentig sicher, dass ich ihn von der Sinnhaftigkeit meines Anliegens überzeugen konnte, wenn ich ihn sehen könnte.

Wenn er mich sehen könnte. Ich konnte sehr charmant sein, wenn ich wollte.

Das einzige Problem war die Frage, wie ich die Sache mit dem Angesicht hinkriegen sollte.

Aber an diesem Donnerstagmorgen wurde mir bewusst, dass es im Grunde überhaupt kein Problem war.

Was hielt mich denn davon ab, einfach in seinem Labor in Oxford aufzutauchen und ihn zum Mittagessen einzuladen? Warum sollte er sich weigern? Ich könnte gleich heute fahren. Eine Stunde Zugfahrt, dann wäre ich da. Das Schlimmste, was mir passieren konnte, war, dass es eine sehr kurze Reise werden würde und ich ein wenig Zeit vergeudet hätte. Aber immerhin würde ich für ein paar Stunden aus London herauskommen, was allein schon den Preis für die Fahrkarte wert war. Ich konnte die Architektur von Oxford bewundern und auf ein Glas in den Pub gehen, in dem J.R.R. Tolkien und C.S. Lewis immer getrunken hatten.

Die Vorstellung vom Ablauf dieses Tages breitete sich vor mir aus wie eine bezaubernde Picknickdecke. Ich fühlte mich munter und erfrischt, bereit aufzubrechen. Aber das ging natürlich nicht, es war ja noch mitten in der Nacht – obwohl bereits der Morgen durch die Vorhänge dämmerte. In diesem Land konnte der Juni einen völlig verrückt machen. Wie sollte man nachts schlafen, wenn die Sonne nur für wenige Stunden unterging? Das war vermutlich ein weiterer Aspekt des modernen Lebens, der sich nicht mit den Naturgesetzen vertrug. Die Menschheit hatte am Äquator das Licht der Welt erblickt, wo man sich über so etwas Lächerliches wie Jahreszeiten keine Gedanken machen musste. Ich nahm mir vor, diesen Punkt später mit Professor Caborn zu diskutieren.

Beck schlief immer noch wie unter Vollnarkose. Ich stand auf, ging in den Wohnbereich, wo ich mich in Unterwäsche hinsetzte und nach den Abfahrtszeiten der Züge schaute. Die früheste Verbindung ging um 5.14 Uhr, dann wäre ich um 6.20 Uhr in Oxford, was völlig verrückt war. Die Vorstellung, frühmorgens in Oxford herumzuwandern, war reizvoll. Die alten Gemäuer waren sicherlich noch beeindruckender, wenn kein Mensch in der Nähe war. Ich könnte mir regelrecht einbilden, ich wäre im frühen 16. Jahrhundert gelandet. Aber dann müsste ich sechs Stunden warten, um Professor Caborn zum Mittagessen einzuladen. Oder sollte ich ihn auf dem Weg zur Arbeit abfangen und stattdessen mit ihm frühstücken gehen? Nein, das erschien mir zu riskant, vermutlich hatte er zu Hause gefrühstückt. Außerdem würde sich Beck Sorgen machen, wenn er aufwachte und ich verschwunden war, selbst wenn ich ihm eine Nachricht schrieb.

Nachdem ich gründlich darüber nachgedacht hatte, entschied ich, Beck nicht in meinen Plan einzuweihen. Ich war mir bewusst – wenn auch nur vage –, dass er ihn möglicherweise nicht gutheißen würde. Es war viel besser, ihm erst hinterher davon zu erzählen, wenn ich ein zufriedenstellendes Ergebnis vorzuweisen hatte. Das bedeutete, dass ich erst nach ihm aus dem Haus gehen konnte, und somit blieb nur der Zug um 10.22 Uhr von Paddington. Perfekt. Dann war ich um 11.18 Uhr in Oxford, hatte ausreichend Zeit, um mich zurechtzufinden, Professor Caborn aufzusuchen und ihn zum Mittagessen auszuführen.

Ich konnte nicht lesen. So hätte ich normalerweise diese toten Stunden des frühen Tages verbracht, aber ich konnte mich nicht konzentrieren. Ich war zu begierig darauf, den Tag endlich zu beginnen.

Ich kochte Kaffee, duschte mich, zog eine Jogginghose und ein Sweatshirt an und ging nach unten, um eine Zigarette zu rauchen. Der Morgen war strahlend schön, und die Luft wurde schon warm. Es war ein guter Morgen, um mit dem Hund spazieren zu gehen oder eine Runde zu joggen. Ich hatte das dringende Verlangen, im Freien zu sein, mich zu bewegen, aber ich traute meinen Lungen nicht zu, mehr zu bewältigen als ein paar Treppen. Und jemanden, von dem ich mir einen Hund hätte ausborgen können, kannte ich auch nicht. Stattdessen ging ich zu dem Lebensmittelladen in der Uxbridge Road und kaufte Speck, Eier und Zigaretten. Dann wanderte ich durch die kleinen Gassen wieder zu unserer Wohnung.

Es war kurz vor sechs, als ich zurückkam. Ich schlug die Zeit tot, indem ich mir Straßenkarten von Oxford anschaute und mir den Lageplan der psychologischen Fakultät einprägte. Dann checkte ich meine E-Mails, ob sich Professor Caborn nicht vielleicht doch gemeldet hatte. Hatte er nicht. In meiner Mailbox war wie üblich hauptsächlich Junk. Irgendjemand im Netz war der festen Überzeugung, Abigail Williams wäre ein Mann. Ein Mann, der erbärmlich ausgestattet war und chronische Erektionsstörungen hatte. Und vergraben unter all dem Schrott war auch eine E-Mail von Miranda Frost.

An: abbywilliams1847@hotmail.co.uk
Von: miranda@mirandafrostpoetry.co.uk
Gesendet: Mittwoch, 5. Juni 2013 9.00 Uhr
Betreff: Ein bescheidener Vorschlag

Miss Williams,
ich möchte Ihnen ein Angebot unterbreiten. Mit einigem Bedauern muss ich gestehen, dass ich mich darauf eingelassen habe, im kommenden Herbst in Amerika einen Lyrikkurs zu geben. Die Entscheidung basiert, wie Sie sicher verstehen, ausschließlich auf finanziellen Erwägungen.

Ich möchte Sie nicht mit unwichtigen Details langweilen. Der Punkt ist, dass ich jemanden suche, der auf mein Haus aufpasst und meine beiden Katzen füttert. Vielleicht möchten Sie dieser Jemand sein?

Warum Sie? Gute Frage. Die Wahrheit ist, dass mich die Vorstellung amüsiert. Aber weshalb sollte dieses Arrangement nicht zu unser beider Vorteil sein?

Mein Haus ist ziemlich hübsch. Es hat einen Garten mit einer schönen Aussicht und ist ein herrlich friedlicher Ort, um zu schreiben. Wenn Sie sich eine Auszeit von den Schrecken des modernen Stadtlebens gönnen möchten, würden Sie sich hier ganz sicher wohlfühlen. (Sie könnten ungestört an dieser schmerzhaft ehrlichen, halb autobiografischen Novelle arbeiten, die zweifellos in irgendeiner Schublade vor sich hin siecht.)

Mein Haus stünde Ihnen fünfzehn Wochen lang zur Verfügung. Bezahlung gibt es nicht.

Denken Sie darüber nach.

MF

Ich überflog die E-Mail, verdaute den Inhalt und schrieb dann eine knappe Antwort: *Ich denke darüber nach.*

Wenn ich in ihrem latenten, passiv-aggressiven Sarkasmus einen doppelten Bluff vermuten würde – was ich tat –, dann schien es so, als ob Miranda Frost ganz plötzlich ein nicht unerhebliches Interesse an meiner Arbeit zeigte, an meinem

Leben im Allgemeinen, fast so, als ob sie die Position einer exzentrischen Wohltäterin annehmen wollte. Oder vielleicht mochte sie mich einfach? Der Gedanke war etwas beunruhigend. War es ein Kompliment, wenn sich eine Soziopathin für mich interessierte? Vermutlich nicht, aber ich verwarf den Gedanken und widmete mich stattdessen dem Frühstück.

Ich war wie auf Autopilot, während mein Geist zwischen etlichen wichtigen Dingen hin und her sauste wie ein nervöses Kaninchen im Käfig, und natürlich merkte ich erst viel zu spät, dass alle zwölf Scheiben Speck in der Pfanne lagen. Rückblickend betrachtet fand ich es bewundernswert, dass ich alle zwölf Scheiben in unserer Pfanne untergebracht hatte. Sie waren zu einem perfekten Rechteck angeordnet wie ein fertiges Puzzle. Aber als Beck reinkam, beäugte er misstrauisch die Riesenportion, die ich ihm präsentierte.

»Ähm, was ist das?« Er war noch schlaftrunken, und daher vergab ich ihm seine dämliche Frage. Irgendwie fand ich es sogar süß.

»Das ist Frühstück«, sagte ich. »Ich konnte nicht schlafen, und es ist ein so schöner Morgen, deshalb bin ich einkaufen gegangen. Überraschung!«

»Ja, in der Tat …« Er rieb sich die Augen. »Du konntest nicht schlafen, und deshalb hast du Frühstück gemacht?«

»Ja, Speck und Eier.« Ich deutete auf den Teller. »Hauptsächlich Speck. Er war im Angebot: Wenn man einen kauft, kriegt man noch einen umsonst. Meinst du, du schaffst sieben Scheiben? Ich glaube nicht, dass ich mehr als fünf essen kann.«

»Ähm, ja, okay. Das ist zwar eine Menge Fleisch für einen Donnerstagmorgen, aber ich werd's versuchen.«

»Das ist die richtige Einstellung. Ich bin der festen Überzeugung, das britische Empire wurde auf Speck und Eiern errichtet.«

»Ach, und ich dachte, es sei auf Eroberungen und der rücksichtslosen Ausbeutung der Naturvölker und ihrer Ressourcen errichtet worden.«

Ich lachte. Es war ein sehr mädchenhaftes Lachen. »Ja, das auch. Aber man kann die Welt nicht mit leerem Magen unterdrücken. Captain Cook, Sir Francis Drake, Lord Nelson« – ich sagte die Namen auf, wie sie mir einfielen – »das waren alles Speck-und-Eier-Männer. Besonders donnerstags. Das ist historisch erwiesen.«

»Na, wenn das so ist.« Beck deutete auf den Teller. »Aber das sieht irgendwie nicht aus wie Frühstück, sondern wie ein Kunstwerk.«

Ich zuckte mit den Schultern. Ich hatte den Speck wie die Speichen eines Wagenrads angeordnet, mit einem Haufen Rührei als Achse in der Mitte. Ein Zweig Petersilie krönte das Ei, und ringsum hatte ich sieben Kleckse Ketchup gesetzt, die nur darauf zu warten schienen, dass man sie – wie bei diesen Punkte-Bilderrätseln – miteinander verband.

»Ich konnte doch nicht sieben Speckscheiben einfach aufeinanderhäufen«, sagte ich. »Das hätte lächerlich ausgesehen. Willst du Kaffee? Ich habe welchen gekocht. Der bringt den Stoffwechsel in Gang, dann kannst du das Essen leichter verdauen.«

Beck warf mir einen fragenden Blick zu, aber ich hatte genug Crash-Diäten mitgemacht. Ich wusste, wovon ich redete.

Paddington, 9.54 Uhr. Ich hatte mir eine Erste-Klasse-Fahrkarte nach Oxford gekauft. Es war viel zu heiß, um in der zweiten Klasse zu braten. Es war auch viel zu heiß, um sich über Geld den Kopf zu zerbrechen. Ich hatte es satt, jeden Penny zweimal umzudrehen. Außerdem, so sagte ich mir, würde sich diese Fahrt auszahlen und mir ein Vielfaches an Geld einbringen. Und ich konnte das kostenlose WLAN und den kostenlosen Kaffee gut gebrauchen. Auf den Getränkewagen in der zweiten Klasse konnte man sich nicht verlassen. Es war ein Glücksspiel, ob er kam oder nicht. Außerdem hatte ich einen eigenen Tisch. Nein, eine Fahrt erster Klasse hatte in jeder Hinsicht ihre Berechtigung, und da es sich um eine geschäftliche Fahrt handelte, konnte ich die fünfundsechzig Pfund von der Steuer absetzen, ein weiterer Vorteil. Mein Vater wäre stolz auf mich.

Wie etliche dieser prachtvollen alten viktorianischen Bahnhöfe war auch Paddington in vielerlei Hinsicht absolute Scheiße. Abblätternde Farbe, rußgeschwärzte Glasscheiben und Wände, dreckig, staubig, zugig, stickig. Nirgends durfte man rauchen. In der Bahnhofshalle war ich jahrelang nicht mehr gewesen, aber es sah noch genauso aus, wie ich es in Erinnerung hatte: eine riesige, prunkvolle, erhabene Scheune, an einem Ende offen, wo durch ein aufreizend geformtes Halbrund Licht und Luft eingelassen wurden. Ehrlich gesagt habe ich keine Ahnung, was Isambard Kingdom Brunel sich dabei gedacht hatte. Ich konnte es kaum erwarten, hier herauszukommen, aber da ich noch nicht einsteigen durfte, machte ich mich auf die Suche nach der Bronzestatue von Paddington Bär, allerdings vergeblich. Ich gab auf und ging in die Erste-Klasse-Lounge, wo ich mich auf die Erste-Klasse-Toilette begab, die allein schon den Fahrpreis wert war. Es gab zwei verschiedene Handcremes, und am Rahmen des Spiegels waren Lampen wie in der Garderobe im Theater. Ich frischte meinen Lippenstift auf, steckte ein paar Haarsträhnen, die mir in den U-Bahn-Tunneln aus der Frisur geweht worden waren, wieder an ihren Platz und hatte im Großen und Ganzen einen guten Eindruck von dem Mädchen, das mir einen Schmollmund zeigte. Sie trug ein fuchsiafarbenes Top mit Kragen und einen seegrünen Glockenrock aus zartem, leichtem Stoff, der ihre Knie umspielte. Es war eine mutige Farbkombination, aber sie funktionierte. Sie passte zu ihrem Teint; mehr wäre zu viel gewesen. Die große, blassrosa Blume auf ihrer Haarspange erinnerte an Sommer, während die Brille genau die richtige Nuance von Gelehrsamkeit hinzufügte. Ihre Schuhe waren im Spiegel nicht zu sehen, aber ich glaube, sie trug türkisfarbene Sandalen mit Absätzen, hoch genug, um ihre Beine zu verlängern, aber dezent genug, um dem prüfenden Blick eines ältlichen Professors der Evolutionswissenschaft standzuhalten. Auch ihre Ohrringe und ihr Armband waren türkis.

Zufrieden, dass alles war, wie es sein sollte, nahm ich meine Notebooktasche, die ich neben dem Waschbecken abgestellt hatte – sie war leider schwarz; weiß hätte so viel besser gepasst –, und ging zu meinem Zug.

Die erste Viertelstunde war alles wunderbar. Ich trank eine Tasse Kaffee und bekam sofort nachgeschenkt. Im Internet fand und kaufte ich zwei neue Notebook-Taschen, eine in Weiß und eine in Taupe. Ich unterhielt mich ein bisschen mit der Frau mir gegenüber, während draußen vor dem Fenster die Reihenhäuser von Berkshire vorbeizogen. Sie lachte, als ich ihr sagte, dass sie ein bisschen aussah wie die Queen. Es war eine herrlich harmonische Fahrt, bis in

Slough drei Männer einstiegen und sich an den Tisch auf der anderen Seite des Mittelgangs setzten.

Es waren Idioten, das merkte ich gleich. Sie trugen Anzüge und schwitzten, und dann fingen sie an, sich lautstark über die Großhandelspreise von Fleisch zu unterhalten und über den Nettoprofit des letzten Quartals und über ihre BMWs und über die neue Sachbearbeiterin, die gerade von der Uni kam und die einer der drei offensichtlich bearbeitete wie eine Trommel beim Karneval. Ich verdrehte die Augen und blickte zur Queen, doch die hatte ihr Gesicht hinter dem *Daily Telegraph* versteckt und versuchte, die Männer tapfer zu ignorieren. Ich beschloss, das Gleiche zu tun, und begann einen Entwurf für einen Artikel über die zehn besten Bahnstationen in Film und/oder Literatur. Im Sommer waren Reisethemen immer angesagt. *MSN* würde mir den Artikel vermutlich aus der Hand reißen.

1. Grand Central Station – *Der unsichtbare Dritte*. 2. King's Cross – *Harry Potter*. 3. Wie hieß der Bahnhof in *Begegnung*? 4. Ich bin ein großer Fan von *Paddington Bär*, aber Paddington Station kann ich unmöglich auf die Liste setzen, trotz der grandiosen Toiletten. 5. Warum zum Teufel halten die nicht endlich die Klappe, damit ich mich konzentrieren kann? Es ist ein herrlicher Tag für eine Zugfahrt, und diese Kretins versauen sie allen anderen Reisenden in diesem Waggon. 6. Gare Montparnasse – *Hugo Cabret*.

Dann kam die Fahrkartenkontrolleurin, und ich spitzte die Ohren. Ein paar Minuten lang sah es so aus, als wäre ich gerettet.

»Was meinen Sie mit ›ungültig‹?«

»Es tut mir sehr leid«, sagte die Frau, »aber diese Fahrkarten sind nur gültig für den Zug, für den sie ausgestellt wurden. Dies hier ist der zehn sechsunddreißig nach Oxford.«

»Ja, mir ist klar, dass das der zehn sechsunddreißig ist, Herzchen. Wir waren früher als erwartet am Bahnhof, und deshalb haben wir den früheren Zug genommen.« Es war der größte der Männer, derjenige, der am meisten schwitzte. Er sprach mit langsamer, überheblicher Stimme, die man für gewöhnlich bei ganz jungen Menschen benutzt, bei ganz alten oder bei sehr, sehr ausländischen. »Und der Mann am Informationsschalter in Slough sagte uns, dass diese Fahrkarten auch für diesen Zug gültig sind. Wenn das nicht stimmt, dann ist es sein Fehler, nicht unserer.«

Die Schaffnerin schaute zu der Tür am anderen Ende des Wagens, als ob sie von dort auf Rückendeckung hoffte. Gleichzeitig zwinkerte der fleischige Mann seinen beiden verschwitzten Kollegen zu. Ich versuchte, der Frau eine telepathische Information zuzubeamen: *Bleiben Sie standhaft, er ist ein verlogenes Arschloch, rufen Sie die Sicherheitsbeamten.*

»Tut mir leid, aber ich halte es für sehr unwahrscheinlich, dass man Ihnen diese Information gegeben hat. Vielleicht haben Sie sich verhört.« Sie ist viel zu nachsichtig. »Tatsache ist und bleibt, dass Sie für diesen Zug keinen gültigen Fahrschein haben. Das gilt für Sie alle drei. Sie müssen sich Ersatzfahrscheine kaufen.«

»Kaufen? Weil jemand anderer keine Ahnung hat? Das soll doch wohl ein Witz sein!«

»Wenn Sie Beschwerde einreichen wollen, dann können Sie das gerne in schriftlicher Form an die Hauptstelle tun. Dort wird dann entschieden, ob man Ihnen den Fahrpreis erstattet.«

»Ach, was soll's? Der Typ am Schalter in Slough wird die

Sache sowieso abstreiten.« Er zog seine Brieftasche heraus und klatschte sie auf den Tisch, wobei er so viel Empörung an den Tag legte, wie es nur jemand fertigbringt, der mit einer fiesen Tour nicht durchkommt. »Also, wie viel?«

Die Fahrkartenkontrolleurin tippte etwas auf ihrem Gerät ein. »Drei Erste-Klasse-Tickets nach Hereford, das macht zweihundertzweiundsechzig Pfund und fünfzig Pence.«

»*Wie* viel?«

»Sie können auch in die zweite Klasse wechseln, wenn Sie möchten. Dann kostet es nur noch hundertundzwölf Pfund.«

»Hundertzwölf Pfund? Um im Zwischendeck zu hocken? Das ist ja Straßenräuberei!«

Diese Mischung aus Metaphern, Klischees und einer schnodderigen Aussprache brachte das Fass zum Überlaufen.

»Herrgott noch mal!« Vier Augenpaare wanderten in meine Richtung. »Straßenräuber gibt es auf Straßen, nicht auf Schienen, Zwischendeck ist ein nautischer Begriff, und das hier ist ein Zug. Und Sie sind ein komplettes Arschloch.«

Mein Ton war nicht feindselig; ich sagte es, wie es war – wie eine Liste unumstößlicher Tatsachen. Dazu lieh ich mir die Telefonstimme meiner Schwester aus. Trotzdem wurde der Fleischmann krebsrot im Gesicht. »Das geht Sie nichts an, Süße.« Er wollte das Alphatier geben, klang aber wie ein beleidigter Teenager. »Behalten Sie Ihre Meinung für sich.«

»Ha!« Mein Lachen war echt, vielleicht eine Spur hysterisch, aber dafür konnte ich nichts. Es war einfach zu lächerlich, dass ausgerechnet er das sagte. Ich wandte mich der Schaffnerin zu und schenkte ihr ein warmes Lächeln. »Ich habe gesehen, wie er seinen Kumpeln zugezwinkert hat, nachdem er Ihnen den Quatsch mit der unrichtigen Auskunft Ihres Kollegen in Slough aufgetischt hatte. Ich kann es Ihnen schriftlich geben, wenn Sie wollen. Wie hoch ist die Strafe für vorsätzliches Schwarzfahren?« Sie warf dem Fleischmann einen Blick zu und zog die Augenbrauen hoch. Er machte ein Gesicht, als hätte ihm gerade jemand in die Eier getreten. »Aber vielleicht entschließt sich der Herr ja auch einfach, eine gültige Fahrkarte zu kaufen – für das Zwischendeck – und für den Rest der Fahrt den Mund zu halten.«

Wenn das Leben ein Roman wäre, wäre dies der Augenblick, in dem die Fahrgäste im Wagen applaudiert hätten. Wenn es ein Hollywoodfilm wäre, hätten sie auch gejohlt und mich angefeuert. Aber dies war die Wirklichkeit, und wir waren in England, dem Land der sozial Minderbemittelten. Ich bekam rein gar nichts. Die meisten Fahrgäste hatten die Augen abgewandt und versuchten, diese unziemliche öffentliche Konfrontation zu ignorieren. Die Queen wirkte schockiert. Die Schaffnerin durchbrach die Totenstille mit einem Räuspern. »Ähm, ja, ich glaube, die junge Dame hat völlig recht.«

Der fleischige Mann schoss mir einen Blick zu, der mir sagen sollte, dass das letzte Wort noch nicht gesprochen war. Mein Blick informierte ihn darüber, dass er mich mal konnte. Ich stieg in Oxford aus und hatte nicht die Absicht, jemals nach Hereford zu kommen, und schon gar nicht nach Slough. Seine Begleiter waren schon aufgestanden und holten ihr Gepäck aus den Ablagen über ihnen. Ich blitzte ihm ein Katzenlächeln zu und widmete mich wieder meiner Liste mit Bahnhöfen.

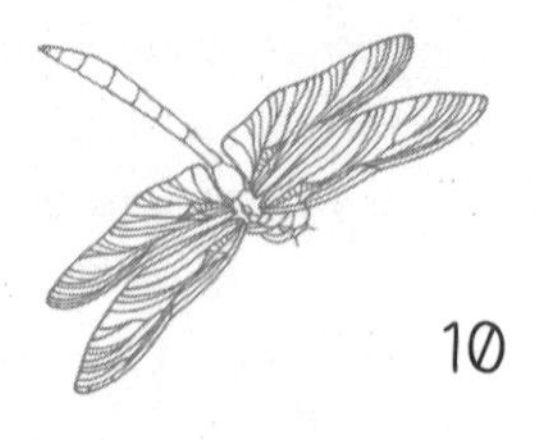

10

PROFESSOR CABORN

Im Bahnhof von Oxford rauchte ich eine Zigarette und suchte mir dann die Telefonnummer der Fakultät für Experimentelle Psychologie heraus. Ich hatte vor, am Empfang anzurufen und herauszufinden, wo sich Professor Caborn aufhielt. Ich würde behaupten, ich wäre eine Kollegin von früher. Das war mein ganzer Plan. Ich war mir absolut sicher, dass ich dieses Vorhaben meistern und sich alles zum Guten wenden würde.

Es klingelte ein paar Mal.

»Hallo? Psychologische Fakultät, Sarah am Apparat.«

»Hallo, Sarah, mein Name ist Julia. Ich suche Joseph Caborn. Ich bin eine frühere Kollegin von ihm aus Liverpool.« (Gott segne dich, Wikipedia!)

»Joseph Caborn?«

»Ja.«

»Ich glaube, er ist in seinem Büro. Einen Moment bitte, ich stelle Sie durch.«

»Nein! Nein, danke, Sarah, aber wissen Sie, mir wäre es

lieber, er wüsste nicht, dass ich komme. Es ist schon eine Weile her, seit wir zusammengearbeitet haben. Ich war eine seiner Studentinnen vor vier – nein, vor fünf Jahren. Ich habe ihn seitdem nicht mehr gesehen. Ich bin gerade aus Uganda zurückgekehrt, und ich würde ihn zu gerne überraschen.«

»Oh.« Eine kurze Pause. »Wie war doch gleich Ihr Name?«

»Julia. Dr. Julia« – ich fischte im Trüben nach einem Nachnamen – »Walters.«

»Julia ... Walters? Wie Julie Walters, die Schauspielerin?«

Scheiße. »Oh, ja. Haha! Aber nicht verwandt.« Ich fing mich wieder. »Tut mir leid, aber das passiert mir ständig. Telefonieren kann zum Albtraum werden.«

»Ja, das kann ich mir vorstellen.«

»Ich bin nur froh, dass ich nicht Roberts heiße.«

Sarah lachte. Gut. Trotz eines wackeligen Starts entspannte sich meine Gesprächspartnerin. Charme und Selbstsicherheit – so etwas lernte man nicht an der Universität.

»Sarah, ich bin in Oxford, wie Sie sich vielleicht schon gedacht haben, und ich habe ein paar Stunden Zeit. Also wollte ich vorbeikommen und Joseph zum Essen einladen. Ich komme jetzt gleich, wenn es recht ist.«

»Ähm, na ja ... Wenn Sie eine Freundin sind, geht das wohl in Ordnung.«

»Oh ja, wir waren früher sehr gute Freunde.« Das war zu viel des Guten; wir wollen doch nicht, dass sie auf komische Gedanken kommt. »Nun, genauer gesagt war Joseph immer so eine Art Mentor für mich. Fast alles, was ich über Primatologie weiß, habe ich von ihm.« Auf diesen Spruch war ich ungemein stolz. Er war nicht nur sehr passend, sondern auch sehr wahr. »Bitte sagen Sie ihm nicht, dass ich komme, ich möchte ihn wirklich überraschen.«

»Ähm … nein. Meine Lippen sind versiegelt. Er ist bestimmt bis zum Mittag in seinem Büro.«

»Danke, Sarah. Bis gleich.«

Wir verabschiedeten uns, und ich legte auf.

Die GPS-Karte führte mich durch das Stadtzentrum von Oxford. Ich bewunderte die verträumten Zinnen und Türmchen und dachte über Dr. Julia Walters nach. Am Telefon war ich ziemlich gut gewesen, aber leibhaftig musste ich noch überzeugender sein. Ich musste in die Rolle hineinschlüpfen. Fehler konnte ich mir nicht leisten.

Also, was wusste ich über sie? Sie hatte vor fünf Jahren bei Professor Caborn promoviert. Sie war also in den Dreißigern, was nicht schlecht zu mir passte. Sie hatte ihren Abschluss in Liverpool gemacht, aber ich dachte mir, dass sie das Vordiplom in Cambridge absolviert hatte.

Was noch? Sie war Primatologin und kleidete sich auffällig. Vielleicht ein bisschen zu auffällig für eine seriöse Wissenschaftlerin. Tja, daran konnte ich jetzt nichts mehr ändern. Sie fiel wohl in diese seltene Kategorie »attraktive Wissenschaftlerin«, nach der *BBC Four* für ihre Reportagen ganze Landstriche absuchte. Man konnte sich gut vorstellen, wie sie im Fernsehen auftrat und über wissenschaftliche Erkenntnisse plapperte. Vielleicht hatte sie genau das in Uganda gemacht?

Hm. Wenn ich jetzt so darüber nachdachte, war Uganda eine Grube, die ich mir selbst gegraben hatte. Einerseits war die Lüge ausgesucht clever, denn in Uganda gab es jede Menge Affen. Andererseits barg sie nicht unerhebliche Probleme. Wo war Julias Sonnenbräune? Ich überlegte, ob ich schnell noch in ein Kosmetikstudio einfallen und mir einen Spray-Tan verpassen lassen sollte, aber so viel Zeit hatte ich nicht. Ich hatte Sarah gesagt, dass ich schon unterwegs war. Dann war Dr. Walters eben ein Typ, der nicht braun wurde. Sie musste sich mit Lichtschutzfaktor 50 einschmieren, weil sie ansonsten verbrannte. Außerdem hatte ich nicht erwähnt, wie lange sie in Uganda gewesen war. Vielleicht handelte es sich nur um ein paar Tage. Vielleicht war sie ein weiblicher Brian Cox und flog zu exotischen Orten, um einen Dreißig-Sekunden-Spot zu drehen, und nahm dann wieder das nächste Flugzeug nach Hause.

Nachdem ich die knappe Meile zur psychologischen Fakultät zurückgelegt hatte, war Julia Walters mit einer so lückenlosen Biografie ausgestattet, dass ich daraus einen Weihnachtsbestseller hätte machen können. Sie war die zweite Tochter von Paul und Annette Walters. Ihr Vater war Chirurg, ihre Mutter Menschenrechtsanwältin. Sie liebte thailändisches Essen und hatte eine chaotische Affäre mit ihrem Produzenten. Natürlich würde nichts davon in der kurzen Unterhaltung zur Sprache kommen. Aber es war hilfreich, diese Details zu wissen. Denn als ich zum Empfang marschierte, war ich Julia Walters.

Es saß nur eine Frau hinter dem Empfangstresen, sodass ich leichtes Spiel hatte. Ich streckte die Hand aus und lächelte. »Sarah? Hallo, ich bin Julia Walters. Freut mich, Sie kennenzulernen. Eigentlich ein viel zu schöner Tag, um hinter einem Schreibtisch festzusitzen, nicht wahr?«

Es stellte sich heraus, dass Julia auch eine Quasselstrippe war.

Sarah lächelte ebenfalls und schüttelte meine Hand. Wenn sie überrascht war vom Anblick der jungen, hübschen, fuchsiafarben gekleideten Frau Doktor der Primatologie, so ließ sie sich jedenfalls nichts anmerken. Ich hatte mich wohl mit einer Selbstverständlichkeit präsentiert, dass ihr gar keine andere Wahl blieb, als sich von der kolossalen Fantasiegestalt mitreißen zu lassen, die ich erschaffen und auf sie losgelassen hatte.

Wir unterhielten uns ein bisschen. Ich lachte und scherzte und gestikulierte, machte ein paar beiläufige Bemerkungen über den neuen Job in Manchester (»Der Norden tut meinem Teint gut!«), aber bedauerlicherweise kamen wir nicht auf Uganda zu sprechen.

Die Treppe hoch, zweimal links, einmal rechts, wieder links. Die Fakultät für experimentelle Psychologie erwies sich als wahres Labyrinth. Ohne Sarahs detaillierte Wegbeschreibung hätte ich Professor Caborns Büro nie gefunden. Sie hätte mich persönlich hingebracht, meinte sie, aber leider sei sie allein am Empfang und könne nicht weg. Das kam mir sehr gelegen. Ich hatte das Gefühl, dass Sarah und ich während unseres kurzen Gesprächs eine Art Verbundenheit aufgebaut hatten, und der Gedanke, dass sie von meinem Betrug erfahren würde, war mir unangenehm.

Unterwegs begegneten mir ein paar Leute. Ich schritt selbstbewusst aus, suchte Augenkontakt und lächelte höflich und geschäftsmäßig. Das Klicken meiner Absätze, das von den Wänden widerhallte, stärkte mir den Rücken.

Ich kam an einer Toilette vorbei und nahm mir Zeit, mich ein wenig frisch zu machen und mich auf die bevorstehende Begegnung einzustimmen. Ich überprüfte mein Spiegelbild – immer noch ganz vorzüglich –, ließ kaltes Wasser über meinen Puls laufen, pinkelte und ließ Dr. Walters in der Kabine stehen wie einen alten Regenschirm. Ich war wieder ganz Abigail, als ich die letzte Strecke zu Professor Caborns Büro zurücklegte, das erste von sechs Zimmern in einem kahlen Gang, der von zwei Lichtbändern erleuchtet wurde. Sein Name stand in einfachen schwarzen Buchstaben an der Tür, direkt über einem schmalen, rechteckigen Fenster. Doch das Namensschild hätte ich gar nicht gebraucht. Ich schaute durch das Fenster und erkannte seinen Kopf anhand des Fotos, das ich auf seiner Webseite gesehen hatte. Sein Haar war perlweiß mit ein paar aschgrauen Strähnen an den Schläfen. Die Hemdsärmel hatte er bis zu den Ellbogen hochgerollt. Er saß in einem Drehstuhl vor dem Computer und hatte seine Aufmerksamkeit auf den Bildschirm gerichtet. Ich beobachtete ihn eine Weile und schaute dann auf meine Uhr. 11.58 Uhr. Perfektes Timing. Ich straffte die Schultern und klopfte entschlossen an die Tür.

»Herein.« Erst nach dieser Aufforderung kreiselte er auf seinem Stuhl herum, und nachdem er die Hälfte der Umdrehung hinter sich gebracht hatte, stand ich schon im Zimmer und bedachte ihn mit einem strahlenden, entwaffnenden Lächeln.

»Professor Caborn.« Ich streckte meine Hand aus und legte die drei Schritte zu seinem Stuhl zurück, sodass er nicht aufstehen musste. »Wie schön, Sie zu sehen. Bitte verzeihen Sie die Störung.«

»Ähm … Sie stören nicht. Ich habe gerade meine E-Mails durchgesehen.« Er beäugte unsere ineinander verschränkten Hände durch seine ovalen Brillengläser und runzelte die Stirn. Seine Lippen, eingerahmt von einem schmalen, ordentlich gestutzten Bart, teilten sich leicht. »Ähm … kann ich Ihnen helfen?«

»Oh, das hoffe ich sehr. Ich bin Abigail.«

»Ach ja, Abigail …« Professor Caborn zog die Hand zurück. Er schaute drein wie jemand, der erst nach der Hälfte des Films ins Kino kommt und verzweifelt versucht, der Handlung zu folgen. Ich lächelte weiter. Er erwiderte das Lächeln und räusperte sich dann ganz leise. »Es tut mir leid. Vermutlich sollte ich wissen, wer Sie sind, aber ich habe keine Ahnung. Ich kann mir Gesichter nicht besonders gut merken.«

Ich lachte. »Das geht schon in Ordnung. Wir sind uns noch nicht begegnet. Sie kennen nur mein Profil-Foto. Wir haben gemailt. Abigail Williams. Ich möchte Sie zum Essen einladen.«

»Oh. Das ist … ungewöhnlich.«

Ich zuckte mit den Schultern. »Haben Sie keinen Hunger?«

»Ähm, vielleicht ein bisschen. Ich weiß nicht genau. Das ist … Abigail, würden Sie bitte kurz Platz nehmen?« Er deutete zu dem zweiten Stuhl in seinem Büro. Er stand an der Wand, zwischen einem überfüllten Bücherregal und einem bedenklich schiefen Zeitschriftenstapel.

»Ja, danke. Das ist sehr nett von Ihnen. Ich bin vom Bahnhof aus gelaufen und könnte eine kleine Verschnaufpause gebrauchen.«

»Woher kommen Sie?«

»Aus London.«

»Bloß um mich zu sehen?«

»Es ist ja nicht weit, nur eine Stunde Zugfahrt.«

»Ja. Aber trotzdem, es ist …« Er verstummte.

»Ungewöhnlich?«

»Ja. Ungewöhnlich.«

Das Gespräch drohte zu versanden. Ich entschied mich, die Karten auf den Tisch zu legen. »Professor Caborn, ich bin heute um drei Uhr aufgewacht und habe mich entschlossen, den Stier bei den Hörnern zu packen. Ich bin hier, weil ich hoffe, dass Sie mir eine kleine Weile Ihrer Zeit schenken werden, um mit mir zu reden. Aber wenn Sie nicht wollen, geht das auch in Ordnung. Ich habe kein Problem damit, einfach wieder in den nächsten Zug zu steigen und zurück nach London zu fahren. Ich verspreche Ihnen, dass Sie nie wieder von mir hören werden. Sie müssen es nur sagen.«

Professor Caborn sagte gar nichts. Er sah aus wie ein Mann, von dem verlangt wurde, ein undurchschaubares modernes Kunstwerk aus abstrusen geometrischen Figuren in den Primärfarben zu interpretieren. Ich verstand sein Schweigen als Aufforderung, fortzufahren.

»Gut. Ich merke, Sie sind wenigstens ein bisschen interessiert.«

Er legte die Hand ans Kinn und schaute ein paar Sekunden lang zur Seite, als ob er meine Behauptung von allen Seiten beleuchten und auf ihren Wahrheitsgehalt überprüfen würde.

Ich wartete. Weitere Sekunden vergingen.

»Kaffee«, sagte er schließlich.

»Kaffee?«

»Ich denke, Kaffee würde gehen.«

»Wunderbar.« Ich stand auf. »Dann gehen wir Kaffee trinken. Und vielleicht auch ein Stück Kuchen dazu?«

Professor Caborn nickte langsam wie in Trance.

Ich wies mit der flachen Hand zur Tür. »Können wir?«

»Ähm, ja, warum nicht?« Er schaltete den Bildschirm aus,

stand auf und schob den Drehstuhl ordentlich unter seinen Schreibtisch.

»Ach, noch etwas«, sagte ich. »Müssen wir am Empfang vorbei?«

»Ja.«

»Darf ich Sie um einen Gefallen bitten? Es geht um Sarah, die Empfangsdame. Ach, na ja, ich bin nicht stolz darauf, aber ich dachte, sie würde mich sonst nicht zu Ihnen lassen. Ich habe ihr gesagt, dass wir früher Kollegen waren in Liverpool.«

Professor Caborn verdaute diese Information. »Auch das ist außerordentlich seltsam, aber wenn man alles im Zusammenhang betrachtet ...« Er zuckte mit den Schultern. »Gut, wir sind also Kollegen. Sonst noch etwas?«

»Ja. Ich habe mich ihr als Dr. Julia Walters vorgestellt.«

»Dr. Julia Walters?«

»Ja, ich bin Primatologin. Sie waren mein Doktorvater. Daher kennen wir uns. Bitte verraten Sie mich nicht. Sie ist ein so netter Mensch, und ich möchte sie nicht enttäuschen.«

Professor Caborn seufzte tief auf. »Sagen Sie mal, Abigail, ist das hier ein normaler Tag für Sie? Ich möchte nämlich klarstellen, dass das, was mich angeht, nicht der Fall ist.«

Ich begriff durchaus, woher diese Einstellung rührte. Wenn ich so darüber nachdachte, konnte man einige meiner Entscheidungen an diesem Morgen als exzentrisch bezeichnen. Aber er hatte mir ja keine andere Wahl gelassen. Ich hatte versucht, auf normalem Weg ein Treffen zu arrangieren, aber ohne Erfolg. Und so hatte ich beschlossen, den normalen Weg zu verlassen und kreativ zu werden. Das gehört zum Repertoire einer guten Journalistin.

»Also, ich würde sagen, der Tag ist für mich zumindest nicht völlig unnormal«, erklärte ich.

Dann gingen wir Kaffee trinken.

»Den brauchen Sie jetzt vermutlich, nicht wahr?« Professor Caborns Zeigefinger zuckte nervös zu meinem doppelten Espresso. »Sie haben erwähnt, dass Sie seit drei Uhr auf den Beinen sind. Wenn Sie nicht ungewöhnlich früh ins Bett gehen, haben Sie wohl nicht viel geschlafen.«

Ich rechnete schnell nach. »Drei Stunden und zehn Minuten, glaube ich. Aber es war vermutlich ein sehr tiefer Schlaf. Ich bin aufgewacht und war so frisch und munter wie ein Gänseblümchen. Das geht mir hin und wieder so, besonders im Sommer. Das hat sicher etwas mit dem Licht zu tun. Genau darüber wollte ich mit Ihnen reden: Ich habe eine Theorie, eine Hypothese, und hoffte, Sie könnten sie untermauern.«

Ich lächelte. Ich plapperte ein bisschen viel, aber ich war mir sicher, dass zumindest ein Teil dessen, was aus meinem Mund kam, ihn interessieren würde. Es ging schließlich um Wissenschaft. Die üblichen Liebenswürdigkeiten hatten wir schon hinter uns gebracht: Oxford, das schöne Wetter, die gleichfalls schöne Parklandschaft, in der die Fakultät für experimentelle Psychologie lag. Aber Professor Caborn schien, was mich anging, immer noch misstrauisch zu sein. Ich dachte, dass er sich bei einem wissenschaftlichen Thema vielleicht eher entspannen würde, und meine Schlaflosigkeit bot hierfür ein passendes und gleichzeitig harmloses Terrain. Ich wollte ja nicht gleich mit der Tür ins Haus fallen. Oder besser gesagt in Simons Wohnung.

»Mein Schlafzimmerfenster geht nach Osten«, fuhr ich

fort, »und meine Vorhänge sind papierdünn, was im Sommer immer ein großes Problem darstellt. Gegen drei Uhr morgens ist es im Zimmer taghell, und gegen vier hat man den Eindruck, in einem Solarium zu schlafen.«

Professor Caborn verdaute meine bildhafte Beschreibung und nickte dann zum Zeichen, dass ich fortfahren solle.

»Ich hab in letzter Zeit viel über Evolution nachgedacht«, sagte ich, »angeregt durch Ihre Arbeiten, und ich habe mich gefragt, wie sich unsere Sinne entwickelt haben – oder eben auch nicht –, um mit diesem Übermaß an Tageslicht im Sommer fertigzuwerden. Ich meine, wir alle kommen aus Afrika, und das ist noch nicht so lange her, richtig? Ich vermute mal, dass wir an diese enormen jahreszeitlich bedingten Veränderungen nicht gewöhnt sind, oder? Wenn ich jetzt so darüber nachdenke, leide ich ausschließlich im Sommer an Schlaflosigkeit, während ich im Winter schlafe wie ein Murmeltier. Sollte ich vielleicht Winterschlaf halten?«

Professor Caborn antwortete nicht sofort auf meine Fragen. Möglicherweise war er ein Mensch, der erst gründlich nachdachte, bevor er etwas sagte. Möglicherweise war ich auch nur ungeduldig. Jedenfalls schien es mir ungewöhnlich lange zu dauern, bis er den Mund aufmachte. Mit den Fingerspitzen trommelte ich rhythmisch auf die Tischdecke.

Schließlich sagte er: »Was wissen Sie über die circadiane Rhythmik?«

Ich antwortete wie aus der Pistole geschossen. »Ich habe davon gehört. Aber tun Sie einfach so, als ob mein Verständnis Ihrer Wissenschaft extrem begrenzt wäre. Um es anders auszudrücken: Ich verstehe zwar, wie ein Toaster arbeitet, nicht aber eine Mikrowelle. Tun Sie so, als würden Sie mit einer intelligenten Zwölfjährigen reden.«

»Oh.« Professor Caborn dachte wieder eine Weile nach. »Also gut. Mikrowellen bringen die Wasserstoffatome in Flüssigkeitsmolekülen zum Schwimmen. Essen enthält Wasser, die Mikrowelle schüttelt die Atome im Wasser durch, wodurch das Essen heiß wird. Was die circadiane Rhythmik betrifft, so bezieht sich das Phänomen auf alle Vorgänge in Tieren und Pflanzen, die in einem Zyklus von ungefähr vierundzwanzig Stunden ablaufen. Der normale Wach-Schlaf-Zyklus gehört dazu. Er wird tatsächlich vom Tageslicht beeinflusst, und zwar dahingehend, dass Licht eine Informationsquelle für unsere innere Uhr ist. Aber weil sich die Jahreszeiten sehr langsam verändern, haben wir viel Zeit, um uns daran zu gewöhnen. Daher werden Menschen davon nur selten negativ beeinflusst. Natürlich ist es möglich, dass bei Ihnen eine außergewöhnliche Photosensibilität vorliegt. Oder vielleicht liegt die Ursache für Ihr frühes Aufwachen auch ganz woanders, und das Tageslicht hindert Sie lediglich daran, wieder einzuschlafen. Wie auch immer, Sie sollten sich dickere Vorhänge anschaffen.«

Ich nickte eifrig. Ich hätte schon vor Jahren dickere Vorhänge aufhängen sollen, damals, als Beck und ich zusammenzogen. Aber ich hatte die Wohnung immer als Durchgangsstation zu etwas Besserem betrachtet. Neue Vorhänge wären ein Eingeständnis, dass diese Bleibe von Dauer war. Selbst jetzt noch war ich mir nicht sicher, ob ich mich darauf einlassen wollte.

»Wissen Sie«, sagte Professor Caborn, »einer meiner Kollegen, einer meiner echten Kollegen«, setzte er mit einem kleinen Kichern hinzu, was ein gutes Zeichen war, weil es bedeutete, dass er mein unorthodoxes Vorgehen nicht länger verwerflich fand, »einer meiner Kollegen hat die Wirkung von Licht auf Schlafgewohnheiten untersucht. Dazu wurden ein paar Dutzend Freiwillige für einen bestimmten Zeitraum isoliert. Sie verbrachten ihre Zeit in einem völlig abgeriegelten Umfeld, ohne Uhren, ohne Tageslicht. Ziel des Experiments war die Beantwortung der Frage, ob man Lebewesen zwingen konnte, sich an einen alternativen Schlaf-Wach-Rhythmus zu gewöhnen, an einen Rhythmus, der auf einem Achtzehnstundentag basiert. Die Probanden lebten in einem Rhythmus von sechs Stunden völliger Dunkelheit und zwölf Stunden hellem Licht. Das ergibt durchaus einen Sinn, weil die meisten Menschen etwa ein Drittel ihrer Zeit mit Schlaf verbringen.«

Professor Caborn schien in Gedanken zu versinken. Ich wartete eine Weile, dann hakte ich nach. »Und? Was ist passiert? Hat es funktioniert?«

»Oh nein, natürlich nicht. Es war eine einzige Katastrophe. Der Vierundzwanzigstundenrhythmus ist in uns einprogrammiert, das hat die Studie eindrucksvoll untermauert. Nach einer Woche litt die Hälfte der Freiwilligen unter Halluzinationen. Drei von ihnen entwickelten ausgeprägte Psychosen. Am Ende wurde es richtig unschön. Das war in den 1970ern, der Ära des Stanford-Gefängnis-Experiments und ähnlicher Forschungsansätze. Gesundheit und Sicherheit der Probanden waren noch Fremdwörter. Trotzdem entschied mein Kollege am achten Tag, es sei genug, und brach das Experiment ab.« Professor Caborn seufzte schwer und schien dann in die Gegenwart zurückzukehren. »Was ich damit sagen wollte – und was Sie sicherlich schon begriffen haben –, ist, dass man mit seinem Schlaf kein Schindluder treiben sollte. Ansonsten sind ernste Konsequenzen zu befürchten.«

»Hm.« So interessant dieser Nebenschauplatz auch war, ich beschloss dennoch, unser Gespräch auf das eigentliche Thema zu lenken. »Professor Caborn, ich würde Ihnen gerne erzählen, wie ich überhaupt Kenntnis von Ihrer Arbeit bekommen habe. Auch das hängt – zumindest am Rande – mit Schlaflosigkeit zusammen. Die Probleme mit dem Schlafen fingen vor etwa einem Monat an, nachdem ich die Leiche meines Nachbarn gefunden hatte …«

Zum vierten Mal in vier Wochen berichtete ich haarklein, was sich an jenem Abend in Simons Wohnung ereignet hatte. Professor Caborn sagte kein Wort. Er hörte bloß mit gerunzelter Stirn zu und nippte gelegentlich an seinem Kaffee, während ich redete und redete. Ich war mittlerweile ziemlich versiert im Erzählen dieser Geschichte. Es fühlte sich fast so an, als würde ich etwas zum Besten geben, was nicht mir, sondern jemand anderem passiert war, genauso wie Professor Caborn mir von dem Experiment seines Kollegen erzählt hatte. In dem Bericht war ein guter Teil Spannung und Drama eingewoben, aber trotzdem kam ich mir an den Vorgängen, die ich schilderte, irgendwie unbeteiligt vor.

»Mal sehen, ob ich das richtig verstanden habe«, sagte er nach einer kurzen Pause. »Sie haben Ihren toten Nachbarn gefunden. Es war ein seltsames, aber nicht sonderlich emotionales Erlebnis. In dieser Nacht konnten Sie nicht schlafen. Sie sind im Internet auf meine Arbeit gestoßen, und jetzt sind Sie in Oxford, weil … nun, in diesem Punkt tappe ich noch im Dunkeln. – Sie sind hier, weil … Sie einen Sinn darin finden wollen?«

Ich überlegte. Mir war die Verbindung zwischen Simons Tod und meinem Auftauchen in Oxford völlig klar, was aber nicht bedeutete, dass es leicht war, sie jemand anderem begreiflich zu machen. »Ich weiß nicht genau, ob ich auf Sinnsuche bin. Nein, nicht wirklich. Es ist eher so, dass ich Ihre Ansätze interessant fand und mich näher damit beschäftigen wollte. Wissen Sie, das ist eigentlich überhaupt nicht mein Fachgebiet. Ich bin ja keine Wissenschaftlerin.« Ich spielte mit meinem türkisfarbenen Armband, als ob ich damit mein Eingeständnis unterstreichen wollte. »Für gewöhnlich schreibe ich über Bücher, über Lyrik, manchmal über kulturelle Themen. Das hier führt mich sozusagen auf Abwege. Ich glaube, ich versuche, diese ungewöhnliche Erfahrung als etwas zu betrachten, das nur in einem modernen, urbanen Umfeld passieren kann. Die Menschen haben doch den größten Teil ihrer Geschichte in kleinen, eng begrenzten Gemeinschaften gelebt. Wenn unser Nachbar starb – wenn irgendjemand starb –, wenn man einem Leichnam gegenüberstand, dann hatte das eine Bedeutung. Es rief Emotionen hervor. Aber was ich stattdessen erlebte, war dieses … dieses … Ich weiß auch nicht, was es war. Vielleicht gibt es dafür nicht einmal einen Namen.«

»Kognitive Dissonanz?«, schlug Professor Caborn vor. »Ist Ihnen das ein Begriff?«

»Nein, aber ich verstehe die Bedeutung der einzelnen Wörter. Das scheint mir ziemlich treffend zu sein.«

»Hm.« Professor Caborn klopfte mit dem Kaffeelöffel gegen den Rand seiner leeren Tasse. Dann sagte er: »Mit dem Begriff kognitive Dissonanz beschreiben Psychologen einen Zustand widerstreitender Gefühle oder Gedanken.«

»So wie eine Ambivalenz?«

»Nein, es ist stärker als Ambivalenz. Es ist eher so, als würde man zwei gleichermaßen exklusive Sichtweisen oder

Gefühle über die Welt und das Leben miteinander in Einklang bringen wollen. In Ihnen zum Beispiel ist es das tief verwurzelte Gefühl, dass das Leben einen gewissen Wert hat. Oder haben sollte. Dann werden Sie mit einer Situation konfrontiert, die das zu widerlegen scheint. Das Resultat ist ein Konflikt zwischen entgegengesetzten Vorstellungen. Kognitive Dissonanz. Das Gefühl wird noch verstärkt, wenn Sie sich allgemein als einen moralischen oder sensiblen Menschen betrachten.«

»Hm. Ich bin nicht sicher, ob ich so weit gehen würde.«

»Oder einfach nur als einen guten Menschen?«

»Ja, vielleicht. Mehr gut als schlecht jedenfalls.« Zumindest heute schien mir das eine durchaus glaubhafte Behauptung zu sein. »Kognitive Dissonanz.« Ich sprach die Wörter laut aus und lauschte auf ihren Klang. »Würden Sie sagen, dass dies eine normale Reaktion auf das Auffinden der Leiche eines Menschen ist, den man kennt?«

Professor Caborn dachte kurz über die Frage nach. »Nein, wahrscheinlich nicht. In gewissem Sinne ist kognitive Dissonanz aber immer eine unnormale Reaktion, jedenfalls von einem subjektiven Standpunkt aus betrachtet. Ich würde mir allerdings keine allzu großen Sorgen machen. Konzentrieren Sie sich einfach darauf, wieder richtig durchschlafen zu können.«

Ich starrte in meine leere Espressotasse. Das klang nach einem guten Rat.

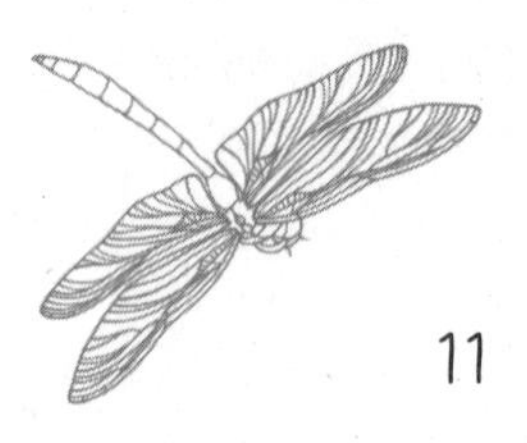

11

TOD AM NACHMITTAG

Die Rückfahrt nach London war angenehm und ereignislos. Jede Menge Kaffee, jede Menge Beinfreiheit und keine Fleischertypen, die die Stimmung verdarben. Während ich im Geiste alles durchging, was Professor Caborn mir gesagt hatte, hatte ich noch immer keine Ahnung, wovon mein Artikel eigentlich handeln sollte. Aber das beunruhigte mich nicht im Geringsten. Wenn ich die Augen schloss, dann sah ich in meinem Geiste Hunderte von Möglichkeiten aufblitzen wie Diamanten. Ich musste mir nur eine Handvoll aussuchen und sie zu einer Halskette von atemberaubender Schönheit zusammenfassen. Ich lächelte angesichts dieser Vorstellung und beschloss, bis zum Abend nicht an die Arbeit zu denken. Stattdessen wandte ich mich mit geschlossenen Augen dem Fenster zu und fühlte die durch die Bäume und Hecken scheinende Nachmittagssonne als eine unregelmäßige Abfolge von Blitzen auf meinem Gesicht, so hell und magisch wie Wetterleuchten.

Im Bahnhof von Paddington rief ich Dr. Barbara aus

der Erste-Klasse-Lounge an. Ich wollte mit ihr reden, solange ich noch alles frisch im Gedächtnis hatte. Natürlich erwischte ich nur den Anrufbeantworter. Sie hatte Sprechstunde. Aber das war kein Problem, ich konnte ihr einfach eine Nachricht hinterlassen.

»Dr. Barbara, hier ist Abby. Haben Sie schon mal von kognitiver Dissonanz gehört? Natürlich haben Sie. Ich habe mich gerade mit einem Evolutionspsychologen unterhalten, der mir davon erzählt hat. Er meint, es käme nicht oft vor, aber ich glaube, mir passiert so etwas zwei- oder dreimal die Woche. Wir sollten bei unserem nächsten Termin darüber reden – auf den ich mich schon sehr freue. Bis bald.«

Dr. Barbara würde bestimmt entzückt sein; es war eine so akkurat und interessant formulierte Nachricht. Und es war sehr schön, sie einmal anzurufen, wenn ich nicht mitten in einer Krise steckte.

Der ganze Tag war ein einziger Triumph, von Anfang an, und es war noch nicht einmal vier Uhr nachmittags! Als ich die Lounge verließ, beschloss ich, dass ich von nun an nur noch in der ersten Klasse reisen würde. Alles andere war Verschwendung.

Normalerweise hatten wir nicht die Zutaten für einen anständigen Cocktail im Haus, deshalb machte ich einen Abstecher zu dem Schnapsladen in unserer Nähe. Während ich mir einen Überblick über das Alkoholangebot verschaffte, googelte ich nach Cocktailrezepten. Aus einer Liste von zweihundert suchte ich mir diejenigen aus, deren Namen mir gefielen. Dann engte ich die Auswahl weiter ein und verwarf alles, was zu kompliziert oder zu altbacken war sowie die Rezepte mit rohen Eiern. Schließlich entschied ich mich für »Tod am Nachmittag« – ein Schuss Absinth mit eiskaltem Champagner. Der Drink war eine Erfindung von Hemingway. Ich war zwar kein großer Fan von Hemingways literarischen Ergüssen, aber wie er es mit dem Alkohol auf die Spitze trieb, konnte ich nur bewundern. Unglücklicherweise führte der Schnapsladen nur spanischen Sekt, aber der tat es auch. Das Ergebnis kam dem Resultat, das Wikipedia für die Mischung prognostizierte, ziemlich gleich: Das Getränk schäumte und wurde dann innerhalb weniger Sekunden milchig trübe.

Als Beck nach Hause kam, erwartete ich ihn in der Küche wie eine brave Hausfrau. Er nahm das Glas, das ich ihm hinhielt, betrachtete es eine Weile schweigend und fragte dann: »Was ist das?«

»Tod am Nachmittag«, antwortete ich. »Ich sage dir nicht, was drin ist. Du musst raten.«

»Nein, das meinte ich nicht«, sagte er. »Ich wollte wissen, ob wir irgendwas feiern.«

Ich lachte und tätschelte seinen Arm. »Vielleicht. Ich weiß nicht. Ich habe mein Interview mit Professor Caborn bekommen. Ich bin zu ihm nach Oxford gefahren. Er wird mein nächster Artikel.«

»Professor Caborn … Der Affen-Typ?«

»Genau. Der Affen-Typ.«

»Oh. Das ist … prima, nehme ich an. Ich dachte, er wollte nichts mit dir zu tun haben. Was ist passiert?«

»Nichts ist passiert. Ich musste mir etwas einfallen lassen.« Ich vollführte mit beiden Händen eine fließende Bewegung, die an den Schultern begann und am Rocksaum endete. »Ich habe dafür gesorgt, dass er etwas mit mir zu tun haben wollte.«

Dann gab ich ihm einen detaillierten und fesselnden Bericht über die Ereignisse meines Tages. Ich verschwieg die Sache mit der ersten Klasse, weil Beck diesen kleinen Verschwendungen in der Regel ziemlich ablehnend gegenüberstand, aber den Rest erzählte ich absolut wahrheitsgetreu. Ich hatte das Gefühl, ich würde eine Geschichte voller interessanter und amüsanter Wendungen zum Besten geben, aber als ich endete, nickte Beck bloß, auf dem Gesicht einen merkwürdig konzentrierten Ausdruck. Er nippte an seinem Glas – zum ersten Mal – und musste sofort würgen. »Herrgott, was ist das? Pernod und Champagner?«

»Nein, Absinth und Cava. Im Schnapsladen hatten sie keinen Champagner. Guck mich nicht so an, das ist ein offizielles Cocktail-Rezept. Hemingway hat's erfunden, daher kommt auch der Name.«

Beck stellte sein Glas auf den Tisch. »Abby, hör mal, wie fühlst du dich?« Er hatte so einen unheilvollen Ton am Leib, und ich hätte beinahe gelacht.

»Mir geht's gut. Nein, besser noch: Mir geht es hervorragend.«

»Okay. Aber das Ganze hier … Ich meine, Champagner, spontane Trips nach Oxford, das ist alles …«

Ich legte meine Hände auf seine Wangen und küsste ihn auf den Mund, weil mir dies als die beste Möglichkeit erschien, ihn zum Schweigen zu bringen. »Mir geht's gut«, versicherte ich ihm noch einmal, »und es ist Cava, kein Champagner. Außerdem war es kein spontaner Trip nach Oxford. Ich habe doch seit einem Monat versucht, dieses Treffen zu arrangieren. Da ich mit den üblichen Mitteln nicht weiterkam, habe ich improvisiert. Und es macht sich doch auch bezahlt. Jess hat schon zugesagt, den Artikel zu kaufen. Sie hat sogar in Aussicht gestellt, dass ich eine eigene Kolumne bekomme. Ich fühle mich gut, und ich habe auch allen Grund dazu.«

»Ja, aber ...« Unwillkürlich griff Beck nach dem Glas, hob es an die Lippen, rümpfte die Nase und stellte es wieder ab. »Ich will nur nicht, dass du's übertreibst. Die letzten Wochen waren nicht leicht für dich. Du musst die Dinge langsam angehen, wenigstens noch ein paar Tage lang. Ruh dich aus. Versuche, mal eine Nacht durchzuschlafen.«

Ich verdrehte die Augen. Er war ganz schön onkelhaft, aber ich hatte nicht die Absicht, den Abend mit einem Streit zu ruinieren. »Wie du willst«, sagte ich. »Ich schalte einen Gang runter. Ich werde mich ausschlafen. Und im Gegenzug möchte ich, dass du dich entspannst. Trink deinen Cocktail. Vertrau mir: Er ist was für Kenner, aber definitiv die Anstrengung wert.«

Beck betrachtete stirnrunzelnd das Glas. Er wirkte ganz und gar nicht überzeugt.

Zu versichern, dass ich versuchen würde durchzuschlafen, war kinderleicht, es in die Tat umzusetzen, dagegen etwas völlig anderes. Ich konnte nicht einfach einen Schalter umlegen, und die Sache war erledigt. Ich stand auf, sobald Beck eingeschlafen war, etwa um Mitternacht. Ich kam mir lächerlich vor, wie ich so im Dunkeln durch die Wohnung schlich, aber was sollte ich machen? Es war mir einfach zu anstrengend, ihm die Sache zu erklären. Die halbe Nacht lang wach zu sein, war nur dann ein Problem, wenn man es dazu machte. Wenn ich drei bis fünf Stunden schlief, genügte das doch völlig, sofern es ein tiefer, erholsamer Schlaf war, nicht wahr? Mir jedenfalls schien es zu genügen. Meine

Schlaflosigkeit würde mich nur dann belasten, wenn ich im Bett lag und mir Sorgen machte, weil ich nicht einschlafen konnte. Es war doch viel vernünftiger aufzustehen, bis ich tatsächlich müde wurde und die Chance hatte, eine Weile richtig zu schlafen.

Die Logik meiner Überlegung erwies sich als richtig. Ich arbeitete bis 3.30 Uhr, ging ins Bett, als es hell wurde, wachte um 8.32 Uhr auf und nahm als Erstes die Vorhänge ab. Beck war schon weg, er hatte mich wohl nicht wecken wollen, und deshalb konnte ich gleich ans Werk gehen. Meine Schlafhygiene brauchte eine Generalüberholung, besonders da ich mich jetzt mehr auf Qualität als auf Quantität konzentrieren wollte. Und Professor Caborn hatte recht: Mit den Vorhängen anzufangen, machte Sinn. Ich hatte sie mehr als zwei Jahre lang ertragen, aber nun war ihre Zeit abgelaufen. Ich riss sie herunter und stopfte sie in einen großen Müllsack, dessen Plastikband ich dreimal verknotete. Es war ein wunderbares, befreiendes Gefühl, als ob man eine verkorkste Beziehung hinter sich lässt und nicht die Absicht hat, den anderen je wiederzusehen.

Eine Stunde später war ich gewaschen und angezogen und auf dem Weg zum Einkaufen. Ich hatte die alten Vorhänge in unsere Mülltonne vor dem Haus geworfen ohne auch nur einen Hauch von Bedauern. Ich war nicht einmal auf den Gedanken gekommen, sie zu einem Oxfam-Laden zu bringen. Das wäre etwa so gewesen, als ob man – wie in *The Ring* – ein Todesvideo weitergeben würde.

Ich sah die neuen Vorhänge schon ganz genau vor mir. Es waren Vorhänge wie aus Jane Eyres Kindheit: schwere Falten aus Samt, rot wie geronnenes Blut und so dick, dass sie eine Gewehrkugel aufhalten konnten. Aber als ich nach

Shepherd's Bush Market kam, musste ich erkennen, dass die Einrichtungsläden dort solche Vorhänge nicht führten. Und der Verkäufer war augenscheinlich nicht gewillt, mir weiterzuhelfen.

»So schwierig kann das doch nicht sein«, sagte ich zu ihm. »Ich möchte dunkelrote Samtvorhänge für ein Fenster mit den Abmessungen hundertzwölf auf hundertdreißig Zentimeter. So etwas muss es doch irgendwo in London geben.«

Der Verkäufer schnaubte. »Versuchen Sie's in Knightsbridge.«

Er war natürlich absichtlich unhöflich, aber der Vorschlag kam mir gar nicht so lächerlich vor. Ich musste es wohl in den Möbelläden in Westfield versuchen. Aber es war wieder ein so herrlicher Sommertag, und bei dem Gedanken, in einem Einkaufszentrum eingepfercht zu sein, hätte ich am liebsten losgeheult.

Nach mehrmaligem Umsteigen und einer Google-Recherche landete ich bei Laura Ashley, wo ich zwei perfekte Vorhänge kaufte: fein gefältelter, kastanienroter Samt, der jegliches Licht abhielt. Sie kosteten zweihundertneunundzwanzig Pfund, was mir nicht besonders teuer vorkam, wobei ich auch noch nie Vorhänge gekauft hatte. Aber ich sagte mir, dass gute Vorhänge ein Leben lang halten konnten. Ich vereinbarte einen Liefertermin für den gleichen Nachmittag nach fünf; wenn ich schon einmal in der Innenstadt war, wollte ich auch Zeit hier verbringen. Es wäre einem Verbrechen gleichgekommen, nach Knightsbridge zu fahren und nicht wenigstens einen Blick in die Boutiquen zu werfen.

Aber als Erstes schickte ich meiner Schwester eine SMS und fragte sie, ob sie sich mit mir zum Mittagessen treffen wollte. Sie hatte mir seit Montag drei E-Mails geschickt und eine Nachricht auf meinem Anrufbeantworter hinterlassen, die ich allesamt ignoriert hatte, aber jetzt hatte ich sie wohl lange genug schmoren lassen. Ich war nicht weit von ihrem Büro entfernt, und heute erschien mir der geeignete Tag für einen Neuanfang zu sein. Außerdem hatte ich keine Lust, alleine zu Mittag zu essen. Nach einem kurzen SMS-Austausch verabredeten wir uns für ein Uhr. Dann steuerte ich Harvey Nichols an.

Nicht ich war es, die das Kleid fand. Das Kleid fand mich. Es zog meinen Blick von der anderen Straßenseite aus auf sich: kobaltblauer Satin, Spaghettiträger, ein knapp knielanger Rock, der meine Beine zum Blickfang werden ließe, und ein Ausschnitt, der wie für mich gemacht schien, solange ich den richtigen BH trug.

Sobald ich es anprobiert hatte, wusste ich, dass ich es nicht wieder weglegen konnte – ich wollte es nicht nur kaufen, sondern ich wollte es auch anbehalten. Das Problem war nur, dass ich ausgerechnet heute nicht den richtigen BH trug. Er musste trägerlos sein, und ein bisschen zusätzliche Polsterung konnte auch nicht schaden. Doch die missliche Lage, in der ich mich befand, war nicht ausweglos. Sie war nicht einmal besonders misslich. Eine der Verkäuferinnen geleitete mich in die Dessous-Abteilung, wo ich den perfekten Push-up-BH fand, der meiner vorhandenen Ausstattung zwei Körbchengrößen hinzufügte und mein Outfit komplettierte. Zehn Minuten später verließ ich Harvey Nichols, nachdem meine Kreditkarte mit weiteren sechshundertvierzig Pfund belastet worden war, und entwickelte einen Plan, wie ich das Geld in null Komma nichts wieder verdienen würde. In meinem Kopf formten sich bereits die Entwürfe für zwei neue Artikel, die sich beide hervorragend verkaufen lassen würden.

1. *Welches Blau ist das richtige für dich?* (600 Wörter)

Ich wusste, welche beiden Blautöne mir am besten standen: Babyblau und Kobaltblau. Ersteres passte zu meinen Augen, und Letzteres schmeichelte meiner Haut. Aber Blau ist eine so vielseitig verwendbare Farbe. Für jeden Haarton, jede Augenfarbe und jeden Teint – und jede Gelegenheit – gab es ein bestimmtes Blau. Mir fielen spontan etwa ein Dutzend Farbtöne ein: Mittelblau, Königsblau, Oxfordblau, Puderblau, Kornblumenblau, Mitternachtsblau, Eisblau, Pazifikblau. Einige dieser Blautöne waren vielleicht kaum zu unterscheiden, aber das änderte nichts an der Tatsache: Es gab keinen Grund, warum das kleine Blaue nicht den gleichen Stellenwert in der Garderobe einer Frau haben sollte wie sein schwarzes Gegenstück. Es verkörperte die gleiche Vielseitigkeit, allerdings mit einem abenteuerlichen, modernen Touch.

2. *Cocktail am Nachmittag* (mindestens 800 Wörter)

Die Idee dahinter war im Grunde ein Bericht über das Mode-Experiment, das ich gerade durchführte: Abendgarderobe als Alltagskleidung. Warum sich selbst Grenzen setzen? An einem passenden Tag machte sich ein Cocktailkleid doch wunderbar für einen Spaziergang im Park oder sogar einen Einkauf im Supermarkt. Es fühlte sich fantastisch an, wenn man etwas so Anregendes, so Bezauberndes tragen konnte, ohne dass es einen speziellen Anlass dafür gab. Ich machte den Tag strahlender, und das nicht nur für mich. Jeder, dem ich begegnete, profitierte davon. Ich brachte einen lebendigen Farbklecks in den alltäglichen Trott eines Freitagmittags.

Also Minimum 1400 Wörter, nicht eingerechnet die Steuervorteile. Schließlich waren meine Ausgaben jetzt dienstlich motiviert, und schon machte ich Profit. Mit ein bisschen Fantasie ließen sich die Vorhänge vielleicht auch gewinnbringend ausschlachten. *Zeitgenössische Einrichtung, durch die Literatur inspiriert*, oder irgendetwas in der Art. Das wäre nicht der größte Coup in der Geschichte des Journalismus, aber ich war mir sicher, dass mir jemand den Artikel abkaufen würde.

Ich traf mich mit meiner Schwester in einer stylischen Pizzeria in der Nähe des Leicester Square. Durch Glastüren konnte man den riesigen Angeber-Holzofen sehen, in den zwei stämmige Männer mit Schneeschaufeln Pizzen schoben. Ich kam nur ein paar Minuten zu spät, höchstens zehn, aber Francesca wirkte bereits ungeduldig, als ob ich sie von etwas unheimlich Wichtigem abhalten würde. Was zweifellos der Fall war.

Ich lächelte und winkte, sie riss übertrieben die Augen auf. »Oh Abby! Was um alles in der Welt hast du da an?«

Ich küsste sie auf die Wangen, trat zurück und drehte mich ein bisschen. »Gefällt's dir?«

»Es sieht teuer aus.«

Ich strahlte. »Es *war* teuer, Francesca.«

»Ich dachte, du hättest Geldsorgen.«

»Nein, nicht mehr. Ich kriege eine wöchentliche Kolumne. Wahrscheinlich.«

»Wahrscheinlich?«

»Mit an Sicherheit grenzender Wahrscheinlichkeit.«

Meine Schwester nickte ernüchtert. »Alles klar. Du hast also noch nichts unterschrieben und auch noch kein Geld gesehen, richtig?«

»Ich habe jede Menge Aufträge.«

»Es ist ein bisschen übertrieben, findest du nicht?«

Sie meinte das Kleid. Ihre Blicke wanderten von der Rundung meiner Hüften zu meinem Ausschnitt – der voller falscher Versprechungen war. Ich zuckte mit den Schultern und deutete auf ihre schlichte weiße Bluse und ihre langweilige graue Hose. Auch bei diesen Temperaturen (es waren fast siebenundzwanzig Grad) weigerte sich Francesca, ihre Beine zu zeigen. Sie dachte, das würde ihre Position in der Firma schwächen. »Ich wollte nur ganz sicher sein, dass wir nicht zufällig dasselbe tragen«, sagte ich.

»Ich glaube, man kann mit Fug und Recht behaupten, dass in London im Moment außer dir niemand sonst dieses Outfit trägt«, gab sie zurück. »Weißt du, dass alle dich anstarren?«

»Gut. Ich führe eine Art gesellschafts- und sozialwissenschaftliches Experiment durch. Ich versuche herauszufinden, ob mich die Leute anders behandeln, ob mein Tag besser wird, wenn ich statt normaler Kleidung Abendgarderobe trage. Ob es einfacher ist, in der U-Bahn einen Sitzplatz zu bekommen – so etwas in der Art.«

»Mein Gott! Du hast doch nicht vor, in diesem Aufzug U-Bahn zu fahren!«

»Hab's schon gemacht. Es war fantastisch.«

»Aber wenn es beschädigt wird!«

»Beschädigt? Wie denn?«

»Keine Ahnung – wenn es sich zum Beispiel in der Tür verklemmt.«

Ich kicherte. »Fran, du bist so was von spießig. Du bist eine von den Frauen, die sich weigern, die Plastikfolie von den neuen Möbeln abzuziehen.« Sie runzelte die Stirn, als ich über den Tisch griff und ihre Hand tätschelte. »Entspann dich. Lass uns was trinken. Ich habe einen unglaublichen Cocktail entdeckt: Tod am Nachmittag. Absinth und Champagner. Das geht auf mich.«

Francescas Stirnrunzeln hörte gar nicht mehr auf. »Abby, so einen Cocktail gibt es nicht. Den hast du erfunden. Das klingt ja schrecklich, wer sollte so was denn trinken?«

»Hemingway. Guck bei Google nach.«

»Ich brauche nicht bei Google nachzuschauen. Ich werde so etwas nicht trinken. Einige Leute müssen noch arbeiten.«

»Ach, tu doch nicht so. Ich muss auch noch arbeiten. Im Grunde genommen arbeite ich sogar gerade jetzt.« Ich hakte einen Daumen unter einen der Spaghettiträger und ließ ihn lässig zurückschnappen. »Es ist nur so, dass mein Job viel interessanter ist als deiner.«

»Na ja, das ist Ansichtssache. Zufällig mag ich meinen Job. Er ist herausfordernd und stimulierend, und man hat viel Raum zur Entfa…«

»Herrje! Das klingt wie aus einer Stellenanzeige.«

Francesca schnaubte. »Du weißt doch nicht einmal, was ich tue. Nicht wirklich jedenfalls.«

»Weil ich immer gleich einschlafe, wenn du anfängst, mir deine Arbeit zu erklären.«

»Abby, was soll das alles? Bist du immer noch sauer wegen letztem Wochenende?«

»Nein, gar nicht. Vergeben und vergessen.«

»Wirklich? Es kommt mir nämlich so vor, als ob du mich nur deshalb zum Essen eingeladen hättest, um mich zu beleidigen.«

»Natürlich nicht. Sei doch nicht so empfindlich.«

»Also warum genau sind wir hier?«

»Muss es dafür einen Grund geben? Ich war in der Ge-

gend und hatte Lust, mit meiner Schwester zu Mittag zu essen. Was ist daran so seltsam?«

Francesca zog die Augenbrauen hoch, sagte aber nichts.

»Hör zu«, sagte ich. »Fangen wir noch mal von vorne an. Wir reden nicht über die Arbeit, und ich werde dir kein Getränk aufdrängen, das auch nur annähernd interessant klingt. Was hältst du davon?«

Sie betrachtete mich ziemlich lange, als ob sie noch etwas sagen wollte, aber nicht wusste, ob das klug wäre. Dann atmete sie aus und nickte bloß. »Also schön. Ich nehme noch ein Wasser. Und bitte lass uns bestellen, ich muss in einer Stunde wieder im Büro sein.«

Nach zehn Minuten fragte auch ich mich, wie mir der Gedanke hatte kommen können, dieses Mittagessen wäre eine gute Idee. Ich hatte – wieder einmal – vergessen, dass Francesca und ich nicht mehr in der Lage waren, ein freundliches Gespräch zu führen, egal über welches Thema. Das Schlimme daran war, dass sie früher fröhlich und lustig gewesen war. Die zwanzigjährige Francesca hätte angesichts von Absinth mit Champagner nicht die Nase gerümpft wie über die übelste Kultursünde. Es war deprimierend, wie sie sich innerhalb von zehn Jahren in die langweilig gekleidete, Wasser trinkende, humorlose Karrierezicke verwandelt hatte, die mir jetzt gegenübersaß. Sie ruinierte die gute Laune, die ich den ganzen Tag lang gehabt hatte.

Nichtsdestotrotz gab ich mir Mühe, unseren Dialog – der im Grunde genommen ein Monolog war – beschwingt und locker zu gestalten. Ich erzählte ihr von meinem Besuch in Oxford und meiner Vermutung, dass ich unter chronischer kognitiver Dissonanz litt. Aber sie schien nichts davon wirklich zu verstehen. Mehrere Male unterbrach sie mich mit Nebensächlichkeiten – warum ich uneingeladen in Professor Caborns Büro aufgetaucht war, warum ich mich plötzlich so für Affen interessierte –, als ob ich das nicht längst erklärt hätte! Sie hatte offenbar kaum zugehört, und deshalb war es wohl besser, diese Geschichte zu beenden und von etwas anderem zu sprechen. Ich erzählte ihr von dem Abendessen mit Daddy und warum ich glaubte, dass Marie eine ganz wundervolle Stiefmutter abgeben würde. Sie wiederum erzählte mir – mit ihren Blicken –, dass ich mich in dieser Angelegenheit unsagbar kindisch benahm. Ich konterte, dass sie wie immer viel zu nachsichtig war, was ich teilweise verstehen konnte, weil ihr Leben durch die zahlreichen Unzulänglichkeiten unseres Vaters wesentlich weniger in Unordnung geraten war als meins. Irgendwann senkte sich eine von Stacheln und Dornen bewehrte Stille über uns. Ich hatte es satt, das Gespräch allein zu bestreiten. Und Francesca schien sich auf eine distanzierte und vorwurfsvolle Haltung versteift zu haben, und zwar noch mehr als sonst. Sie schoss mir diese misstrauischen, suchenden Blicke zu und verengte missbilligend ihre Augen angesichts meines wunderschönen blauen Kleides. Ich denke, sie war neidisch. Tief in ihrem Inneren wünschte sie sich bestimmt, dass sie etwas so Herrliches in ihrem Büro tragen könnte.

Als ich das Restaurant verließ, durchfuhr mich ein heißer Stich aus Gereiztheit, den auch der mittägliche Alkohol nicht auszulöschen vermochte. Aber ich hatte nicht die Absicht, mir den Tag von Francesca verderben zu lassen. Der Nachmittag war noch jung, ich musste nicht nach Hause gehen. Mir blieben noch knapp drei Stunden. Ich beschloss, mir ein Tattoo stechen zu lassen.

Meine Logik war folgende: Ich hatte meine Kreditkarte heute mit rund neunhundert Pfund belastet. Ich konnte die Summe ruhig aufrunden und dann einen sauberen Strich unter meine Ausgaben ziehen. Und da ich mir heute etwas Gutes gegönnt hatte – zu viel des Guten, wie meine Schwester sicherlich behaupten würde –, sollte ich auch Beck etwas Gutes tun. Es wäre nicht nur eine nette Geste, sondern würde auch alle möglichen Einwände seinerseits hoffentlich im Keim ersticken.

Ich hatte schon ein Tattoo, einen kleinen Drachen, der sich diskret um mein rechtes Fußgelenk schlängelte. Aber mein neues Tattoo sollte in gewisser Weise noch viel diskreter sein. Es sollte meine Brust zieren, die rechte Seite meiner linken Brust, um genau zu sein, dort, wo mein Herz saß. Ich hatte das Motiv schon messerscharf vor Augen: einen Schmetterling, nicht größer als eine Fünfzig-Pence-Münze, mit kirschroten, halb geöffneten Flügeln, als ob er sich gerade niedergelassen hätte oder sich eben in die Lüfte erheben wollte. Zart, feminin, romantisch und sexy. Voller Symbolik. Es wäre so, als würde ich ihm ein Kunstwerk kaufen, das auf die intimste aller Leinwände gemalt war.

Ich fand eine nette Tätowiererin namens El am Rand von Covent Garden und zeigte ihr meinen Drachen, damit sie gleich wusste, dass ich keine Novizin war. Es dauerte nicht lange, da skizzierte sie den Schmetterling nach meinen Vorgaben.

Eine Tätowierung auf der Brust war nicht merklich schmerzhafter als eine Tätowierung auf dem Fußgelenk. Außerdem war es ein guter Schmerz, der heiße Stromschläge durch mein Fleisch jagte. Viel zu schnell war ich gesäubert, eingecremt, verbunden und versorgt mit der strikten

Anweisung, die Stelle mindestens zwei Stunden lang nicht zu berühren. Danach sollte es aufgehört haben zu bluten, und die Schwellung sollte zurückgegangen sein.

Die folgende Stunde verbrachte ich lang ausgestreckt auf dem sonnengetränkten Gras der Victoria Embankment Gardens, bis es Zeit zum Heimgehen war. Als ich aufstand, fühlte ich mich berauscht, leicht und frei wie eine Feder, die auf einer sanften Brise schaukelt.

Ich ahnte sofort, dass etwas nicht in Ordnung war. Beck war da. Er kam mir in der Diele entgegen, wo ich verwirrt und reglos an der Garderobe stand.

»Du bist heute so früh zu Hause«, sagte ich.

»Ich habe mir den Nachmittag freigenommen.« Sein Gesichtsausdruck war unergründlich.

»Ist jemand gestorben?«

»Nein, niemand ist gestorben, Abby. Es ist nichts dergleichen. Fran hat mich angerufen. Sie macht sich Sorgen um dich. Ich mache mir Sorgen um dich.«

Ich sagte nichts. Das hier war wie ein Gespräch in einem Traum. Es ergab keinen Sinn. »Setzen wir uns doch erst mal hin, ja?«

»Nein, ich glaube nicht, dass ich mich hinsetzen will. Mir geht es hier sehr gut, vielen Dank.«

»Abby, bitte.«

Bockig schüttelte ich den Kopf.

»Okay, wie du willst«, sagte Beck. »Dann machen wir es eben hier.«

»Was machen wir hier? Ich habe nicht die leiseste Ahnung, wovon du redest.«

»Abby, du bist manisch. Das schaukelt sich schon seit ein

paar Tagen hoch, und jetzt gerät es außer Kontrolle. Es tut mir leid, ich hätte früher etwas sagen sollen, viel früher, aber ich habe gehofft, es wäre nur eine Phase. Ich dachte, ich lasse dir ein bisschen Zeit, bis sich die Dinge von allein wieder einrenken. Aber das tun sie nicht. Du musst zum Arzt gehen.«

»Herrgott noch mal! *Darum* geht's also! Hör mal, ich weiß nicht, was Fran dir gesagt hat, aber du weißt doch, wie sie ist. Sie denkt, sie weiß über alles Bescheid, aber sie hat keine Ahnung, was …«

»Sie hat mir gesagt, dass sie kaum zu Wort gekommen ist.«

Ich wollte gerade lachen, aber er redete weiter.

»Wo sind die Vorhänge?«

»Die Vorhänge?«

»Die Vorhänge. Wo sind sie?« Er deutete zum Schlafzimmer, als ob er den Geschworenen Beweisstück A vorlegen würde.

»Beck, die Vorhänge sind im Müll, wo sie hingehören. Es werden bald neue Vorhänge geliefert.«

»Wann haben wir uns entschieden, neue Vorhänge aufzuhängen?«

»Oh Mann! Ich wusste nicht, dass wir das ausdiskutieren müssen. Ich habe doch kein … Pferd oder so etwas gekauft!«

Ich musste mir die Tränen aus den Augen wischen. Die Situation war so himmelschreiend komisch, wenn man sie aus dem richtigen Blickwinkel betrachtete.

»Wie viel hast du heute ausgegeben?«, fragte Beck.

Ich legte meine Hand auf die Brust und holte ein paar Mal tief Atem, um zu mir zu kommen. »Nichts. Keinen Penny.«

»Abby, das Kleid.«

»Nichts.«

»Hast du es bezahlt, oder hast du es gestohlen?«

»Weder noch. Das läuft alles auf Kredit. Ich werde nächsten Monat bezahlen, aber dann habe ich bereits ...«

Wieder fiel er mir ins Wort. »Und wo sind deine anderen Sachen? Die du anhattest, als du das Kleid gekauft hast?«

»Also schön, die habe ich auch weggeworfen! Sie waren alt und abgetragen, und ich konnte sie schlecht den ganzen Tag mit mir herumschleppen. Ich mache doch dieses Experiment, weißt du?« Ich hob meine Stimme, um seiner nächsten Unterbrechung Einhalt zu gebieten. »Nein, Beck. Sei mal eine Sekunde lang ruhig, ja? Ich habe eine ausgezeichnete Erklärung für all das, die Francesca dir ganz gewiss nicht geliefert hat. Das Kleid ist praktisch umsonst. Mit Modestorys kann man im Moment unglaublich viel Geld machen, wovon du natürlich keine Ahnung hast, aber ich vergebe dir, und ...«

»Abby, hör auf. Bitte hör auf. Merkst du nicht, dass du viel zu schnell redest?«

»Ich habe alles im Kopf ausgerechnet, aber du kannst meine Kalkulation gerne überprüfen, wenn du mir nicht glaubst. Wenn ich ungefähr fünfzehnhundert Wörter schreibe und, sagen wir, drei- bis vierhundert Pfund pro fünfhundert Wörter bekomme, dann ... ach Scheiße! Vergiss doch die Rechnungen. Ich muss dir was Tolles zeigen.« Ich tätschelte meine Brüste, wobei ich unwillkürlich zusammenzuckte. Beck ergriff meine Hände so sanft, als wäre ich aus Porzellan. Ich riss meine Handgelenke aus seinem Griff und sprach noch lauter. »Nein, hör auf damit! Das ist nicht fair! Du hörst mir gar nicht zu!«

»Abby, alles okay. Alles ist okay. Ich werde Dr. Barbara anrufen. Ich möchte, dass du mit ihr redest.«

»Lass Dr. Barbara aus dem Spiel! Sie wird sich nicht auf deine Seite stellen!«

Mein Schreien zeigte die gewünschte Wirkung. Beck trat einen Schritt zurück und hob die Hände. »Schon gut, schon gut. Du musst nichts machen, was du nicht willst. Aber bitte komm mit ins Wohnzimmer und setz dich hin. Ich hole dir ein Glas Wasser, und wir können reden. In aller Ruhe.«

Ich merkte, dass ich nicht weiterkam. Ich hatte keine andere Wahl, als nachzugeben. Also warf ich meine Handtasche auf den Boden und setzte mich daneben, mitten in der Diele. »Prima. Ganz toll. Hol mir was zu trinken, und ich werde hier sitzen und mir fünf Argumente überlegen, die dir beweisen, dass weder du noch Francesca wisst, wovon ihr redet.«

»Okay. Gut. Mach das. Bleib einfach sitzen, und ich hole dir ein Glas Wasser. Ich liebe dich.«

Ich richtete meine Augen auf den Teppich zwischen meinen Beinen, eine Abscheulichkeit in Beige. Nach ein paar Sekunden nickte Beck und ging dann in die Küche.

In dem Moment, in dem er durch den Türrahmen verschwunden war, stand ich leise auf, griff nach meiner Handtasche, ging aus der Wohnung und schaute nicht zurück.

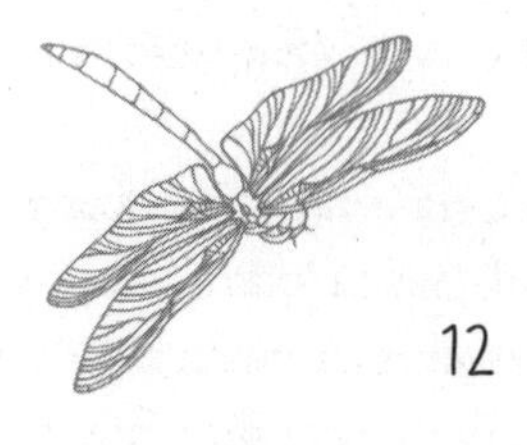

12

VERRAT

Ich nehme drei Stufen auf einmal, renne durch eine quietschende und hupende Lücke im fließenden Verkehr und dann im Zickzack durch eine Reihe kleiner Gassen. Auf dieser Route wahnwitziger Komplexität kann man mir gewiss nicht folgen. Das Handy in meiner Tasche klingelt pausenlos, aber ich bleibe nicht stehen, um es auszuschalten. Erst muss ich noch viel mehr Straßen und Häuser zwischen mich und die Wohnung bringen. Ich gebe mich nicht der Hoffnung hin, mich unauffällig unter die Menschen zu mischen. Mein schönes blaues Kleid fällt sofort ins Auge. Ich lasse noch Dutzende Gassen und Biegungen hinter mir, ehe ich kurz stehen bleibe, keuchend meine Hand in meine Tasche stecke und den Knopf drücke, ohne überhaupt auf das Display zu schauen.

Ich zünde mir eine Zigarette an und gehe durch ein gesichtsloses Wohngebiet. Komischerweise habe ich keine Ahnung, wo ich bin, und dieser Umstand erscheint mir sowohl bestürzend als auch berührend. Ein paar Kurven und Biegungen, und schon hat die Stadt mich verschluckt. Ich bin nicht länger Abby, ich bin Alice, die in das Kaninchenloch purzelt und nicht mehr weiß, wo oben und unten ist oder rechts und links.

Langsam krabbele ich wieder an die Oberfläche. Das Nikotin bläst mir den Kopf frei, und eine Art Normalität kehrt zurück. Es ist Freitagnachmittag, voller gold glänzendem Sonnenlicht, gerade einmal fünf Uhr vorbei. Die Sonne steht fast direkt vor mir und strahlt in meine Augen. Ich blicke also vermutlich nach Westen. Wenn ich mich nach links wende und dann geradeaus gehe, komme ich bald zu den Gleisen. Aber weiter kann ich nicht denken. Die einzige Gewissheit, die ich habe, ist die, dass ich heute nicht nach Hause gehe. Ich fühle mich verraten.

Gleichzeitig bin ich unglaublich erregt. Es ist ja nicht so, dass Beck und Francesca unrecht haben – natürlich nicht! Sie sind auf Geld fixiert, aber das spielt keine Rolle mehr. Wenn man nach den Sternen greift, denkt man nicht daran, wieder zur Erde zurückzukehren. Wie sollte man auch? Im Augenblick habe ich nur eine Sorge: Es muss mir gestattet sein zu fühlen, was ich fühle, ohne an die Konsequenzen zu denken.

Denn die Konsequenzen werden kommen, auch das weiß ich. Dieses Gefühl wird nicht ewig dauern, aber genau das ist Teil seiner unfassbaren, schimmernden Schönheit. Der Absturz ist unvermeidbar, doch er gehört dem Morgen oder dem Übermorgen. Mit dem Heute hat er nichts zu tun. Das Heute werde ich beschützen wie eine Löwin ihr Junges. Das Hier und Jetzt ist rein, ekstatisch, sublim und erhaben. Das ist der wahre Grund, warum ich nicht nach Hause gehen kann. Ich darf mir dieses Gefühl nicht wegnehmen lassen.

Die Gedanken explodieren wie Feuerwerk in meinem Gehirn, und der Verlauf des restlichen Tages liegt klar und deutlich vor mir. Ich kann nicht nach Hause, und ich kann auch keine Hilfe von Freunden oder Verwandten erwarten. Ich kann niemandem vertrauen. Das Vernünftigste ist, in einem Hotel einzuchecken, in einem schönen Hotel. Weniger als fünf Sterne sind im Augenblick undenkbar.

Schließlich lande ich in Turnham Green, wo ich die östliche Linie Richtung Innenstadt nehme. In Earl's Court steige ich in die Picadilly-Linie um, verlasse die U-Bahn an der Station Hyde Park Corner und gehe durch die Park Lane zum Dorchester Hotel. Ein Mann mit Zylinder und Frack öffnet mir die Tür mit einem Nicken, als ich zum Eingang komme, und bestätigt damit, was ich bereits weiß: Ich sehe aus, als würde ich hierher gehören. Ich erwidere sein Lächeln, gehe aber in gleichmäßigem Tempo weiter durch die Tür und über den spiegelblanken Marmorboden bis zur Rezeption, wo ein weiterer tadellos gekleideter und gebügelter Herr in Jackett und Weste – beides dunkelgrün – mit geradem Rücken und erwartungsvollem Gesicht steht wie ein höfliches Erdmännchen.

»Guten Tag«, sagt er. »Willkommen im Dorchester.«

»Guten Tag.« Ich lege meine Fingerspitzen auf die mit Blattgold eingefasste Theke, die so kühl ist wie Elfenbein. »Ich hätte gern ein Zimmer. Für eine Nacht. Ein Einzelzimmer.«

»Aber gewiss.« Er zuckt nicht einmal mit der Wimper. Warum sollte er auch? Natürlich ist er Profi genug, um bei außergewöhnlichen Ereignissen Haltung zu bewahren, aber mein Auftauchen fällt wohl kaum in diese Kategorie. So etwas passiert im Dorchester doch ständig: leicht zerzauste Damen in Cocktailkleidern, die von der Straße hereinschneien und ein Zimmer fordern. Wenn man einmal eine bestimmte Stufe der Opulenz erreicht hat, gibt es keine Merkwürdigkeiten mehr, keine Exzentrik. »Was für ein Zimmer wäre Ihnen genehm?«

»Mit Blick auf den Park. So hoch oben wie möglich. Ich will den blauen Himmel und das weite Land sehen.« Meine Stimme trieft vor Selbstverständlichkeit. Ich habe Anspruch auf alles, was ich fordere.

»Ich kann Ihnen eine Deluxe-King-Suite im achten Stock anbieten. Gewiss wird sie Ihren Wünschen entsprechen.«

»Sehr schön.«

Fünf Minuten später habe ich ein Formular ausgefüllt und unterschrieben, die Daten meiner Kreditkarte übermittelt, und nun werde ich durch ein traumhaftes Labyrinth aus sanft beleuchteten Gängen und Vorzimmern geleitet. Der Hotelpage ließ sich keine Verwunderung darüber anmerken, dass ich ohne Gepäck reise. In dem Aufzug, der doppelt so groß ist wie mein Badezimmer, schweigen wir, fast wie zwei Verschwörer, er mit abgewandtem Blick und die Hände hinter dem Rücken verschränkt. Jede Tür hält er für mich auf und nennt mich Madam, während er mir bedeutet, vorzugehen.

Mein Zimmer ist hell und weitläufig, geschmackvoll eingerichtet mit Antiquitäten und einem Bett, in dem ein ganzes Volleyball-Team Platz hätte. Das breite Fenster blickt über die Baumwipfel, hinter denen der Hyde Park glänzt wie ein goldbetupfter grüner Ozean. London ist eine fantastische Stadt für die Privilegierten.

Ich habe nichts auszupacken, also nehme ich erst einmal meine Umgebung in Augenschein, und dann lasse ich mir ein Bad ein. Das Badezimmer ist eine Kapelle aus weißem Marmor mit einer Wanne so tief wie ein Grab. Durch ein Fenster aus gefrostetem Glas fällt Licht auf ein fleckenloses Waschbecken und einen Weidenkorb mit Luxus-Toilettenartikeln. Während das Badewasser einläuft, hole ich mein Telefon aus der Tasche, wickele es in ein Gästehandtuch und verstaue das Päckchen ganz unten im Schrank.

Ich mache mir Kaffee und ziehe mich dann vor dem hohen Spiegel aus. Aus einiger Entfernung ist die leichte Röte, die mein neues Tattoo aufweist, kaum noch zu sehen. Es ist so vollkommen, so betörend auf der cremigen Weichheit meiner Brüste, dass ich weinen könnte. Eine Tragödie, dass Beck es nicht sehen wollte. Diesen Moment hätten wir teilen sollen. Aber er ist der Verlierer, nicht ich. Ich habe ihm die Möglichkeit geboten, aber er wollte nichts davon wissen.

Eine Viertelstunde lang liege ich in fast kochend heißem Wasser. Der pochende Schmerz in meiner linken Brust erwacht zu neuem Leben, irgendwie ein angenehmes Gefühl. Ich wasche mir die Haare und schrubbe mir den Schmutz der Stadt von der Haut und aus den Nagelrändern. Dann trockne ich mich ab, föhne und frisiere mein Haar, lege frisches Make-up auf und setze neue Kontaktlinsen ein. Es ist viel zu warm für Kleidung, selbst für einen Bademantel, und so verbringe ich die nächste Stunde nackt. Ich sitze an dem Schreibtisch aus Rosenholz vor dem Fenster und schreibe *Welches Blau ist das richtige?* auf acht Blätter Hotelpapier. Muss ich betonen, dass es ein Meisterwerk ist? – Weniger ein Essay über Mode, sondern eher ein Gedicht in Prosa: lyrisch, verspielt, leidenschaftlich und auf den Punkt gebracht. Sätze, die von Virginia Woolf stammen könnten, wenn sie sich entschlossen hätte, der Belletristik den Rücken zu kehren und ihr Talent an *Cosmopolitan* zu verkaufen. Ein zweiter Entwurf ist nicht nötig. Ich falte die Seiten, stecke sie in einen Umschlag, klebe ihn zu und verstaue ihn im Seitenfach meiner Handtasche.

Die Uhr zeigt kurz vor acht, aber es ist noch immer so warm und hell wie unter einer Hundert-Watt-Glühbirne. Ich habe keinen Hunger, obwohl ich seit dem Mittag nichts mehr gegessen habe. Ich ziehe mein Kleid an und gehe nach unten in den Park, um eine Zigarette zu rauchen. Es werden zwei daraus. Dann kehre ich zurück. Ich brauche etwas zu trinken.

Die Bar des Dorchester Hotels besteht aus Samtpolstern und dunklem, poliertem Holz. Sie ist bereits gut besucht. Lässiger Jazz ertönt im Hintergrund aus unsichtbaren Lautsprechern. Mir wäre etwas Lebendiges lieber, etwas mit Beat, aber man kann nicht alles haben. Die Atmosphäre ist elegant und gedämpft, und im Augenblick reicht mir das. Ein schneidig gekleideter Ober erwartet mich am Eingang und erklärt mir, dass kein Tisch frei ist, ich aber an der Bar sitzen kann. Das kommt mir sehr gelegen. Die Bar ist ein geschmeidig geschwungenes Kunstwerk, die Wand dahinter ein Gobelin aus glänzenden, von hinten beleuchteten Flaschen.

Ich bestelle schwarzen Kaffee mit einem Schuss Amaretto und lasse auf meine Zimmernummer anschreiben. Ich will nur ein paar Drinks nehmen. Zu viel Alkohol würde mich benebeln, und ich will im Grunde nichts weiter als hier sitzen und vielleicht eine Stunde lang das heiße Pulsieren dieses Raums in mich aufnehmen. Aber natürlich ist dieses Vorhaben von Anfang an zum Scheitern verurteilt. Noch bevor mein Kaffee erkaltet ist, hat sich ein Mann in einem teuer aussehenden Hemd – die Hemdsärmel bis zu den Ellbogen aufgerollt – auf den Stuhl neben mir gesetzt. Ich fühle die Hitze seines Blicks, der sich wie das Laservisier eines Gewehrs in meine Wange bohrt. Ich wende mich ihm zu und mustere ihn: dunkle Augen, makellos gepflegt, gut aussehend auf eine arrogante, narzisstische Art. Ich schätze ihn auf fünfunddreißig bis vierzig. Er sieht aus, als hätte er einen gut bezahlten und ganz und gar unmoralischen Job.

»Macht nicht viel Spaß, allein zu trinken«, sagt er.

»Woher wissen Sie, dass ich allein bin?«, gebe ich zurück. »Vielleicht warte ich auf jemanden.«

Er schüttelt den Kopf und lächelt selbstzufrieden. »Sie warten auf niemanden. Ich beobachte Sie schon seit zehn Minuten.«

Ich zucke mit den Schultern.

»Vielleicht wollen Sie sich zu mir an meinen Tisch setzen?«, schlägt er vor.

»Ja, vielleicht«, sage ich. »Vielleicht auch nicht.«

Den meisten Männern würde diese Abfuhr völlig ausreichen, aber sein Lächeln gerät nicht einmal für eine Sekunde ins Wanken. »Dann lassen Sie mich Ihnen wenigstens etwas zu trinken bestellen«, sagt er. »Etwas Stärkeres als Kaffee.« Er formuliert seine Fragen als Feststellungen, als ob es an der Durchführung seines Vorhabens nicht den geringsten Zweifel gäbe.

Ich sollte der Sache hier und jetzt ein Ende machen. Aber ich tue es nicht. Die Wahrheit ist, dass ich es genieße, diese Rangelei, die Manipulation, das Katz-und-Maus-

Spiel. Und warum auch nicht? Es wird ja nichts weiter passieren.

»Was möchten Sie trinken?«, fragt er selbstgefällig.

»Champagner.«

Er nickt munter. »Natürlich. Ich besorge uns eine Flasche.«

Er wendet sich zum Barkeeper um. Ich vermute, dass er den Champagner aussuchen will, und obwohl es interessant wäre zu erfahren, wie viel ich ihm wert bin, will ich ihn nicht billig davonkommen lassen. Ich habe die Getränkekarte bereits inspiziert, bevor er sich zu mir gesetzt hat. Es dauert nur zwei Sekunden, bis ich gefunden habe, was ich suche. Mein Finger schießt auf die Karte wie ein Giftpfeil. »Den 1996er Dom Pérignon«, befehle ich.

Die Flasche kostet sechshundertfünfzig Pfund und ist nicht einmal der teuerste Champagner auf der Karte, aber der teuerste, den ich sicher aussprechen kann. Schlechtes Französisch würde alles ruinieren.

Er wirbelt zu mir herum und mustert mich ein paar Augenblicke lang, als ob er etwas abschätzen würde. Dann verzieht er die Lippen zu einer Mischung aus Grinsen und Schnauben. »Teurer Geschmack«, bemerkt er.

»Ich weiß, was ich mag.« Mein Blick warnt ihn, dass seine Männlichkeit auf dem Spiel steht, und ich schwöre, eine Sekunde lang wird er ganz klein. Dann dreht er sich um, nickt dem Barkeeper zu und sagt: »Eine Flasche 1996er Dom Pérignon. Zwei Gläser.«

»Und ein Shot Pastis«, setze ich schnell hinzu. »Unverdünnt. Absinth, wenn Sie haben, sonst Pernod.«

Diesmal stößt der Mann ein knappes, belustigtes Lachen aus, aber er hat keinen Grund, mit meiner Wahl unzufrieden zu sein. Umso schneller bin ich betrunken, und außerdem ist das Zeug ziemlich billig. Noch einmal nickt er dem Barkeeper zu.

Zwei Kristallflöten tauchen vor uns auf. Der Barkeeper zieht den Korken, gießt ein und stellt die Flasche in einen Eiskübel.

Mein Möchtegern-Verführer erhebt sein Glas. »Auf teuren Geschmack.«

Ich tue es ihm nach, und wir beide trinken. Er nippt, ich nehme einen anständigen Schluck, der meine Flöte zur Hälfte leert. Und dann, die ganze Zeit Augenkontakt haltend, nehme ich das Glas Pastis und leere es in meinen Champagner. Es zischt und blubbert, während sich das Getränk perlmuttpink verfärbt. Der Mann keucht auf, die Augen des Barkeepers weiten sich erschrocken, aber nur für einen Moment, dann setzt er wieder seine professionelle Maske der Gelassenheit auf. Das Wirbeln und Zischen geht weiter, und einige köstliche Sekunden lang sagt keiner ein Wort. Ich fühle mich leichter als Luft, so frei von allem Ballast, dass ich glaube, in die Höhe zu schweben. Es wäre der perfekte Augenblick, um mein Glas auszutrinken und zu gehen, mit einer eleganten Verbeugung von der Bühne abzutreten. Nichts ist gewesen, nichts passiert. Aber aus irgendeinem Grund kann ich das nicht. Unsere Blicke kleben noch immer aneinander, und ich muss einfach wissen, was er als Nächstes tun wird. Wird er den Champagner unter der Rubrik »Verluste« abschreiben, die Flasche nehmen und sich zurückziehen, oder wird er im Ring bleiben?

Natürlich Letzteres. Für die reichen Dummen gibt es nichts Reizvolleres als die völlige Gleichgültigkeit Sachwerten gegenüber. Es ist, als ob man sich einen Schuss Testosteron setzt. Das Gesicht des Mannes verzieht sich zu einem weiteren sardonischen Grinsen. »Das ist wohl das Bemerkenswerteste, was ich seit langem in dieser Bar erlebt habe«, sagt er. »Wie schmeckt das?«

Ich trinke einen Schluck und lasse die Anisbläschen auf meiner Zunge zerplatzen. »Unvergleichlich«, sage ich.

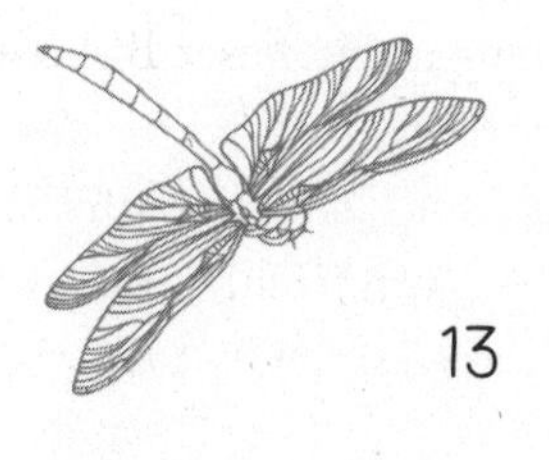

13

DIE GÜTE FREMDER MENSCHEN

Ein anderer Freitag, eine andere Bar. Gänzlich andere Umstände.

Ich bin ein bisschen high, aber nicht so sehr, dass es zum Problem werden könnte. Ich habe einfach nur diesen Extra-Schuss an Energie und Vorstellungskraft. Zwei doppelte Wodka stehen vor mir, und ich durchwühle meine Tasche nach irgendwelchen Geldmitteln. Ich habe kein Bares dabei, so viel weiß ich schon, aber zu spät merke ich, dass ich auch meine EC-Karte nicht bei mir habe. »Die steckt vermutlich in meiner anderen Jeans«, erkläre ich dem Barkeeper, der diese Information so unbeweglich zur Kenntnis nimmt wie ein Fels. »Kann ich mit Kreditkarte bezahlen?«

»Ja, klar.« Er schiebt mir das Lesegerät zu.

»Ich weiß meine PIN nicht«, ergänze ich.

»Sie wissen Ihre PIN nicht?«

»Nein. Na ja, ich benutze diese Karte so gut wie nie, außer online. Ich unterschreibe einfach.«

Der Barkeeper stöhnt laut, und das Geräusch setzt sich

in der Menge fort. Es ist früh am Abend in einer Bar in der Innenstadt. Die Leute hinter mir würden einen Mord begehen für einen Drink. »Sie können nicht unterschreiben«, sagt der Barkeeper. »Wenn Sie Ihre PIN nicht wissen, können Sie mit der Karte nicht bezahlen.«

»Das ist doch lächerlich!«

»So ist das nun einmal. Damit soll Missbrauch vermieden werden.«

»Aber sehen Sie doch« – ich schiebe ihm meine offene Brieftasche vor die Nase –, »da ist mein Führerschein. Sehen Sie? Derselbe Name.«

Er schüttelt den Kopf und packt die beiden Wodka-Gläser, als ob ich damit weglaufen würde. »Keine PIN, keine Drinks.«

»Ach, verdammt noch mal! Ich könnte im Internet damit einen Diamanten kaufen, ohne meine PIN. Also warum brauche ich sie, um hier einen Drink zu kriegen?«

»Entschuldigung.« Jemand tippt mir auf die Schulter, und ich wirbele wütend herum. Es ist der Typ, der in der Schlange an der Bar direkt hinter mir steht. Er ist groß, und ich trage flache Schuhe, und daher ist das Erste, was mir an ihm auffällt, sein Dreitagebart. Es ist kein absichtlich gezüchteter Dreitagebart, es ist ein »Ich-hatte-keine-Zeit-zum-Rasieren«-Dreitagebart. Er ist nicht viel älter als ich, vierundzwanzig oder vielleicht fünfundzwanzig, aber er wirkt angespannt und irgendwie erschöpft. Er trägt noch seine Bürokluft – Hemd, Krawatte, Hose mit Bügelfalten. Das Hemd hat ein paar Knitter und ist an einer Seite nur unordentlich in den Hosenbund gestopft. Er sieht aus, als hätte er eine lange, harte Woche hinter sich.

»Ja, ich weiß!«, fahre ich ihn an. »Ich halte Sie auf. Aber unnötige Unterbrechungen werden die Sache nicht beschleunigen.«

»Ähm, nein. Vermutlich nicht«, stimmt er zu und verzieht das Gesicht zu einem unsicheren Grinsen. »Aber eigentlich wollte ich Ihnen anbieten, Ihnen den Drink zu spendieren.«

»Oh.« Einen Augenblick gerate ich aus der Fassung. Der Barkeeper schnalzt mit der Zunge. »Danke. Das ist sehr freundlich von Ihnen. Besser gesagt, es war sehr freundlich von Ihnen. Denn ich vermute, dass das Angebot nun nicht mehr gilt.«

»Das Angebot gilt noch immer.«

»Tja …« Ich öffne mein Portmonnaie, damit er sich von der Leere überzeugen kann, die darin herrscht. »Ich habe da leider ein Problem mit dem Cash Flow.«

»Ja, habe ich mitbekommen.« Er zuckt mit den Schultern. »Das passiert uns doch allen irgendwann mal.«

»Danke. Das ist eine Lüge, das wissen Sie, nicht wahr? Aber es ist eine nette Lüge.«

Der Barkeeper hüstelt und trommelt mit den Fingern auf den Tresen.

»Sind Sie sicher?«, frage ich, aber der Geldschein hat schon den Besitzer gewechselt, ohne ein weiteres Wort.

»Hören Sie«, sage ich. »Ich möchte Ihnen das Geld gerne zurückgeben. Wenn Sie mir Ihre Adresse geben, schicke ich Ihnen einen Scheck.«

»Oh nein. Das ist nicht nötig. Wirklich nicht. Es ist doch nur ein Drink. Das ist keine große Sache.«

»Na ja, in Wirklichkeit sind es zwei Drinks«, bemerke ich. »Ich bin mit jemandem hier. Mit meiner Mitbewohnerin«, setze ich schnell hinzu. »Sie hatte einen echt miesen Tag.

Ihr Freund hat mit ihr Schluss gemacht, und ich habe ihr versprochen, dass ich mit ihr ausgehe und dafür sorge, dass sie so richtig betrunken wird.« Ich nicke in Richtung meines Portmonnaies. »Allerdings sieht es ganz so aus, als ob sie ab jetzt bezahlen müsste. Ich bin wirklich eine schreckliche Freundin.«

»Nein, nicht schrecklich. Nur ein bisschen inkompetent.«

Ich lache, und es fühlt sich warm an und irgendwie ... ungezwungen. »Ja, stimmt genau.«

»Aber Sie hatten die besten Absichten.«

»Die habe ich immer.«

Der Barkeeper gibt ihm sein Wechselgeld und schiebt uns die beiden Wodkas sowie ein Glas Bier zu. Wir wenden uns ab, und die Menge hinter uns schließt die Lücke, die wir hinterlassen.

»Also«, sage ich, nachdem wir uns ein Stück von der Bar entfernt haben, »normalerweise würde ich Sie jetzt einladen, sich zu uns zu setzen, aber das ist kein besonders guter Zeitpunkt, wie ich schon sagte. Wir werden vermutlich die nächsten zwei Stunden darüber reden, was für Scheißkerle die Männer doch sind.«

»Dann halte ich mich wohl besser fern.«

»Ich hätte trotzdem gerne Ihre Nummer«, beharre ich. »Oder Ihre E-Mail-Adresse.«

»Nein, wirklich. Schon gut. Das ist nicht nötig. Betrachten Sie es als einen Akt der Nächstenliebe.«

Ich schenke ihm ein nachsichtiges Lächeln. »Ja, ich weiß, dass es nicht nötig ist. Und das ist auch nicht länger der Grund für meine Bitte.«

»Oh.« Er errötet leicht, und in diesem Augenblick kann ich mir nichts Süßeres vorstellen. »Ähm, ja, nun, das ist etwas anderes. Sorry, dass ich offenbar stottere. Ich fange am besten noch mal an: Mit Vergnügen. Haben Sie einen Stift?«

»Hm …« Ich krame in meiner Tasche. »Ja. Vier Stifte, um genau zu sein. Kein Geld, aber vier Kulis. Vielleicht hätte ich versuchen sollen, damit meine Drinks zu bezahlen.« Ich lächle und reiche ihm einen Kugelschreiber und einen Bierdeckel, auf den er seine Telefonnummer und die E-Mail-Adresse schreibt. Ich lese mit, was er schreibt – stephen.beckett113@gmail.com – und dann schiebe ich den Bierdeckel in meine Tasche.

»Nun, Stephen Beckett«, sage ich und halte beide Wodkas hoch, »nochmals vielen Dank hierfür. Ich bin übrigens Abby. Sie werden schon sehr bald von mir hören.«

Dann drehe ich mich um und quetsche mich durch die Menschenmenge.

Diese Erinnerung ist eine von vielen, die gleichzeitig an die Oberfläche drängen wie die Bläschen im Champagner, wie die Bläschen in meinem Blut. Der Alkohol hat mich nicht betäubt, er hat alles nur durcheinandergebracht, und jetzt wirbeln die Gedanken in meinem Gehirn hin und her, ein einziger wirrer Knoten aus Gegensätzen.

Wir stolpern zu meinem Zimmer. Gänge und Abzweigungen verschwimmen vor meinen Augen. Er hat seine Hand auf meinem Steißbein und schiebt mich mehr, als er mich geleitet. Seine Finger streicheln meine Pobacken, und er nennt mich andauernd Julia, weil ich behauptet habe, das wäre mein Name. Er hat mir ebenfalls seinen Namen genannt – Matt oder Mark oder Mike –, aber ich habe ihn schon wieder vergessen. Wahrscheinlich hat er irgendwo eine Frau und Kinder hocken.

Im Fahrstuhl küsst er mich und stößt mich so fest gegen eine der verspiegelten Wände, dass mir ein scharfer Schmerz durch das Rückgrat schießt. Der Schmerz fühlt sich viel besser an als der Kuss. Ich bin erregt, weil er mich so sehr begehrt, aber ich begreife nicht einmal ansatzweise, was das bedeutet. Ich weiß nur, dass ich kein Verlangen nach diesem Mann empfinde, von dem ich nicht einmal mehr den Namen weiß. Aber das scheint keine Rolle für mich zu spielen. Die Sache ist mir nicht wichtig genug, um sie zu beenden.

An meinem Zimmer angekommen, löse ich mich von ihm, um die Tür aufzuschließen. Einen Augenblick lang kann ich mich der Illusion hingeben, dass ich die Situation immer noch unter Kontrolle habe. Aber gleich darauf schiebt er mich weiter, diesmal in Richtung des riesigen Betts. Meine Waden stoßen gegen den Bettrahmen, und ich verliere das Gleichgewicht und falle nach hinten. Ich rolle mich zur Seite und stehe schnell wieder auf. Rasch öffne ich den Reißverschluss und ziehe mein Kleid aus – nicht, weil ich es will, sondern weil ich nicht will, dass er es tut. Es ist absurd, aber die Vorstellung, dass er mit seinen ungeschickten, aggressiven Händen daran herumreißt, ist mehr, als ich ertragen kann. Ich höre Francescas Stimme in meinem Kopf, die mir sagt, dass ich auf das Kleid achtgeben muss. Es ist viel zu kostbar.

Er ist auf mir, kaum dass ich das Kleid auf den Boden habe gleiten lassen – das Hemd aufgeknöpft und die Schuhe quer durch den Raum getreten. Er macht keinen Versuch, meinen BH zu öffnen, sondern schiebt ihn einfach über meine Brüste nach oben, wo er mir wie ein Gurt ins Fleisch schneidet. Wieder ein ziehender Schmerz, aber diesmal ist nichts Angenehmes dabei. Ich keuche auf, was er komplett ignoriert. Sein Mund liegt auf meiner linken Brustwarze, und es brennt schrecklich, als sich sein Daumen in die immer noch empfindliche Haut neben meinem Tattoo bohrt. Ich fühle, wie es mir das Herz zusammenpresst. Ich stoße ihn weg und schiebe mich rückwärts, wobei ich ihn mit dem Arm abwehre.

»Nein!« Mein Schrei ist kaum mehr als ein hysterisches Quietschen, reicht aber, um ihn innehalten zu lassen. »Fassen Sie mich da nicht an!«

Er starrt mich kurz an, lacht scharf auf und greift wieder nach mir.

»Halt!« Es gelingt mir, etwas mehr Kraft und Autorität in meine Stimme zu legen. »Sie können mit mir machen, was Sie wollen, aber fassen Sie mich da nicht an! Das ist nicht für Sie bestimmt!«

Er starrt mich weiter an. Sein Gesicht zeigt eine Mischung aus Wut und Unglauben. Ich ziehe meinen BH wieder nach unten, wobei ich darauf achte, dass das Tattoo nicht mehr zu sehen ist.

»Fuck! Das ist doch wohl nicht dein Ernst.«

»Das ist mein völliger Ernst«, sage ich und schlage erneut seine Hand weg. »Wenn Sie noch einmal meine Brüste anfassen, dann fange ich an zu schreien, das schwöre ich.«

Er schaut mir geradewegs in die Augen, die Lippen spöttisch verzogen, das Gesicht rot und fleckig. Dann spreizt er die Finger und schiebt seine Hand auf mich zu, mit einer Geste hohntriefender Langsamkeit. In dem Augenblick, in dem er mich berührt, schreie ich. Ich schreie aus vollem Hals, völlig rückhaltlos. Eine Sekunde später krampft sich seine Hand über meinen Mund.

»Hast du den Verstand verloren?«

Ich reiße den Kopf nach hinten, seine Hand gleitet ab, und ich bekomme mit den Zähnen das weiche Fleisch zwischen Daumen und Zeigefinger zu packen.

»Scheiße!« Er schlägt mich auf die linke Wange, sodass mir die Ohren klingeln und alles vor meinen Augen verschwimmt.

Wieder schreie ich. Ich schreie und schreie, so laut ich kann, wie ein waidwundes Tier. Tränen verschleiern meinen Blick, aber ich sehe, wie er zurückweicht. Hastig greift er nach seinen Schuhen, dann rennt er aus dem Zimmer und schlägt die Tür hinter sich zu.

In dem Moment, in dem er weg ist, erstirbt mein Schrei. Ich lasse mich auf das Bett fallen und rolle mich, immer noch heftig schluchzend, wie ein Fötus zusammen.

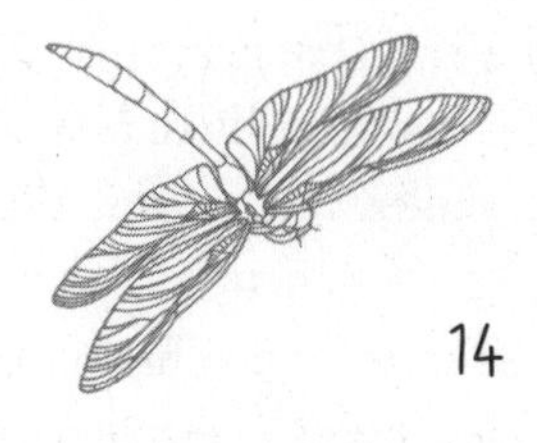

14

VERLETZT

Ein resolutes Klopfen rüttelt mein Bewusstsein wach. Ich schmecke Blut, habe aber keine Ahnung, ob es seins ist oder mein eigenes. Meine Wange brennt wie Feuer. Das Klopfen geht weiter, und ich rolle mich noch enger zusammen. Ich will, dass das Geräusch weggeht. Jetzt ist es still. Dann höre ich gedämpfte Stimmen, das Klicken der Tür. Zwei Nachtportiere kommen ins Zimmer, sehen mich und wechseln einen Blick. Ich starre sie an. Ich liege da, immer noch in meiner Unterwäsche, und rühre mich nicht. Ich kann nichts tun.

»Ähm, Madam?«

Ich muss kichern, vielleicht weine ich auch, ich weiß nicht genau. Selbst jetzt noch, in dieser Situation, nennt man mich Madam, und irgendwie kommt mir das völlig abartig vor. Ich ziehe die Knie ans Kinn und schließe fest die Augen. Wenn ich sie nur lange genug geschlossen halte, wird das alles verschwinden.

»Madam?« Die Stimme des Portiers ist jetzt ein bisschen lauter. »Bitte nehmen Sie das.«

Ich schlage die Augen auf, und da hält er mir einen Bademantel hin, sein Gesicht voller Sorge. Es ist eine so schlichte Geste, aber sie macht mich völlig fertig. Er legt den Bademantel neben mich auf das Bett, während ich immer heftiger schluchze. »Lassen Sie sich ruhig Zeit.« Er und sein Kollege drehen mir diskret den Rücken zu, als ob dies ein Szenario war, auf das sie in ihrer Ausbildung vorbereitet wurden.

Ich zwinge meine Gliedmaßen, sich zu entwirren, erhebe mich auf hölzernen Beinen, hülle mich in den Bademantel und setze mich auf die Bettkante. »Ich bin fertig«, sage ich. Meine Stimme klingt hohl.

Der Portier, der mit mir gesprochen hat, dreht sich um und schenkt mir ein sanftes Lächeln. Sein Kollege ist fort, kommt aber einen Augenblick später aus dem Badezimmer wieder und reicht mir ein kühles, feuchtes Handtuch. »Für Ihre Wange«, erklärt er.

Ich nicke und will mich bedanken, bekomme aber kein Wort heraus.

»Madam?« Das ist wieder der erste Portier. »Sollen wir jemanden anrufen? Die Polizei vielleicht?«

»Nein. Nicht die Polizei.« Ich tupfe an meiner Wange, und die kurze, kalte Berührung verrät mir, dass sich bereits eine Schwellung gebildet hat. In ein paar Stunden werde ich einen bemerkenswerten Bluterguss haben.

»Madam.« Der Portier hüstelt leicht. »Einige Gäste haben Schreie gemeldet. Hier ist offensichtlich etwas vorgefallen.«

»Es ist nicht das, was Sie denken. Wirklich nicht.« Keiner von beiden sagt etwas, aber wieder werden Blicke gewechselt. Ich lege so viel Ruhe und Klarheit in meine Stimme, wie ich kann. »Da war ein Mann. Die Sache ist aus dem Ruder gelaufen …« Ich finde keine Worte, um die Situation angemessen zu erklären. Der erste Portier nickt taktvoll. »Ich brauche keine Polizei«, versichere ich. »Es ist nichts passiert. Nichts Ernstes. Ich brauche nur Schlaf.«

Der zweite Portier schüttelt kaum merklich den Kopf. »Ich glaube nicht, dass wir Sie in diesem Zustand allein lassen können.«

»Mir geht es gut. Ich bin nicht verletzt.«

Ich drücke das Handtuch fester an meine Wange, und gegen meinen Willen fange ich an zu weinen. Sie haben recht. Ich kann mich nicht einfach schlafen legen und hoffen, dass morgen früh alles wieder so sein wird wie vorher. Und es ist auch nicht Schlaf, wonach ich mich sehne, es ist Vergessen. Ich will die Augen schließen, will, dass alles aufhört.

Ich stehe auf und hole das Handtuch-Päckchen aus meinem Schrank. Keiner der beiden Männer sagt etwas, als ich mein Handy aus dem Handtuch wickele. Was sollten sie auch sagen? Vielleicht so etwas wie: Ach, Sie haben ja Ihr Handy in ein Handtuch gewickelt.

»Ich werde eine Freundin anrufen«, sage ich. »Ich werde sie bitten, mich abzuholen. Wenn es Ihnen nichts ausmacht, wäre ich jetzt gern allein. Sie können mir Bescheid sagen, wenn sie da ist.«

Der erste Portier wirft dem zweiten einen fragenden Blick zu. Nach einem kurzen Augenblick nickt dieser und sagt: »Wir rufen Sie an, sobald sie eintrifft. Können wir in der Zwischenzeit noch irgendetwas für Sie tun?«

»Nein, danke. Sie waren sehr freundlich. Könnten Sie bitte die Tür schließen, wenn Sie hinausgehen?«

Mein Handy zeigt achtzehn entgangene Anrufe an und Gott weiß wie viele Nachrichten, aber ich kann mich damit nicht beschäftigen. Ich darf nicht an all das denken, nicht, wenn ich auch nur annähernd funktionieren will. Ich drücke die Nachrichten weg und schaue auf die Uhr. Zwanzig nach eins. Ich rufe Dr. Barbara an.

Das Telefon klingelt nur zwei- oder dreimal, dann hebt sie ab. Sie klingt hellwach, obwohl ich vermute, dass ich sie aus dem Schlaf gerissen habe. »Abby, wo sind Sie?«

»Im Dorchester.«

Sie zeigt keine Überraschung angesichts dieses Umstands. »Ich komme und hole Sie. Ich bin in einer halben Stunde da. Bitte gehen Sie nirgendwo hin. Versprechen Sie mir das.«

»Ich gehe nicht weg«, versichere ich ihr.

»Versprechen Sie es?«

»Ich verspreche es.«

»Ist jemand bei Ihnen?«

»Nein. Ich bin allein. Ich habe mir ein Zimmer genommen.«

Ein kurzes Schweigen folgt, während sie diese Information verdaut. »Abby, hören Sie mir zu. Ich will, dass Sie in Ihrem Zimmer bleiben. Gehen Sie nicht weg. Wenn Sie in Versuchung geraten, sich selbst zu verletzen, dann rufen Sie mich sofort an. Sofort, hören Sie? Ich bin gleich bei Ihnen. Bleiben Sie, wo Sie sind.«

»Okay.«

»Okay.«

Die Leitung ist tot, und ich lege das Handy neben mir auf das Bett. Ich stelle mir vor, wie sie sich auf den Weg macht. Die Absätze klappern energisch, Scheinwerfer erwachen zum Leben, aber die Bilder geraten außer Kontrolle. Ich sehe, wie ihr Wagen auf einer Kreuzung zu Brei zerquetscht wird, sehe Blut aus ihrem Mund, aus ihrer Nase und aus ihren Augen quellen. Auch das wäre meine Schuld. Eine halbe Stunde kommt mir viel zu lang vor.

Ich stehe auf und gehe ins Badezimmer. In einem Spiegel, der fast die gesamte Wand bedeckt, sehe ich ein Mädchen, wie Picasso es gemalt haben könnte. Mein linkes Auge wird von einer Wölbung aus geschwollener Haut zusammengedrückt, und mein Haar ist völlig aus der Form geraten. Meine Wange ist krebsrot wie von Sonnenbrand und nimmt in der Mitte bereits einen dunkleren, bläulichen Ton an. Und irgendwie wirkt mein Anblick noch schrecklicher vor dem Hintergrund dieser makellosen, luxuriösen Umgebung: die schneeweißen Handtücher, die gleißenden Lichter, der reine, glänzende Marmor. Solcherart eingerahmt sehe ich so zerschlagen und kaputt aus, dass ich nicht den Blick von mir abwenden kann. Ich bin wie hypnotisiert, kann mich nur anstarren, wie gebannt von dem grotesken Zerrbild, das einmal mein Gesicht gewesen ist.

Ich fühle mich nicht länger berauscht. Ich fühle gar nichts mehr. Es ist, als ob der Alkohol, die Manie, die Tränen, die Küsse und die Schläge einander gegenseitig ausgelöscht hätten. Was geblieben ist, ist ein Abgrund, leer und formlos wie Nebel. Aber das ist nur die halbe Wahrheit. Irgendwo tief in meinem Inneren lebt das Verlangen wegzulaufen – die schwarze Umkehr der Hochstimmung von vorhin. Mein Instinkt befiehlt mir zu gehen, das Hotel zu verlassen, sofort, und mich von der Nacht verschlucken zu lassen. Das Einzige, was zwischen mir und der Tür steht, ist das Versprechen, das ich Dr. Barbara gegeben habe.

Das Licht im Badezimmer ist viel zu grell. Ich wende mich ab, gehe wieder ins Bett und ziehe mir die Decke über das Gesicht. Aber das reicht nicht. Ich kann die Lichter in meinem Kopf nicht löschen. Ich brauche irgendeine Ablenkung, also stehe ich wieder auf und suche im Zimmer nach etwas zu lesen. Die Ausbeute ist mager: die Hausordnung des Hotels und die Bibel. Ich versuche es mit beidem. Aber die Hausordnung ist zu kurz und die Bibel zu brutal. Eva isst Obst. Gott sagt, dass er sie bestraft, indem er die Geburt mit Höllenschmerzen belegt. Ich verstecke mich wieder unter der Decke und bete, das Telefon möge klingeln.

Da ich – bis auf den Bademantel – keine Alternative habe, ziehe ich wieder das blaue Kleid an und gehe nach unten in die Lobby. Meine Schritte sind langsam und mechanisch. Dr. Barbara fängt mich auf dem Weg zur Rezeption ab und umarmt mich fest. Meine eigenen Arme hängen so schlaff wie weich gekochte Nudeln an meinen Seiten.

»Sie sind verletzt«, sagt sie, als sie einen Schritt zurücktritt. »Jemand hat Sie geschlagen.«

Ich mache den Mund auf, schließe ihn wieder, zucke mit den Schultern und nicke.

»Alles in Ordnung. Sie müssen jetzt nicht darüber reden. Sagen Sie's mir im Auto. Wir müssen Sie nach Hause bringen.«

»Ich glaube nicht, dass ich nach Hause gehen kann.« Meine Stimme ist kalt und monoton. »Noch nicht.«

»Zu mir nach Hause, Abby. Sie kommen mit zu mir. Vorläufig.«

»Danke.« Meine Augen brennen. »Ich muss meinen Schlüssel abgeben.«

»Geben Sie ihn mir.«

Ich tue wie geheißen, und Dr. Barbara schreitet zur Rezeption und reicht dem Empfangschef die Schlüssel, wobei sie ihm kurz die Hand auf den Arm legt. Bei jeder anderen Person würde diese Geste anmaßend und übertrieben vertraulich wirken, aber Dr. Barbara führt sie mit einer solch ruhigen und gütigen Autorität aus, dass es mir vorkommt wie die natürlichste Sache der Welt.

»Die Rechnung«, sage ich, als sie zurückkommt. »Ich muss noch die Rechnung bezahlen.«

»Nicht nötig.« Sie schiebt mich zum Ausgang. Der Portier nickt uns höflich zu. »Das ist alles erledigt.«

»Danke. Das ist … Ich werde es Ihnen zurückzahlen. Sobald ich kann.«

»Abby, machen Sie sich keine Sorgen. Es gibt keine Rechnung. Ich habe die Situation erklärt. Das Personal war sehr verständnisvoll.«

»Oh.« Mehr weiß ich nicht zu sagen.

Dr. Barbara schenkt mir ein schmales Lächeln und führt mich zu ihrem Auto, das im Parkverbot steht. Sie fährt einen Prius, dunkelgrau und glänzend wie eine Patrone. Sie deutet zur Beifahrertür, und ich steige ein. Das Innere ist so sauber, als wäre der Wagen brandneu.

Sie lässt den Motor noch nicht an, sondern schaltet die Innenbeleuchtung ein und betrachtet mich. Ihr Blick ruht auf meiner linken Wange. »Abby, ich möchte gerne Beck anrufen, wenn Sie einverstanden sind. Nur damit er weiß, dass es Ihnen gut geht.«

Mein Magen sackt ein Stück nach unten. Ich schließe die Augen und nicke. Dieser Telefonanruf ist nötig, aber ich bin außerstande, ihn selbst zu tätigen. Dr. Barbara hat das begriffen, ohne dass ich etwas sagen musste.

Das Gespräch dauert nur wenige Augenblicke, aber bereits das ist nahezu unerträglich. Ich kann an nichts anderes denken als an irgendetwas Scharfes oder Heißes, das ich mir ins Fleisch bohren möchte.

Als es endlich vorbei ist, schiebt Dr. Barbara ihr Handy in die Seitenablage der Fahrertür und wendet sich wieder mir zu. »Abby, bitte erzählen Sie mir alles, was passiert ist. Einige Details kenne ich schon, Beck hat mich angerufen, gleich nachdem Sie weg waren. Er … war besorgt, verständlicherweise. Aber ich möchte es von Ihnen hören. Bringen Sie das fertig?«

»Darf ich rauchen?«

»Wenn es unbedingt sein muss.«

»Es muss sein.«

»Also schön.«

Sie lässt den Wagen an und fährt beide Seitenfenster nach unten. Im Radio läuft klassische Musik, irgendetwas Sanftes, Einschmeichelndes.

Die meiste Zeit der fünfzehnminütigen Autofahrt rede ich. Ich erzähle alles, was passiert ist, beginnend bei dem gestrigen Morgen, als ich zu Dr. Caborn nach Oxford fuhr, denn damit schien alles seinen Anfang genommen zu haben. Es ist schwer, die richtigen Worte zu finden, und noch während ich rede, habe ich das Gefühl, etwas vergessen zu haben. Alles passierte so schnell, und jeder Moment war vollgepackt mit Gedanken, Gefühlen. Mit Taten. Nun, wo ich runterkomme – nun, wo Alkohol und Erschöpfung doch noch ihren Tribut fordern –, ist das alles viel zu viel. Aber ich kämpfe mich durch, und es gelingt mir, wenn auch ungeschickt, einen Großteil der Ereignisse zu rekonstruieren. Der seidendünne Logikfaden, der alles miteinander verband, ist längst gerissen. Dr. Barbara hilft mir, macht Bemerkungen oder fragt nach, wenn das, was ich sage, keinen Sinn mehr ergibt. Meistens jedoch schweigt sie und wartet, bis ich meinen Weg alleine gefunden habe.

Als ich geendet habe, bleibt sie stumm. Ich schaue zu ihr hin und erkenne, dass sie die Stirn runzelt. Unter ihren Augen liegen dunkle Schatten, und ohne Make-up und mit einer leicht fadenscheinigen Strickjacke und Jeans anstatt ihrer üblichen Bürokluft sieht sie älter aus, als ich sie je erlebt habe. Ich habe das Gefühl, dass sie meinetwegen gealtert ist um mindestens ein Jahrzehnt.

»Es tut mir leid«, sage ich, »dass Sie mitten in der Nacht aufstehen mussten.«

Sie schaut mich nicht an, sondern zuckt nur mit den Schultern und verzieht den Mund zu einem schiefen Lächeln. »Berufsrisiko. Sie sind nicht die Erste, und Sie werden gewiss nicht die Letzte sein.«

»Trotzdem. Danke. Ich weiß nicht, was ich sonst getan hätte.«

Sie winkt ab und legt kurz ihre Hand auf meinen Arm. »Abby, Sie haben das Richtige getan. Sie sind in Sicherheit. Im Augenblick müssen Sie sich um nichts kümmern. Wir sind gleich da.«

Ich war noch nie in Dr. Barbaras Wohnung. Es ist hübsch hier. Sie liegt in Notting Hill und nimmt eine komplette Etage in einem großen, fünfstöckigen Haus ein. Kein Vergleich mit meiner eigenen Wohnung – zwei Schlafzimmer, ein Arbeitszimmer, ein weitläufiges Wohnzimmer und eine Küche. Sie ist mindestens eine Million wert, wenn nicht zwei. Aber ich weiß, dass Dr. Barbara seit über zwanzig Jahren in Central London lebt. Vermutlich hat sie die Wohnung gekauft, bevor die Immobilienpreise in den Himmel schossen. Ich versuche mir vorzustellen, wie es wäre, in einer solchen Umgebung zu leben, aber ich kann nicht. Besser gesagt, ich kann mir nicht vorstellen, dass *ich* in einer solchen Umgebung lebe. Es ist lächerlich, unvorstellbar.

Dr. Barbara bittet mich, leise zu sein, weil Graham schläft. Ich bin schockiert, nicht weil Graham schläft, immerhin ist es zwei Uhr morgens, und normale Leute schlafen um diese Uhrzeit. Ich bin schockiert über Grahams bloße Existenz.

»Ich wusste gar nicht, dass Sie mit jemandem zusammen sind«, flüstere ich.

»Ich bin doch keine Nonne, Abby«, erwidert Dr. Barbara.

»Nein, natürlich nicht. Es ist nur ... weil Sie ihn noch nie erwähnt haben.«

Dr. Barbara zuckt mit den Schultern und legt ihre Schlüssel in eine Schale auf dem Sideboard. »Die Sache ist noch relativ neu, und bislang kam nie die Sprache darauf. Und außerdem beschäftigen wir uns ja in den Sitzungen hauptsächlich mit dem, was in Ihrem Leben geschieht, nicht in meinem.«

»Ja, trotzdem ...« Ich verstumme. Acht Monate intensiver und intimer Gespräche haben mich glauben lassen, dass ich Dr. Barbara recht gut kenne – jedenfalls besser als die meisten Menschen in meinem Leben. Ich weiß über ihre unschöne Scheidung vor fünfzehn Jahren Bescheid, über ihre Zeit als praktische Ärztin. Ich weiß, dass sie Latein kann und dass sie zweimal beim London Marathon mitgelaufen ist. Aber jetzt erfahre ich, dass mir etwas Wichtiges vorenthalten wurde, und während wir leise durch ihre geräumige Küche gehen, fallen mir noch andere Details ihres Lebens ins Auge, von denen ich nichts weiß: Fotos von fremdländischen Gegenden und unbekannten Kindern (Nichten und Neffen?), die sich zu jungen Erwachsenen entwickeln, ein Regal voller Kochbücher, eine verblüffend ausladende Sammlung von Kühlschrankmagneten. Wir haben über Sex geredet, über den Tod, Drogen und Orgasmus, über Liebe, Schuld, Schande und Demütigungen, und doch scheint es so, dass mir auch Dr. Barbaras Leben – wie die Leben aller anderen – fremd geblieben ist.

Sie deutet zu einem klobigen, runden Tisch mit vier schmucklosen Stühlen. »Möchten Sie etwas trinken? Vielleicht einen Kaffee?«

»Wasser. Nur Wasser, bitte.«

»Was ist mit Essen? Haben Sie etwas gegessen?«

Die Frage verwirrt mich. »Wann?«

»In letzter Zeit!«

Ich schaue zu der Wanduhr, die keine Ziffern hat. Nur die Zeiger, eine Art Orientierungstest. »Vor etwa dreizehn Stunden habe ich eine halbe Pizza gegessen und danach noch zwei oder drei Canapés in der Dorchester Bar.«

»Was möchten Sie essen?«

Ich zögere so lange, dass Dr. Barbara die Fragerei sein lässt und das Steuer übernimmt. Sie holt mir zwei Bananen aus einer Obstschale und sieht mir beim Essen zu. Ich habe keinen Hunger und schmecke rein gar nichts. Aber wenigstens muss ich mich nicht anstrengen, sie herunterzuwürgen. Dr. Barbara erklärt mir, dass Bananen viel Kalium enthalten, was meinem Magen guttun wird, wenn der unvermeidliche Hangover anfängt. Sie setzt sich mir gegenüber, beide Hände um eine Teetasse gelegt, und betrachtet mich eine Weile schweigend. Mir ist klar, dass nun ein ernstes Gespräch folgen wird, in dem wir darüber reden, was als Nächstes passiert. Aber ich habe keine Ahnung, was als Nächstes passiert. Ich schaffe es einfach noch nicht, darüber nachzudenken. Selbst zehn Sekunden vorauszudenken, bereitet mir Bauchschmerzen, und alles jenseits davon ist wie ein weißer Fleck auf einer uralten Landkarte – ein Ort, wo man über den Rand der Welt hinweg in einen bodenlosen Abgrund stürzen kann.

Ich will nicht denken. Ich will einfach hier in Dr. Barbaras sauberer, ordentlicher Küche sitzen, mit den gedimmten Lampen und den Kühlschrankmagneten und der Uhr ohne Ziffern. Ich will hier sitzen und so tun, als ob dies ein ganz normaler Tag sei und ich eine ganz normale Freundin, die nur auf ein Glas Wasser und ein paar Bananen zu Besuch gekommen ist.

Glücklicherweise kommt Dr. Barbara mit dieser Situation viel besser zurecht als ich. Immerhin hat sie auch mehr Erfahrung. Sie legt den professionellen Gang ein und manövriert ohne Umwege zum Kern der Sache.

Es gibt ein Frageset, mit dem Ärzte die geistige Gesundheit ihrer Patienten testen können – der Fragebogen PHQ-9. Ich kenne diesen Fragebogen in- und auswendig und könnte ihn flüssiger und inbrünstiger zitieren als jedes Gedicht. *Wie oft fühlten Sie sich in den letzten zwei Wochen durch die folgenden Beschwerden beeinträchtigt (überhaupt nicht/an einzelnen Tagen/an mehr als der Hälfte der Tage/beinahe jeden Tag): 1. Wenig Interesse oder Freude an Ihren Aktivitäten.… 3. Schwierigkeiten, ein- oder durchzuschlafen, oder vermehrter Schlaf.* Für jede der neun Fragen vergibt man eine Zahl von 0 bis 3, und das ergibt eine Punktzahl von irgendwas bis siebenundzwanzig, von der der Arzt objektiv ablesen kann, wie verrückt man ist. Hat man eine Null, ist man kerngesund, schafft man die Siebenundzwanzig, wird die Zwangsjacke ausgepackt. Das ist der einzige Test, bei dem ich jemals die höchste Punktzahl erreicht habe, und das mehr als einmal.

Aber Dr. Barbara gibt sich heute mit diesen Fragen nicht ab. Wie gesagt, sie kommt gleich zum Kern; das ist das Einzige, was sie interessiert.

»Abby, hatten Sie den Wunsch, sich selbst zu verletzen?«

»Ja.«

Mehr muss ich nicht sagen. Ich könnte ausschweifend werden und ihr erzählen, dass ich an nichts anderes denken kann, dass nur dieser Gedanke in meinem Kopf existiert, dass ich nur diesen Ausweg sehen würde, wenn ich weiter als zehn Sekunden vorausdenken könnte. Aber was würde das nützen? Ein einfaches Ja reicht völlig aus.

Dr. Barbara nickt, und ich habe das Gefühl, dass wir damit einen Handel besiegeln wie mit einem Handschlag. »Mit Ihrer Einwilligung würde ich Sie gerne in ein Krankenhaus einweisen.«

Ich setze zu einem hohlen Lachen an, aber wie sich herausstellt, bin ich sogar dazu nicht fähig. »Und was, wenn ich Ihnen meine Einwilligung nicht gebe?«

Dr. Barbara nippt an ihrem Tee. »Nun, dann ist es meine Aufgabe, Sie zwangseinzuweisen. Ich könnte Graham wecken, aber ich würde es lieber nicht tun.« Dann lächelt sie, und ihr Lächeln ist warm und gleichzeitig traurig. »Möchten Sie, dass ich Graham wecke?«

Erst als die Tränen über meine Wangen laufen, merke ich überhaupt, dass ich angefangen habe zu weinen. »Nein, ich möchte nicht, dass Sie Graham wecken«, sage ich. »Sie haben meine Einwilligung, mich einzuweisen.«

Und das war's. Ein paar Minuten später sitze ich wieder

in Dr. Barbaras Auto, und wir fahren Richtung Westen, zur Notaufnahme des Krankenhauses.

Das passiert als Nächstes.

Um drei Uhr morgens und in einem geistig fragilen Zustand ist das Hammersmith-Krankenhaus kein besonders freundlicher Ort. Die erhabene viktorianische Backsteinfassade thront hinter schmiedeeisernen Toren und wird von einem grell erleuchteten Uhrenturm gekrönt. Der nächste Nachbar Richtung Westen ist das Wormwood-Scrubs-Gefängnis.

Wir betreten das Krankenhaus durch ein reich verziertes Eingangsportal mit Säulen und Simsen und gehen durch Hallen und gewundene Gänge, und all das kommt mir vor wie eine verzerrte Parodie auf mein Erlebnis im Dorchester Hotel vor kaum neun Stunden. Auch hier ist alles weiß, aber es ist nicht das schimmernde Weiß von Marmorböden und Kronleuchtern, sondern das grelle Weiß von fluoreszierenden Leuchtbändern und glatten, schmucklosen Wänden. Statt sanft schimmernden Mahagonis gibt es melaminbeschichtete Oberflächen, und der Duft von Badeöl und frisch gewaschenen Handtüchern wird durch den Geruch nach Bleiche und Desinfektionsmitteln ersetzt.

Dr. Barbara hat vorher angerufen, weshalb die Formalitäten schnell erledigt sind. Wir sitzen im Büro eines kleinen, bebrillten Psychiaters, der aufmerksam Dr. Barbaras Ausführungen zu meiner Krankheitsgeschichte lauscht. Sie erklärt ihm, dass ich unter einer gemischten hypomanischen Episode leide, die mindestens seit achtundvierzig Stunden andauert, vermutlich aber schon länger. Hypomanie bedeutet, dass ich ein bisschen verrückt geworden bin, aber nicht sehr. Ich bin Amok gelaufen, was sich in impulsiven Handlungen äußerte, in Geldverschwendung und sexueller Freizügigkeit, aber ich leide nicht unter Wahnvorstellungen. Ich halte mich nicht für die Jungfrau von Orleans, für einen Außerirdischen oder für die weibliche Reinkarnation von Jesus. Gemischte Episode heißt, dass gleichzeitig auch Anzeichen einer Depression bestehen: unkontrolliertes Weinen, Niedergeschlagenheit, Verzweiflung, Suizidgedanken.

Ich sitze da und lausche den Fachbegriffen, während ich wie betäubt auf einen Aktenschrank starre. Ich trage immer noch mein wunderschönes blaues Kleid, allerdings hat mir Dr. Barbara eine Strickjacke geliehen. Sie ist mir ein bisschen zu groß, die Ärmel ragen über meine Handgelenke. Und die kamelfarbene Wolle beißt sich schrecklich mit dem kobaltblauen Satin. Für gewöhnlich ist eine kamelfarbene Strickjacke das Normalste der Welt, aber ich bezweifle, dass ich darin auch nur den Anschein von Normalität erwecken kann. Außerdem ist es eine sehr warme Nacht, und die Luft in dem fensterlosen Büro ist stickig. Nach einer kurzen Weile ziehe ich die Jacke aus und reiche sie Dr. Barbara, die sie zusammenfaltet und auf ihren Schoß legt.

Mein Gespräch mit dem Psychiater ist eine Sache von wenigen Minuten. Er stellt mir etwa ein Dutzend Fragen, und ich antworte so einsilbig wie möglich. Manchmal bin ich gezwungen, einen ganzen Satz zu sagen, aber mehr ist beim besten Willen nicht drin. Die Anstrengung ist unvorstellbar. Ich sage ihm, dass ich einfach nur schlafen will, und es dauert nicht lange, bis mir dieser Wunsch erfüllt wird. Ich unterschreibe meine Einweisungspapiere, die dem Krankenhaus das Recht einräumen, mich so lange hierzubehalten, wie es die Ärzte für richtig erachten, und dann bringt mich eine Schwester zu einer Station ein paar Stockwerke höher, wo ich für die Nacht in einem Einzelzimmer untergebracht werde, um die anderen Patienten nicht zu stören.

Ich bekomme einen Krankenhauskittel und Einwegunterwäsche. Dr. Barbara bleibt bei mir, während mich die Schwester über meinen jüngsten Alkoholkonsum befragt – was, wann und wie viel. Nachdem sie sich davon überzeugt hat, dass keine Komplikationen zu erwarten sind, bringt sie mir in einem winzigen Plastikbecher zwei Diazepam.

»Dr. Barbara?«

Zum ersten Mal seit einer Stunde spreche ich, ohne gefragt zu werden, und meine Stimme klingt, als würde sie von weit her kommen.

»Ja, Abby?«

»Ich weiß, dass ich kein Recht habe, Sie darum zu bitten …«

»Worum denn?«

»Würden Sie bei mir bleiben? Nur so lange, bis ich eingeschlafen bin. Ich glaube nicht, dass es lange dauern wird.«

Dr. Barbara lächelt und legt ihre Hand auf meine. »Natürlich bleibe ich da. Und ich komme heute Abend wieder. Ich weiß nicht, ob Sie dann wach sind, aber ich komme auf jeden Fall.«

»Danke.«

Mehr gibt es nicht zu sagen. Ich nehme die Tabletten, und kurz danach falle ich in einen schwarzen, bodenlosen Schlaf.

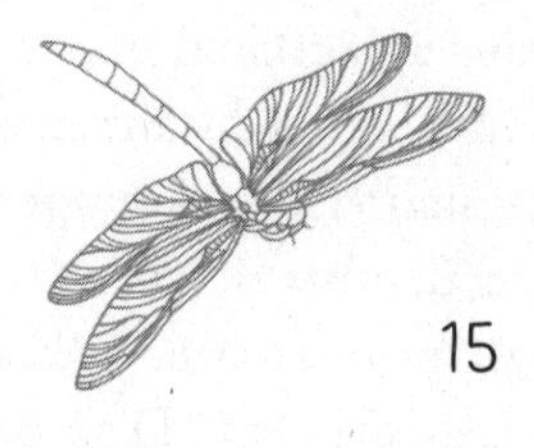

15

NIL

Um die Mittagszeit wurde ich geweckt. Ich war groggy und völlig orientierungslos. Eine Schwester tippte mir auf die Schulter, und zwar offensichtlich schon seit einer ganzen Weile. Sie sagte mir, dass sie um acht schon mal da gewesen sei, um mir das Frühstück zu bringen, dass es ihr aber nicht gelungen sei, mich zu wecken. »Sie haben geschlafen wie eine Tote.«

Ich sagte nichts. Ein Kommentar wäre sinnlos. Und nach sinnlosen Gesprächen war mir nicht zumute.

»Aber jetzt gibt's bald Mittagessen«, fuhr sie fort. »Und Sie wollen doch nicht zwei Mahlzeiten hintereinander verpassen.«

»Ich habe keinen Hunger«, sagte ich. »Ich will bloß schlafen.«

Die Schwester schnalzte mit der Zunge, um mir zu zeigen, dass das, was ich wollte, nicht länger von Bedeutung war. »Anweisung des Arztes«, sagte sie. »Ich muss dafür sorgen, dass Sie etwas essen, bevor wir Sie verlegen.«

Ich zuckte mit den Schultern, zumindest ansatzweise, denn meine Glieder waren schrecklich schwer. Ich wollte ihr klarmachen, dass ich an ihren lächerlichen Spielchen kein Interesse hatte. Es war mir egal, was die Ärzte mit mir vorhatten. Ich erklärte ihr, dass sie mich genauso gut verlegen könnten, während ich schlief. Ich hatte jedenfalls nicht die Absicht, aufzustehen.

»Sie kommen nicht auf eine andere Station«, erwiderte die Schwester. »Sie werden in ein anderes Krankenhaus verlegt. Ins St. Charles. Es ist schon alles vorbereitet. Sie werden dort am Nachmittag erwartet.«

»Ich kann nicht laufen«, protestierte ich. »Ich bin viel zu erschöpft.«

Die Schwester lächelte milde. »Sie müssen nicht laufen. Einer der Pfleger wird Sie nach unten zum Krankenwagen bringen. In einem Rollstuhl. Nach dem Mittagessen.«

»Ich bin auch zu erschöpft zum Kauen«, klagte ich. Ich benahm mich kindisch, aber auch das war mir egal. Allein schon der Gedanke an Essen verursachte mir Übelkeit.

»Sie müssen auch nicht kauen«, sagte die Schwester. »Es gibt Suppe.«

Jemand von der psychiatrischen Station kam gleich nach dem Mittagessen und erklärte mir, dass man mich ins St. Charles bringen würde, weil man dort auf meine Art von Störung spezialisiert sei und ich mich in dieser Umgebung besser erholen könne. Aber ich wusste, dass er die Dinge beschönigte. Was er wirklich damit sagen wollte, war, dass es im St. Charles eine geschlossene Abteilung gab.

Um zwei Uhr nachmittags saß ich in meinem blauen Kleid im Rollstuhl, auf dem Schoß hatte ich meine Handtasche und einen Stapel Einwegunterhosen, und wurde zum Krankenwagen geschoben, der mich durch West London ins nächste erhabene viktorianische Krankenhaus beförderte. Die gleiche Backsteinfassade samt Türmchen und dem großen Tor aus Schmiedeeisen. Der einzige Unterschied war, dass es in einem hübscheren Stadtteil lag. Statt des Hochsicherheitsgefängnisses stand hier nebenan ein Karmeliterkloster.

Der Krankenwagen rollte durch das offene Tor und fuhr einen schmalen Weg entlang zur Rückseite des Gebäudekomplexes, wo in einem dreistöckigen Anbau die psychiatrische Abteilung untergebracht war. Im Gegensatz zu dem Rest der Umgebung, die einem Schauerroman entsprungen sein könnte, war die psychiatrische Abteilung so modern und gesichtslos wie ein neu erbauter Wohnblock, an dem man vorbeigeht, ohne ihn eines zweiten Blickes zu würdigen. Das Innere – angefangen von der hellblauen Auslegware bis hin zu den Gummibäumen – wollte mit aller Gewalt den Anschein erwecken, dass es sich nicht um ein Krankenhaus handelte. Aber die Türen ruinierten alles. Jede Tür hinter dem Empfangstresen war magnetisch verriegelt, und sie konnten nur mit Spezialschlüsseln geöffnet werden.

Ich wurde auf eine Station verfrachtet, die man Nil nannte. Alle Stationen waren nach Flüssen benannt. Es gab den Amazonas, die Donau, den Ganges und die Themse. Den Grund dafür habe ich nie erfahren. Vielleicht war es ein weiterer Versuch, der Psychiatrie die Bedrohlichkeit zu nehmen. Vielleicht gab es auch eine versteckte Bedeutung. Ich konnte lediglich in Erfahrung bringen, dass Nil die Intensivstation war. Es war die geschlossene Abteilung, wo die Patienten betreut wurden, die unter Psychosen litten, die Suizidgefährdeten und jene, bei denen Fluchtgefahr bestand. Eigentlich hätte sie Styx heißen sollen.

Ich fragte den Pfleger, der mich zu meinem Zimmer schob, ob ich Besuch bekommen dürfte.

»Normalerweise schon«, sagte er. »Wenn sich die Besucher vorher anmelden. Ein Arzt wird Sie später genau informieren. Sie bekommen einen eigenen Betreuungsplan.«

»Ich will keinen Besuch«, sagte ich zu ihm. »Ich will niemanden sehen außer Dr. Barbara.«

Die Zeit verging. Ich weiß nicht, wie viel Zeit.

Ich bekam wieder Lithium und fühlte mich wie ein Zombie, was insgesamt eine gewisse Verbesserung darstellte. Untot zu sein war im Augenblick viel angenehmer als lebendig. Ganz tot wäre noch erstrebenswerter, aber diese Möglichkeit ließ man mir nicht. Eine hastig hingekritzelte Unterschrift um drei Uhr in der Früh, und mein Recht auf den Tod war mir unwiderruflich genommen worden.

Die Nachteile von Lithium: Kopfweh, Magenschmerzen, unfassbare Übelkeit, Krämpfe, andauernde Lethargie, die Unfähigkeit zu lesen, Schwindelgefühl, Darmträgheit, Gewichtszunahme.

Die Vorteile: das Unvermögen zu denken, ein Gedächtnis wie ein Sieb, die meiste Zeit schlafen zu können.

Ich hätte tatsächlich die *ganze* Zeit geschlafen – und zwar jeden Tag –, wenn nicht die Ärzte und Schwestern gewesen wären, die mich ständig nervten. Da war zuerst die Sache mit dem Essen. Dreimal am Tag musste ich mich ernähren; eine Schwester überwachte mich dabei und ging erst wieder, wenn ich meinen Teller mit dem Plastiklöffel saubergeschabt hatte. Man hatte mich auf eine strenge, natriumarme Zweitausend-Kalorien-Diät gesetzt. Ich musste zwei Liter Wasser am Tag trinken, egal, ob ich durstig war oder nicht. Die Schwester blieb bei mir, solange ich brauchte. Vermutlich hätte man mich intubiert und mit einer Magensonde ernährt, wenn ich nichts zu mir genommen hätte, wie das Mädchen gegenüber. Manchmal fragte ich mich, ob das nicht einfacher gewesen wäre.

Wenn es nicht um Nahrung ging, ging es um Blut. Meine Lithium-Sättigung wurde ständig kontrolliert. Mir kam es so vor, als ob ich nur Sekunden nach dem ersten Bluttest wieder geweckt wurde für den zweiten, dann den dritten, den vierten. Wenn ich eine Kanüle gehabt hätte, hätten sie mir Blut abnehmen können, während ich schlief, aber das ging natürlich nicht. Kanülen zählten zu den scharfen Gegenständen und waren auf der Station verboten. Genauso wie meine Wohnungsschlüssel und meine Nagelfeile. Beides war gleich nach meiner Ankunft aus meiner Handtasche entfernt worden. Man hatte mir auch meine Puderdose weggenommen, der Spiegel war ein potenzieller scharfer Gegenstand, und mein Feuerzeug, da waren die Gründe klarer. Die Puderdose war mir egal, ich hatte nicht wirklich das Bedürfnis, mich zu schminken, aber der Verlust des Feuerzeugs schmerzte mich, jedes Mal, wenn ich daran dachte, wie ein amputiertes Bein. Wenn ich eine Zigarette rauchen wollte, wurde ich von einer Schwester hinunter in den Garten begleitet, wo sie mich nicht aus den Augen ließ. Der Garten war von einem dreieinhalb Meter hohen Metallzaun umgeben, hinter dem hohe Spaliere standen, die jeden Blick auf die Außenwelt versperrten. Man konnte den Straßenlärm hören und gelegentlich Passanten, aber sehen konnte man nichts.

Rauchen war die einzige Aktivität, an der ich noch ein gewisses Interesse zeigte, und jedes Mal, wenn ich nicht kooperierte, mich weigerte, mich zum Blutabnehmen aufzusetzen oder mein Wasser zu trinken, bestachen mich die Schwestern mit Zigaretten. Nachts verpasste man mir Nikotinpflaster.

Ich machte auch den Versuch, mich nicht mehr zu waschen. Von all den sinnlosen Tätigkeiten, die meinen Tag beschwerten, schien dies die sinnloseste zu sein. Ich ging ja nirgends hin. Ich begegnete niemandem, der nicht verrückt war oder so sehr an den Umgang mit Verrückten gewöhnt, dass es egal war. Und Waschen war in meinen Augen eine so gewaltige und müßige Anstrengung. Ich wurde doch sowieso wieder dreckig.

Ich erklärte den Schwestern meine Ansichten, so gut ich konnte, aber das führte zu nichts. Jeden Tag brachte mich eine von ihnen in den Duschraum und wartete draußen, während ich mich durch die ganze hirnverbrannte Prozedur quälte. Der Temperaturregler der Dusche war mit einer Sperre versehen, damit man sich nicht verbrühen konnte. Trotzdem wurde man alle zehn Minuten kontrolliert. Wenn ich länger in der Dusche blieb, streckte die Schwester den Kopf durch die Tür, um nachzusehen, ob alles in Ordnung war.

Aber meine Körperreinigung dauerte nie länger als zehn Minuten, und ich gab mich weder mit Seife noch mit Shampoo ab. Ich stand einfach unter dem lauwarmen Wasser, bis die Schwester an die Tür klopfte. Ich rasierte mir auch nicht die Beine. Einen Rasierer durfte ich nicht benutzen, zumindest nicht unbeaufsichtigt, und nach ein paar Tagen war aus den kratzigen Stoppeln an meinen Beinen und unter den Achseln ein weicher Flaum geworden. Problem gelöst.

Eines Tages, lange nachdem die Zeit ihre Bedeutung verloren hatte, erhaschte ich, als ich mich für die tägliche Dusche auszog, einen Blick auf mein Spiegelbild. Auf der Station gab es nur in den Toiletten und in der Dusche Spiegel. Meine Glieder waren steif, und ich sah verschwommen, deshalb hatte ich bislang nicht auf die Spiegel geachtet. Aber an diesem Tag wurde mein Blick dorthin gezogen. Einige verblüffte Augenblicke lang erkannte ich mein eigenes Gesicht nicht mehr. Meine Haut war blass und fettig, meine Haare ein schmutzig blonder Mopp. Meine Wangen waren aufgedunsen und meine Augen zu klein. Das Lithium und die endlosen, reglos im Liegen verbrachten Stunden hatten mich pummelig gemacht. Leider konnte ich nichts dagegen tun. Ich hatte keine Möglichkeit, meine Mahlzeiten zu entsorgen, geschweige denn das Lithium. Die Schwestern bewachten mich mit Argusaugen. Aber ich konnte meinen Anblick im Spiegel nicht ertragen: ein blasser, fettiger Klops.

Nachdem ich ein paar Momente darüber nachgegrübelt hatte, kam mir die Erleuchtung: Fortan würde ich nicht mehr in den Spiegel schauen.

»Wie fühlen Sie sich?«, fragte Dr. Barry.

»Schlechter.«

Er nickte, als ob dies die einzig logische Antwort wäre. Was sie auch war. Wie konnte man erwarten, dass es mir an einem Ort wie diesem besser ging?

»Was ist mit der Übelkeit?«

Ich zuckte mit den Schultern.

»Auf einer Skala von eins bis zehn, wobei zehn sehr schlimm bedeutet und eins …«

»Zehn.«

»Zehn?«

Wieder zuckte ich mit den Schultern. Die Zehn stimmte nicht, und das wusste er auch. Eigentlich verschwand die Übelkeit allmählich. Aber ich hasste die Art, wie er sich mit diesem überheblichen Blick und dieser dämlichen Zehn-Punkte-Tabelle des Wohlbefindens vor mir aufplusterte. Dr. Barry verlangte ständig von mir, Dinge zu bewerten, deren Bewertung für mich keine Rolle spielte. Wenn er mich noch einmal auffordern würde, meine Stimmung auf einer Skala von eins bis zehn zu bewerten, würde ich ihm eine Null an den Kopf werfen und den Rest des Tages kein Wort mehr sagen. Dies waren die Situationen, in denen ich mir wünschte, ich hätte mich stattdessen in das Karmeliterkloster nebenan einweisen lassen. Wenigstens würde man mich dort in Ruhe lassen. Die Nonnen wussten nämlich, wann sie verdammt noch mal die Klappe zu halten hatten.

Trotz starker Konkurrenz war Dr. Barry der schlechteste Arzt, dem ich je begegnet war. Er war ein Riese von einem Mann und hatte einen Bart, der mir eine Gänsehaut verursachte. Sein Gesicht zeigte für gewöhnlich einen Ausdruck blasierter Selbstzufriedenheit, es sei denn, er merkte, dass man ihn anschaute. Dann setzte er eine Miene schlecht gespielter väterlicher Besorgnis auf. Ehrlich gesagt konnte ich mir nicht vorstellen, wie man ihm überhaupt erlauben konnte, als Psychiater zu arbeiten. Wenn er ein Foto von mir geschossen und es jedem x-beliebigen Passanten an der nächsten Straßenecke gezeigt hätte, wäre der sofort in der Lage gewesen, meine Stimmung einzuschätzen, auch ohne irgendeine blödsinnige Tabelle. Aber Dr. Barry mangelte es entweder an Initiative oder an Vorstellungsvermögen, um irgendeine Einschätzung vorzunehmen, ohne vorher eine Checkliste abzuhaken. Ich vermutete, dass man ihn allein aufgrund seiner Körpergröße eingestellt hatte, weil es wahrscheinlich ganz ratsam war, einen Riesen in einer psychiatrischen Abteilung zur Verfügung zu haben. Da waren seine medizinischen Fähigkeiten nebensächlich.

Ich hatte keine Ahnung, ob Barry sein Vor- oder sein Nachname war. Ich nahm an, es war der Nachname. Er war nicht die Art von Arzt, der seinen Vornamen preisgab, was ihn mir nicht sympathischer machte. Falls sich herausstellen sollte, dass ich mich irrte und Barry tatsächlich sein Vorname war, würde es mir allerdings noch schwererfallen, ihn zu respektieren. Aber darum ging es jetzt nicht.

Er starrte mich eine Weile mit seiner blasierten und selbstgefälligen Miene an, und ich starrte zurück. Er hatte nicht den Mumm, mir zu sagen, dass ich eine verlogene Zicke war, weil meine Übelkeit auf keinen Fall bei Zehn liegen konnte, jetzt nicht mehr. Wenn er das gesagt hätte, hätte ich mich ein wenig für ihn erwärmt, aber stattdessen rieb er sich nur über den Bart und beschloss, mich mit noch mehr Medikamenten vollzupumpen. »Ich werde eine der Schwestern bitten, Ihnen zum Mittagessen ein Magenmittel zu geben«, erklärte er. »Wie steht es mit Ihrem Appetit?«

Ich konnte mich an den Tabellenwert für Appetit nicht mehr erinnern, und es war mir auch egal. »Sechseinhalb«, sagte ich, zog die dünne Bettdecke über den Kopf und wartete, dass er endlich verschwinden würde.

»Aber es geht Ihnen besser«, beharrte Dr. Barbara. Eine Welle aus müder Enttäuschung brandete gegen mich an.

»Es geht mir schlechter«, murmelte ich, ohne mich darum zu kümmern, ob meine Stimme verständlich war oder nicht. »Mit jedem Tag geht es mir schlechter.«

Diese Tatsache stand für mich außer Frage, und es war mir ein Rätsel, wieso niemand sonst meiner Meinung war. Stattdessen redeten sie von positiven Anzeichen: dass ich weniger schlief, dass ich einem Gespräch länger als zwei Minuten zu folgen vermochte (was selten geschah). Sie erkannten nicht, dass sich all dies nur an der Oberfläche abspielte. Oder es war ihnen egal.

Im Inneren war ich zerbrochen. Jede Stunde, die ich wach bleiben musste – oder auch nur halbwegs wach –, war eine Qual, von dem Augenblick an, in dem die Schwestern mit dem Frühstück kamen, bis abends das Licht gelöscht wurde. Und das Schlimmste dabei war, dass ich wusste, es würde so weitergehen, weiter und immer weiter, bis in alle Ewigkeit. Jeden Morgen wachte ich mit diesem hohlen Gefühl auf, das geradewegs aus meiner Magengrube zu kommen schien und mir sagte, dass ich wieder einen Tag über mich ergehen lassen musste. Als Nächstes fragte ich mich, wie viele Tage auf diesen noch folgen würden. Die Zahl, die ich dabei im Sinn hatte, war zehntausend. Ich weiß auch nicht, warum. Und wenn ich versuchte, mir diese Tage vorzustellen und was sie mir bedeuteten, dann konnte ich sie nur als endlose Reihe aus Dominosteinen vor mir sehen, die allesamt schwarz waren und in Zeitlupe hintereinander umfielen. Alle vierundzwanzig Stunden ein Domino.

Es kam mir in den Sinn, dass die schiere Hoffnungslosigkeit meiner Situation der Grund war, warum alle darauf beharrten, dass es mir besser ging, allen gegenteiligen Beweisen zum Trotz. Man durfte nicht glauben, dass Ärzte ehrlich waren, wenn es keine Heilungschancen mehr gab. Sie wollten sich nicht das Leben schwer machen, indem sie zugaben, dass man ein hoffnungsloser Fall war. Dr. Barbara war früher anders gewesen, aber schließlich war auch sie umgefallen. Das war meine Schuld. Ich hatte sie so weit gebracht, dass auch sie mich jetzt anlog, dass sie vorgab, ich würde mich erholen, damit sie eine Ausrede dafür hatte, mich nicht mehr zu besuchen. Einen wilden Augenblick lang überlegte ich, ob ich ihr die Sache erleichtern und sie von meiner Besucherliste entfernen lassen sollte. Aber Dr. Barbara brachte mir alle paar Tage ein Päckchen Zigaretten mit. Die Vorstellung, dass mir der letzte Strohhalm genommen werden würde, jagte mir einen Schauer über den Rücken. Das Rauchen war alles, was mir noch geblieben war, das Einzige, was die Dominos beschleunigen konnte, und ich würde bis zum letzten Moment um diese kostbare Kraftquelle kämpfen. Auf keinen Fall würde ich Dr. Barbaras eigener Entscheidung vorgreifen.

Bis es so weit war, bis sie selbst die Reißleine ziehen würde, musste ich mich mit ihrer Verlogenheit abfinden, so wie ich mich damit abfinden musste, dass sie mir Kleidung und Kosmetikartikel mitbrachte und all die anderen Gegenstände des Alltags, die jegliche Bedeutung für mich verloren hatten. In dem Schränkchen neben meinem Bett stand ungeöffnet eine kleine Reisetasche. Beck hatte sie gepackt, und daran durfte ich nicht einmal denken. Außerdem gab es für mich keinen ersichtlichen Grund, warum ich meine eigenen Sachen anstatt der Kleidung tragen sollte, die das Krankenhaus zur Verfügung stellte. Allein schon etwas auszuwählen, kam mir wie eine unlösbare – und völlig überflüssige – Anstrengung vor. Warum dieses Kleid und nicht jenes? Es war doch viel einfacher, den Schwestern die Entscheidung zu überlassen, wann sie meinen Krankenhauskittel gegen einen neuen austauschten.

Leider hatte Dr. Barbara es nicht bei der überflüssigen Reisetasche belassen. Eine Weile später lagen da ein Stift und ein Buch mit Kreuzworträtseln. Wieder eine Weile später, als sie ahnte, dass meine Kopfschmerzen und die Übelkeit nachließen, brachte sie mir ein in seiner Dicke einschüchterndes Exemplar von *Vom Winde verweht* mit, das einige Tage unberührt liegen blieb. Irgendwann schlug ich das Buch auf und ließ meine Augen die endlosen Reihen aus Worten entlangwandern, aber es hätte genauso gut Arabisch sein können. Obwohl ich den Film gesehen hatte, riefen die Worte nichts in mir wach. Sie rutschten durch mich hindurch wie Mehl durch ein Sieb. Ich fragte mich, warum Dr. Barbara mir so ein langes und kompliziertes Buch mitgebracht hatte, eins, das für mich keinerlei Bedeutung oder irgendeine Verbindung zu etwas hatte, das in meinem Leben eine Rolle spielte. Sie behauptete, dass es bei ihr im Regal gestanden und sie spontan danach gegriffen hätte, weil sie dachte, es könnte mir gefallen. Aber das erschien mir äußerst unwahrscheinlich. Nach einer Weile kam ich auf den Gedanken, sie könnte es ausgewählt haben, gerade weil es lang und kompliziert war. Es war etwas, mit dem ich mich beschäftigen konnte, auch wenn diese Beschäftigung keinen Nutzen hatte, so wie Strafgefangene Postsäcke nähten oder Steine mit einer Spitzhacke zerschlugen. Wenn ich es schaffte, eine Seite pro Tag zu lesen – was mir ein sehr ambitioniertes Vorhaben zu sein schien –, dann würde mich *Vom*

Winde verweht die nächsten drei Jahre beschäftigen. Danach würde mir Dr. Barbara vermutlich *Krieg und Frieden* vorsetzen. *Anna Karenina* würde besser passen, aber das bekam ich sicher nicht zu Gesicht, weil die Heldin Selbstmord begeht.

»Abby?« Dr. Barbaras Gesicht sagte mir, dass sie mit mir gesprochen hatte, aber ich hatte nichts davon mitbekommen.

»Mir geht es schlechter«, wiederholte ich und fuhr dann fort, auf ein leeres Stück Wand zu starren. Sie schaute mich weiterhin an, aber ich machte keine Anstalten, ihren Blick zu erwidern. Ich wollte in ihren Augen nicht sehen, was ich bereits wusste. Dass man nichts für mich tun konnte.

»Abby, hören Sie mir zu. Dieser Zustand wird nicht ewig andauern. Ich weiß, dass es Ihnen im Moment so vorkommt, aber Sie müssen mir vertrauen. Sie haben die letzte Woche in einer Art Halbkoma verbracht, aber jetzt wachen Sie allmählich wieder auf. Wenn es Ihnen so vorkommt, als ob die Dinge schlimmer werden, dann nur, weil Sie wieder anfangen zu funktionieren. Sie fangen an zu denken und zu fühlen.«

»Ich will nicht mehr fühlen«, sagte ich. »Ich will nie wieder etwas fühlen.«

»Das weiß ich. Aber bitte vertrauen Sie mir. Es ist nur eine Frage der Zeit. Von jetzt an kann es nur besser werden.«

Nachdem Dr. Barbara gegangen war und man das Licht ausgeschaltet hatte, nahm ich mein kobaltblaues Kleid aus dem Schränkchen neben dem Bett und legte es auf meinen Schoß. Das tat ich oft. Ich fühlte mich dadurch nur noch schlimmer, aber trotzdem musste ich es tun. Alles andere auf dieser Station war weiß oder allerhöchstens pastellfarben. Die Kissen und das Bettzeug und auch die Ärzte waren weiß. Die Vorhänge und Wände waren cremefarben. Die

Schwestern bestanden aus einem hellen, ausgewaschenen Grün. Aber mein Kleid war immer noch ein Hingucker – eine Sensation aus Farbe, so lebendig und gewaltig wie ein Blitz in einer mondlosen Nacht. Und wenn ich mein Kleid betrachtete, dann fühlte ich mich wie Eva, die vor dem Garten Eden stand und durch das Tor hineinschauen konnte in eine über alle Maßen herrliche Landschaft, die ihr für immer verschlossen war. Ich konnte mein Kleid nie besonders lange betrachten.

Als ich in dieser Nacht dasaß und mein Kleid an mich drückte, als wäre es mein ermordetes Kind, da erkannte ich, dass Dr. Barbara zumindest in einer Beziehung recht hatte. Das neue Problem, mit dem ich mich auseinandersetzen musste, war, dass ich mich eben nicht mehr in jenem Halbkoma befand. Ich war wach genug, um zu begreifen, wie schrecklich ich mich fühlte, ohne irgendwelche Mittel, die mich betäubten, und das war der Grund, warum ich den tiefsten Punkt meines Seins erreicht hatte. Dieser Erkenntnis folgte eine weitere, allgemeinere, obwohl ich angenommen hatte, dass jedes wie auch immer geartete Erkennen mir nicht länger vergönnt war.

Das Problem waren die Gedanken selbst, die Selbsterkenntnis, die es mir unmöglich machte, mein Kleid anzuschauen, ohne zu begreifen, wo ich gewesen war, wo ich jetzt war und wohin ich gehen würde – oder auch nicht. Das ist ein urmenschliches Problem, mit dem sich kein anderes Lebewesen herumschlagen muss: diese Fähigkeit, in mehreren Zeiten gleichzeitig zu leiden – die Vergangenheit zu beklagen, an der Gegenwart zu verzweifeln und die Zukunft zu fürchten. Wenn es die Ärzte gut mit mir meinten, würden sie mir eine Lobotomie verpassen.

Aber das war mir nicht vergönnt; ich war zur falschen Zeit geboren.

Der einzige Weg hinaus aus diesem Gefängnis war, gesund zu werden. Und weil es dazu nicht kommen würde, musste ich vortäuschen, dass ich gesund wurde. Ich musste die Ärzte dazu bringen zu glauben, dass es mir besser ging, dass ich nicht länger eine Gefahr für mich selbst war. Dann erst konnte ich Maßnahmen ergreifen, die dafür sorgten, dass ich nie wieder hierher zurückkehrte.

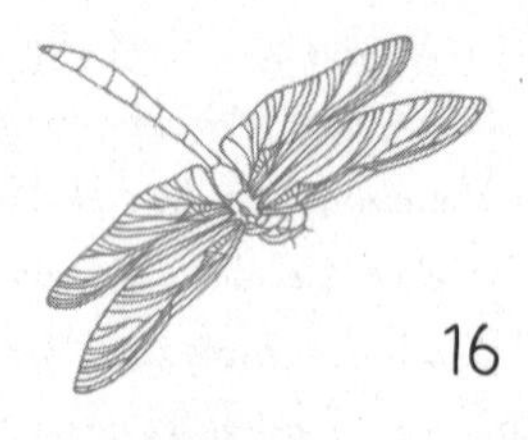

16

EIN UNGELESENER BRIEF

Hallo Abby,
ich weiß nicht, wie ich diesen Brief sonst beginnen soll. Ich sitze schon ewig vor dem leeren Blatt Papier, und etwas anderes fällt mir nicht ein. Vielleicht ist es sowieso am besten, alles so einfach wie möglich zu halten. Aber du musst wissen, dass meine Worte nicht das ausdrücken, was ich eigentlich sagen will.

Ich war vor ein paar Tagen bei dir und wollte dich sehen, aber weiter als bis zum Empfang bin ich nicht gekommen. Ich dachte, dass du deine Meinung ändern würdest, wenn dich jemand anrufen würde und du wüsstest, dass ich unten bin. Aber es stellte sich heraus, dass du auch keine Anrufe entgegennimmst. Ich hätte es mir denken können. Immerhin habe ich mindestens zwanzig Nachrichten auf deinem Handy hinterlassen.

Ich habe mit einem Arzt gesprochen. Er war nett, hat mir eine Tasse Kaffee angeboten und sich fünf Minuten von mir anschreien lassen. Dann wiederholte er, was ich bereits wusste: Er durfte mich nicht zu dir lassen, durfte dir nicht einmal eine Nachricht überbringen, weil dies deinem ausdrücklichen Wunsch widersprach. Barbara hat sich schließlich bereit erklärt, dir diesen Brief zu überbringen, aber erst dann, wenn sie der Meinung ist, dass du in der Lage bist, ihn zu lesen. Das ist eine ziemlich düstere Aussicht.

Der Arzt, mit dem ich am Empfang gesprochen habe, konnte mir natürlich nichts Näheres über dich sagen – wegen der Schweigepflicht. Er erklärte mir lediglich, dass du dich in einer sicheren Umgebung befindest und dass dir die bestmögliche Pflege zuteilwird und so weiter und so fort.

Als ich ins Krankenhaus kam, hatte ich vor, so lange zu warten, wie es nötig war, dass ich mich einfach weigern würde zu gehen, bis jemand mit dir gesprochen hatte oder mir wenigstens irgendeine konkrete Information über dich gegeben hatte. Stattdessen ging ich nach einer halben Stunde wieder, nachdem ich mich mehrmals bei dem Arzt und der Dame am Empfang entschuldigt hatte. Wie ein braver Junge. Sie gaben mir eine Telefonnummer, irgendeine Seelsorgenummer. Ich habe nicht angerufen.

Es tut mir leid. Ein paar Absätze, und schon klinge ich bitter und voller Selbstmitleid. Das war wirklich nicht meine Absicht. Ich schreibe dir das nicht, damit du dich schlecht fühlst. Ich denke, du fühlst dich auch so schon schlecht genug, viel schlimmer als ich.

Ich habe ein Problem, das ich einfach nicht lösen kann. Jedes Mal, wenn du am Boden bist, denke ich, dass es eine magische Formel geben muss, eine Kombination aus Worten, mit der ich dir helfen könnte. Aber ich kriege sie nicht zu fassen. Sie befindet sich immer außerhalb meiner Reichweite.

Die einzigen Worte, die ich habe, sind diese: Ich bin für

dich da, wann immer du mich brauchst. Wann immer du bereit bist.

Da ist noch etwas, und auch das wird nicht leicht für dich sein. Aber ich habe versprochen, es dir zu sagen, wenn ich dich irgendwie erreichen kann.

Deine Mum hat angerufen, einen Tag nachdem du ins Krankenhaus kamst. Ich wusste zu dem Zeitpunkt noch nicht, was ich deiner Familie sagen sollte. Ich hatte gehofft, dass ich dich vorher sehen könnte. Aber ich konnte sie schlecht anlügen. Sie hat seitdem jeden Tag angerufen oder mir eine Nachricht geschickt, und gestern Morgen kam sie her. (Sie war um zehn hier, Gott weiß, wann sie aus Exeter losgefahren ist.)

Ich glaube, ich muss nicht betonen, dass sie sich Sorgen macht. Sie sorgt sich, und sie bittet dich, sie anzurufen. Bitte denk wenigstens darüber nach.

Ich liebe dich. Ich vermisse dich. Ich glaube nicht, dass ich sonst noch etwas sagen kann.

Beck x

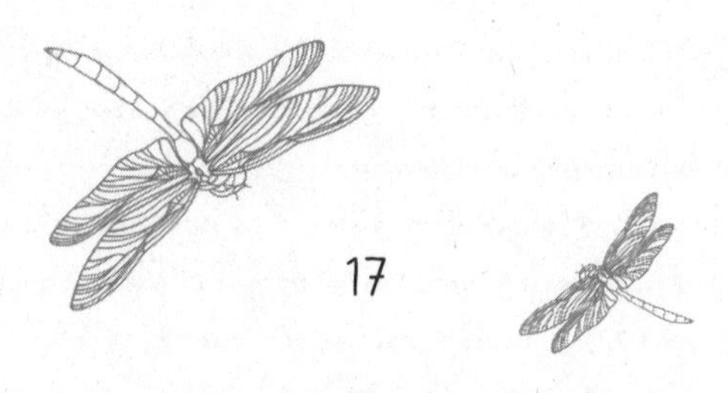

17

TÄUSCHUNGEN

Das Lächeln fällt einem schwer, wenn man sterben will. Das merkte ich am folgenden Morgen, als mir die Schwester das Frühstück brachte.

Ich handelte natürlich wohlüberlegt. Nachdem ich das kobaltblaue Kleid wieder in das Schränkchen gelegt hatte, war ich noch wach geblieben, um einen Plan zu entwickeln.

Das Prinzip war ganz einfach: Es bedurfte nur einer leichten Korrektur der Augen und Mundwinkel, um ihr zu zeigen, dass ich mich freute, sie zu sehen, dass ich dankbar war für mein Müsli.

Das entgeisterte Gesicht der Schwester wies darauf hin, dass ich irgendetwas falsch gemacht hatte.

Später verbrachte ich einige Zeit vor dem Spiegel im Badezimmer, um meinen Irrtum zu erkennen und zu korrigieren. Ich erinnerte mich vage daran, dass alle Primaten lächeln können und dass dies eine Fähigkeit war, die man nicht erlernen musste. Affenbabys konnten bereits einige Wochen nach ihrer Geburt lächeln, auch wenn sie blind geboren wurden. Aber warum kam es mir dann so unnatürlich vor? Mein Mund war verkrampft und zitterte wie ein zu weit gedehntes Gummiband. Aber vielleicht war das für einen Außenstehenden nicht erkennbar. Wenigstens schienen sich meine Lippen in die richtige Richtung zu bewegen. Das größte Problem waren meine Augen. Ich hatte irgendwo gelesen, dass man ein echtes Lächeln eher an den Augen als an den Lippen ablesen kann.

Ich bedeckte meinen Mund mit einer Hand und schaute geradeaus. Zwei Puppenaugen starrten mich an, kalt und hart wie Murmeln. Ich hatte keine Ahnung, wie ich daran etwas ändern sollte.

Es dauerte nicht lange, da klopfte die Schwester an die Tür.

Ich gab es auf.

Später wurde mir klar, dass ich zu schnell zu viel von mir verlangte. Ich konnte noch kein Lächeln vortäuschen, genauso wenig wie ich den monotonen, hohlen Klang aus meiner Stimme verbannen konnte. Diese Dinge wollten geübt und Schritt für Schritt wieder erlernt werden. Vorläufig musste ich mich mit Geringerem zufriedengeben. Ich musste mich auf kleine, kosmetische Änderungen konzentrieren, von denen ich mir eine gewisse Wirkung erhoffte.

Ich fing damit an, dass ich mich wieder wusch. Richtig, mit Seife und Shampoo, anstatt mich alle zwei Tage nur von warmem Wasser berieseln zu lassen. Ich bat um einen Einwegrasierer und rasierte mir unter den aufmerksamen Blicken einer Schwester die Beine. Ich brauchte dafür fünfzehn Minuten, weil ich mich auf jede Bewegung konzentrieren musste. Meine Nerven kreischten mich an und befahlen mir, so fest zuzudrücken, wie ich konnte. Und das wäre eine Katastrophe gewesen. Es hätte mich um Wochen zurückgeworfen. Ich richtete all meine Sinne nur auf die Aufgabe, die ich bewerkstelligen wollte, und dachte an die Belohnung für meine Anstrengung.

Als ich fertig war, machte ich ein Nickerchen und verbrachte dann den Rest des Tages mit dem ersten Kapitel von *Vom Winde verweht*. Das kam mir noch schwieriger vor als Beinerasieren, aber es war eine Investition, die sich auszahlte. Sowohl die Tag- wie auch die Nachtschwester sahen mich lesen. Und sie sahen auch, wie gefesselt ich war.

Ich weiß nicht, wie lange es dauerte, bis ich aus der Intensivstation herauskam. Zeit war immer noch eine nebulöse Angelegenheit. Aber es war weniger als eine Woche. Das erschien mir fast zu einfach.

Ich wusch mich. Ich las. Ich zog meine eigenen Kleider an. Als Dr. Barry mich fragte, wie ich mich fühlte, nannte ich ihm eine Drei oder Vier anstatt einer Null. Diese Zahlen kamen mir unerreichbar vor, aber er stellte sie nie infrage. Stattdessen trug er sie in meine Akte ein, und schon bald gab es einen sichtbaren Beweis für meine »Genesung«, schwarz auf weiß.

All das war eine irrwitzige Täuschung, aber eine Täuschung, die niemand durchschaute. Selbst Dr. Barbara, von der ich dachte, sie würde meine Lüge entlarven, sobald sie mir ins Gesicht sah, schien sich mit den Oberflächlichkeiten zufriedenzugeben. Es war hilfreich, dass ich Dr. Barbara nicht direkt anlügen musste. Sie war es nicht, die mich aufforderte, meine Stimmung mit einer Zahl zwischen Eins und Zehn zu bewerten. Sie sah bloß die augenfälligen Anzeichen meiner veränderten Situation: das Lesezeichen aus Toilettenpapier, das durch die endlosen Seiten von *Vom Winde verweht* immer weiter nach hinten wanderte, mein frisch gewaschenes und gebürstetes Haar. Glücklicherweise war ich nicht gezwungen, Dr. Barbara in mein Inneres schauen zu lassen.

Darüber hinaus erinnerte sich mein Gesicht allmählich wieder an seine Ausdrucksfähigkeit. So etwas wie ein warmes Lächeln brachte ich noch nicht zustande – geschweige denn ein glückliches Lächeln –, aber ein tapferes Lächeln nahm man mir durchaus ab. Es versicherte der Welt da draußen, dass ich mir zumindest Mühe gab.

Ich fand es bemerkenswert, dass so wenig dazu nötig war, nur ein paar kleine Veränderungen in meiner Haltung, und schon befand ich mich ohne jeden Zweifel auf dem Weg der Besserung. Wo verlief denn die Grenze zwischen verrückt und nicht verrückt? Je länger ich darüber nachdachte, desto klarer wurde mir, dass geistige Gesundheit nichts weiter war als eine Frage des Benehmens. Sie konnte gemessen werden anhand der Sauberkeit von Haaren, an der Mimik und wie man auf eine Reihe von gesellschaftlichen und sozialen Stichworten reagierte.

Reagierte man richtig, war man für die Ärzte und Schwestern psychisch gesund.

Obwohl ich meine Genesung lediglich vortäuschte, war ich trotzdem dankbar für die vielfältigen Erleichterungen, die die Verlegung auf eine andere Station mit sich brachte. Zum einen gab es weniger Schwestern und Pfleger. Ich weiß nicht genau, wie das zahlenmäßige Verhältnis von medizinischem Personal und Patienten auf der Nil-Station war, aber ich bin mir ziemlich sicher, dass es mehr von ihnen gab als von uns. Amazonas, wo ich mich jetzt befand, war oberflächlich betrachtet eine ganz normale Station in einem Krankenhaus.

Tagsüber waren meistens sechs bis acht Schwestern anwesend, nachts weniger.

Das Resultat dieser zahlenmäßigen Unterlegenheit auf Seiten der Schwestern war natürlich weniger Überwachung. Man konnte auch hier das Bad nicht abschließen, aber meistens durfte ich in aller Ruhe duschen, ohne dass man mich störte. Noch besser war, dass ich jetzt unbeaufsichtigt rauchen konnte. Die Verlegung nach Amazonas wurde begleitet von allerlei Vertrauensbeweisen und Privilegien, die auf Nil undenkbar gewesen wären. Einbehaltene persönliche Gegenstände – Schlüssel, Nagelfeile, Feuerzeug – wurden mir ausgehändigt. Die Schlüssel waren natürlich gänzlich überflüssig, aber vermutlich hatte irgendein Psychiater entschieden, dass sie ein wichtiges Symbol für meine Rückkehr ins Leben waren – der sichtbare Beweis dafür, dass ich meiner Entlassung immer näher kam.

Die symbolische Bedeutung des Feuerzeugs beeindruckte mich viel mehr. Man vertraute also darauf, dass ich weder mich noch andere in Brand steckte. Anfangs schleppte ich es stundenlang mit mir herum. Die Schlüssel dagegen vergrub ich ganz unten in meiner Handtasche. Über sie wollte ich nicht nachdenken.

Nil war im Grunde genommen nichts weiter als ein Gefängnis, Amazonas dagegen eine Art Wohngemeinschaft, ein geschützter Raum, wo man sich auf die sichere Rückführung in die Außenwelt vorbereitete. Manchmal kam ich mir vor wie in einem Studentenwohnheim – wenn man darüber hinwegsah, dass hier alle Studenten verrückt waren.

Amazonas lag in einem langen, L-förmigen Gang mit einem Dutzend Schlafzimmern. Es gab eine kleine Küche mit einem Wasserkocher und einer Mikrowelle und einer stets gut gefüllten Obstschale. Daran schloss sich ein Speisesaal mit zwei runden Tischen an. Gegenüber dem Schwesternzimmer war der Gemeinschaftsraum mit Sofas, Zeitschriften und einem Fernseher, in dem ständig *Homes Under the Hammer* lief. Wahrscheinlich war man der Meinung, ein solches Programm sei unverfänglich für fragile und geistig verwirrte Frauen. Ich allerdings fand *Homes Under the Hammer* alles andere als harmlos, und ich wette, ich war nicht die Einzige. *Homes Under the Hammer* ist eine Sendung, in der aufgeblasene Idioten mittleren Alters Immobilien kaufen und verkaufen, wobei sie in der Regel großen Gewinn machen, während sie gleichzeitig die nicht so wohlhabenden Leute vom Markt verdrängen. Diese Typen haben schon ein Zuhause. Viele besitzen sogar mehrere Häuser, weshalb sie auch in der Lage sind, sich riesige Summen von der Bank zu leihen. Sie reden davon, ihren »Bestand zu vergrößern«, und faseln ständig etwas von einer »Leiter«.

Ich machte meist einen großen Bogen um den Gemeinschaftsraum, was aber nicht immer möglich war. Auf Amazonas war Eigenständigkeit nicht nur erwünscht, sondern ausdrücklich gefordert. Wenn man nach neun noch im Bett lag, kam eine Schwester, schob die Vorhänge zurück und zog einem die Bettdecke weg. Das war die Kehrseite von mehr Freiheit. Sie brachte Regeln und Verantwortung mit sich. Warnungen.

Paradoxerweise war ich auf Nil wesentlich weniger Regeln unterworfen gewesen. Auf Nil galt nur eins: keine scharfen Gegenstände. Darüber hinaus ließ man die Patienten weitgehend in Ruhe. Abgesehen von den Mahlzeiten und den Medikamenten gab es kaum etwas, was dem Tag eine Struktur verlieh, und die Zeit glitt vorbei wie ein Gletscher – riesig und glatt und formlos. Auf Nil gab es auch keinen Gemeinschaftsraum, jedenfalls nicht im herkömmlichen Sinne. Jedes einzelne Bett war im Grunde genommen ein eigenes Universum. Zwei Dutzend persönliche Höllen ohne jegliche Verbindung zueinander.

Auf Amazonas dagegen wurde niemandem gestattet, sich gehen zu lassen. Die Therapie bestand nicht mehr ausschließlich aus Lithium, Chlorpromazin oder EKT, der Elektrokrampftherapie. Jetzt kamen andere Behandlungsansätze dazu: Einzeltherapie, Gruppentherapie, Kunsttherapie.

So merkwürdig es klingen mag, ich fing an, Dr. Barry zu vermissen. Er mochte zwar ein Idiot sein, aber bei seinen Fragen wusste ich wenigstens, welche Antwort gut und welche schlecht war. Leider war Dr. Barry nur für die Intensivstation zuständig, wo seine überragende Gestalt ein ständiger Segen war und sein Mangel an Sozialkompetenz nicht weiter auffiel.

Statt seiner wurde mir eine neue persönliche Therapeutin zugewiesen. Ihre Aufgabe war es, mich bei meiner Genesung zu unterstützen und einen individualisierten Therapieplan zu erstellen. Man nannte uns nicht länger Patienten. Wir waren jetzt Dienstleistungsnehmer, als ob wir eine Bücherei oder ein Hallenbad benutzten.

Das kam mir ziemlich lächerlich vor, aber ich sagte mir wieder und wieder, dass ich diese Spielchen mitspielen musste.

Meine persönliche Therapeutin hieß Dr. Hadley. Hadley war ihr Nachname. Ihr Vorname lautete Lisa. Sie sagte, ich könne sie auch Lisa nennen, wenn mir das lieber war.

Ich nannte sie Dr. Hadley, hauptsächlich deshalb, weil

ich mich immer wieder daran erinnern musste, dass sie eine echte Ärztin war. Dr. Hadley sah nämlich nicht aus wie eine Medizinerin. Sie sah aus wie eine fehlbesetzte Schauspielerin. Und das war nur ein Aspekt des Problems.

Je häufiger ich sie zu Gesicht bekam, desto klarer wurde mir, dass mir Dr. Hadley in vielerlei Hinsicht ähnlich war. Sie war wie eine bessere Version von mir: ein bisschen älter – vielleicht Anfang dreißig –, ein bisschen größer, eine etwas gebräuntere Haut, viel kultivierter. Sie war auch ein bisschen schlanker als ich, jedenfalls im Moment, und ihr Haar hatte ein schöneres Blond als meins: glänzend und honigfarben, während meins in jüngster Zeit eher aussah wie ein Strohballen an einem Regentag.

Ich hatte keine Ahnung, wie ich die Therapie bei Dr. Hadley überstehen sollte.

Der Raucherbereich unterschied sich kaum von dem auf Nil. Ein kleiner Innenhof, auf drei Seiten umgeben von Backstein und Bäumen, auf der vierten Seite abgegrenzt von Spalierpflanzen und dem gefängnisartigen Zaun. Aber bis auf den Zaun hätte man glauben können, man befände sich in irgendeinem städtischen Innenhof: sauber gepflastert, eingefasst von Büschen und niedrig wachsenden Pflanzen. In der Mitte standen ein Plastiktisch und vier passende Stühle. Auf einem dieser Stühle saß ich am späten Nachmittag meines zweiten Tages auf Amazonas, rauchte meine siebte Zigarette und hatte meinen iPod eingestöpselt, den ich ganz unten in meiner Handtasche entdeckt hatte.

Musik zu hören war ein Risiko. Es war etwas, das mich noch vor ein paar Tagen in einen Abgrund hätte schleudern können – und in der Öffentlichkeit in Tränen auszubrechen gehörte nicht zu meinem Plan. Ich hatte beschlossen, so wenig wie möglich zu weinen, und wenn, dann nur allein. Aber als ich schließlich den Mut fand, auf Start zu drücken, merkte ich erleichtert, dass mich die Musik nicht sonderlich beeinflusste, weder zum Guten noch zum Schlechten. Es war bloß eine Möglichkeit, die Außenwelt draußen zu halten, was an diesem Tag mein oberstes Ziel war. Ich kämpfte noch damit, mich wieder in Gesellschaft von Menschen zu bewegen, Menschen, die nicht reglos im Bett lagen oder auf dem Gang Selbstgespräche führten, sondern Menschen, die etwas von mir erwarteten: Augenkontakt, Reaktionen, Gespräche. Ich wollte nicht mehr reden, und ich wollte auch nicht die Gespräche anderer Leute hören. Ich wollte nur in Ruhe rauchen. Die Ohrstöpsel, dachte ich, würden jede soziale Annäherung im Keim ersticken.

Aber das war Wunschdenken.

An dem Mädchen, das sich neben mich setzte, war nichts Bemerkenswertes. Nichts, bis auf ihr Alter. Sie war noch sehr jung, kaum älter als neunzehn oder zwanzig, schätzte ich. Sie trug ein dunkelrotes Top, Shorts und Sandalen. Es war schließlich Hochsommer, ein so vollkommener Sommer, wie ihn England nur selten erlebt. Das überraschte mich jedes Mal wieder, wenn ich hinausging. Ich weiß auch nicht, warum. Vielleicht war ich der Meinung, das Wetter sollte mehr Anteil an meinem Leben nehmen, anstatt unbekümmert fortzufahren, einfach … zu sein.

Das Mädchen war klein mit glatten dunkelbraunen Haaren, die ihr fast bis zur Schulter gingen. Ihre Unterarme waren mit einem Netz aus Narben übersät, einige alt und blass, andere rot und jüngeren Datums.

All dies nahm ich mit einem kurzen, flüchtigen Blick in

mich auf, bevor ich meine Augen wieder auf die parallelen Streben des Metallzauns richtete. Ich brauchte eine Sonnenbrille, dachte ich. Dann konnte ich hinschauen, wohin ich wollte. Ich konnte nach Herzenslust ihre Arme betrachten, ohne dass sie es bemerkte. Aber der Innenhof lag fast immer im Schatten der hohen Mauern und Bäume. Wenn ich hier eine Sonnenbrille trug, dann wusste jeder gleich, dass ich etwas zu verbergen hatte.

Am liebsten hätte ich den ganzen Tag lang eine Sonnenbrille getragen, auch in der Therapie – *besonders* in der Therapie. Das hätte das Problem mit dem Augenkontakt ein für alle Mal gelöst. Aber dann hätte man mich für noch verrückter gehalten.

Diese Gedanken gingen mir durch den Kopf, als mir das dunkelhaarige Mädchen auf die Schulter tippte.

Sie lächelte und sagte dann etwas, das ich nicht hören konnte.

Ich zuckte mit den Schultern und deutete auf meine Ohrstöpsel.

Sie bedeutete mir, ich solle sie herausnehmen.

Ich hatte keine Wahl.

»Was hörst du?«, fragte sie.

Mein iPod wählte die Lieder für mich aus. Ich hatte nicht vor, mich der kraftraubenden Entscheidung zu unterwerfen, was für Musik ich hören sollte. Zumal es überhaupt keine Rolle spielte. Die Musik war nur ein Schutzschild.

»*Airwave* von Rank 1«, sagte ich.

Das Mädchen schüttelte den Kopf. »Kenne ich nicht. Ist es gut?«

»Fantastisch«, antwortete ich automatisch.

»Fröhlich oder traurig?«

»Wie bitte?«

»Ist die Musik fröhlich oder traurig?«

Darüber musste ich erst nachdenken. Ich war mir nicht einmal sicher, ob diese Frage einen Sinn ergab. Konnte jede Musik in eine von diesen beiden Schubladen gesteckt werden? Oder war es verrückt, so über Musik zu denken? Mir kam es nicht verrückt vor, aber wer war ich schon, das zu beurteilen?

»Beides«, sagte ich schließlich. »Oder keins von beidem. Ich weiß nicht genau. Es ist die Art von Musik, die sich deiner Laune anpasst.«

Das Mädchen nickte, aber sie wirkte nicht überzeugt. Sie verstand nicht, was ich meinte. Nicht dass es wichtig gewesen wäre. Ich war ja sowieso gleich weg. Die Glut meiner Zigarette hatte schon fast den Filter erreicht. Ich zog noch einmal daran, dann trat ich sie aus.

»Ich heiße Melody«, sagte das Mädchen.

»Aha. Wie passend.«

Melody schaute mich unverwandt an, sagte aber nichts.

»Ein sehr hübscher Name«, setzte ich hinzu.

Ich hatte meinen iPod schon wieder in die Tasche gesteckt. Wenn ich meinen Namen nicht nannte, war ich auch nicht verpflichtet, zu bleiben und mit ihr zu reden. Aber dann tat Melody etwas, das mich stoppte – so ziemlich das Einzige, was mich stoppen *konnte*: Sie holte ihre Zigaretten heraus und hielt mir das Päckchen hin. Es waren nur noch zwei übrig.

Ich betrachtete die Zigaretten ein paar Sekunden lang und schaute dann in ihr Gesicht. Sie lächelte und zuckte leicht mit den Schultern.

In diesem Moment entschied ich, dass Melody verrückt war. Ich würde meine vorletzte Zigarette nur hergeben, wenn man mir als Gegenleistung die sofortige Freiheit garantierte. Die Versorgung mit Nachschub war einfach zu unsicher. Aber wenn sie dieses Angebot machte, würde ich auf keinen Fall ablehnen. Ich entspannte mich.

»Ich bin Abby«, sagte ich.

»Hallo, Abby«, sagte sie. »Du bist neu hier?«

»Irgendwie schon. Ich war vorher ein paar Wochen auf Nil.«

»Aha. Nil.« Melody nickte wissend. »Hast du versucht, dich umzubringen?« Ich schaute zu ihr hin. Sie zündete sich die Zigarette an und legte den Kopf schräg. »Ich war auch eine Weile auf Nil. Hatte Tabletten genommen, etwa dreißig. Aber ich bin nicht gestorben, wie man sieht. Ich habe sie rausgekotzt und bin bewusstlos geworden. Auf Nil bin ich wieder aufgewacht.«

»Ich will mich nicht umbringen«, log ich.

Melody nickte überschwänglich. »Nein, klar doch. Ich auch nicht. Jedenfalls nicht mehr. Ich bekomme dreimal pro Woche EKT. Das hat mich wieder zu mir gebracht. Was ist mit dir?«

»Lithium«, sagte ich. »Ich denke nicht, dass man mir EKT geben würde. Es bestünde das Risiko, dass ich wieder durchdrehe.«

»Du bist durchgedreht?«

»Ja, ziemlich heftig.«

»Was ist passiert?«

»Ich habe nicht mehr geschlafen. Habe mich in dumme, riskante Situationen begeben. Bin auf Einkaufstour gegangen.«

Melody schnaubte Zigarettenrauch aus ihrer Nase. »Das

habe ich schon hundertmal gemacht. Einkaufen ist doch nicht verrückt!«

»Kommt drauf an, wie weit man geht. Ich habe etwa tausendsechshundert Pfund an einem Tag ausgegeben – für ein Hotelzimmer, ein Kleid und ein Titten-Tattoo.«

»Oh Gott.«

Wir rauchten eine Weile schweigend.

»Darf ich es sehen?«

»Was?«

»Das Titten-Tattoo.«

»Nein, darfst du nicht.«

Meine Ablehnung hatte nichts mit Anstand zu tun. Was hatten Sitte und Anstand in einer psychiatrischen Abteilung verloren, wo man nicht mal das Bad abschließen konnte? Aber trotzdem musste ich aufpassen. In einer Ecke des Hofs hing eine Überwachungskamera, und irgendwo saß jemand an einem Monitor und betrachtete die Szene. Wenn ich mich mit einem anderen Dienstleistungsnehmer unterhielt, war das ein positiver Schritt in Richtung Genesung, nicht jedoch, wenn ich dabei meine Brüste entblößte. Aber Melody wirkte gekränkt. »Ich habe auch eins an meinem Fußgelenk«, sagte ich zu ihr. »Das darfst du sehen.«

Mein rechtes Bein lag über meinem linken, also musste ich nur nach unten greifen und den Saum der Jeans ein Stück nach oben schieben. Melody betrachtete die Tätowierung eine Weile und sagte dann: »Du hast auch eine Narbe auf deiner rechten Hand. Sieht wie eine Brandwunde aus.«

Normalerweise wäre ich beeindruckt gewesen. Die Leute bemerken meine Narbe nicht, und falls doch, registrieren sie nicht, was es ist. Aber Melody hatte einen Blick für solche

Dinge, was nicht weiter verwunderlich war. Und sie erkannte Narbengewebe, wenn sie es sah.

»Von einer Zigarette«, sagte ich. So, wie das Gespräch verlief, sah ich keinen Grund, ihr nicht die Wahrheit zu sagen. Es machte keinen Unterschied. »Ich war betrunken. Ich hatte diesen blöden Streit mit meinem Freund. Ich weiß nicht mal mehr, worum es ging – so blöd war das Ganze.« Ich machte eine Pause und klopfte die Asche in den Aschenbecher. Ich hatte nicht die Absicht, die Sache dramatisch in die Länge zu ziehen, sondern dachte einfach darüber nach, ob ich die Geschichte beenden musste. Melody konnte sich den Rest sicher denken. Sie wusste, was man tun musste, um eine solche Narbe davonzutragen. »Ich habe sie auf meiner Hand ausgedrückt«, sagte ich. »Als ich wieder zu mir kam, saß ich im Taxi auf dem Weg zur Notaufnahme.«

»Wow.« Melody nickte anerkennend. Sie gehörte zu dem verschwindend geringen Teil der Bevölkerung, der auf eine solche Geschichte nicht mit der Frage nach dem Warum reagierte. »Wie hat es sich angefühlt?«, fragte sie stattdessen.

»Herrlich. Eine Sekunde lang. Danach hat es höllisch wehgetan. Der Schmerz war so schlimm, dass ich mich im Taxi übergeben musste. Es war der übelste Schmerz, den du dir vorstellen kannst.«

Ich las an Melodys Gesicht ab, dass sie es sich wirklich vorstellte, was vermutlich alles andere als gesund für sie war. Aber ich fand, dass eine ehrliche Frage eine ehrliche Antwort verdiente.

»Also.« Melody ließ eine Aschesäule fallen, die der Wind davontrug. »Hast du schon eine Diagnose bekommen?«

»Ja. Aber nicht hier. Meine Diagnose kenne ich schon seit Jahren. Bipolar-II-Störung. Und du?«

»Akute unipolare Depression und vielleicht auch eine Form von Persönlichkeitsstörung. Das ist noch nicht ganz raus. Du weißt ja, wie Ärzte sind.«

Ich zuckte mit den Schultern. »Sie suchen ständig nach Schubladen für uns.«

Wir rauchten den Rest unserer Zigaretten ohne viele Worte. Es gab ja auch nichts weiter zu sagen.

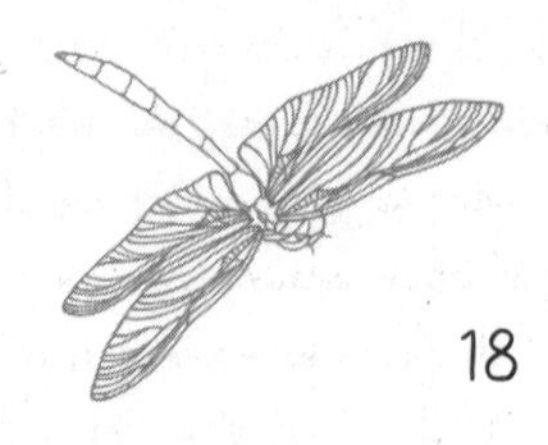

18

EIN ZWEITER BRIEF: DAS ERSTAUNLICHSTE ARTEFAKT IN DER TATE GALLERY OF MODERN ART

Liebe Abby,
hier bin ich wieder: noch ein Brief, den du vielleicht nie lesen wirst. Aber Barbara meinte, ich solle ihn trotzdem ruhig schreiben. Es würde mir guttun. Ich habe keine Ahnung, ob das stimmt, aber im Augenblick habe ich ja keine andere Wahl. Und irgendwie ist es schon befreiend, einen Brief zu schreiben, der vermutlich in ein paar Stunden im Mülleimer landen wird. Wenigstens muss ich nicht befürchten, das Falsche zu sagen. Ich kann einfach erzählen, was mir durch den Kopf geht, im Guten wie im Schlechten. Und wenn du den Brief zufällig doch lesen solltest, wenn es dir gut genug geht, dass du ihn lesen kannst, dann ist dies vielleicht der beste Weg, die Dinge anzugehen. Es macht ja keinen Sinn, etwas Unehrliches zu schreiben, nicht wahr?

Vergangene Nacht war ziemlich schlimm. Ich war Gott weiß

wie lange wach und habe über uns nachgedacht, habe versucht herauszufinden, wo und wann die Sache anfing schiefzugehen. Denn schiefgegangen ist sie ja. Einen anderen Schluss kann man nicht ziehen. Du willst mich nicht sehen, du willst nicht mit mir reden. Wenn du mich gerade jetzt nicht um dich haben willst, was sagt das dann über unsere Beziehung aus? Ich bin nicht sicher, wie lange ich noch so weitermachen kann. Ich will dich nicht verlassen, wirklich nicht, aber ich habe immer mehr das Gefühl, dass mir diese Entscheidung aus den Händen genommen wurde. Du hast mich bereits verlassen.

Eine Zeitlang habe ich mir einzureden versucht, dass es so vielleicht am besten ist. Denn wenn ich jetzt nicht für dich da sein kann – wie du ja zu glauben scheinst –, was für eine Zukunft haben wir denn? Noch mehr von dem alten Trott: endlose Höhen und Tiefen, die keiner von uns verhindern kann, so sehr wir es auch wollen. Wir sind besser dran, wenn wir uns trennen. Das wäre das Vernünftigste.

Aber so einfach ist es natürlich nicht. Ich muss immer wieder an diesen alten Spruch denken, den du so gut findest: Man kann sich seine Freunde aussuchen, nicht aber seine Familie. Wer immer auf die Idee kam, hätte noch ergänzen sollen, dass man sich auch nicht aussuchen kann, in wen man sich verliebt.

Und weißt du, was letzte Nacht passiert ist? Ich wollte eigentlich all die Gründe aufschreiben, die für eine Trennung sprechen, aber stattdessen habe ich mich an all die Einzelheiten unseres ersten Dates erinnert. Du hast mich in die Tate Gallery geschleppt und mich alle Gemälde mit Noten von 1 bis 6 bewerten lassen. Am Anfang war es richtiggehend beängstigend, um ehrlich zu sein: Es war kein langsames Annähern an jemanden, den man sympathisch findet, sondern eher ein kulturelles Initiationsritual, ein Test. Ich weiß noch, dass ich fragte, ob wir nicht einfach in Ruhe was trinken gehen könnten, und du hast gesagt, nein, und zwar aus zwei Gründen. Erstens sei der Geschmack in Sachen Kunst viel aussagekräftiger als der Geschmack in Sachen Alkohol. Und zweitens warst du mal wieder pleite, also mussten wir etwas unternehmen, das kein Geld kostete. Kurz danach hatten wir unseren ersten Streit. Ich gab Francis Bacons Sitzender Figur eine 3, und du bist fast ausgerastet, hast dich zu einer Lobeshymne hinreißen lassen, dass dies eins der drei Werke in der Tate Gallery sei, das über jede Kritik erhaben sei und eine 1+ verdiene, zusammen mit Souzas Kreuzigung und Dalís Metamorphose des Narziss. Aber ehrlich gesagt habe ich zu diesem Zeitpunkt gar nicht mehr besonders auf die Bilder geachtet. Ich hatte nur Augen für dich, und ein paar Mal war ich nah dran, dir das zu sagen. Aber das ging natürlich nicht, nicht beim ersten Date. Das hätte wie ein dummer Spruch geklungen.

Aber das wäre es nicht gewesen. Es war die Wahrheit. Und heute, drei Jahre später, kann ich es dir sagen, in einem Brief, den du nicht lesen wirst. Du warst an diesem Tag ganz erstaunlich. Das erstaunlichste Artefakt in der Tate Gallery. Nach nur wenigen Stunden wusste ich, dass mein Leben ohne dich viel ärmer sein würde.

Und du sollst wissen, dass drei Jahre später ein großer Teil von mir immer noch so empfindet. Die Dinge sind nur einfach viel komplizierter geworden.

Am Anfang dachte ich, wir könnten alles durchstehen. Nein, das ist nicht die ganze Wahrheit. Wenn ich ehrlich sein soll, dachte ich, dass ich dich durch alle Schatten wieder ans Licht bringen könnte. Es bedurfte nur meiner bedingungslosen

Unterstützung; ich musste dir die Tränen trocknen und warten, bis alles wieder gut war. Aber damals hatte ich noch keine Ahnung, wie ermüdend es ist, sich um jemanden zu sorgen, der – wenn es gut läuft – die Mühe nicht einmal zu schätzen weiß. Herrje, das klingt so hart, schwarz auf weiß, aber ich glaube, du würdest mir nicht widersprechen. Du hast mir einmal gesagt, dass eine Depression ein durch und durch selbstsüchtiger Zustand ist, der dir die Fähigkeit raubt, dich auf irgendetwas jenseits des Nebels in deinem Kopf einzulassen. Du kannst nichts nach außen weitergeben, alle Energie und jegliches Gefühl sind nach innen gerichtet. Es gibt nur diesen Abgrund. Und diese leere Hülle, mit der man nicht reden, die man nicht trösten kann.

Dann kommt die manische Phase, die man genauso wenig in den Griff bekommt. Und ich weiß nie, wie ich dich unterstützen kann. Klar, ich habe gelernt, die Zeichen zu deuten, aber ab wann genau muss ich eingreifen? Du bist fröhlicher, glücklicher, kreativ, voller Energie – vielleicht das erste Mal seit Wochen. Warum sollte dir daran gelegen sein, das zu ändern? Und warum sollte mir daran gelegen sein? Ich will nicht derjenige sein, der dich ständig ausbremst und diesen Funken im Keim erstickt. Aber wir beide wissen, wie schnell die Dinge außer Kontrolle geraten können. Die Energie wandelt sich in Hyperaktivität, in Risikobereitschaft, Genusssucht, den Drang zur Selbstzerstörung. Und an diesem Punkt ist es viel zu spät, dich zu zügeln.

Es gab eine Zeit, als ich noch optimistisch war. Ich dachte, dass es irgendwann in der Zukunft einfacher werden würde, wie weit entfernt diese Zukunft auch sein mochte. Auch als eine Krise auf die andere folgte, war ich immer in der Lage, mich davon zu überzeugen, dass wir jetzt endlich das

Schlimmste hinter uns hätten. So auch letztes Jahr, als du dich verbrannt hast und zwei Tage lang im Krankenhaus bleiben musstest. So auch, als wir diese entsetzlichen Monate hinter uns gebracht hatten, nachdem du das Lithium abgesetzt hattest. Aber jetzt ist es anders. Irgendwann in den letzten Wochen habe ich aufgehört zu glauben, dass es einfacher wird.

Also, wo stehen wir? Ich wünschte wirklich, ich wüsste es. Ich schreibe jetzt schon mehr als eine Stunde, es ist kurz nach Mitternacht, und ich bin immer noch nicht klüger als vorher. In mir ist nur dieser immense Knoten gegensätzlicher Gefühle.

Ich liebe dich immer noch. Ich vermisse dich immer noch. Aber ich bin nicht mehr sicher, ob das genug ist.

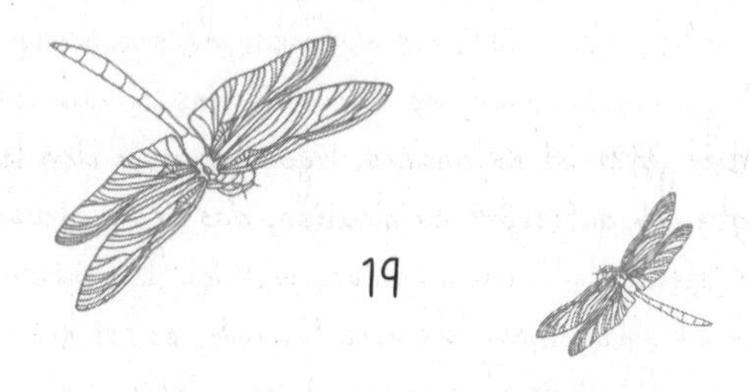

19

DIE SPIEGELMENSCHEN

Wenn sie keine Therapie hatte und keine Stromschläge verpasst bekam, konnte man darauf wetten, dass Melody im Raucherbereich war. Dank ihrer Mutter verfügte sie über einen schier unerschöpflichen Vorrat an Zigaretten. Fast jeden Abend und an den Wochenenden bekam sie Nachschub. Melody verteilte sie so freigebig, wie Kondome in einer Frauenarztpraxis verteilt werden. Das war einer der Gründe, warum es sich immer auszahlte, mit Melody eine rauchen zu gehen. Aber es war nicht der einzige Grund.

Ein Gespräch mit Melody war einem Gespräch mit einem psychisch Gesunden jederzeit vorzuziehen – hauptsächlich, weil man sich nicht mit der üblichen Heuchelei aufhalten musste: keine Ausflüchte, keine Lügen, keine sorgfältig gewählten Worte und kein Herumreden um den heißen Brei. Es gab auch kein oberflächliches Geplapper über alltägliche Nichtigkeiten: Was für einen Job hast du? Wo wohnst du? Ein Gespräch mit Melody setzte nicht im Erdgeschoss an, sondern ganz oben, unter dem Dach, wo man Dinge aufbewahrte, von denen nicht einmal die eigene Familie etwas wusste, weil keiner je gefragt hatte und keiner davon wissen wollte.

Melody war schon zwei Wochen auf Amazonas, als ich eintraf. Dieser Umstand, in Kombination mit ihrer Großzügigkeit in Sachen Zigaretten und ihrem beständigen Verlangen zu reden, bedeutete, dass sie so ziemlich jeden auf der Station kannte. Sie war eine schreckliche Klatschtante, und es dauerte nicht lange, und ich war mit den Geschichten der meisten anderen Patienten vertraut.

Die älteste Bewohnerin der Station und gleichzeitig diejenige, die am längsten hier war, war Mrs. Chang, eine neunundfünfzigjährige Chinesin, die mehr oder weniger von einer Psychiatrie in die nächste wanderte. Mrs. Chang war schon so lange auf Amazonas, dass sie einen eigenen Sessel im Gemeinschaftsraum hatte – der direkt vor dem Fernseher –, der aus Respekt von sonst niemandem benutzt wurde. Ich nahm auch an, dass Respekt der Grund war, warum Melody Mrs. Chang nie beim Vornamen nannte. Immerhin war Mrs. Chang unvorstellbar alt. Oder vielleicht kannte Melody ihren Vornamen nicht. Beide Vermutungen waren naheliegend, aber falsch. Später sollte ich herausfinden, dass Melody Mrs. Changs Vornamen kannte, aber nicht in der Lage war, ihn auszusprechen. Alles, was sie mir sagen konnte, war, dass er mit einem X anfing und ziemlich kompliziert war.

Dann war da noch Jocelyn, eine zwei Meter große und einen Meter breite Schwarze Anfang dreißig, von der Melody behauptete, dass sie wirklich verrückt sei – als ob wir anderen hier Urlaub machen würden. Jocelyn war mehr als einen Monat auf Nil gewesen und hätte noch viel länger dort bleiben können. Sie war nicht etwa verlegt worden, weil sich ihr

Zustand besserte, sondern weil sie absolut harmlos war. Trotz ihrer beeindruckenden Erscheinung stellte Jocelyn keine Gefahr für andere dar und schon gar nicht für sich selbst.

Dann waren da noch Paula, die paranoide Schizophrene, und Angelina, die nur schizophren war, Claire, die Zwangsneurotikerin, und so weiter und so fort. Ich hatte keinen Zweifel daran, dass auch meine Geschichte die Runde machte, denn das Wort Diskretion existierte in Melodys Wortschatz nicht. Innerhalb kürzester Zeit war ich vermutlich die bipolare Abby oder Abigail mit der Brandwunde oder irgendetwas in der Art. Aber wenigstens ging alles ganz offen und ehrlich zu. Dank Melody gab es auf der Station keine Geheimnisse, und weil jede Frau hierdrin über ein gewisses Level an Irrsinn verfügte, hatte niemand irgendwelche Scheu davor, seine psychische Krankengeschichte allen anderen zugänglich zu machen. Ich hatte nie das Gefühl, in irgendeiner Form beurteilt zu werden.

Mit den Ärzten war es allerdings das Gegenteil. Sie beurteilten mich ständig, jeden Tag, jede Minute – einschließlich der Zeit, in der ich schlief. Das hatte nichts mit Paranoia zu tun: Die Qualität und Quantität meiner Ruhephasen waren ein Thema, das ich lang und breit mit Dr. Hadley diskutieren musste, und sie wusste stets, wann ich eine schlechte Nacht hinter mir hatte, trotz meiner beständigen Versicherung, ich würde schlafen wie ein Baby. Immer mehr hatte ich den Eindruck, dass meine Gespräche mit Dr. Hadley zu einem Degengefecht ausarteten, voller Finten und komplizierter Fußarbeit, unvermittelter Angriffe und ungeschickter Paraden. Die nie endende Herausforderung war, ihr den Eindruck zu vermitteln, ich wäre offen und ehrlich, würde jederzeit kooperieren, während ich gleichzeitig ausweichend war und die Wahrheit verschleierte. Manchmal war die Herausforderung schlichtweg zu groß für mich. Dr. Hadley deutete des Öfteren an, dass sie mich für ausweichend hielt und vermutete, ich würde die Wahrheit verschleiern.

Es war in der Kunsttherapie, als ich die Sache schließlich vermasselte. Die meisten anderen Dienstleistungsnehmer malten oder zeichneten. Mrs. Chang formte aus einem Stück Modellierton etwas, das aussah wie ein kleiner Sarg. Ich dagegen versuchte zu schreiben. Dr. Hadley hatte in unserer letzten Sitzung die Vermutung geäußert, dass mir das helfen könnte, dass es vielleicht einfacher für mich sei als reden. Das fand ich vernünftig. Schreiben war schließlich mein Job. Vielleicht würde ich durch das Schreiben auch eine Verbindung zur »alten Abby« finden.

Die alte Abby hätte Dr. Hadley gesagt, sie solle sich zum Teufel scheren, aber die neue Abby nickte nur ergeben. Immerhin war es nicht hilfreich, wenn ich mich feindlich zeigte und den Therapeuten widersetzte.

Und deshalb starrte ich eine Stunde lang auf einen kleinen Stapel leerer Blätter. Ich konnte mir vorstellen, was Dr. Hadley von mir erwartete – ein Stimmungstagebuch oder einen langen, gefühlvollen Aufsatz über meine Kindheit –, aber als ich den Stift zur Hand nahm, war er schwer wie Blei. Es stellte sich heraus, dass ich beim Schreiben viel schlechter lügen konnte als beim Reden. Alles, was ich zu Papier brachte, würde mich verraten. Aber ich musste ihr etwas liefern. Wenn nicht, wenn ich nicht einmal den Versuch unternahm, wäre das ein dicker Minuspunkt in meiner Akte.

Erst als ich es aufgab, etwas schreiben zu wollen, und stattdessen anfing, mit dem Stift in meine Handfläche zu stechen, kam mir die Idee. Ich beschloss, ein kurzes, abstraktes Gedicht zu schreiben. Es würde sehr kurz sein und sehr abstrakt, am besten ein Haiku, vollgestopft mit vielsagender, aber undurchschaubarer Symbolik. Dann hatte Dr. Hadley etwas zu tun. Sie konnte stundenlang vergeblich versuchen, die Bedeutung zu entziffern. Viel wahrscheinlicher war jedoch, dass sie sich über meinen Versuch, mich auszudrücken, einfach freuen würde. Ich würde in der kommenden Sitzung nur hin und wieder nicken müssen und in blumigen Worten schwärmen, wie sehr mir das Schreiben geholfen hatte.

Unglücklicherweise blieb mir nicht mehr viel Zeit, meinen Plan in die Tat umzusetzen. Die Kunsttherapie war schon so gut wie vorbei, und mein nächstes Gespräch mit Dr. Hadley war für nach dem Mittagessen angesetzt. Selbst wenn ich in der Stimmung gewesen wäre, hätte ich kaum Gelegenheit gehabt, meine Kreativität herauszukehren.

Stattdessen schrieb ich aus dem Gedächtnis diese vier Zeilen:

Als Hoffnung dir so saftig reifte –
Dass deine Zunge schwamm –
Gab hundert Zehen frei das Glück –
Und stob mit jeder davon.

Darunter kritzelte ich zur Erklärung:

Dr. Hadley,
das Gedicht ist nicht von mir, es sind Verse von Emily Dickinson, die ich in der Schule auswendig lernte. Es geht um eine Katze, die einen Vogel

nachsetzt. Als ich versuchte, etwas zu schreiben, kam mir dieses Gedicht in den Kopf. Ich glaube nicht, dass ich im Augenblick in der Lage bin, etwas Eigenes zu schreiben. Ich versuche es morgen noch einmal.

Abby

Nach der Kunsttherapie schob ich das Blatt Papier unter Dr. Hadleys Tür durch. Dann ging ich nach draußen und rauchte eine Zigarette.

Natürlich ging es nicht nur um eine Katze und einen Vogel, wie Dr. Hadley mich umgehend informierte. Und das Gedicht war auch nicht zufällig in meinen Gedanken aufgetaucht.

»Es trifft Ihre Situation ziemlich gut, nicht wahr?«, fragte Dr. Hadley. Und das war natürlich auch nicht wirklich als Frage gedacht.

Sie überflog wieder die Zeilen. Ihre Augen waren wie blaue Skalpelle. Ich erkannte an ihrem Ausdruck, dass Literaturanalyse ebenfalls zu ihren Stärken gehörte. Vermutlich malte sie auch ganz erstaunliche Aquarelle.

»Möchten Sie mit mir über Ihre manischen Phasen reden?«

»Nein, möchte ich nicht«, antwortete ich. Dr. Hadley schaute mich an und wartete. Ich zuckte mit den Schultern. »Sich überschlagende Gedanken, übereilte Entscheidungen, ein verdrehtes Urteilsvermögen …«

»Das meinte ich nicht«, fiel sie mir ins Wort. »Ich will keine Auflistung der Symptome. Ich will wissen, wie es sich anfühlt. Ganz subjektiv. Genießen Sie es?«

»Ja. Jedenfalls im Anfangsstadium. Da genieße ich es sehr.«

»Was genau genießen Sie daran?«

Ich lauschte auf einen vorwurfsvollen Ton in ihrer Stimme, aber da war nichts dergleichen. Sie wählte einen direkteren Zugang als sonst, stellte mir eine offene Frage, und sie wartete bestimmt eine Minute lang geduldig, bis ich über die Antwort nachgedacht hatte. Ich war versucht, den einfachen Weg zu gehen, zu behaupten, dass es sich so anfühlt, als wäre ich auf Speed, nur eben sauberer: Ich bin hellwach, voller Energie und Selbstvertrauen, ohne das Zähneknirschen und die Magenkrämpfe. Aber es schien mir nicht ratsam, Dr. Hadley so etwas zu sagen.

»Ich genieße es, weil es ein außergewöhnliches Gefühl ist«, sagte ich. »Es ist, als ob man in einer vollkommenen kleinen Blase existieren würde. Alles kommt einem leicht vor, nichts kann einem schaden. Ich würde mein ganzes Leben so verbringen, wenn ich könnte.«

Dr. Hadley nickte langsam und sagte dann: »Aber es ist nicht von Dauer, nicht wahr? Nach einer kurzen Weile ist es vorbei. Die Blase zerplatzt.«

Ich zuckte mit den Schultern. »Wenn es von Dauer wäre, würden wir dieses Gespräch nicht führen.«

Dr. Hadley kommentierte meine Bemerkung mit einem schiefen Lächeln. »Und was kommt danach? Wie fühlen Sie sich dann?«

Es war das Wörtchen »dann«, das mich dazu veranlasste, ihr die Wahrheit zu sagen. Wenn sie »jetzt« gesagt hätte, hätte ich gelogen. Aber wir sprachen nicht über das Hier und Jetzt. Wir sprachen über Allgemeinheiten.

»Als wäre ich beraubt worden«, sagte ich.

Sie wartete, und mir war klar, dass sie mich zum Weiterreden ermunterte. Sie würde so lange warten, bis ich weiterredete. Also gab ich ihr ein Beispiel. Sie wollte eine »subjektive« Einschätzung, und das war die einzige Möglichkeit, ihr mein Empfinden zu verdeutlichen.

»Stellen Sie sich vor, Sie erleben einen herrlichen, sonnigen Tag«, erzählte ich. »Sie sind irgendwo, wo es schön ist. An einem Strand vielleicht. Sie fühlen die Sonne auf Ihrem Gesicht und Ihren Armen und den warmen Sand unter Ihren Füßen. Alles ist hell und klar. Sie können die einzelnen Sandkörner sehen, so klar ist es.«

Ich hatte aus dem Fenster gestarrt, das auf eine Backsteinmauer hinausging, aber jetzt schaute ich Dr. Hadley an, um sicherzugehen, dass meine Worte ankamen. Sie nickte.

»Aber dann schieben sich ganz langsam dunkle Wolken vor die Sonne. Das Licht und die Wärme verblassen, die Farben sickern aus der Welt heraus, und allmählich verändert sich die Landschaft. Jetzt ist nichts mehr klar. Der Strand ist nur noch flach und leer, das Meer eine endlose graue Fläche. Und wenn man hoch in den Himmel schaut, sieht man, dass dies nicht nur eine vorübergehende Wettertrübung ist. Die Wolke erstreckt sich bis in die Unendlichkeit, bis zum Horizont und darüber hinaus.«

Ich verstummte. Das war viel mehr, als ich eigentlich hatte sagen wollen, und ich hatte es als sehr anstrengend empfunden, die Worte herauszubringen. Ich glaube, Dr. Hadley spürte das. Wir schwiegen eine Weile, dann sagte sie mir, dass wir uns morgen wiedersehen würden. In der Zwischenzeit solle ich weiterschreiben. Meine Worte oder die von jemand anderem. Was immer mir lieber war.

Es war die kürzeste Sitzung, die wir je hatten. Die ganze

Sache hatte kaum zehn Minuten gedauert. Aber als ich aufstand und aus dem Behandlungszimmer ging, hatte ich trotzdem das Gefühl, als ob etwas Merkwürdiges, Bedeutsames geschehen war. Zum ersten Mal hatte ich Dr. Hadley die Wahrheit gesagt. Die Wahrheit und nichts als die Wahrheit.

Am nächsten Tag passierte es. Nicht in der Therapie, sondern draußen, im Innenhof. Beim Rauchen. Mit Melody.

Anfangs war ich allein. Paula, die paranoid Schizophrene, kam heraus, aber wir redeten nicht miteinander, und sie ging wieder hinein, sobald sie ihre Zigarette geraucht hatte. Die meisten anderen Verrückten waren wahrscheinlich im Gemeinschaftsraum oder bei der Gymnastik. Außer Melody. Die war mit ihrer Mutter zusammen, die sich den halben Tag freigenommen hatte.

Eigentlich hatte ich etwas für Dr. Hadley schreiben oder es zumindest versuchen wollen. Aber so weit kam ich gar nicht. Ich suchte in meiner Handtasche nach einem Stift, als ich auf einen zusammengefalteten Umschlag stieß. Ich zog ihn heraus und erkannte, dass es der letzte Artikel war, den ich geschrieben hatte – *Welches Blau ist das richtige für dich?* –, frenetisch hingekritzelt auf acht Seiten geprägtes Papier des Dorchester Hotels.

Die nächsten zehn, vielleicht fünfzehn Minuten verbrachte ich mit Lesen. Ich nahm mir Zeit, las den Artikel zweimal durch. Danach konnte ich nicht viel mehr tun als dasitzen und rauchen. Es hatte nichts damit zu tun, dass der Artikel schlecht war – er war nicht schlecht, im Gegenteil. Auch nicht damit, dass es ein oberflächliches Geschreibsel war, das *Cosmopolitan* bestimmt drucken würde und das niemand vermissen würde, wenn es am nächsten Tag im Mülleimer landete. Nein, nichts dergleichen. Die Worte schimmerten. Sie waren warm und witzig und wirkungsvoll. Es war ein Text, den man nur kurz überarbeiten und abtippen musste und gleich morgen verkaufen konnte – wenn ich auch nur das geringste Verlangen gehabt hätte, den Text anzubieten. Was nicht der Fall war. Stattdessen überkam mich wieder das einsame Strandgefühl oder zumindest ein schwaches Echo davon. Ich fühlte mich nicht beraubt, sondern nur trübsinnig und wehmütig.

Ich merkte gar nicht, dass Melody zu mir kam. Ich wurde mir ihrer Gegenwart erst bewusst, als sie sich auf den Stuhl mir gegenüber fallen ließ und mir eine Zigarette über den Tisch schnippte, ehe sie sich selbst eine anzündete.

»Was liest du da?«

»Etwas, das ich während meiner manischen Phase geschrieben habe. Am Tag, bevor ich hierherkam.«

»Darf ich mal sehen?«

Ich sah keinen Grund abzulehnen. Melody las die Blätter durch, während ich schweigend rauchte.

»Das hast du geschrieben, als du verrückt warst?«

»Ja.«

»Das ist gut.«

Ich zuckte mit den Schultern. »Paradoxerweise.« Als mir einfiel, dass Melody mit dem Wort vielleicht nichts anfangen konnte, setzte ich hinzu: »Ich schreibe gut, wenn ich manisch bin. Das war schon immer so. Das habe ich nackt im Dorchester geschrieben.«

»Warum?«

»Es war heiß an dem Tag. Ich hatte gerade ein Bad genommen …«

Melody winkte kichernd ab. »Nein, das meine ich nicht. Warum hast du es geschrieben? Wofür ist das?«

»Oh. Das ist mein Job. *War* mein Job.«

»Du bist Schriftstellerin?«

»Freiberuflich.« Ich gestikulierte zu dem Artikel. »Das hier wollte ich an *Cosmopolitan* verkaufen.«

»Cool. Wie viel würdest du für so was bekommen?«

Ich überlegte kurz. »Nicht so viel. Vielleicht zweihundert Pfund.«

»Heilige Scheiße!« Melody blieb der Mund offen stehen, was ich immer für eine literarische Übertreibung gehalten hatte.

»Das ist wirklich nicht viel«, beteuerte ich. »Nicht, wenn man es auf ein jährliches Gehalt hochrechnet. Ich habe Glück, wenn ich zwei Artikel in der Woche verkaufe. Manchmal werde ich gar nichts los.«

»Ja, aber wenn, dann ist es so, als würdest du den Jackpot knacken, nicht wahr? Es ist toll, wenn man so klug ist.«

Wie immer bei Melody gab es keine Hintergedanken, keinen Neid, keinen Sarkasmus. Sie machte mir ein ehrliches Kompliment, was mir irgendwie ein bisschen peinlich war. Mir ging auf, dass Melody und ich zum ersten Mal ein relativ normales Gespräch über die Außenwelt führten. Wir hatten schon etliche Stunden miteinander geredet, über Lithium und EKT, über Selbstverletzung und die anderen Dienstleistungsnehmer, aber über Alltägliches hatten wir noch nie gesprochen. Ich kannte nicht einmal ihren Nachnamen.

»Was ist mit dir?«, fragte ich. »Was machst du?«

»Was für einen Job ich habe, meinst du?«

»Ja.«

»Ich mache eine Lehre als Maniküre. Die Bezahlung ist echt mies, aber ich mag die Arbeit. Ich komme mit vielen Leuten zusammen.« Melody streckte ihre linke Hand aus, sodass ich ihre Fingernägel betrachten konnte. Sie waren sauber und ordentlich gefeilt, aber extrem kurz. »Ich habe sie mir auf Nil bis aufs Fleisch abgekaut«, erklärte sie. »Früher waren sie wunderschön, glaub mir. Lässt du dir die Nägel machen?«

»Ja, manchmal. Das letzte Mal erst vor ein paar Wochen. Mein Dad hatte mich zum Essen eingeladen.«

»Wie nett.«

»Nicht wirklich. Seine neue Freundin war dabei. Sie ist nur wenig älter als ich.«

Melody nickte mitfühlend. »Mein Dad hat mich und meine Mum auch verlassen, als ich zwölf war. Ich habe ihn danach nicht mehr oft gesehen. Ein paar Mal im Jahr. Jetzt ist er tot.«

»Oh. Das tut mir leid.«

Melody zuckte mit den Schultern, und diesmal war ihr Gesicht unergründlich. Sie gab mir den Artikel zurück und holte zwei neue Zigaretten aus dem Päckchen. Und dann erzählte sie mir von den Spiegelmenschen. Anfangs glaubte ich, sie wolle das Thema wechseln, weil keine von uns beiden scharf darauf war, über unsere Väter zu sprechen, aber später wurde mir klar, dass sie das Thema bloß weiterspann.

»Jocelyn hat diese Theorie«, begann sie. »Eine wirklich verrückte Theorie.«

»Was sonst.«

»Weißt du, was Parallelwelten sind? Die kommen manchmal in *Doctor Who* vor. Sie ist *Doctor-Who*-Fan.«

»Ich habe die Sendung nie gesehen«, sagte ich. »Aber ich

weiß, was Parallelwelten sind, besser gesagt, was damit gemeint ist.«

Melody nickte. »Ich musste im Internet nachschauen. Ich hätte nicht gedacht, dass ich irgendwas darüber finde, aber tatsächlich gibt's auf Wikipedia einen ewig langen Eintrag dazu.« Melody zog an ihrer Zigarette. »Na ja, Jocelyn denkt jedenfalls, dass wir alle in einer Parallelwelt leben. Sie meint, sie wäre durch ein Portal in der Northern Line hierhergekommen. Zwischen Goodge Street und Tottenham Court Road.«

»Sie glaubt, wir leben in einer Parallelwelt?«

»Ja.«

»Wir alle?«

»Nein, nicht alle. Nur wir. Ich, du, die anderen Irren hier auf der Station. Das verbindet uns. Wir sind diejenigen, die durch Portale gefallen sind.«

»Auf der Northern Line?«

»Nein, das ist Jocelyns persönliches Portal. Portale gibt es überall. In Fahrstühlen und durch Notausgänge, an solchen Orten eben. Jocelyn weiß nur zufällig, wo ihr Portal ist. Sie spürte, wie der Zug ruckelte, als er hindurchfuhr. Kurz danach wurde sie hier eingewiesen.«

»Das überrascht mich nicht.«

»Es wird noch verrückter«, verkündete Melody.

»Erzähl schon.«

»In dem Moment, in dem Jocelyn durch das Portal kam, ging ihre Doppelgängerin aus dieser Welt in die, aus der Jocelyn kam. So funktioniert das. Wie in einem Nachtclub. Der eine kommt, der andere geht.«

»Oh. Jocelyn hat eine Doppelgängerin?«

»Nicht nur Jocelyn. Wir alle. Alle hier haben einen Doppelgänger, der unseren Platz in der ursprünglichen Welt eingenommen hat. Und wir alle haben gemerkt, was passiert ist – zumindest auf gewisse Weise. Das ist der Grund, warum wir hier sind. Unsere Doppelgänger dagegen sind völlig ahnungslos. Sie denken, sie wären die Originale, und deshalb leben sie unser Leben, als ob nichts geschehen wäre. Du weißt schon, zur Arbeit gehen, einkaufen, Rechnungen bezahlen. Jocelyn nennt sie Spiegelmenschen. Sie sind identisch mit uns, jedenfalls beinahe.«

»Beinahe?«

»Ja, zum einen sind sie nicht in der Psychiatrie. Und sie haben eine andere Farbe.«

»Wie bitte?«

»Eine andere Farbe. Jocelyn meint, ihre Spiegelperson ist weiß. Nicht verrückt und weiß.«

»Und meine?«

Melody grinste. »Schwarz, nehme ich an. Nicht verrückt und schwarz. Genau wie meine.«

»Okay. Und Mrs. Changs?«

»Mexikanerin.«

»Mexikanerin? Warum? Ist Mexikanerin das Gegenteil von Chinesin?«

»Ja. Sagt Jocelyn.«

Und da geschah es. Ich glaube, ich hätte es gar nicht gemerkt, wenn Melody mich nicht darauf hingewiesen hätte. Es kam mir so verdammt natürlich vor.

»Hey!«, sagte sie. »Du lächelst ja! Merkst du das? Nein, nicht aufhören! Ich dachte schon, du könntest gar nicht lächeln.«

Ich war zu schockiert, um irgendetwas zu sagen. Melody streckte den Arm über den Tisch und legte ihre Hand auf meine. Da fing ich auch noch an zu weinen. Ich habe bestimmt zwei Minuten lang geweint, vielleicht auch länger. Aber ich habe nicht aufgehört zu lächeln.

In dieser Nacht schlief ich neun Stunden durch. Beim Aufwachen dachte ich an die Spiegelmenschen. Ich blieb im Bett, bis eine der Schwestern mit dem Frühstück hereinkam, lag vollkommen still da und starrte auf einen Fleck an der Decke, wo die Farbe abblätterte. Seit ich eingewiesen worden war, hatte ich viel Zeit damit verbracht, an Zimmerdecken zu starren, aber diesmal war es anders. Ich fühlte mich nicht benebelt. Ich fühlte mich ruhig und wach. Ich war in der Lage, mich auf einen bestimmten Gedanken zu konzentrieren und ihn aus unterschiedlichen Blickwinkeln zu betrachten.

Je mehr ich über Jocelyns Theorie nachdachte, desto weniger bizarr erschien sie mir. Natürlich gab es Aspekte, die völliger Blödsinn waren, wie zum Beispiel, dass sich Mrs. Chang in eine Mexikanerin verwandelte, aber trotzdem: Die Vorstellung hatte durchaus ihren Reiz. Hier drin zu sein und verrückt, kam mir wirklich ein bisschen so vor, als ob einem auf eine unerklärliche Art und Weise das Leben geraubt worden wäre. Es fühlte sich tatsächlich so an wie ein Paralleluniversum, das von dem echten nur durch einen dünnen Schleier getrennt war.

Und noch etwas war bemerkenswert: So wie Jocelyn wusste auch ich ganz genau, wo sich mein Portal befand, wusste, wo und wann mein Leben aus der Spur geraten war. Ihres befand sich auf der Northern Line, irgendwo zwischen Goodge Street und Tottenham Court Road, meins auf der Türschwelle zu Simons Wohnung. Dort hatte alles angefangen: die Schlaflosigkeit, Professor Caborn, die irrwitzigen, sich überschlagenden Gedanken. Zugegeben, es spielten noch andere Faktoren eine Rolle, andere Gründe, die sich bis in die Vergangenheit erstreckten. Aber ich wurde das Gefühl nicht los, dass nichts davon passiert wäre, wenn ich an jenem Abend Simons Wohnung nicht betreten hätte, wenn ich umgekehrt wäre und auf dem Spiegelweg zu meinem ganz gewöhnlichen Mittwochabend zurückgekehrt wäre. Ich wäre nicht da, wo ich jetzt war, und würde nicht in einer psychiatrischen Abteilung gegen eine abblätternde Zimmerdecke starren.

Aber gestern war wieder etwas geschehen. Wieder hatte sich etwas verändert. Ich hatte es nicht kommen sehen. Ich war so damit beschäftigt gewesen, meine Genesung vorzutäuschen, dass mir etwas entgangen war: Ich erholte mich tatsächlich, wenn auch in winzigen, tapsigen Schritten.

Ich hatte das Gefühl, als ob ein feiner Haarriss entstanden wäre. Und in den kommenden Tagen wurde er immer breiter. Bald schon registrierte ich weitere Anzeichen einer Verbesserung. Meine Sitzungen mit Dr. Hadley waren mir nicht länger ein Graus. Ich las immer mehr und schlief gut. Ich fing an, über Dinge nachzudenken, die mir Vergnügen bereiten könnten, wenn ich irgendwann einmal hier herauskäme: eine anständige Tasse Kaffee, ein Einkaufsbummel – Kleinigkeiten, aber trotzdem wichtig.

Eine kurze Weile wurde alles so viel besser.

Dann erfuhr ich die Wahrheit über Melody.

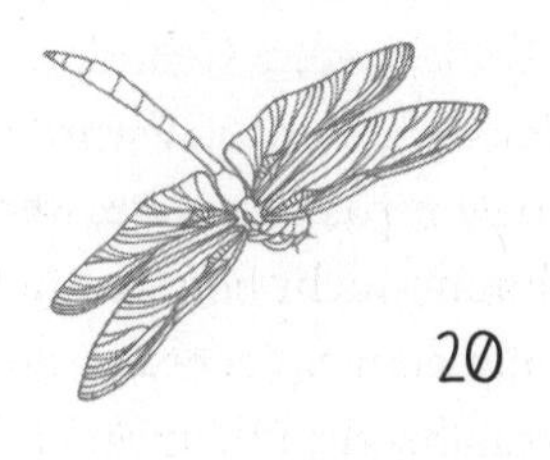

20

OFFENBARUNGEN

An diesem Morgen war ich zappelig. Ich versuchte, mich still hinzulegen und bis hundert zu zählen. Dann hörte ich Musik, las ein paar Zeilen in *Vom Winde verweht*. Doch ständig schweiften meine Gedanken ab. Schließlich saß ich einfach im Bett und schaute alle paar Minuten auf die Uhr.

Er würde um elf kommen und eine Stunde bleiben, je nachdem, wie die Sache lief. Im Augenblick bezweifelte ich, dass ich auch nur fünfzehn Minuten durchhalten würde. Es kam mir komisch vor, wie ein erstes Date – Schmetterlinge im Bauch, Unruhe und Angst, was wir zueinander sagen würden. Ich hatte sogar überlegt, ob ich Make-up auflegen sollte, aber das kam mir unpassend vor. Ein Teil von mir ging bereits in Abwehrhaltung. Ich wollte nicht zu normal erscheinen, zu fröhlich, zu gesund. Immerhin steckte ich noch mitten im Heilungsprozess, und ich fand, ungeschminkt und in Jogginghose und einem schlichten Top konnte ich diese Tatsache am besten zur Geltung bringen.

War es Manipulation, wenn ich versuchte, sein Bild von

mir im Voraus zu bestimmen? Es ist nicht einfach, sich wieder auf das normale Leben einzulassen, mit all seinen komplizierten sozialen Regeln und ungeschriebenen Gesetzen, und es wird auch nicht einfacher, wenn man anfängt, darüber nachzudenken, welches Verhalten das natürlichste wäre.

Die Wahl des Treffpunkts bereitete mir ebenfalls Kopfzerbrechen. Den Gemeinschaftsraum schloss ich aus, denn ich konnte mir nicht vorstellen, ein ernsthaftes Gespräch zu führen, wenn im Hintergrund *Homes Under the Hammer* plärrte und Mrs. Chang wie ein Gespenst am Rande meines Blickfelds hockte. Die Raucherecke kam auch nicht infrage, denn so wunderbar es gewesen wäre, wenn ich hätte rauchen können, so war dort damit zu rechnen, dass Melody auftauchen würde. Sie hatte um zehn Uhr einen Termin bei Dr. Hadley und kam gewiss von dort aus direkt nach draußen. Natürlich wusste sie, dass Beck sich angekündigt hatte, und sie wusste auch, dass ich Angst vor dem Treffen hatte, aber das hieß noch lange nicht, dass sie so viel Taktgefühl besaß, uns allein zu lassen. Viel wahrscheinlicher war, dass sie sich zu uns setzen und anfangen würde, über EKT oder Selbstverstümmelung zu reden.

Also blieben nur noch wenige Möglichkeiten. Da war die Küche – hell, funktional und ziemlich ruhig, wo man sich nach Belieben Kaffee nachfüllen konnte, aber auch hinnehmen musste, dass ständig Leute hereinkamen. Ein weiterer öffentlicher Raum war der konfessionsübergreifende Gebetsraum, aber dann musste uns eine Schwester begleiten, weil der Raum der gesamten Abteilung zur Verfügung stand und sich daher außerhalb der Station befand. Außerdem war es durchaus möglich, dass ausgerechnet zu diesem Zeitpunkt dort jemand beten wollte.

Nach langer Grübelei erschien mir meine Bettkante die einfachste Lösung, und außerdem erfüllte sie eine gewisse Erwartung. Wenn man jemanden im Krankenhaus besuchte, dann war es ganz natürlich, sich an ein Krankenbett zu setzen, und das konnte mir durchaus zum Vorteil gereichen. Es war ein weiterer visueller Hinweis darauf, dass ich mich immer noch in einem instabilen Zustand befand. Aber ich muss zugeben, dass ich gleichzeitig das Gefühl hatte, eine Scharade zu spielen. Ich blieb nämlich normalerweise nicht mehr so lange im Bett. Andererseits war ich gar nicht richtig im Bett, sondern halb drin, halb draußen, vollständig angezogen, aber die Decke über die Beine gelegt. Irgendwie wirkte ich künstlich, als ob ich für ein Gemälde Modell sitzen würde: Genesendes Mädchen.

All diese Befürchtungen verflüchtigten sich in dem Moment, in dem Beck das Zimmer betrat, und wurden von neuen Nöten abgelöst. Zum einen hatte ich keine Ahnung, wie ich ihn begrüßen sollte. Ich entschloss mich zu einem leicht dämlich wirkenden Winken, obwohl er nicht weit von mir entfernt stand. Als er sich herabbeugte, um mich auf die Wange zu küssen, musste ich mich verrenken und meinen Kopf nach oben drehen, wobei ich eine Hand auf seine Schulter legte, um nicht umzukippen. Meine ganze Haltung war steif und abwehrend.

»Ich habe dir Blumen mitgebracht«, sagte er, nachdem er sich auf den Stuhl am Fenster gesetzt hatte, »aber die wurden am Empfang konfisziert.«

»Ja, die haben Angst, wir essen sie«, erwiderte ich und bereute meine Worte sofort. Allzu witzig zu sein, war vermutlich nicht ratsam. »Ich glaube, das ist hier allgemein üblich«, setzte ich hinzu. »Blumen stehen nur im Weg rum, verursachen Allergien und schleppen Ungeziefer ein. Wahrscheinlich sind Blumen nicht mal am Totenbett erlaubt.«

»Oh … Und was ist mit Plastikblumen?«

»Bei Plastikblumen bin ich mir nicht sicher.«

Eine kleine Pause entstand. Beck deutete auf das Buch, das aufgeschlagen auf meinem Nachttisch lag. »Wie ist *Vom Winde verweht*?«

Ich zuckte mit den Schultern. »Eigentlich genauso wie der Film. Einige kleine Unterschiede gibt es. Ashley ist im Ku Klux Klan.«

Beck lächelte, weil er dachte, ich würde einen Scherz machen, was ich nicht tat. »Und wie geht's dir?«

»Es wird langsam«, erwiderte ich. »Ich bin auf Lithium eingestellt, und seit einer Woche vertrage ich es ziemlich gut. Ich habe immer noch gute und schlechte Tage, aber die schlechten werden weniger. Die Dinge entwickeln sich in die richtige Richtung.«

Er nickte langsam. »Haben die Ärzte gesagt, wann du entlassen wirst?«

»Meine persönliche Therapeutin meint, vielleicht schon nächste Woche. Aber sie sagt auch, dass sie mich erst dann entlassen werden, wenn ich mich dazu bereit fühle, und … na ja, ich bin mir nicht sicher.«

Ich sah, dass er diese Information in seinem Geist hin und her drehte und auf ihre tiefere Bedeutung untersuchte.

»Die Wahrheit ist, dass ich mich ein bisschen fürchte, wieder rauszukommen«, platzte ich heraus. »Ich muss mit so vielem zurechtkommen, mit Dingen, die …«

»*Wir* müssen damit zurechtkommen«, verbesserte mich Beck – und es war eine so süße und großherzige Bemerkung, dass ich mich beinahe hasste für das, was ich als Nächstes sagen musste. Aber ich hatte keine Wahl. Er wusste ja nicht, auf was er sich da einlassen wollte.

»Hör mal«, sagte ich, »es ist nicht so, dass ich nicht dankbar bin für alles, was du für mich getan hast … Nein, das ist falsch, tut mir leid. Das klingt so, als ob du mir einen Gefallen getan hättest, und dabei war es doch so viel mehr. Ich versuch's noch mal.« Ich schloss die Augen und holte tief Atem, um mich zu sammeln. »Du warst unglaublich lieb, viel mehr, als ich verdient habe.«

»Nicht …«

»Nein, lass mich ausreden. Das ist auch so schon schwer genug.« Ich wartete kurz, bis er mich mit einem Nicken aufforderte, weiterzureden. »Du warst unglaublich lieb«, wiederholte ich. »Aber es gibt ein paar Dinge, mit denen ich allein klarkommen muss. Zum Beispiel meine Medikamente.«

»Du willst sie weiterhin nehmen?« Seine Stimme klang neutral, aber ein gewisser Unterton verriet mir, dass ihn diese Aussicht beunruhigte.

»Ich will es versuchen«, sagte ich. »So, wie ich mich fühlte, bevor ich hierherkam, will ich mich nie wieder fühlen. Aber das macht die Entscheidung trotzdem nicht leicht. Ich weiß, wie schwer es für einen Außenstehenden ist, das nachzuvollziehen, aber es gibt einige Dinge, die mir fehlen werden – die mir jetzt schon fehlen. Ich kann es nicht ändern. Ich fühle mich geschrumpft, und ich muss lernen, damit zu leben.«

Eine ganze Weile sagte Beck nichts und ich auch nicht.

»Weißt du, was das Schlimmste für mich ist?«, fragte er schließlich.

»Ich kann mir etliches vorstellen«, sagte ich.

»Auf Abstand gehalten zu werden. Sobald du dich verletzt oder irgendwie bedroht fühlst oder Angst hast, dann geht eine Schranke runter, und du lässt nichts mehr an dich ran. Die letzten Wochen, als ich dich nicht einmal sehen durfte … Na ja, ich wünschte, ich könnte sagen, das wäre ein Schock für mich gewesen, aber das war es nicht. Es war irgendwie typisch.«

»Es gibt nichts, was du hättest sagen oder tun können. Ich war selbstmordgefährdet. Ich konnte kaum mit der Außenwelt kommunizieren.«

»Herrgott, Abby, du bist manchmal so was von schwer von Begriff! Es geht nicht um irgendetwas, was ich gesagt oder getan hätte. Du hättest das einfach nicht allein durchstehen müssen. Ich hätte da sein können. Hätte das die Sache nicht irgendwie leichter gemacht?«

»Ich wäre trotzdem allein gewesen.«

Ich konnte sehen, wie meine Worte ihn trafen, aber ich musste ehrlich sein. Auf lange Sicht war das die bessere Lösung. Außerdem war dies nicht das Schlimmste, was ich ihm zu sagen hatte, und wenn ich es jetzt nicht über die Lippen brachte, würde ich es niemals tun.

»Es gibt noch einen Grund, warum deine Anwesenheit nicht hilfreich gewesen wäre«, sagte ich, »für keinen von uns beiden.«

Er schaute mich an, sagte aber nichts. Mein Ton verriet ihm wohl, dass das Gespräch nicht angenehmer werden würde.

»In der Nacht, in der ich davongelaufen bin …«, setzte ich an. »Ich weiß nicht, was Dr. Barbara dir erzählt hat – nicht viel, vermute ich.«

Beck lachte freudlos. »Wieder mal die Schweigepflicht. Sie sagte, du wärst in Sicherheit, und dir wäre nichts Ernsthaftes zugestoßen. Alles Weitere würdest du mir erzählen, wenn du bereit dazu wärst.«

»Es tut mir leid«, sagte ich. »Das war wohl nicht sehr beruhigend.«

»Nein, wahrhaftig nicht.«

»Ich habe mir im Dorchester ein Zimmer genommen. Hat sie dir das erzählt?«

»Ja, oder besser gesagt, sie meinte, sie hätte dich dort abgeholt. Mehr nicht.«

»Okay.«

Die nächsten fünf Minuten schwieg Beck. Er saß ganz still da, während ich ihm minutiös erzählte, was in jener Nacht geschehen war. Als ich zu dem Mann an der Bar kam – dem Mann, dessen Namen ich schon längst nicht mehr wusste –, wandte er den Blick ab. Aber ich glaube nicht, dass das die Sache leichter machte. Der einzige Trost war wohl, dass er sich ein schlimmeres Ende ausgemalt hatte.

»Wir sind auf mein Zimmer gegangen«, sagte ich. »Wir haben uns geküsst, er hat meine Brüste berührt. Das war alles. Ich habe der Sache ein Ende gemacht. Genauer gesagt habe ich das ganze Hotel zusammengebrüllt. Zwei Mitarbeiter kamen mir zu Hilfe. Und dann rief ich Dr. Barbara an.«

Als ich geendet hatte, schien die Stille wie eine Sturmwolke im Zimmer zu hängen.

»Das ist alles?«, fragte Beck.

»Ja.« Ich verschwieg lediglich, dass er mich geschlagen hatte, weil es mir irgendwie nicht angemessen vorkam, mich als Opfer darzustellen.

Beck schaute mich jetzt wieder an. Sein Gesicht war ausdruckslos. »Ich weiß nicht, was ich sagen soll.«

»Du kannst sagen, was immer du möchtest. Du kannst mich anschreien, wenn du willst. Du hast das Recht dazu.«

»Ist das so?« Er ließ das Gesagte einen Moment lang sacken. »Weißt du, das ist nämlich das Problem. Ich weiß ehrlich gesagt nicht mehr, wie viel von dir selbst daran die Schuld trägt und wie viel deine … ich weiß auch nicht, deine Krankheit, deine Manie, etwas, das nicht zu dir gehört.«

»Ich auch nicht«, sagte ich.

»Kannst du mir sagen, was dir zu diesem Zeitpunkt durch den Kopf gegangen ist? Kannst du mir irgendeine Vorstellung davon geben?«

»In meinem Kopf herrschte ein heilloses Durcheinander. Ich war völlig außer Kontrolle – betrunken, verwirrt, hyperaktiv, aber … Mein Gott, das klingt, als wollte ich eine Ausrede finden, aber das geht gar nicht. Die Wahrheit ist, dass ein Teil von mir ganz genau wusste, was ich tat. Doch ich konnte nicht damit aufhören, oder ich wollte es nicht. Ich weiß nicht genau, was zutrifft. Ich habe mich völlig irrational und selbstzerstörerisch benommen. In gewisser Weise war mir alles egal. Ich war nicht in der Lage, dem Geschehen eine Bedeutung beizumessen. Aber auch das ist nicht die ganze Wahrheit, denn offensichtlich war es einem Teil von mir doch nicht so egal.«

Ich verstummte. So verworren diese Erklärung war, so war es doch die einzige ehrliche Antwort, die ich Beck geben konnte, und ich glaube, er begriff das – obwohl mir klar war, dass er immer noch keine Ahnung hatte, wie er darauf reagieren sollte. Ich würde es ihm leicht machen.

»Also«, sagte ich, »die Sache ist die: Ich muss eine Weile allein sein, um einen klaren Kopf zu bekommen. Und du auch. Wenn ich hier herauskomme – wann immer das sein wird –, sollten wir uns für eine Weile trennen.«

Kurz danach ging er, und ich marschierte schnurstracks nach draußen, um eine Zigarette zu rauchen. Melody war schon da, wie erwartet. Sie lächelte, als ich zu ihr kam, und ich erwiderte ihr Lächeln.

»Wie lief's?«, fragte sie.

»Den Umständen entsprechend.«

»So schlimm?« Die Art, wie sie das sagte, ließ mich vermuten, dass sie den Spruch irgendwann einmal im Fernsehen gehört hatte. Aber trotzdem fand ich es irgendwie liebenswert. Ich war froh, dass sie da war und ich mit ihr reden konnte.

»Ich glaube, es ist aus«, sagte ich.

»Scheiße.«

»Das kannst du laut sagen.«

»Mein Freund hat mich auch hängen lassen«, sagte Melody, wie um Solidarität zu beweisen. »Danach fing ich wieder an, mich zu ritzen. Wir waren ewig zusammen. Sieben, nein, acht Monate.«

»Beck hat mich nicht hängen lassen«, widersprach ich. »Wir haben uns darauf geeinigt, eine Weile voneinander getrennt zu sein. Es war eine gemeinsame Entscheidung.«

»Mir hat mein Freund eine SMS geschickt«, sagte Melody. »Ein echt beschissenes Timing. Es war eine Woche bevor … Na ja, bevor ich hierherkam.«

Etwas fehlte in diesem Bericht. Nicht zum ersten Mal ließ Melody den Grund für ihre Einweisung in die Psychiatrie im Dunkeln. Das fiel besonders auf, weil Melody in allen anderen Dingen so offen und direkt war, egal, worum es sich handelte. Ich wusste über die zweiunddreißig Paracetamol Bescheid – das war das Erste, was sie mir erzählte – und ich wusste auch, dass sie sich ritzte, seit sie vierzehn war, und dass sie mit sechzehn auf Medikamente gesetzt wurde. Wir hatten uns ausführlich über die unterschiedlichen Antidepressiva ausgetauscht. Aber da war immer noch diese merkwürdige Lücke, die jene Tage vor ihrem Selbstmordversuch betraf. Das einzige andere Thema, bei dem sie sich bedeckt hielt, war ihre persönliche Therapie, was natürlich völlig in Ordnung war. Als ich sie einmal fragte, worüber sie in ihren Sitzungen mit Dr. Hadley sprach, gab sie mir die gleiche Antwort, die ich ihr gegeben hatte: »Meistens über meinen Vaterkomplex.«

Der Exfreund war ein weiteres Puzzleteil. Aber ich dachte mir, wenn sie mir den Rest erzählen wollte, würde sie das tun, irgendwann. Ich würde sie jedenfalls nicht drängen. Im Augenblick war sie sowieso mehr an meinen Problemen interessiert.

»Ihr wohnt zusammen, oder? Du und dein Freund.«

Ich nickte.

»Wie soll das jetzt laufen?«, fragte sie. »Ich meine, wenn du rauskommst. Willst du ausziehen?«

»Ja, ich denke schon. Wenigstens für eine Weile. Ganz ehrlich, darüber habe ich noch nicht so richtig nachgedacht. Aber meine Möglichkeiten sind begrenzt, ich habe nicht viel Geld. Ich muss die Schulden auf meiner Kreditkarte bezahlen, außerdem die Hälfte der Miete für die Wohnung, jedenfalls noch ein paar Monate.«

Melody legte den Kopf schräg. »Du kannst bei mir wohnen. Ich frage meine Mum, wenn sie das nächste Mal kommt.«

Das Angebot war so unerwartet und so unglaublich großzügig – wenn auch über den Kopf ihrer Mutter hinweg –, dass ich einen Moment lang sprachlos war. Dann reagierte ich, wie jeder es getan hätte. »Oh nein, das geht nicht. Ich will dir nicht zur Last fallen. Ich meine, danke, wirklich, danke, aber …«

»Du kannst mir Miete zahlen, wenn du dich dann besser fühlst«, fiel mir Melody ins Wort. »Ich gebe Mum sechzig Pfund pro Woche für die Miete und die Nebenkosten. Das kannst du dir doch leisten, oder? Du musst bloß ein paar Artikel verkaufen, und dann hast du keine Probleme mehr. Du hast doch bestimmt noch ein paar in der Schublade.«

Ich lächelte. »Mag sein. Ich habe dem *Observer* einen Artikel versprochen. Gott weiß, ob was draus wird. Aber trotzdem finde ich es deiner Mutter gegenüber ein bisschen unfair, eine völlig Fremde in ihr Haus einzuladen.«

»Ach, das würde ihr nichts ausmachen. Sie fände das okay. Klar, es ist kein Palast, bloß eine Wohnung in Acton, und du müsstest auf dem Sofa schlafen. Oder du kannst mein Zimmer haben, wenn ich dann noch nicht draußen bin, obwohl … vermutlich schaffe ich's bis dahin.« Melody lächelte schüchtern. »Lisa sagt, ich kann in die ambulante Behandlung. Ich müsste bloß ein paar Mal die Woche zur Therapie herkommen.«

Ich muss zugeben, dass mich diese Ankündigung überraschte, obwohl ich nicht wusste, wieso. Eine Reihe von Patienten war seit meiner Ankunft auf Amazonas entlassen worden. Es war ja schließlich keine dauerhafte Einrichtung für psychisch Kranke. Ich glaube, ich hatte einfach nur Melodys Anwesenheit für selbstverständlich gehalten. Ich sah sie so oft, dass ich schon den Eindruck hatte, sie gehörte zum Inventar.

»Das ist toll«, sagte ich nach kurzem Zögern. »Du freust dich bestimmt.«

»Ja, schon. Ich freue mich, ich habe Angst ... Du weißt ja, wie das ist.«

Ich nickte. Und ob ich das wusste. Dann wurde mir klar, in was für eine Ausnahmesituation wir geraten waren: Melody und ich hatten so wenig gemeinsam, es war unvorstellbar, dass wir außerhalb des Krankenhauses Freundinnen geworden wären, und doch hatten wir das Gefühl, einander auf einer viel tiefergehenden Ebene zu verstehen. Bei Melody musste ich nichts erklären, genauso wenig wie sie mir sagen musste, warum sie sich selbst verletzte.

Vermutlich war das der Grund, warum es mir gar nicht mehr so abwegig vorkam, Melodys Angebot anzunehmen. Zumindest eine kurze Weile nicht.

An diesem Nachmittag hatte ich eine zusätzliche Sitzung bei Dr. Hadley. Das war so vereinbart für den Fall, dass ich nach Becks Besuch das Bedürfnis hatte, mit jemandem zu reden. Allerdings hatte Dr. Hadley deswegen ihren Terminplan umwerfen und mich zwischen zwei andere Patienten schieben müssen. In der Zeit hätte sie normalerweise Pause gehabt. Die Konsequenz war, dass sie an diesem Tag sehr viel zu tun hatte und ungewöhnlich hektisch war.

Sie kam gerade aus ihrem Büro, als ich an die Tür klopfen wollte, die Wangen gerötet, die Lippen geschürzt. »Oh, Abby.« Sie lächelte leicht und ein bisschen erschöpft. »Keine Sorge, ich habe Sie nicht vergessen. Bitte gedulden Sie sich noch ein paar Minuten. Gehen Sie ruhig schon rein, ich komme gleich.«

Ich trat ein.

Dr. Hadley war eine zwanghaft ordentliche Frau. Ich habe ihr Zimmer stets makellos erlebt, und selbst jetzt war es nicht unordentlich, nicht nach normalen Maßstäben. Es gab nur ein paar Anzeichen, dass sie heute ziemlich beschäftigt war: Ein Stift lag auf dem Boden, eine benutzte Kaffeetasse stand auf dem Tisch, an ihrem Computer-Bildschirm klebte ein pinkfarbenes Post-it. Während ich mich auf meinen üblichen Platz setzte, musste ich lächeln. Die Behandlungszimmer in einem Krankenhaus des National Health Service waren naturgemäß einfacher und zweckmäßiger eingerichtet als etwa die Praxis von Dr. Barbara, ohne viel persönliches Flair. Aber andererseits fand ich, dass dieses Zimmer einiges von Dr. Hadleys Persönlichkeit widerspiegelte. Sie legte stets eine strenge Professionalität an den Tag, mit der man nur schwer warm wurde. Und so fand ich den Anblick dieser – wenn auch nur minimalen – Unordnung regelrecht erfrischend. Es war irgendwie nett, einen Blick auf ihre menschliche Seite zu erhaschen.

Ich bückte mich, hob den Stift vom Boden auf und stellte ihn wieder in den Stiftebecher. Dabei schaute ich unwillkürlich auf das Post-it:

ART anrufen wg. Melody Black.

Das erschien anfangs ganz unverfänglich, was es im Grunde auch war. Es handelte sich weder um eine persönliche noch um eine medizinische Information. ART war das Ambulante Reha-Team, und vermutlich hatte es mit Melodys möglicher Entlassung zu tun, von der sie mir heute Morgen erzählt hatte. Aber das war nicht der Grund, warum ich lächeln musste. Es war Melodys Nachname.

So merkwürdig das auch klingen mag, ich hatte ihn bis zu diesem Zeitpunkt nicht gekannt. Abgesehen von Mrs.

Chang kannte ich von keinem Patienten den Nachnamen. Wir redeten uns nur mit Vornamen an, auch die Schwestern machten es so. Dies war das erste Mal, dass ich Melody als Melody Black wahrnahm, und ich fand den Namen auf Anhieb faszinierend. Er war düster und tragisch wie aus einem Gedicht von Sylvia Plath.

Aber da war noch mehr, irgendetwas. Eine andere Sache, eine Assoziation, die ich nicht recht greifen konnte. Ich dachte am Anfang, dass es nur ein seltsames Gefühl der Verbundenheit mit dem Namen war, als ob die beiden Worte in meinem Bewusstsein eine Einheit bilden würden, die all die Schönheit und Dunkelheit der vergangenen sieben Wochen repräsentierte. Doch es dauerte wohl nur wenige Sekunden, ehe mir mit einem Schlag die ganze Wahrheit bewusst wurde – es fühlte sich wirklich an wie ein Schlag. Ich war im Dorchester und bekam die Ohrfeige ins Gesicht.

Natürlich brachte ich später Stunden damit zu, mir einzureden, dass ich mich irrte. Aber ich wusste, dass ich mich nicht irrte. In diesem Augenblick setzte sich das Puzzle zusammen – die Gespräche mit Melody über ihren Dad, die seltsamen Lücken in ihrer Biografie, sogar die Tatsache, dass sie mir irgendwie bekannt vorkam. All das fügte sich plötzlich zusammen. Und da war kein Raum für Zweifel.

Simons Nachname war Black gewesen.

Melody war Simons Tochter.

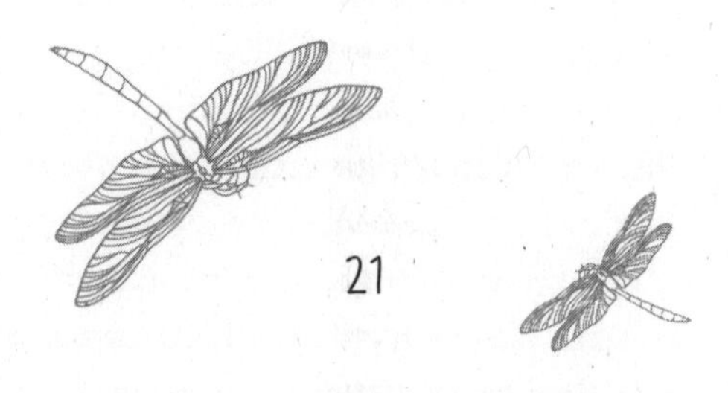

21

SO EIN UNGLAUBLICH BESCHISSENER ZUFALL

Ich rannte.

Es war keine bewusste Entscheidung, ich habe nicht darüber nachgedacht, wie meine Flucht aussehen oder wohin ich gehen würde. Die Schwierigkeit bestand natürlich darin, dass ich mich in einer geschlossenen Abteilung befand und nirgends hinkonnte. Aber das wurde mir erst klar, als ich halb den Gang hinuntergerannt war. In diesem Augenblick übernahm mein Körper das Kommando. Ich schoss an einer verdattert dreinblickenden Schwester vorbei in die nächste Toilette, wo ich mich ins Waschbecken erbrach.

Ich wünschte, ich könnte behaupten, dass das reinigend wirkte, aber so war es nicht. Noch lange nachdem alles aus mir draußen war, musste ich würgen, und ich krümmte mich noch immer über das Waschbecken, als Dr. Hadleys Stimme durch die Tür drang, die ich in meiner Eile nur halb zugeschoben hatte.

»Abby? Ich komme jetzt rein. Ist das okay?«

Es war nicht okay, aber ich hatte keine Stimme, um ihr das zu sagen. Als ich zu sprechen versuchte, krampfte mein Magen wieder.

Seitdem frage ich mich, wie die Sache verlaufen wäre, wenn ich in dem Moment in der Lage gewesen wäre, mit Dr. Hadley zu sprechen. Ich hatte viel Zeit, darüber nachzudenken, aber die Wahrheit ist, dass ich ihr vermutlich auch dann nichts gesagt hätte, wenn ich gekonnt hätte. Mein unmittelbarer Instinkt befahl mir, das, was ich herausgefunden hatte, tief zu vergraben, es irgendwo an einem dunklen und unzugänglichen Ort zu verstecken. In diesem Moment konnte ich gar nicht anders, es war die einzige Möglichkeit.

Dr. Hadley dachte, ich hätte eine Panikattacke – was ja auch stimmte – und brachte mein Verhalten mit Becks Besuch in Verbindung, was wiederum nicht stimmte. Aber es war viel leichter, sie in diesem Glauben zu lassen. Ich musste nicht einmal lügen, ich musste bloß schweigen und Dr. Hadley ihre eigenen Schlussfolgerungen ziehen lassen.

Als mein Magen sich endlich beruhigt hatte, gingen wir nach draußen auf den Gang, wo sie mich fragte, ob ich mit in ihr Behandlungszimmer kommen und über die Sache sprechen wollte. Ich schüttelte den Kopf; wahrscheinlich sah ich fürchterlich aus, denn sie drängte mich nicht weiter, auch wenn sie glauben musste, es würde mir helfen. Stattdessen holte sie ein Glas Wasser für mich und schickte mich dann in mein Zimmer. Ich sollte mich ausruhen, und wenn ich wollte, würde sie die Schwester bitten, mir ein Beruhigungsmittel zu geben, damit ich schlafen konnte. In diesem Augenblick konnte ich mir nichts vorstellen, was mir lieber gewesen wäre.

Als ich aufwachte, war es noch hell. Ein Blick auf die Wanduhr sagte mir, dass es spät am Nachmittag war. Ich hatte nur ein paar Stunden geschlafen, aber mein Gemütszustand hatte sich deutlich geändert. Natürlich lag da noch dieses kalte, schwere Gefühl in meiner Magengrube, aber es wurde dank des Beruhigungsmittels überlagert von einer flachen, synthetischen Ruhe. Zumindest für den Moment drehte sich mein Kopf nicht mehr, und ich konnte mich hinreichend konzentrieren, um über die Ereignisse nachzudenken. Ich tat es, langsam und fast methodisch.

Anfangs kam es mir wie ein entsetzlicher Zufall vor, dass Melody und ich hier aufeinanderstießen, im Krankenhaus, in der Psychiatrie. Aber je mehr ich darüber nachdachte, desto weniger zufällig erschien mir diese Begegnung. Denn wir befanden uns ja eben *nicht* zufällig hier. Wir wohnten in der gleichen Ecke von West London, und wenn man in diesem Teil der Stadt verrückt wurde, landete man nun einmal im St. Charles.

Ich glaube auch, dass meine ursprüngliche Fassungslosigkeit einer Mischung aus Selbstmitleid und Selbstbetrug entsprang. Denn natürlich wollte ich leugnen, was ich herausgefunden hatte, oder mir zumindest einreden, dass ich mich irren könnte. Was genau wusste ich denn schon? Sie hatten den gleichen Nachnamen – ein durchaus geläufiger Name im englischen Sprachraum, vielleicht nicht unter den fünfzig häufigsten Namen anzutreffen, aber unter den hundert häufigsten bestimmt. Dann war da die Art, wie Melody über den Tod ihres Vaters gesprochen hatte. Rückblickend betrachtet konnte man wohl davon ausgehen, dass das Ereignis noch nicht lange her war, aber da ich mich nicht an den genauen Wortlaut erinnern konnte, nahm ich diese Unsicherheit zum Anlass, meinen Zweifel zu nähren. So lange nichts bewiesen war, gab es keinen Anlass zu handeln. Ich musste sicher sein, bevor ich eine vernünftige Entscheidung treffen konnte.

Soweit ich sehen konnte, gab es nur zwei Möglichkeiten, an die Information zu kommen, die ich brauchte. Ich konnte Dr. Hadley fragen oder Melody selbst. Ersteres verwarf ich sofort. Dr. Hadley würde niemals die Angelegenheiten anderer Patienten mit mir diskutieren, es sei denn, ich verriet ihr, worum es ging, was ich nicht tun wollte. Bei Melody bestand die Chance, dass sie meine Fragen beantworten würde, ohne zu erkennen, welches Ziel ich verfolgte. Aber die Vorstellung, sie dermaßen auszuhorchen, verursachte mir wieder Übelkeit. Außerdem: Was würde ich tun, wenn sich mein Verdacht bestätigte?

Mein Bauchgefühl sagte mir, dass ich mit Melody reden müsste. Ich konnte nicht so tun, als ob nichts geschehen wäre. Ich wollte sie nicht hintergehen. Aber da gab es ein Problem: Ich war mir nicht sicher, ob Ehrlichkeit in diesem Fall gleichzusetzen war mit Freundlichkeit. Die Wahrheit zu sagen, mochte mir helfen – es wäre ein Weg, mein Schuldgefühl zu mindern –, aber ob die Wahrheit Melody helfen würde, war mir nicht klar. Meine Hauptsorge war wider Erwarten, ihr keine weiteren Schmerzen zuzufügen.

Ich musste wohl nicht befürchten, dass Melody meinen Artikel kannte. Sie war nicht unbedingt die Sorte Mädchen, die den *Observer* lasen. Die Chance, dass sie diese Zeitung jemals in der Hand gehabt hatte, ging gegen null, und ich dachte, dass dies vermutlich auch für ihre Freunde und Bekannten galt. Ich kam mir bei diesen Gedanken fürchterlich versnobt vor, hatte aber keinen Zweifel an ihrem Wahrheitsgehalt. Zwar war mein Artikel auch über andere Medien zugänglich – über Twitter und in diversen Foren –, aber es war klar, dass das Interesse daran längst verblasst war. Ein paar Worte, die mächtige Wellen in einem kleinen See gemacht, aber nur ein paar nasse Flecken am Ufer hinterlassen hatten. Wenn ich nichts zu Melody sagte, würde sie es nie herausfinden.

Warum hatte ich dann diese böse Vorahnung, die sich einfach nicht verscheuchen ließ? Wahrscheinlich Schuldgefühle, sagte ich mir. Und aufgrund meiner Schuldgefühle konnte ich den Schrecken über die Entdeckung einfach nicht abschütteln. Nachdem ich mich eine weitere halbe Stunde gedanklich im Kreis gedreht hatte, begriff ich endlich, dass ich allein niemals weiterkommen würde. Was ich brauchte, war eine zweite Meinung. Mein eigener Blickwinkel war viel zu vernebelt.

An jedem anderen Tag hätte ich Beck angerufen, ohne darüber nachzudenken, besser gesagt hätte ich eine der Schwestern gebeten, ihn anzurufen und herzubitten. Er kannte den Fall wie kein anderer, also würde ich nicht besonders viel erklären müssen, und er war einer der wenigen Menschen, mit denen ich über so etwas reden konnte, ohne das Gefühl zu haben, verurteilt zu werden. Aber im Augenblick waren die Dinge zwischen uns viel zu kompliziert, als dass ich diesen Weg hätte gehen können.

Dr. Barbara war meine zweite Wahl. Aber irgendwie hatte ich Angst, dass Dr. Hadley glauben würde, ich überginge sie, wenn ich mich in meiner jetzigen Verfassung an Dr. Barbara wandte. Daher wollte ich die Schwestern nicht bitten, diesen Anruf für mich zu tätigen, und ich sah mich derzeit auch noch nicht in der Lage, mein Handy einzuschalten und mich den ganzen Nachrichten und entgangenen Anrufen zu stellen. Vielleicht morgen, wenn überhaupt.

Ich spürte, wie ich wieder unruhig wurde, und konnte mein Verlangen nach einer Zigarette nicht länger zügeln. Mir war klar, dass ich damit eine Begegnung mit Melody buchstäblich heraufbeschwor, doch irgendwann musste ich ihr ja wieder gegenübertreten. So verführerisch die Vorstellung auch war, ich konnte mich nicht den Rest meiner Zeit hier auf Amazonas im Bett verkriechen. Aber als ich mein Zimmer verließ und durch die Station ging, wurden mir die Beine weich wie Pudding. Einen Fuß vor den anderen zu setzen, bedurfte einer herkulischen Anstrengung.

Sie war draußen und unterhielt sich mit Lara, der schizophrenen Kleptomanin, die letzte Woche eingeliefert worden war. Die Sache wurde kaum einfacher, wenn noch jemand dabei war, und ein paar Sekunden lang stand ich wie erstarrt im Türrahmen und überlegte, ob ich zurückgehen und mich wieder ins Bett legen sollte. Doch dann schaute Melody in meine Richtung. Sie grinste, legte ihre freie Hand auf den Bauch und tat so, als müsste sie sich übergeben. Die Neuigkeit hatte sich also schon herumgesprochen.

»Du siehst scheiße aus«, sagte sie zu mir.

»Genauso fühle ich mich auch.«

Melody grinste wieder und schnippte mir eine Zigarette aus ihrem Päckchen entgegen. »Du musst dir das anhören. Lara hat mir gerade erzählt, wie sie einmal ein Pferd gestohlen hat …«

Immerhin brachte ich ein schwaches Lächeln zustande.

Das Gespräch war absolut sinnfrei und völlig belanglos, aber trotzdem konnte ich kaum Haltung bewahren, geschweige denn mich auf den Inhalt konzentrieren und musste mich zwingen, in den richtigen Momenten zu nicken. Ich war wohl nicht besonders überzeugend, denn sobald Lara wieder ins Haus gegangen war, fragte mich Melody, ob alles klar sei bei mir.

»Nein, nicht wirklich«, sagte ich.

Sie verzog besorgt das Gesicht und legte ihre Hand auf meine Schulter. »Weißt du, das ist noch ein Grund, warum du zu mir ziehen solltest, wenn wir hier rauskommen. Wir könnten unsere eigene kleine Therapiegruppe bilden.«

»Melody …«

»Was?« Sie schaute mich erwartungsvoll an.

»Nichts. Ich werde darüber nachdenken. Später.«

»Was gibt's da groß nachzudenken?«

»Ich glaube, ich gehe jetzt besser. Ich fühle mich nicht gut. Ich muss mich hinlegen.«

Ich wartete nicht auf eine Erwiderung, sondern drückte meine halb gerauchte Zigarette aus und ging hinein.

Es war ein entsetzliches Gefühl gewesen. Aber wenn mir diese wenigen Minuten in Melodys Gegenwart etwas gezeigt hatten, dann dies: Ich musste mit Dr. Barbara sprechen. Und wenn es nicht Sonntag gewesen wäre, hätte ich sie angerufen, sobald ich zurück in meinem Zimmer war. Aber ich wollte ihr nicht schon wieder ein Wochenende verderben.

Ich beschloss, dass ich noch eine Nacht abwarten würde, was mir durchaus gerechtfertigt vorkam. In der Zwischenzeit wollte ich mich ausruhen, selbst wenn das bedeutete, dass ich die Schwestern wieder um ein Beruhigungsmittel bitten musste. Nach einem tiefen Schlaf würde ich mich besser fühlen. Dann konnte ich Dr. Barbara gleich morgen früh anrufen.

Das war keine Hinhaltetaktik, sagte ich mir, nur eine unwesentliche Verzögerung, damit ich alles richtig angehen konnte. Was für einen Unterschied machten schon ein paar Stunden?

Ich rief Dr. Barbara um 9.03 Uhr an, aber da war sie schon in einem Patientengespräch.

»Ist es dringend?«, fragte ihre Assistentin. Ich war mir nicht sicher, ob mein Anliegen tatsächlich in diese Kategorie fiel.

»Ziemlich dringend«, sagte ich nach kurzem Zögern. »Es wäre wirklich schön, wenn sie mich zurückrufen könnte, sobald es ihr passt.«

Das würde vermutlich so gegen zehn sein; selbst wenn Dr. Barbara gleich im Anschluss wieder einen Patienten hatte, nahm sie sich bestimmt fünf Minuten Zeit, um mich anzurufen. Aber eine Stunde lang warten zu müssen, war eine große Herausforderung. Ich war seit vier Uhr wach und fühlte mich erschöpft und ruhelos. Also tat ich das Offensichtliche: eine Zigarette rauchen.

Ich fühlte mich relativ sicher, weil Melody keine Frühaufsteherin war. Sie ging oft noch mal ins Bett, nachdem sie gefrühstückt hatte, und beklagte sich dann lautstark darüber, dass die Schwestern sie wieder geweckt hatten. Die einzige Ausnahme war die EKT – und wenn heute ein solcher Tag war, dann war sie noch in Behandlung. Solange ich nicht mehr als eine halbe Stunde draußen blieb, war es unwahrscheinlich, dass ich ihr begegnete. Trotzdem war ich irgendwie nervös, als ich an diesem Morgen in Richtung Hof ging, aber schließlich hatte mich die Nervosität in den letzten vierundzwanzig Stunden nicht mehr losgelassen.

Merkwürdigerweise verging die Unruhe, sobald ich sie

sah. Es hielt nicht lange an, nur ein paar Sekunden, aber in dieser Zeit fühlte ich mich ruhiger, als ob das Schlimmste schon vorbei wäre.

Sie wusste Bescheid. Daran gab es keinen Zweifel. Allein ihre Anwesenheit zu dieser Stunde bewies, dass etwas nicht stimmte, und ihre Haltung verriet mir den Rest. Sie saß mit dem Rücken zur Tür, die Schultern eingezogen, den Kopf gesenkt, eine Hand an die Stirn gelegt. Sie merkte nicht, dass ich da war. Wie hätte sie es merken sollen? Ich hätte mich umdrehen und gehen können. Aber das hätte auch nichts genutzt.

»Melody«, sagte ich und legte so viel Sanftheit in meine Stimme, wie ich konnte.

Sie zuckte leicht zusammen und drehte sich um, wobei das Bein ihres Plastikstuhls mit einem harschen Kreischen über den Boden fuhr. Wo ihre Hand gelegen hatte, waren ihre Haare zerdrückt, und ihre Augen waren gerötet. Sie sah aus, als hätte sie stundenlang geweint.

»Melody«, sagte ich noch einmal, aber sie schaute sofort wieder weg. Sie holte eine Zigarette aus ihrem Päckchen und betätigte mit zitternden Händen ihr Feuerzeug. Sie musste es drei- oder viermal anknipsen, ehe die Flamme zündete.

»Ich hab dich gegoogelt«, sagte sie, »weil ich wissen wollte, was du noch geschrieben hast, damit ich's meiner Mum erzählen kann.«

»Melody, ich wusste es nicht.« Ich merkte selbst, wie widersinnig diese Behauptung war. »Ich habe es erst gestern herausgefunden.«

Sie schien mich nicht gehört zu haben, oder wenn doch, hatten meine Worte keine Bedeutung für sie.

»Du hast es gewusst.«

»Es tut mir leid. Es tut mir so leid. Das ist alles ein riesiger, beschissener Zufall.«

Vor ein paar Wochen hätte ich noch mehr gesagt. Ich hätte ihr vielleicht erzählt, dass es in dem Artikel gar nicht um ihren Vater ging, nicht im eigentlichen Sinn. Es ging um etwas anderes: um das moderne Leben, um die Anonymität einer Großstadt, um menschliche Entfremdung. Ich hätte ihr gesagt, dass ich damals schon kurz davor war, verrückt zu werden, und dass man mich nicht für das verantwortlich machen konnte, was ich geschrieben hatte. Aber jetzt nicht mehr. Ich hatte nicht die Absicht, mich zu rechtfertigen. Ich wollte nur, dass es ihr besser ging. Aber ich wusste, dass nichts, was ich sagte oder tat, ihr helfen konnte.

So blieben wir lange Zeit, ich wie eine Statue im Türrahmen, sie mit der Zigarette in der Hand, die Augen gesenkt.

»Ich dachte, du wärst meine Freundin«, sagte sie schließlich.

»Ich bin deine Freundin«, sagte ich.

Sie stieß einen kleinen Laut aus wie ein verletztes Tier, halb Schniefen, halb Wimmern.

Ich wollte etwas sagen, aber ich konnte nicht. Es gab nichts, was ich hätte sagen können. Ich wünschte, sie würde mich anschauen, damit ich auf andere Weise mit ihr kommunizieren könnte. Aber als sie es schließlich tat, wünschte ich mir, sie hätte es gelassen. In ihrem Blick lag etwas, das mich erschreckte. Nicht Wut, mit Wut hätte ich zurechtkommen können. Es war etwas Schlimmeres, etwas Kaltes, Unbeugsames – etwas Namenloses, das ich nicht beschreiben konnte. Sie starrte mich ein paar Sekunden lang mit diesem Blick an, dann hob sie die halb gerauchte Zigarette mit ihrer rechten Hand hoch, hielt sie zwischen Daumen und Zeigefinger wie einen Dart-Pfeil. Ich wusste, was passieren würde, aber ich konnte es nicht aufhalten.

»Melody, bitte …«

Langsam, beinahe lässig, und ohne den Blick von mir abzuwenden, drückte sie die Zigarettenspitze in ihre linke Handfläche.

Dann fing sie an zu schreien.

22

DRAUSSEN

Melody schrie und schrie.

Es passiert nur sehr selten, dass man von sich behaupten kann, man könne den Schmerz eines anderen Menschen haargenau nachvollziehen, aber in diesem Fall war es so. Ich konnte mich noch genau daran erinnern, wie dieser Moment war. Es war ein Schmerz, der jedes andere Gefühl, jeden Gedanken auslöschte, als ob Dutzende weiß glühender Nadeln in meine Nerven gestochen würden. Der einzige Unterschied zwischen mir und Melody war, dass ich betrunken gewesen war, als ich mir die Zigarette ins Fleisch drückte. Melody hatte nicht einmal dieses Maß an Betäubung, also war ihr Schmerz womöglich noch schlimmer als meiner damals.

Ich schlang meinen Arm um ihre Schultern und schob sie zur Tür. Sie leistete keinen Widerstand, aber sie half auch nicht mit. Ich bin mir nicht sicher, wie weit sie sich meiner Gegenwart überhaupt bewusst war. Es war, als versuchte man, einen Einkaufswagen mit einem kaputten Rad zu manövrieren.

Zwei Schwestern kamen bereits auf uns zugeeilt, als wir hereinkamen, und ich sah, dass auch einige Patienten auf den Gang getreten waren, um zu sehen, was los war. Melodys Schreie waren zu einem abgehackten Japsen geschrumpft, aber ihr Ausbruch war so laut gewesen, dass man sie durch Wände und Fenster gehört hatte. Offensichtlich hatte ich ebenfalls angefangen zu schreien, und als die Schwestern zu uns kamen, gelang es mir, ihnen klarzumachen, dass Melody ihre Hand verbrannt hatte und wir sie unter kaltes Wasser halten müssten. Gemeinsam schafften wir sie in das nächste Badezimmer, aber danach setzte das offizielle Protokoll ein, und man schickte mich hinaus.

Eine Schwester begleitete mich, und im Gehen warf ich noch einen Blick auf Melody, die zitternd ans Waschbecken gelehnt dastand. Ich kann mich noch genau daran erinnern, wie sie aussah, denn es war das letzte Mal, dass ich sie hier sah. Kurz danach wurde sie wieder auf Nil verlegt.

Dr. Hadley blieb hart und verweigerte mir die Erlaubnis, Melody zu besuchen, auch nachdem ich schluchzend in ihrem Behandlungszimmer zusammengebrochen war und darauf beharrte, dass ich sofort zu ihr müsste, um alles wieder in Ordnung zu bringen.

»Das ist wirklich gar keine gute Idee«, sagte sie mir ein ums andere Mal. Ihre Stimme war sowohl sanft als auch bestimmt.

Stunden später, nachdem ich mich beruhigt hatte, erkannte ich, dass sie recht hatte. Es gab immer noch nichts, was ich hätte sagen können, nichts, was Melody in irgendeiner Weise geholfen hätte. Ich wollte das Unmögliche. Ich wollte, dass sie mir sagte, es sei nicht meine Schuld, es sei nur ein schrecklicher, schrecklicher Zufall. Ich wollte Absolution.

Das Gefühl von Schuld, das man empfindet, wenn man jemanden verletzt, der einem etwas bedeutet und den man nie im Leben verletzen wollte, ist einzigartig. Eine Zeitlang dachte ich, diese Einzigartigkeit wäre mir vorbehalten, niemand sonst hätte jemals etwas Vergleichbares empfunden. Es war meine Mutter, die mir diese Illusion nahm, als ich ein paar Wochen später versuchte, ihr mein Gefühl zu erklären.

»Ach, Abby«, sagte sie. »Es ist doch so, dass die meisten Verletzungen und Kränkungen, die wir verursachen, unabsichtlich geschehen. Und beinahe immer trifft es Menschen, die man gern hat. Das ist Ironie des Schicksals. Nun, eine davon. Es ist viel einfacher, Menschen zu verletzen, die dir nahestehen.«

Ich hatte meine Mum nie für besonders einfühlsam gehalten, natürlich einfühlsamer als meinen Dad, aber dazu gehört nicht viel. Doch in diesem Moment erkannte ich, dass sie viel mehr wusste als ich. Die einzige intelligente Bemerkung, die mir dazu einfiel, war ein Zitat von Oscar Wilde.

»Jeder Mann tötet das, was er liebt«, sagte ich.

»Ja, genau«, antwortete sie. »Und auch jede Frau.«

In dieser Nacht wurde mir klar, dass es Zeit für mich war, das St. Charles zu verlassen. Das war keine überhastete Reaktion auf Melodys Selbstverstümmelung, und es war auch keine Entscheidung, die ich leichten Herzens traf.

Man gab mir wieder Beruhigungsmittel, und ich schlief acht Stunden lang. Gegen halb sechs wachte ich auf. Ich lag wach, bis es Zeit zum Frühstücken war, wie so oft in den letzten Wochen. Aber diesmal war es etwas anderes. In meinem Kopf herrschte eine unerwartete Klarheit. Ich fühlte mich ausgeruht und bei Verstand und war in der Lage, meine Situation mit ungewohnter Objektivität zu betrachten.

Dr. Hadley hatte mir glaubhaft versichert, dass es nichts gab, was ich für Melody tun konnte. Was sie verständlicherweise nicht gesagt hatte, war, dass meine Anwesenheit hier in diesem Krankenhaus, nur ein paar Türen von Melody entfernt, vielleicht sogar eine negative Auswirkung auf ihre Genesung haben könnte. Auf diesen Gedanken kam ich von allein. Mir war klar, dass ich vermutlich längst weg sein würde, wenn Melody wieder aus Nil herauskam, und selbst wenn nicht, würde man uns keinesfalls noch einmal auf dieselbe Station legen. Aber wäre es nicht besser, wenn ich ganz verschwinden würde? Je mehr ich darüber nachdachte, desto sicherer war ich, dass dies das Einzige war, was ich für sie tun konnte.

Was meinen eigenen Zustand betraf, so war ich der ehrlichen Überzeugung, dass ich so weit genesen war, wie ich in einem Krankenhaus genesen konnte. In die Welt da draußen zurückzukehren, war immer noch eine beängstigende Vorstellung, aber ich war mir bewusst, dass mein Aufenthalt hier keinen weiteren Zweck mehr erfüllte. Es war merkwürdig, aber der Moment, in dem Melody die Zigarette auf ihrer Hand ausdrückte, war eine Art Weckruf gewesen, als ob ich mich aus der letzten Umarmung eines schlimmen Albtraums befreit hätte. Natürlich war es mir am Vortag richtig schlecht gegangen, aber es war nicht dasselbe gewesen wie eine Depression. Ich merkte, dass ich meine Gefühle sortieren und benennen konnte – Schuld, Angst, Traurigkeit, Reue –, als wären es Zutaten in einem Rezept, und es war nichts vorhanden, was in dieser Situation nichts zu suchen gehabt hätte. Noch wichtiger war die Gewissheit, dass diese Gefühle vergehen würden. Es gab keine Anzeichen für eine Lethargie, für die Hoffnungslosigkeit, die so charakteristisch für eine Depression ist. Ich wollte raus, wollte mein Leben wieder in die Hand nehmen, und später irgendwann mochte es eine Möglichkeit geben, die Sache mit Melody ins Reine zu bringen.

Ich durchdachte alles mehrmals und legte mir die passenden Argumente zurecht. Gleich nach dem Frühstück wusch ich mich und zog mich an, dann ging ich zu Dr. Hadley. Sie traf jeden Tag gegen halb neun im Krankenhaus ein, aber um diese Uhrzeit hatte sie vermutlich noch keine Patienten. Jetzt war die beste Gelegenheit für ein Gespräch.

Sie winkte mich in ihr Zimmer und bedeutete mir, mich zu setzen. Der Stuhl war schon ihr zugewandt, als ob er auf mich gewartet hätte.

Natürlich fragte ich als Erstes nach Melody, aber Dr. Hadley konnte mir nicht viel sagen. Sie war jetzt ruhiger, meinte sie, man kümmerte sich um sie. Dann kam ich gleich zur Sache.

»Ich denke, ich bin bereit zu gehen«, sagte ich. »Je eher, desto besser.«

Ich sah, wie sich die Skepsis auf ihrem Gesicht ausbreitete, aber ich hatte nichts anderes erwartet.

»Wissen Sie, Abby«, sagte sie nach einem kurzen Zögern, »vorgestern noch wäre ich Ihrer Meinung gewesen. Sie waren bereit oder standen kurz davor. Aber gemessen an dem, was gestern vorgefallen ist …, da denke ich, es wäre sinnvoller, noch ein paar Tage dranzuhängen. Um zu sehen, wie Sie alles verkraften.«

»Der gestrige Tag hat mir einiges klargemacht«, sagte ich,

»unter anderem, dass mein Aufenthalt hier mir nicht mehr nützen kann, sondern sich eher nachteilig auswirken würde.« Dann erklärte ich ihr, worüber ich heute Morgen nachgedacht hatte, und legte ihr meine Ansichten methodisch und sortiert vor. Das Einzige, was ich ausließ, war meine Vermutung, dass es auch für Melody besser wäre, wenn ich ginge, denn Dr. Hadley würde diese Behauptung nicht gelten lassen, sondern versuchen herauszufinden, was für mich das Beste war. Ich wollte nicht, dass sie dachte, mein Antrieb wären Schuldgefühle.

»Ich bin sehr dankbar für alles, was Sie für mich getan haben«, schloss ich meine Erklärung. »Aber ich glaube wirklich, dass es Zeit für mich ist zu gehen. Sie sagten selbst, dass ich diejenige bin, die darüber entscheiden sollte.«

Dr. Hadley tippte sich mit dem Stift ein paar Mal gegen die Wange. »Das stimmt«, nickte sie. »Aber zu dem Zeitpunkt war alles noch viel einfacher, nicht wahr?«

Ich entschloss mich zu einer anderen Herangehensweise. Ich merkte, dass Dr. Hadley überzeugt werden wollte, aber erst dann einlenken würde, wenn sie sich wirklich sicher war. Also nahm ich ihren Blickwinkel ein.

»Was brauchen Sie von mir?«, fragte ich sie. »Ich meine, wenn Sie eine Checkliste aufstellen würden, von allem, was passieren müsste, bevor Sie mich guten Gewissens gehen lassen könnten, was würde darauf stehen?«

Dr. Hadley lächelte leicht, vielleicht wegen der Formulierung, die ich gewählt hatte. »Zunächst einmal müsste ich sicher sein, dass Sie einen Ort haben, an den Sie gehen können, wo Sie sicher und geborgen sind, mit Menschen, die Sie unterstützen. Ich müsste auch davon überzeugt sein, dass Ihre Stimmung tatsächlich so stabil ist, wie Sie behaupten. Das bedeutet, Sie müssten noch mindestens zwei Tage hierbleiben, besser aber noch länger, und sich von den anderen Ärzten eingehend untersuchen lassen. Und Sie müssten sich darauf einlassen, sich für die nächsten Wochen entweder ambulant weiterbehandeln zu lassen oder sich in die Behandlung eines fachärztlichen Kollegen zu begeben.«

Ich nickte. Das alles war kein Problem. »Danke«, sagte ich. »Und da wäre noch etwas. Ich habe eine Bitte.«

Dr. Hadley nickte erwartungsvoll.

»Ich möchte, dass Sie Melody nach meiner Entlassung etwas geben. Sie können entscheiden, ob und, wenn ja, wann Sie es ihr geben. Es ist nichts, was sie beunruhigen wird, das verspreche ich. Es ist … na ja, eine Art Entschuldigung, eine, die sie, glaube ich, verstehen wird.«

Um kurz vor neun verließ ich Dr. Hadleys Behandlungszimmer. Als Nächstes rief ich meine Mum an.

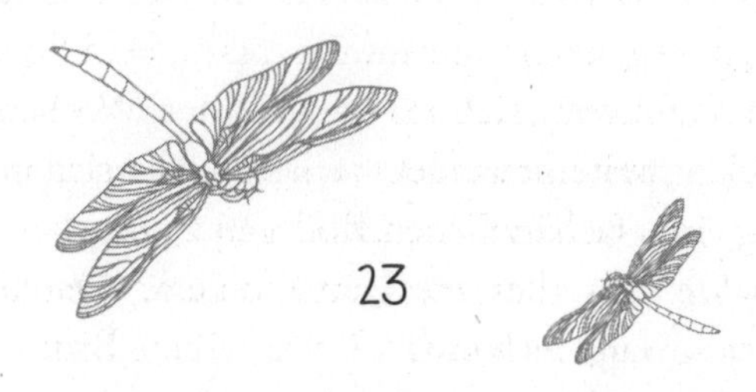

23

MIRANDA FROSTS KATZEN

Sie heißen Jasper und Colin und wohnen in einem Zwei-Zimmer-Cottage auf Lindisfarne, einer Gezeiteninsel vor der Küste von Northumberland.

Ich hatte schon von Lindisfarne gehört, aber bevor ich herkam, hatte ich keine Ahnung, was eine Gezeiteninsel ist. Eigentlich ist der Begriff selbsterklärend, wenn man nur darüber nachdenkt. Lindisfarne ist ein winziger Streifen Land, der in die Nordsee hineinragt und zweimal am Tag durch die Flut vom Festland abgeschnitten wird. Es gibt zwei Wege auf die Insel: Man kann die Dammstraße entlangfahren, über die seit den 1950ern der motorisierte Verkehr geleitet wird, oder man kann durch das Watt laufen, wo ein Pfad mithilfe von Holzpflöcken markiert ist, die man alle zwanzig Meter in den Sand getrieben hat. Beide Wege werden täglich für zwölf Stunden vom Meer überspült, sechs Fuß am höchsten Punkt der Flut. Insgesamt drei Stelzenhütten – eine an der Straße, zwei entlang des Fußwegs – dienen als Zuflucht für gestrandete Wanderer und Autofahrer, aber die Inselbewohner sagen, dass es eine Weile her ist, seit ein Wagen im Meer abgesoffen ist. Vor ein paar Jahren hat die Kommunalregierung elektronische Anzeigetafeln anbringen lassen, die Tag und Nacht über die Zeiten informieren, in denen eine Passage problemlos möglich ist, und seither gibt es sehr viel weniger Zwischenfälle.

Jedes Mal, wenn ich sehe, wie die Straße vom Meer verschluckt wird, überläuft mich ein wohliger Schauer, eine angenehme Vorahnung der Apokalypse. Ich war schon oft unten am Damm und habe zugesehen, wie das Wasser immer höher stieg und schließlich über die Straße schwappte, und es ist nie langweilig. Ich habe sogar einen Artikel darüber geschrieben und ihn *Eine Ahnung vom Ende der Welt* genannt.

Vor etwas mehr als einem halben Jahr erzählte mir Miranda Frost, sie würde meilenweit von allem entfernt leben, und das war nicht übertrieben. Ihr Haus ist das letzte in einer Straße, die bald in einen Feldweg und dann einen Trampelpfad übergeht, der hinunter zum Meer führt. Das nächste Gebäude, eine Scheune, steht zweihundert Meter weit weg, und die nächste Straßenlaterne noch einmal zweihundert Meter weiter in Richtung Dorf. Das Dorf hat keinen Namen und braucht auch keinen, weil es die einzige Siedlung auf Lindisfarne ist. Auf der Insel leben knapp zweihundert Menschen und ein paar Tausend Schafe.

Natürlich hielten sich im Spätsommer und Frühherbst viel mehr Leute auf der Insel auf. Der Parkplatz außerhalb des Dorfes fasst mehrere hundert Autos. Aber die Besucher drängten sich immer auf dem Marktplatz, in der Burg oder in der Abtei. Es geschah nur selten, dass mehr als eine Handvoll Wanderer auf einmal in diese Straße einbogen.

Seit November hat es Tage gegeben, an denen ich keine Menschenseele gesehen habe.

Abgesehen von den wenigen Menschen war es die Dunkelheit, die kurz nach meiner Ankunft den größten Eindruck auf mich machte. Die Dunkelheit und die Stille. Manchmal ist beides vollkommen.

Es ist schon merkwürdig: Nachdem ich so viele Nächte in London wachgelegen und um Stille, Frieden und Dunkelheit gebetet hatte, konnte ich in den ersten paar Nächten hier nicht schlafen. Ich hatte einfach keine Erfahrung mit dieser Art Umgebung. Ich hatte mein ganzes Leben in der Stadt verbracht und war auf diese völlige Abwesenheit von Klang und Licht nicht vorbereitet. Ich hatte keine Ahnung, wie sich das anfühlen würde. In manchen Nächten, wenn es windstill ist und kein Regen fällt, hört man nichts außer seinem eigenen Atem und dem gelegentlichen Knacken eines Dielenbretts. Wenn der Mond nicht scheint, kann man nicht die Hand vor Augen sehen. Man hat das Gefühl, nicht mehr zu sein als ein Gedanke in der Schwärze.

In der ersten Nacht konnte ich erst bei Sonnenaufgang einschlafen, als die Vögel anfingen zu singen. Danach habe ich drei Nächte lang das Licht im Flur angelassen.

Ich war noch nie gut darin, bestimmte Dialekte einzuordnen, besonders die der nördlichen Regionen Englands. Yorkshire, Lancashire, Tyneside – für mich klingt alles gleich. Nach mehr als drei Monaten auf der Insel bekomme ich langsam ein Gehör für die feinen Unterschiede, aber trotzdem könnte ich einen hiesigen Dialekt nicht eindeutig identifizieren, geschweige denn beschreiben. Alles, was ich mit Sicherheit sagen kann, ist, dass jeder, mit dem ich hier jemals gesprochen habe, aus dem Norden stammt, und sobald ich den Mund aufmache, ist es, als ob mir ein Schild an die Stirn genagelt wäre, auf dem steht: NICHT VON HIER.

Ich spreche das reinste Englisch, ohne Akzent, genau wie die Queen, und das habe ich immer für selbstverständlich gehalten. Aber in letzter Zeit musste ich erkennen, dass die Leute außerhalb von London und den direkt anschließenden Countys meine Sprache als Dialekt auffassen. Das wurde mir eines Abends im hiesigen Pub, dem *Crown and Anchor,* zu Bewusstsein gebracht, als ich dem Barkeeper gegenüber erwähnte, dass es für jemanden wie mich, der akzentfrei spricht, schwierig ist, zwischen den einzelnen regionalen Dialekten zu unterscheiden.

Er bedachte mich mit einem Lächeln, das mich irgendwie ärgerte, und sagte: »Aber Pet, du hast doch einen Akzent.«

Wenn jemand einen Pet nennt, stammt er aus Newcastle, soweit bin ich schon durchgestiegen.

»Wie bitte?«

»Du hast einen Akzent.«

Das war so durch und durch absurd, dass ich erst dachte, er würde mich aufziehen. Entweder das, oder irgendetwas stimmte nicht mit ihm.

»Nein, habe ich nicht. Natürlich nicht. Was für ein Akzent soll das denn sein?«

Er zuckte mit den Schultern. »Ein vornehmer.«

Ich verbrachte zehn Minuten damit, ihm den Unterschied zwischen »vornehmer« und »klarer« Aussprache zu erklären, aber ich glaube nicht, dass er auch nur ein Wort davon begriff.

Anfangs war es gar nicht nötig, den Mund aufzumachen, damit mich alle Welt als Außenseiterin wahrnahm. Die meisten Sachen, die ich mitgenommen hatte, eigneten sich nämlich überhaupt nicht für Lindisfarne. Ich machte immer noch eine Phase durch, in der ich in Bezug auf mein Äußeres sehr sensibel reagierte. Ich verbrachte viel Zeit damit, mich mit mir selbst zu beschäftigen, hauptsächlich mit dem Versuch, jeden Tag hübsch auszusehen. Ich wusste ja, wie leicht es war, sich zu vernachlässigen. Erst geht man ungeschminkt aus dem Haus, und ehe man sich's versieht, trägt man eine Woche lang dieselbe Hose und hat sich seit drei Tagen die Haare nicht gewaschen.

Als ich das erste Mal ins Dorf ging, war ich vermutlich ein bisschen zu fein angezogen. Nicht fein im Sinne der London Fashion Week, nur mein hübscher, dreiviertellanger Mantel, Pumps und eine mittelmäßig teure Slim-Fit-Jeans. Trotzdem. An einem Ort wie diesem ist alles, was über einen Fleece-Pullover hinausgeht, glamourös. Und die Tatsache, dass ich am Abend zuvor silbernen Glitzernagellack aufgetragen hatte, tat ihr Übriges.

Der Mann am Postschalter betrachtete mich von oben bis unten. Langsam und ohne jede Scham wanderte sein Blick über mich.

»Hallo«, sagte ich. »Ich hätte gerne einen Satz Briefmarken für Standardbriefe.«

Es dauerte ein paar Sekunden, dann nickte er und setzte sich in Bewegung. Wobei gesagt werden muss, dass niemand hier jemals in Hektik ausbricht. Egal, was passiert.

»Nu füh 'nen Taach hie?«, fragte er.

Schottisch ist einer der wenigen Dialekte, die ich mit einiger Bestimmtheit erkennen kann. Ich kann sogar Rückschlüsse ziehen, woher jemand kommt: Wenn er nur ein bisschen schottisch klingt, ist er vermutlich aus Edinburgh, wenn er sehr schottisch klingt, aus Glasgow. Aber das heißt noch lange nicht, dass ich auch verstehe, was derjenige sagt, und bis ich entschlüsselt hatte, was der Mann von mir wollte, redete er schon weiter.

»'S nu soo, dass die Tide bald ejnsetzt. Sie solltn nich zuu speet faahn.«

»Oh, ach ja.« Anscheinend machte ich auf ihn den Eindruck, als müsste man mich retten. »Nein, nein, ich bleibe eine Weile. Und ich weiß über die Gezeiten Bescheid.«

Der Mann kniff leicht die Augen zusammen und betrachtete mich.

»Sin Sie bejm Film?«

»Wie bitte?«

»Film, Feenseen. 'S komm'n oft Leute vum Feenseen auf d' Insel. Füh histurische Filme.«

»Ach, ich verstehe. Nein, ich bin nicht beim Film.«

»Dann zum Pilgern?«

Das war wohl als Scherz gemeint.

»Nein. Auf keinen Fall.«

»Auf de Fluucht?«

»Aus einer psychiatrischen Anstalt ausgebrochen.«

»Ha!«

»Nein, ich bin eine Haus- und Katzensitterin. Ich betreue Miranda Frosts Haus und ihre Katzen. Kennen Sie sie?«

»Aye. Bin ejner de Weenign, die se kenn'. Seeltsame Frau, 'ne Eijnsiedlerin, wenn Sie mich fraan.«

»Genau, das ist sie.«

»Sin Sie ejne Freujndin vun Miranda?«

»Nein, eigentlich nicht. Eigentlich gar nicht. Wir sind uns nur einmal begegnet. Geschäftlich. Das ist ein bisschen kompliziert. Ich bin Journalistin, wenn ich nicht gerade Katzen betreue. Ich habe sie interviewt.«

Mir war klar, dass ich ihm eine Menge Information zumutete, aber mit jedem weiteren Satz wirkte der Mann belustigter.

»Sie haam sie intervjuut?«, fragte er schließlich.

»Ja.«

»Warum?«

»Was meinen Sie?«

»Warum intervjuun Sie Miranda?«

»Na ja, aus den üblichen Gründen.«

Er starrte mich verständnislos an.

»Sie ist Dichterin«, erklärte ich. »Sie gehört zu den bedeutendsten Poeten dieses Landes, zusammen mit Andrew Motion und Carol Ann Duffy.«

Nichts.

Bei allen kommenden Begegnungen sparte ich mir jegliche Hintergrundinformation und sagte einfach, ich wäre Miranda Frosts Nichte. Doch auch damit kam ich nicht immer weiter. Es ist schon erstaunlich, aber selbst auf diesem winzigen Eiland mit dieser winzigen Bevölkerung traf ich nur fünf Leute, die Miranda Frost kannten, und nur einer von ihnen wusste, dass sie Dichterin war.

Es klang wie ein Witz, aber der Schotte am Postschalter war nicht der Erste, der meinte, ich wäre vielleicht auf der Flucht. Meine Mum, Dr. Barbara, Beck – sie alle stellten meine Entscheidung infrage. Ich habe sie selbst infrage gestellt, jedenfalls in den ersten zwei Wochen. Ich glaube, es lag an der Art, wie ich London den Rücken kehrte, an dem Tag, als ich aus St. Charles entlassen wurde.

Ich begegnete Beck nicht, obwohl das nicht ausdrücklich so geplant war. Ich wurde am Freitagmorgen entlassen, während er noch auf der Arbeit war. Er wollte mich abholen, aber ich hatte ihm am Telefon erklärt, ich würde schon klarkommen. Ich dachte, es sei leichter, wenn wir uns an unsere Abmachung hielten: einander Freiraum zu geben.

Es war nicht leicht. Die Wohnung war irgendwie unheimlich still. Nicht die gleiche Art von Stille, wie ich sie hier erlebe, sondern eine Londoner Stille vor dem Tableau des gedämpften Verkehrslärms, der durch die geschlossenen Fenster drang. Aber nach meiner Zeit im Krankenhaus kam mir jede andere Umgebung still vor.

Meine Mutter wartete im Wagen vor dem Haus. Ich hatte ihr gesagt, dass ich nur fünf Minuten brauchen würde. Aber ich glaube, es waren am Ende bloß drei. Ich schnappte mir einen Rucksack und stopfte Kleider hinein – irgendwelche Kleidungsstücke, was mir gerade in die Finger kam – und dann ging ich wieder.

»Das ist alles?«, fragte meine Mum, als ich den Rucksack auf den Rücksitz warf.

»Mehr brauche ich nicht.«

»Aha.«

Es sah so aus, als wollte sie noch etwas hinzusetzen, aber erst nach einer ganzen Weile, als wir aus der Stadt auf die Autobahn fuhren, sagte sie: »Liebling, bist du dir wirklich sicher, dass du die Sache richtig angehst …?«

Ich liebe meine Mum, und ich bin ihr sehr dankbar. Sie hat alles stehen und liegen gelassen, als ich sie brauchte. Aber wenn man im Gästezimmer seiner Mutter aufwacht, mit nichts weiter als einem Rucksack voller zerknüllter Kleidungsstücke, dann weiß man ganz genau, dass einem das Leben entglitten ist.

Ich redete mir ein, dass ich im Grunde genommen nicht wieder zu meiner Mutter gezogen war. Das war gar nicht möglich, weil ich früher nie in diesem Haus gewohnt hatte. Meine Mutter ließ sich in Exeter nieder, kurz nachdem ich mein Studium begonnen hatte, und ich war immer nur als Gast hier gewesen, ein paar Mal an Weihnachten und hin und wieder eine Woche in den Sommerferien. Also blieb mir die Demütigung, wieder in mein altes Kinderzimmer zu ziehen, erspart. Aber weil sie mir jeden Morgen den Kaffee ans Bett brachte, die Vorhänge aufzog und mir das Frühstück machte, hatte ich trotzdem das Gefühl, eine Zeitreise in die Vergangenheit gemacht zu haben.

Dann waren da ihre ständigen Klagen, dass ich zu viel rauchte – manchmal laut ausgesprochen, manchmal nur in Form von Blicken mitgeteilt. Mir war klar, dass all dies aus Sorge heraus geboren war, aus dem Instinkt, mich behüten zu wollen, der sich auch in den ordentlich zusammengefalteten Kleidungsstücken ausdrückte, die alle paar Tage auf meinem Bett lagen, oder in den mittäglichen Anrufen, wenn sie auf der Arbeit war und fragen wollte, wie es mir ging. Aber nach einer Woche empfand ich es als schier unerträglich.

Vor diesem Hintergrund machte ich mich an die kaum zu bewältigende Aufgabe, meine E-Mails zu sortieren. Ich hatte 804 neue Mails, und allein schon diese Zahl verursachte mir Kopfschmerzen. Nachdem ich eine halbe Stunde auf diese schnurgeraden Zeilen und Spalten gestarrt hatte und immer noch keine Ahnung hatte, was ich damit anfangen sollte, war mir klar, dass ich diese Herausforderung nicht allein meistern konnte. Also sicherte ich mir die Hilfe meiner Mutter. Danach verbrachte sie eine Stunde vor dem

Bildschirm, während ich ihr aus dem Sessel heraus Anweisungen gab.

Ich vermute, es hängt mit dem Alter zusammen, aber es verblüfft mich trotzdem immer wieder, dass meine Mutter nicht in der Lage ist, mit dem gleichen Verstand, den sie tagtäglich auf der Arbeit einsetzt, an das Thema IT heranzugehen. Dabei arbeitet sie auch in ihrem Job an einem Computer wie wir alle. Sie ist in einer Marketing-Consulting-Firma angestellt, also muss sie sogar andere Leute über Online-Profile, soziale Netzwerke und dergleichen informieren. Dabei könnte man sich niemanden vorstellen, der weniger über soziale Netzwerke weiß als meine Mutter.

»Okay«, sagte ich zu ihr. »Am besten löschst du erst mal die Junk-Mails.«

»Gerne.« Meine Mum schaute mich erwartungsvoll an. Ich nickte ihr zu. Sie schnalzte mit der Zunge. »Also, was zuerst?«

»Na ja, erst einmal die offensichtlichen Junk-Mails.«

»Abigail, das sind deine E-Mails, nicht meine. Woher soll ich wissen, was Junk ist und was nicht?«

»Das ist doch nicht zu übersehen. Das erkennt man auf den ersten Blick.«

Meine Mutter seufzte ergeben. »Gib mir ein paar Beispiele.«

Ich massierte mir die Schläfen, um ihr zu zeigen, wie dämlich sie sich anstellte.

»Fang mit den automatischen Mails von eBay, Tesco und Amazon an. Dann lösch alles, was mit Bankgeschäften und Finanzen zusammenhängt und nicht von NatWest kommt. Dann sämtliche Sale- und Schnäppchenangebote sowie alle Angebote für Unfallversicherungen.«

»Du hattest einen Unfall?«

»Nein, natürlich nicht! Lösch alle Gewinnbenachrichtigungen und alles von irgendwelchen Apotheken und pharmazeutischen Anbietern. Lösch …«

»Also wirklich, Abby! Warum solltest du Mails von pharmazeutischen Anbietern bekommen? Was kaufst du denn bloß?«

»Lösch alles, was mit Viagra, heißen Singles oder Penisvergrößerung zu tun hat.«

»Du musst nicht gleich geschmacklos werden.«

»Herrgott, Mum! Das ist das Internet. Geschmacklosigkeit ist der Treibstoff, der alles am Laufen hält. Dann löschst du alle Mails, deren Titel nur in Großbuchstaben geschrieben sind, und alle, in denen mehr als ein Ausrufezeichen steht.«

Nach einer Stunde waren aus den 804 Mails 77 geworden. Das war der Bodensatz des letzten Monats. Ein bisschen Arbeit, jede Menge Fragezeichen – *Wo steckst du?* Zwei Kontoauszüge meiner Kreditkarte, die mir die Tränen in die Augen trieben. E-Mails von Beck und Francesca, und sogar eine von meinem Vater. Das war vermutlich das Schlimmste, was ich an diesem Morgen ertragen musste: Sein Versuch, Mitgefühl vorzutäuschen, in Worten, die meine Mum mir vorlas, führte dazu, dass ich immer tiefer in den Sessel rutschte, bis ich das Gefühl hatte, ich würde von den Polstern verschluckt.

»Er gibt sich wirklich Mühe«, sagte sie, aber es klang nicht überzeugt.

Und irgendwo mittendrin war die E-Mail von Miranda, geschickt vor neun Tagen, mit dem Titel *Katzen?* Aber die E-Mail war leer.

»Da steht nichts drin«, sagte meine Mutter. »Gar nichts. Vermutlich hat sie sie aus Versehen abgeschickt.«

»Nein, hat sie nicht. Das ist schon richtig so. Ich weiß, worum es geht.«

Ich muss nicht betonen, dass ich Miranda Frost und ihr etwas absonderliches Angebot völlig vergessen hatte. Aber ihr antwortete ich zuerst. Und diese E-Mail zu schreiben, fiel mir nicht einmal schwer.

Wir begegneten uns nicht. Wegen der Gezeiten, der Fahrpläne und Flugzeiten war sie schon ein paar Stunden weg, als ich eintraf. Nach einer siebenstündigen Zugfahrt von Exeter nach Berwick nahm ich ein Taxi zu ihrem Cottage. Sie hatte den Hausschlüssel unter einen Blumentopf neben der Tür gelegt und einen Zettel auf den Küchentisch.

Abigail,

Katzen sind anders als Menschen. Sie sind essen gerne kleine Mahlzeiten über den Tag verteilt. Für gewöhnlich fülle ich die Schalen von Jasper und Colin dreimal am Tag, morgens um sieben, mittags um eins und abends um sieben. Daran müssen Sie sich natürlich nicht sklavisch halten, aber Sie werden feststellen, dass es nicht ratsam ist, das Frühstück viel später als sieben Uhr zu servieren. Colin (der größere der beiden) wird Sie ansonsten aus dem Bett werfen. Bitte lassen Sie ihn nicht an der Schlafzimmertür kratzen. Die beiden bekommen Nassfutter – eine halbe Packung pro Katze und Mahlzeit –, und die Schalen mit Trockenfutter und Wasser sollten jeden Abend frisch gefüllt werden. Machen Sie sich keine Sorgen, wenn Jasper hin und wieder einen Tag lang nicht auftaucht. Er geht gerne auf die Jagd. Falls sie irgendwelche toten Nager im Garten finden (er bringt sie selten ins Haus), dann begraben Sie sie bitte. Neben der Biotonne steht eine kleine Schaufel.

Milch, Brot und andere Grundnahrungsmittel können Sie im Dorf kaufen. Alles andere lasse ich liefern. Auf dem Tisch liegt der Bestellschein für den Lieferservice, der einmal pro Woche Katzenfutter bringt. Setzen Sie einfach Ihre Wünsche mit auf die Bestellung.

Unten finden Sie meine Handynummer. Sie können mich im Notfall anrufen, aber bitte nur dann.

Miranda

PS: Gelegentlich kann es vorkommen, dass ein glubschäugiger Tourist durch den Garten streift oder an die Tür klopft und fragt, ob er sich umschauen darf. Das ist kein Scherz. Diese Leute betrachten die ganze Insel, als wäre sie ein Museum. Ich verlasse mich auf Ihren wachen Verstand und darauf, dass Sie keine Fremden in mein Haus lassen.

PPS: Nur für den Fall, dass Sie wieder verrückt werden: Es gibt eine Ärztin im Dorf. Sie praktiziert nicht mehr, aber sie hat mir einmal bei einer allergischen Reaktion auf einen Bienenstich geholfen. An sie können Sie sich wenden, wenn es dringend ist. (Adresse und Telefonnummer anbei)

Zaghaft und aus sicherer Entfernung konnte ich mich für Miranda erwärmen. Sicher, sie war immer noch eine Soziopathin, und Gott stehe ihren Studenten in Amerika bei. Von dieser Frau unterrichtet zu werden, waren vermutlich vier Monate Psychoterror. Aber immerhin war sie ehrlich. Man musste sich keine Gedanken machen, was sie dachte, denn was sie dachte, sprach sie aus. Das war einer der Gründe, warum ich ihr rückhaltlos die Wahrheit über meinen jüngsten Aufenthalt in einer psychiatrischen Klinik sagte.

Psychische Störungen sind immer noch mit einem gewissen Stigma behaftet, aber das kümmert mich mittlerweile nicht mehr besonders. Seit ich ein Teenager war, bin ich regelmäßig in gewissen Abständen durchgedreht. Das unbehagliche Gefühl deswegen ist mit der Zeit verschwunden. Was man dagegen nicht wegwischen kann, ist das Unbehagen bei anderen Menschen – die Verlegenheit, die unausgesprochenen Worte. Sie fangen an, Leute wie mich wie rohe Eier zu behandeln – das gilt übrigens auch teilweise für Ärzte –, als ob die kleinste Bemerkung oder ein falsch formulierter Satz schon ausreichen würde, um einen wieder in den Abgrund zu stoßen. Ständig muss man die Leute daran erinnern, dass man gar nicht so anders ist: Man verfügt über das gleiche komplizierte Netzwerk aus Blutbahnen, Gedanken und Gefühlen. Zum Psychiater zu gehen oder Medikamente einzunehmen, heißt nicht, dass man sich seine Persönlichkeit chirurgisch hat entfernen lassen.

Bei Miranda Frost musste ich mir über so etwas keine Sorgen machen. Ich konnte ihr sagen, was geschehen war, und sie würde spontan darauf reagieren, ohne dass ich danach stundenlang versuchen musste, ihre Reaktion zu dechiffrieren. Außerdem ahnte ich, dass ihre Reaktion nicht negativ sein würde. Ich habe einen sechsten Sinn für so etwas. Selbst wenn Miranda keinerlei eigene Erfahrung mit psychischen Störungen hatte – was ich bezweifelte –, dann kannte sie gewiss Leute, die ähnliche Zusammenbrüche erlebt hatten. Vermutlich hatte sie einige dieser Leute höchstpersönlich in den Wahnsinn getrieben.

Ich hatte recht; jegliche Sorge wäre unbegründet gewesen.

Ich schickte ihr folgende E-Mail:

An: miranda@mirandafrostpoetry.co.uk
Von: abbywilliams1847@hotmail.co.uk
Gesendet: Samstag, 13. Juli 2013 18.40 Uhr
Betreff: RE: Katzen?

Miranda,
bitte entschuldigen Sie, dass ich erst jetzt antworte. Ich bin durchgedreht und befand mich einen Monat lang in einer psychiatrischen Klinik. Mir geht es jetzt besser, und ich würde mich sehr gerne um Ihre Katzen kümmern, vorausgesetzt das Angebot steht noch.
Abigail

Innerhalb von zwei Stunden hatte ich ihre Antwort:

An: abbywilliams1847@hotmail.co.uk
Von: miranda@mirandafrostpoetry.co.uk
Gesendet: Samstag, 13. Juli 2013, 20.27 Uhr
Betreff: RE: RE: Katzen?

Abigail,
das Angebot steht. Ich gehe davon aus, dass Sie gesund genug sind, um für zwei Katzen zu sorgen. Ansonsten wären Sie wahrscheinlich noch weggesperrt.

Müssen Sie Medikamente nehmen? Wenn Sie auf eine Apotheke angewiesen sind, so muss ich Ihnen sagen, dass es im Dorf keine gibt. Aber Berwick ist mit dem Bus oder mit dem Taxi gut zu erreichen, und die Fahrt hin und zurück dauert nicht einmal einen Vormittag. Wenn das für Sie kein Problem darstellt, dann schicke ich Ihnen morgen mehr Informationen.

Miranda

Wenn bloß alle so reagiert hätten.

In den folgenden vierzehn Tagen versuchten meine Mutter und meine Schwester alles Menschenmögliche, um mich davon zu überzeugen, dass ich im Augenblick nicht in der Lage war, allein zu leben. Selbst Dr. Barbara war dagegen, und sie ließ sich erst erweichen, als ich mich bereit erklärte, zweimal pro Woche telefonische Therapiegespräche mit ihr abzuhalten. Aber Beck reagierte am heftigsten, genau wie ich erwartet hatte.

»Warum?«, fragte er. Wir führten wieder eins dieser frustrierenden Telefongespräche, in denen wir uns beständig im Kreis drehten. Ich weiß nicht, wie viele davon wir hinter uns gebracht hatten, bis ich London endlich verließ. »Du kannst doch den Norden gar nicht leiden! Du bekommst Migräne, wenn du bloß nach Birmingham fährst. Willst du dich für irgendetwas bestrafen?«

»Nein, natürlich nicht. Es ist nur … Ich weiß auch nicht, was es ist.«

Fünf Sekunden lang herrschte Stille.

»Abby, wirklich, ich hab's versucht … Ich habe dir Freiraum gelassen. Ich habe dich in den letzten zwei Monaten kaum gesehen. Aber wir können so nicht weitermachen. *Ich* kann so nicht weitermachen. Das ist einfach nicht fair.«

»Ich weiß. Und es tut mir leid, aber ich kann es nicht ändern. Ich muss das einfach tun.«

»Du musst es nicht tun. Du *willst* es tun. Sei doch wenigstens ehrlich.«

Ich sagte nichts.

»Weißt du, Abby, manchmal bist du einfach nur unmöglich.«

Dann legte er auf.

Ich habe ihm die Sache auch wirklich nicht besonders gut erklärt. Andererseits habe ich es ja selbst nicht verstanden – bis ich dort war.

Es gibt unterschiedliche Arten des Alleinseins, und allein zu sein, bedeutet nicht automatisch, einsam zu sein. Das weiß ich erst seit kurzer Zeit. Seit ich hierherkam, habe ich mich kein einziges Mal einsam gefühlt, in keiner Stunde, die ich allein verbracht habe. Aber es gab unzählige Momente, in denen ich mich in London einsam fühlte. In London kann man selbst in einer überfüllten U-Bahn manchmal vor Einsamkeit kaum atmen, eingezwängt zwischen Hunderten von Menschen.

Hier auf Lindisfarne probiere ich andere Arten von Alleinsein aus. Seit die Feriensaison zu Ende ist, habe ich viele Stunden allein in der Kirche St. Mary's verbracht – natürlich nicht während des Gottesdienstes. Es ist nicht so, dass ich plötzlich zu Gott gefunden hätte. Aber es hat etwas sehr Beruhigendes, in einem so alten und eindrucksvollen Gemäuer zu sitzen, inmitten all der Statuen, Buntglasfenster und aufragenden Säulen. Ich glaube, man fühlt sich als Teil der Geschichte, als Teil der Mühsal, die diesen Ort durchdringt. In St. Mary kann man in völliger Stille und Abgeschiedenheit sitzen und sich trotzdem als Teil des Ganzen betrachten.

Dann ist da der Strand hinter den Dünen in der nordöstlichen Ecke der Insel. Vom Dorf läuft man eine gute Meile, daher begegnet man dort nur hin und wieder einem Hund samt Herrchen, und auch das nicht besonders oft. Meistens kann man am Fuß der Dünen sitzen, mit nichts vor Augen außer Sand, Meer und Himmel. Hier bin ich gerne, wenn die Flut kommt. Das Wasser steigt schnell und macht einem stets wieder aufs Neue mit einer gewissen Brutalität bewusst, dass das Land immer weniger wird. Ich glaube, es ist dieses tiefgreifende Gefühl des Losgelöstseins, was die Menschen nach Lindisfarne zieht. Räumlich isoliert zu sein, und zwar sechs Stunden am Stück, ist merkwürdig tröstlich. Es ist verrückt, aber während von London aus sechs Stunden genügen, um einen anderen Kontinent zu erreichen, spüre ich hier, wie ich diese Zeit immer ausgiebiger genieße, in der meine gesamte Welt auf vier Quadratkilometer aus Sand und Stein schrumpft.

Die Wahrheit ist, dass ich in meinem Leben nie allein war, jedenfalls nicht für eine längere Zeit am Stück. Seit ich fünfzehn war, hatte ich immer einen Partner, bis auf die eine oder andere Lücke von maximal zwei Wochen. Aber meistens bin ich von einer Beziehung in die nächste gerutscht, manchmal sogar mit gewissen Überschneidungen – nichts, worauf ich besonders stolz bin. Ich bin insgesamt nicht besonders stolz auf das, was ich bisher vorzuweisen habe.

Ich blicke auf zehn Jahre Beziehungserfahrung zurück,

mit etwa einem Dutzend Partner. Ich habe versucht, die genaue Zahl zu ermitteln, aber ich fürchte, der eine oder andere Name ist im Nebel der Vergangenheit verschwunden. Die genaue Zahl ist auch nicht so wichtig, wichtiger ist der allgemeine Trend. Wenn man Beck nicht mitrechnet – wir sind seit mehr als drei Jahren zusammen, so gesehen sprengt er die Statistik –, dann habe ich im letzten Jahrzehnt etwa alle neun Monate meinen Partner gewechselt. Ich kann daraus nur schließen, dass ich eine Niete in Sachen Beziehungen bin. Und zu diesem Schluss bin ich nicht erst jetzt gekommen.

Schon vor längerer Zeit, kurz nachdem ich mich in Dr. Barbaras Behandlung begeben hatte, sagte ich ihr, dass ich mit Beziehungen nicht klarkäme. Ich hatte nie das Gefühl, mich darauf verlassen zu können, dass mein jeweiliger Freund mich glücklich machen konnte. Und ich war mir ziemlich sicher, dass es auf lange Sicht betrachtet auch mir nicht gelingen würde, einen Mann glücklich zu machen.

Ich weiß noch den Wortlaut ihrer Antwort: »Abby, Sie haben vollkommen recht, aber nicht so, wie Sie denken. Sie können niemanden glücklich *machen*, genauso wenig, wie jemand Sie glücklich machen kann. Echtes Glück funktioniert anders. Man muss lernen, alleine glücklich zu sein. Dann kann man anfangen zu überlegen, wie man mit jemand anderem glücklich ist.«

Damals verstand ich nicht recht, was sie meinte, aber jetzt schon. Und genau das habe ich versucht, Beck, meiner Mutter und meiner Schwester zu erklären.

Ich lerne, allein zu leben, allein glücklich zu sein, und hier gibt es so gut wie nichts, was mich von meinem Ziel ablenken könnte. Hier gibt es nur mich, Miranda Frosts Katzen und den flachen, leeren Horizont.

Wenn jemand mich heute fragen würde, warum ich nach Lindisfarne gekommen bin, dann würde ich sagen: damit es mir bessergeht.

Diese Antwort trifft es ziemlich genau.

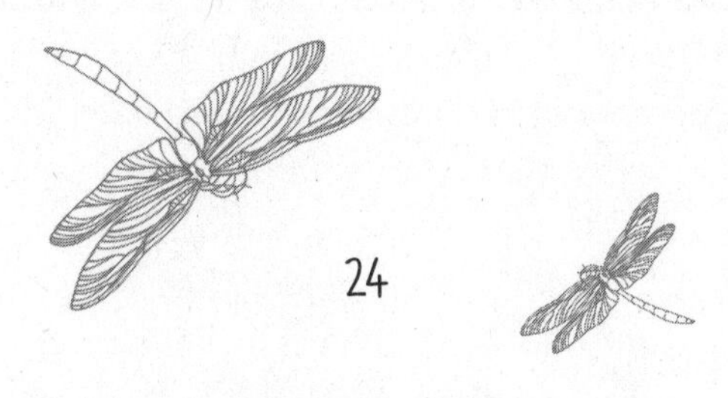

24

SCHREIBEN

Ich schrieb Melody jede Woche, schon in Exeter, als ich bei meiner Mutter wohnte. Ich richtete die Briefe an Dr. Hadley im St.-Charles-Krankenhaus und legte einen Zettel bei, in dem ich Dr. Hadley erlaubte, meine Briefe zu lesen und zu entscheiden, ob sie sie weitergeben wollte oder nicht. Ich weiß nicht, ob sie es tat. Ich weiß nur, dass ich nie eine Antwort bekam. In den vergangenen vier Monaten hatte ich Melody ein Dutzend Briefe geschrieben, und in jedem standen meine E-Mail-Adresse und meine Handynummer. Allerdings erwartete ich nicht wirklich, dass sie mir antworten würde. Aber die Briefe zu verfassen, empfand ich für mich selbst als hilfreich, was vermutlich der Grund war, warum ich so lange durchhielt.

Nach einer Weile waren es nicht mehr nur die Briefe an Melody. Irgendwann verging kaum ein Tag, an dem ich keinen Brief schrieb. Ich schrieb an verschiedene Leute, und zwar keine E-Mails, sondern echte Briefe. E-Mails sind zu einfach, zu unpersönlich, und sie zu schreiben, kann manchmal sehr anstrengend sein. Briefe schreibt man ohne Druck, man nimmt sich Zeit, und man hat auch keinen Bildschirm vor Augen, wo unten rechts die Uhr tickt. Man wird nicht von Google Alerts oder irgendwelchen blinkenden Werbebannern abgelenkt. Wenn man einen Brief mit der Hand schreibt, dann gibt man sich einem ruhigen, sanften Prozess hin.

Als ich das Gefühl hatte, mich endlich besser verständlich machen zu können, schrieb ich mehrere Briefe an Beck, in denen ich ihm erzählte, was ich tat, und versuchte, meine Gründe zu erklären. Danach schrieb ich an meine Mutter und an Francesca. Die Inhalte waren ähnlich gestrickt, detailliert und versöhnlich. Ich versuchte sogar, meinem Vater zu schreiben, aber dieses Experiment erwies sich nicht als beruhigend, und am Ende gab ich auf. Ich schickte ihm stattdessen eine Ansichtskarte mit einem dramatischen Schwarz-Weiß-Foto der überfluteten Dammstraße. Ich dachte, das Bild könnte ihm gefallen, und auf die Rückseite schrieb ich vier Sätze: *Wenn du jemals eine Werbekampagne für eine Automarke machst, solltest du hierherkommen. Dieser Ort ist perfekt dafür. Mir geht es ein bisschen besser. Abigail x*

Mein Name war natürlich kein Satz, aber bei meinem Vater ist weniger manchmal mehr. Ansichtskarten waren ein unverfänglicher Weg, unsere Beziehung wieder aufleben zu lassen.

Die kürzeste Korrespondenz führte ich mit meinem Vater, die längste mit Dr. Barbara, der ich mindestens einen langen Brief pro Woche schrieb, meistens am Tag nach unserer Telefon-Sitzung. Wenn man telefoniert, vergisst man immer wieder das eine oder andere, oder man sagt es nicht richtig, daher waren die Briefe nützlich für uns beide. Auf gewisse Weise war es eine Fortführung dessen, was ich bei

Dr. Hadley begonnen hatte – eine Art andauernder Exorzismus mit dem Schreibstift. Manchmal ist es viel effektiver, wenn man seine Gedanken und Gefühle niederschreibt, als sie bloß auszusprechen.

Darüber hinaus gab es noch eine Reihe von Briefen, die ich schreiben musste – zumindest machte ich es mir zur Pflicht –, um einen Schlussstrich unter die Ereignisse des vergangenen Sommers zu ziehen. Der erste war an Professor Caborn. Ich erklärte ihm mein merkwürdiges Verhalten und und entschuldigte mich dafür. Allerdings warf ich diesen Brief nicht in den Briefkasten, sondern in den Mülleimer; ich kam zu dem Schluss, dass ich ihn schon genug belästigt hatte und es besser war, die Sache auf sich beruhen zu lassen. Mein Bombardement mit E-Mails, mein unangekündigter Besuch und das darauf folgende Stillschweigen waren schließlich nur eine kleine, absonderliche Fußnote in seiner Biografie – bedeutungslos und schnell vergessen.

Anders lagen die Dinge bei dem Personal des Dorchester Hotels. Die Menschen dort hatten sich um mich gekümmert, als ich in Not war. Sie waren freundlich und verständnisvoll gewesen und hatten eine Rechnung über sechshundert Pfund zerrissen, die ich nie im Leben hätte bezahlen können. Ich schickte einen knappen, aber von Herzen kommenden Dankesbrief, den ich an »Das Personal der Nachtschicht vom 7.6.2013« richtete. Ich weiß nicht, ob der Brief sein Ziel erreichte, aber es war wichtig für mich, ihn auf den Weg zu bringen.

Es gab allerdings auch einen Brief, der die Marke nicht wert war, die ich daraufkleben musste. Das wusste ich schon, als ich ihn schrieb. Es war eine vierseitige Erklärung für das Kreditkarteninstitut, in der ich um das Einfrieren der Sollzinsen für meine Schulden bat. Ich glaube nicht, dass große Unternehmen handgeschriebene Briefe zu schätzen wissen, und die drei Absätze, die ich als Antwort erhielt, bestätigten meine Vermutung. Im Wesentlichen sagte man mir, ich solle mich zum Teufel scheren. Natürlich nicht mit diesen Worten, aber das Ergebnis war dasselbe. Nachdem ich den Brief ein paar Mal durchgelesen hatte, warf ich ihn in den Papierkorb und schnitt meine Kreditkarte mit Miranda Frosts Küchenschere in vier Stücke – eine symbolische Geste, die unglücklicherweise nicht in der Lage war, meine Schulden zu tilgen. Was dazu führte, dass ich mich langsam wieder meiner Arbeit widmete.

Ich hatte Jess vom *Observer* vor ein paar Wochen eine E-Mail geschickt und nach besten Kräften versucht, ihr zu erklären, warum ich all ihre Nachrichten ignoriert und ihr niemals den versprochenen Artikel über Affen und die Entfremdung in der Großstadt geschickt hatte. Sie kam mir sehr verständnisvoll vor, dennoch war mir klar, dass ich meiner Karriere großen Schaden zugefügt hatte. Man kann nicht einfach sechs Wochen von der Bildfläche verschwinden (und davon vier Wochen in einer psychiatrischen Anstalt verbringen), ohne dass Fragen über die Zuverlässigkeit in einer zukünftigen Zusammenarbeit gestellt werden.

Trotzdem meinte sie, ich könne sie jederzeit anrufen; sie würde sich freuen, von neuen Projekten zu hören, an denen ich arbeitete. Vielleicht wollte sie nur höflich sein, aber ich beschloss, sie beim Wort zu nehmen. Außerdem ergab das Angebot, das ich ihr unterbreiten wollte, durchaus einen Sinn. In gewisser Weise schloss es an die Texte an, die ich im Mai für sie geschrieben hatte.

»Lindisfarne?«, fragte sie perplex.

»Ja, ganz richtig. Es ist eine Reihe von Artikeln über die Insel, wie es sich anfühlt, am Rand einer so kleinen Gemeinschaft zu leben. Stadtmädchen findet sich mitten im Nirgendwo wieder. Das wäre der Aufhänger.«

»Hm, ich weiß nicht, Abby … Das klingt, als wäre es nicht leicht zu verkaufen.«

Ich zuckte mit den Schultern, wobei ich Colin anschaute, der gerade durch die Katzentür kam. »Ich kann dir ja einfach mal was schicken. Wenn du es nicht haben willst, kein Problem. Das Ganze wäre völlig unverbindlich für dich.«

»Nein, nein … Du kannst doch nicht den weiten Weg umsonst machen.«

Es dauerte ein paar Sekunden, bis ich begriff, was sie meinte. Ich war so darauf bedacht gewesen, ihr meine Idee nahezubringen, dass ich etwas Grundlegendes völlig vergessen hatte.

»Oh, ach so. Nein, kein Problem. Ich bin bereits hier, schon seit ein paar Wochen.«

Stille.

»Auf Lindisfarne?«

»Ja.«

»Warum?«

»Ich passe auf Miranda Frosts Katzen auf. Sie lebt hier, ist aber für ein Semester an einer Uni in den Staaten.«

Wieder Stille. »Okay, das ist ein Aufhänger, mit dem ich etwas anfangen kann. Ich meine, es ist sehr merkwürdig, aber genau das ist der Punkt. Schick mir tausend Wörter, wie es dazu kam, und wir schauen mal, was geht.«

Und so kam *Lindisfarne Gossip* zustande. Der Titel war Jess' Idee. Sie meinte, wenn jemand nach *Lindisfarne Gospels* suchte, dem berühmten Evangelium aus dem 8. Jahrhundert, würden wir bei Google als zweite Wahl auftauchen, was uns bestimmt einen gewissen Zulauf sichern würde. Die Taktik schien aufzugehen. Die Kolumne war ein Überraschungserfolg und lief den ganzen Herbst ausgesprochen gut. Vor ein paar Wochen konnte ich den Rest meiner Kreditkartenschulden zurückzahlen.

Die Bezeichnung »Gossip« ist ein bisschen irreführend, denn Klatsch und Tratsch gibt es nicht viel aus Lindisfarne zu berichten. Die Insulaner betreiben eine Lotterie, um Gelder für den Bau eines neuen Gemeindehauses zu sammeln; keiner ist besonders glücklich über die steigende Anzahl von Ferienhäusern auf der Insel – alles in allem nichts, was den Puls der Leser auf dem Festland in die Höhe treiben könnte. Das Meiste von dem, was ich geschrieben habe, beschäftigt sich mit Allzumenschlichem, gelegentlich gepaart mit ein bisschen Historie und Umwelt. Die einzige Vorgabe, die Jess machte, war, die Texte sollten »schrullig« sein, was mir bislang noch keine Probleme bereitet hatte. Hier gibt es jede Menge Schrulligkeiten, und die Inselbewohner scheinen ihren Moment im Rampenlicht zu genießen. Seit September rennen mir die Leute förmlich die Tür ein, um mir ihre Geschichten zu erzählen.

Einmal berichtete mir ein Neunzigjähriger im *Crown* von dem Tag, an dem er auf einer Wandertour nach Lindisfarne kam. Das war vor etlichen Jahrzehnten, und seitdem hat er die Insel nicht mehr verlassen.

»Es war friedlich hier«, sagte er, »also bin ich geblieben.«

In der Woche darauf schrieb ich einen Artikel, den ich mit *Mrs. Moses* betitelte. Er handelt von einer Frau, die eines Nachts auf dem Deich ein seltsames Erlebnis hatte. Sie beeilte sich, nach einem Elton-John-Konzert auf die Insel zurückzugelangen, ehe die Flut einsetzte, war aber durch starken Schneefall und Nebel aufgehalten worden. Als sie schließlich an der Küste ankam, blieb ihr kaum eine Stunde, ehe die Flut ihren Höchststand erreicht haben würde. Sie wusste, dass es zu spät war, die Überfahrt zu wagen. Aber unten am Ufer erwartete sie der schönste und erstaunlichste Anblick, den sie in ihren fünfundfünfzig Lebensjahren je gesehen hatte: Unter dem Licht des Halbmonds durchschnitt die trockene Straße wie ein schimmerndes Tal das Wasser.

»Das Meer rechts und links war mindestens dreißig Zentimeter höher als der Weg«, sagte sie zu mir. »Absolut unmöglich – ein modernes Wunder.«

Also gab sie Gas und fuhr zwischen den Wellen hindurch.

Erst als die Scheinwerfer ihres Wagens die Straße beleuchteten, sah sie, was geschehen war: Zu beiden Seiten war das Wasser, das nach der Flut in Pfützen stehen bleibt, gefroren. Darauf hatten sich Schnee und Schneematsch gesammelt, weggeschleudert von den Autos, die die Straße befahren hatten, und nun hatten sich zwei etwa dreißig Zentimeter hohe, dicke Mauern aus Eis gebildet, die sich über die gesamte Länge des Weges zogen.

»Aber hatten Sie keine Angst?«, fragte ich sie. »Was, wenn das Eis gebrochen wäre?«

»Nein, ich wusste, das würde nicht passieren«, sagte Mrs. Moses voller Überzeugung. »Es war vielleicht kein Wunder im biblischen Sinne, aber in jener Nacht wachte etwas oder jemand über mich. Hin und wieder bringt dir das Universum ein Geschenk dar, und du wärst ein Narr, es nicht anzunehmen.«

Das war ein schöner Schlusssatz, obwohl ich ihre Ansicht

nicht teile. Ich glaube nicht an ein wohlwollendes Etwas oder an Jemanden, der über uns wacht, wenn wir auf dem Heimweg von einem Elton-John-Konzert sind. Und ich glaube auch nicht, dass das Universum uns Geschenke darbringt. Ich glaube, wir treffen Entscheidungen – gute und schlechte – und müssen mit den Konsequenzen leben. Was nicht heißen soll, dass es Momente wie den, von dem Mrs. Moses erzählte, nicht gibt, wenn Entscheidungen plötzlich einfach und offensichtlich erscheinen, als ob wir sanft in eine ganz bestimmte Richtung geschoben würden. Aber meistens müssen wir solche Momente selbst vorantreiben. Wir müssen sie suchen, anstatt darauf zu warten, dass sie uns in den Schoß fallen.

All das erklärt wohl, was ich mit meiner Zeit, die ich allein auf der heiligen Insel Lindisfarne verbrachte, getrieben habe, einer Zeit, die nun zu Ende geht. In ein paar Tagen kommt Miranda wieder, und ich kehre auf das Festland zurück. Aber wohin die Reise als Nächstes geht – das ist eine Entscheidung, die ich noch nicht getroffen habe.

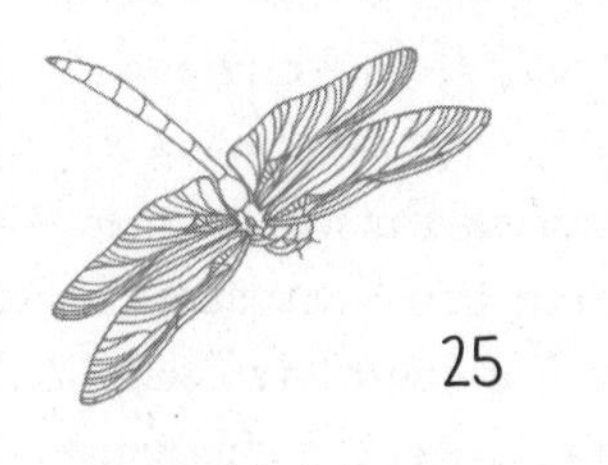

25

ZUFLUCHT

An diesem Morgen wachte ich kurz vor sieben auf wie jeden Morgen in den vergangenen vier Monaten. Nachdem ich Jasper und Colin gefüttert hatte, informierte ich mich über das Wetter. Die Satellitenbilder der Vorhersage bestätigten, was ich durch mein Schlafzimmerfenster sehen konnte, obwohl es eigentlich noch zu dunkel war, um ganz sicher sein zu können: Sie zeigten einen klaren Himmel, der auch noch für mindestens weitere vierundzwanzig Stunden so bleiben würde. Es ging kaum Wind, und die Temperaturen waren mild für Dezember: neun Grad um die Mittagszeit, fünf am frühen Abend.

Als Nächstes sah ich mir die Gezeitentabelle an. Ich hatte einen ungefähren Überblick, wann Ebbe und Flut fällig waren –, nicht zuletzt, weil ich wusste, wann Miranda zurückerwartet wurde – aber mir war eine Idee gekommen, die es mir ratsam erscheinen ließ, die genauen Zeiten aufzuschreiben. Die nächste Ebbe war um 10.22 Uhr, die Flut erreichte ihren Höchststand kurz nach 18 Uhr, und um 4.39 Uhr war wieder Ebbe. Das bedeutete, dass ich bis zum frühen Nachmittag Zeit hatte, um durch das Watt zum Festland zu laufen. Aus den Erzählungen der Einheimischen wusste ich, dass der Fußmarsch nicht länger als zwei Stunden dauerte, selbst wenn man ging wie ein Tourist.

Miranda hatte angekündigt, sie werde um die Mittagszeit wieder zu Hause sein, und wir hatten verabredet, dass ich mit dem Taxi, das sie herbrachte, abreisen sollte. Das schien ein vernünftiger Plan zu sein. Aber als ich an diesem Morgen aufwachte, war mir sofort klar, dass ich keine Lust hatte, bis zum Mittag zu warten. Ich wollte raus, an die frische Luft.

Gegen neun schickte ich ihr eine SMS auf die Notfallnummer, die ich eigentlich nicht benutzen durfte. *Hallo Miranda. Ich habe beschlossen, zum Festland zurückzulaufen. Ich nehme mir von dort ein Taxi. Der Schlüssel ist unter dem Blumentopf. Abby.*

Danach packte ich meine Kleider in eine Kiste und ging damit zur Post. Die Kiste war schwer und sperrig, sodass ich ein paar Mal stehen bleiben musste, um zu Atem zu kommen. Ich brauchte fast zwanzig Minuten für die halbe Meile zum Marktplatz. Aber das schien mir die einfachste Lösung zu sein. Ich würde ganz sicher nicht mit einem fünfzehn Kilo schweren Rucksack durch das Watt wandern.

Die Kleiderkiste adressierte ich an meine Mutter, da ich am Vorabend beschlossen hatte, zumindest für ein paar Tage bei ihr zu wohnen. Nur so lange, bis ich mich wieder in der Zivilisation eingelebt hatte. Im Augenblick erschien mir die Vorstellung von London – King's Cross und die U-Bahn im Berufsverkehr – schlichtweg unmöglich. Außerdem war ich mir überhaupt nicht darüber im Klaren, ob es in London noch irgendetwas gab, zu dem ich zurückkehren wollte. Auf den letzten Brief vor neun Tagen hatte Beck nicht geantwortet, und ich hatte auch sonst nichts mehr von ihm gehört.

Nachdem ich gemeinsam mit dem Mann am Postschalter meine Kiste in das Hinterzimmer bugsiert hatte, kaufte ich mir ein Päckchen Zigaretten, ein Sandwich und zwei Flaschen Cola light. Und dann ging ich zurück zu Mirandas Cottage. Zum letzten Mal.

Um 9.59 Uhr verließ ich das Haus, und um 10.18 Uhr betrat ich den schmalen, steinigen Strand, der zwischen der Straße und dem Watt verlief. Ich hatte mich dem Wetter und meinem Vorhaben entsprechend angezogen: dicker Winterparka mit gefütterter Kapuze, Sonnenbrille, Jeans, dicke Socken und die Stiefel, die ich vor drei Monaten in Berwick gekauft hatte. Diese Stiefel waren anders als die sechs Paar, die in meinem Wandschrank in London übereinandergestapelt standen. Es waren Wanderstiefel – fest, solide und mit Sohlen, die auch auf einer Schräge Halt gaben. Als ich mich auf den Weg machte, trug ich außerdem noch Wollhandschuhe und einen Schal, aber beides verstaute ich jetzt in meinem fast völlig leeren Rucksack. Nachdem ich eine Weile gelaufen war, war mir ziemlich warm geworden.

Das Watt war menschenleer, genau wie ich es an einem gewöhnlichen Arbeitstag mitten im Winter erwartet hatte. Die einzigen Anzeichen von Leben waren ein paar Wattvögel, die im Sand pickten, und ein Dutzend weiterer, die am Himmel kreisten. Als ich geradeaus schaute, sah ich nichts als eine vollkommen flache und gleichförmige, nur von gelegentlichen Holzpfosten durchbrochene Sandfläche, die sich bis zu den Hügeln von Northumberland zog, die lediglich als bläuliche Flecken in der Ferne erkennbar waren. Obwohl Ebbe herrschte, war der Sand, über den ich ging, alles andere als trocken. Er war wie der Sand am Rand der Meeresbrandung – dunkel, zusammengedrückt und klatschnass. Dabei war er auch nachgiebig, an einigen Stellen mehr, an anderen weniger, mir war nicht klar, woran das lag. Noch bevor ich den zweiten Holzpfosten erreichte, hatte ich einige Abdrücke hinterlassen, die ein paar Zentimeter in den Boden eingesunken waren. Das war das erste Signal dafür, dass meine Umgebung nicht so einförmig war, wie sie vom Deich aus erschien, und im Weitergehen wurde mir diese Tatsache immer deutlicher bewusst. Die zurückweichende Flut hatte hier und da kleine Teiche hinterlassen, was darauf hinwies, dass die Fläche nicht ganz eben war, obwohl es durchaus den Anschein hatte. Zweimal versperrten mir Bäche den Weg. Sie waren weder besonders tief, noch breit, aber trotzdem musste ich von der Route der Holzpfosten abweichen, um einen Übergang zu finden. Dabei schwappte mir das Wasser beinahe bis zu den Schnürsenkeln.

Auf dem gegenüberliegenden Ufer des zweiten Baches war der Sand mit winzigen weißen Muschelschalen übersät. Es waren Abertausende, die aussahen wie ein kunstvoll gewebter Teppich. Ich habe keine Ahnung, warum sie sich ausgerechnet an diesem Teil des Watts angesammelt hatten – ob durch Zufall oder nach einem rätselhaften Prinzip –, aber sie schienen sich bis in die Unendlichkeit zu ziehen. Sie knirschten unter meinen Sohlen wie Glassplitter, und lange Zeit war dies das einzige Geräusch, das meinen Weg begleitete. Das gelegentliche Motorengebrumm eines Wagens auf der Dammstraße hinter mir war bereits nicht mehr zu hören.

Nach etwa einer Stunde erreichte ich die erste Stelzenhütte, wo ich Rast machte. Obwohl ich mich an das Gehen gewöhnt hatte – auf Lindisfarne war ich überall zu Fuß hingegangen –, bereitete mir der weiche Untergrund des Watts mehr Mühe als meine sonstigen Wanderungen. Ich fand, es wäre angenehm, eine Weile die Füße ausstrecken zu können. Ich hatte immer noch jede Menge Zeit, bevor das Wasser auch nur anfangen würde zu steigen, also war Eile nicht nötig. Außerdem wollte ich mir die Stelzenhütte näher anschauen, die ich bislang nur aus der Ferne gesehen hatte.

Es war schwer zu sagen, wann sie errichtet worden war. Sie sah so uralt aus wie ein Wrack in einem Abenteuerroman, aber andererseits wirkte alles, was hier gebaut wurde, durch die salzige Luft, den Sand und das Wasser innerhalb weniger Monate – wenn nicht Wochen – alt. Die abgerundeten Stelzen, auf denen die vier Ecken ruhten, waren von der gleichen Machart wie die Wegpfosten – etwa eine Handbreit im Durchmesser und vom Wasser bis zu einem Punkt kurz oberhalb meines Kopfes dunkel gefärbt. In einer Ecke lehnte eine Leiter, die zwölf Fuß nach oben zu der Plattform führte, die sicher über dem Höchststand der Flut thronte. Nach kurzem Zögern kletterte ich hinauf.

Der Aufstieg war nicht schwierig. Die Holzplanken, aus denen die Sprossen der Leiter bestanden, waren in einem Abstand von jeweils dreißig Zentimetern angebracht. Auf dem brusthohen Zaun, der die Plattform umgab, war ein eisernes Geländer. Ich schob mich am Ende der Leiter durch die schmale Lücke im Zaun, nahm meinen Rucksack ab und stellte ihn in die gegenüberliegende Ecke.

Die Plattform war quadratisch, und jede Seite war etwa zwei Meter fünfzig lang. Der Boden war mit Holzbrettern ausgelegt, von denen einige schon etwas verwittert waren. Die meisten waren mit Flechten überzogen, und ein paar sahen leicht faulig aus. Hier und da ragten Splitter heraus. Aber der Boden wirkte insgesamt trotzdem noch stabil. Die Bretter gaben kaum nach, und ich nahm an, dass es jemanden gab, dessen Aufgabe es war, den Zustand der Rettungsplattformen regelmäßig zu überprüfen. Auf jeden Fall sah es nicht so aus, als würde das Ding unter mir zusammenbrechen.

Derartig beruhigt stellte ich mich nacheinander an alle vier Seiten des Geländers und betrachtete die Aussicht. Es war schwierig, in einer so kargen und unbelebten Landschaft Entfernungen abzuschätzen, aber ich vermutete, dass ich mich ungefähr in der Mitte des Watts befand. Aus dieser Höhe konnte ich gerade die Stelle ausmachen, wo die Holzpfosten am Ende des Weges aufhörten. Dort begann das Festland. Hinter mir sah ich einen dünnen grauen Streifen, wo die Straße auf den Inselstrand traf. Das Festland befand sich zu meiner Rechten, etwa eine knappe Meile entfernt, und links von mir erstreckte sich die mulchige Salzwassermarsch bis zum Deich und den bleichen Sanddünen jenseits davon.

Nachdem ich mir all das angeschaut und mich vergewissert hatte, dass ich es nicht mehr weit hatte, setzte ich mich neben meinen Rucksack, aß meine Sandwiches und rauchte eine Zigarette. Als Aschenbecher benutzte ich eine leere Sandwichschachtel. Ich wollte keinen Müll hinterlassen.

Ich weiß nicht, wann ich mich zum Bleiben entschloss, oder ob es überhaupt eine bewusste Entscheidung war. Wenn man es als solche betrachten wollte, dann wurde sie durch eine bewusste Passivität herbeigeführt, und nicht durch irgendeine Aktion.

Der Mittag verging. Ich sagte mir, dass ich noch eine weitere Viertelstunde warten würde, noch eine Zigarette rauchen und dann aufstehen. Plötzlich war es halb eins, und mir wurde klar, dass ich unter Druck geriete, wenn ich noch länger verweilte. Ich konnte schon das Wasser herbeiströmen sehen. Was eben noch ein schmales Rinnsal gewesen war, schwoll bereits zu einem Fluss an, der mit jeder Minute breiter und schneller wurde. Und ich tat nichts weiter als zuzuschauen.

Um halb zwei umspülte das Wasser einige der weiter entfernten Holzpfosten rechts und links der Rettungsplattform. Ich thronte hoch über einer kleiner werdenden Sandbank, und zwischen mir und den Dünen hinter dem Deich – der nächsthöhere Punkt – stand das Marschland. Von diesem Augenblick an war ich abgeschnitten.

Merkwürdigerweise kümmerte mich das nicht. Im Gegenteil, ich war sogar ein wenig erleichtert, trotz der nicht unerheblichen Konsequenzen, die meine Passivität zur Folge hatte. Ich würde mindestens sieben oder acht Stunden hier bleiben müssen. Eigentlich noch länger, denn erst in drei Stunden würde die Flut ihren Höchststand erreichen. Und es würde stockdunkel sein, wenn sich das Wasser wieder so weit zurückgezogen hatte, dass ich meine Wanderung fortsetzen konnte. Der Mond war schon aufgegangen, aber viel war es nicht, was da am Himmel stand: nur eine schlanke Sichel, kaum sichtbar an dem noch immer hellen Firmament. Sein Licht würde nicht ausreichen, wenn die Sonne erst einmal untergegangen war. Es würde eine tiefschwarze Nacht werden, und es war unwahrscheinlich, dass ich diese Zuflucht vor dem Morgengrauen verlassen konnte.

Mein Handy hatte Empfang. Ich schickte meiner Mutter eine SMS, um sie wissen zu lassen, dass ich meine Pläne geändert hatte und erst einen Tag später in Exeter ankommen würde. Dann stellte ich mich an den Zaun und schaute etwa eine Stunde lang in Richtung Festland, von wo aus das Wasser langsam auf mich zukroch, bis es nur noch ein paar Meter weit entfernt war.

In dem Moment fiel mir ein, dass ich etwas erledigen musste, solange ich noch konnte. Um nicht gezwungen zu werden, in eine Ecke zu pinkeln oder es mir die nächsten sieben oder acht Stunden zu verkneifen, sollte ich besser noch einen kleinen Ausflug ins Watt unternehmen. Die Ausführung meines Vorhabens war allerdings schwieriger als gedacht. Ich war noch nie gezwungen gewesen, im Freien zu pinkeln, jedenfalls nicht, soweit ich mich erinnern konnte. Es als Herausforderung zu bezeichnen, wäre gnadenlos untertrieben. Schließlich hockte ich mich hin, die Jeans bis zu den Fußknöcheln nach unten geschoben, den Rücken gegen eine der Stelzen gelehnt, von der Straße abgewandt. Letzteres wäre unnötig gewesen, denn man hätte schon einen Feldstecher gebraucht, um von der Straße aus zu erkennen, was hier vorging, aber trotzdem. Man ist automatisch verlegen, wenn man sich mitten in einer flachen, offenen Landschaft entblößen muss. Ich brachte die ganze Sache so schnell wie möglich hinter mich und kraxelte dann wieder die Leiter hoch, wo ich meinen Platz am Zaun einnahm, die anbrandenden Wellen beobachtete und über die Situation nachdachte, in die ich mich hineinmanövriert hatte.

Oberflächlich betrachtet war der Entschluss, den ich getroffen hatte, einfach nur verrückt – so verrückt wie die anderen Dinge, die ich in den vergangenen sechs Monaten getan hatte. Aber so fühlte es sich nicht an. Irgendwie erschien es mir wie ein natürlicher und beinahe unausweichlicher Abschluss meiner Zeit auf Lindisfarne. Es war unglaublich friedlich hier draußen. Unter mir schäumte das Meer, und über mir wölbte sich der wolkenlose Himmel. Anders als unten im Watt fühlte ich mich hier oben auf der Plattform sicher. Ich befand mich in keiner unmittelbaren Gefahr. Es war trockenes Wetter vorhergesagt, und selbst wenn die Temperaturen jetzt fielen, so würde es aller Voraussicht nach nicht unter null Grad gehen. Ich hatte zusätzliche Kleidung in meinem Rucksack und auch noch zwei volle kleine Flaschen Cola light. Alles in allem war ich ruhig und gelassen, und dieses Wohlgefühl steigerte sich noch, je mehr Zeit verging.

Kurz vor halb vier versank die Sonne hinter den Hügeln des Festlands, und ich ersetzte die Sonnenbrille durch meine normale Brille. Der Himmel hatte eine atemberaubende lila Färbung angenommen, genauso wie das Meer, das sich nun in alle Richtungen erstreckte. Es hatte den größten Teil der Marsch bedeckt und schwappte bereits gegen die Straße an.

Ich rauchte noch eine Zigarette und sah zu, wie das Land, die See und der Himmel dunkler und dunkler wurden, bis ich sie nicht mehr voneinander unterscheiden konnte.

Es war dunkel, aber nicht völlig schwarz. Oder besser gesagt war es so dunkel, dass das wenige Licht, das da war, beinahe wie eine Fülle an Licht wirkte. Ich hatte die Wirkung des Mondes auf diese Landschaft unterschätzt. Er hing tief im Westen wie eine Sensenklinge und spiegelte sich als langes silbernes Band auf der Wasseroberfläche. Dahinter schimmerte es trübe, und dann gab es nur noch Schatten – eine unendliche Fläche aus schwarzem Wasser, das durch den weiten Raum der Nacht wogte. Die Küste sah ich nicht – jenseits des nächststehenden Holzpfostens konnte ich überhaupt nichts sehen –, aber in dieser Richtung glommen einzelne Lichter: ein Bauernhaus am Rand des Festlandes und in der anderen Richtung die Straßenbeleuchtung von Lindisfarne. Die würde die ganze Nacht lang brennen, also hatte ich wenigstens etwas, woran ich mich in der Dunkelheit orientieren konnte.

Es war vielleicht drei, vier Grad kälter geworden, seit die Sonne untergegangen war. Ich zog noch eine Lage Kleidung an und auch meine Handschuhe und den Schal. Während ich in meinem Rucksack kramte, fand ich eine kleine Packung Kekse, einen Müsliriegel und ein paar Pfefferminzbonbons – die Überbleibsel der Spaziergänge während der letzten Wochen. Als Abendessen war es nicht der Rede wert, aber es war besser als nichts. Immerhin hatte ich nicht damit gerechnet, überhaupt etwas zu essen zu bekommen. Ich spülte die Mahlzeit mit ein paar Schlucken Cola hinunter und gönnte mir zum Nachtisch eine weitere Zigarette. Danach fühlte ich mich überraschenderweise satt und zufrieden.

Mittlerweile meldete sich das Meer wieder zu Wort: Ich hörte das schwache Zischen der Brandung, das mir verriet, dass die Flut sich vom Deich zurückzog. Aber es dauerte eine Weile, bis ich den schäumenden Rand des Meeres zu Gesicht bekam, und lange blieb er nicht sichtbar. Als sich das Wasser wieder zurückgezogen hatte, stand der Mond so tief, dass er nur noch eine leicht gebogene Nadel war, die über den Horizont lugte. Ein paar Minuten später verschwand er ganz. Und dann war es wirklich dunkel.

Ich wartete noch über eine Stunde, ehe ich mich an den Abstieg machte. Mit dem Display meines Handys beleuchtete ich den Eingang zur Plattform, zog meine Handschuhe aus, um mich besser festhalten zu können, und schob mich dann auf dem Hintern vorwärts, bis ich fühlte, wie mein Fuß über den Rand der Plattform rutschte und frei in der Luft hing. Nachdem ich das Geländer lokalisiert hatte, drehte ich mich um und manövrierte beide Füße auf die oberste Sprosse der Leiter, dann auf die zweite, bevor ich mein Handy wieder in meine Gesäßtasche steckte. In völliger Dunkelheit stieg ich nach unten, ganz langsam. Ich zählte sechs Stufen ab und zog dann mein Handy wieder hervor. Ich nahm es in eine Hand, und leuchtete auf den Sand. Es war nur noch eine Sprosse zwischen mir und dem Boden, der jetzt wieder trocken war.

Ich pinkelte an dieselbe Stelle wie vorhin, aber diesmal fiel es mir leichter, trotz oder wegen der Tatsache, dass ich nicht die Hand vor Augen sehen konnte. Danach drehte ich meiner Zuflucht den Rücken zu, hielt den Atem an und machte zehn lange Schritte in Richtung Watt. Ich weiß auch nicht, warum. Ich glaube, ich wollte mich nur selbst herausfordern, wollte sehen, wie es sich anfühlte, da draußen in der Weite zu stehen – ringsum nichts als die Dunkelheit.

Es fühlte sich nicht schlecht an, zumindest für eine Weile. Erst als ich das Handy wieder einschaltete, bekam ich es mit der Angst zu tun. Denn nun konnte ich sehen, wie isoliert ich war. Wenn ich hinter mich schaute, war meine Zuflucht nicht mehr zu erkennen. Ich stand in einem Fleckchen aus bläulich weißem Licht, und jenseits davon waren nur Wände aus Schwärze, endlos und undurchdringlich.

Natürlich wusste ich, dass ich nichts zu befürchten hatte.

Ich musste nur meinen Fußabdrücken nachgehen, und nach wenigen Sekunden würde ich wieder da sein, wo ich losgelaufen war. Aber in diesem Augenblick war es eher eine Sache des Glaubens als eine Tatsache. Mit dem Nichts konfrontiert zu werden, wohin man sich auch wendet, kann mit Leichtigkeit dazu führen, dass man fürchtet, ganz woanders zu landen als beabsichtigt. Oder vielleicht kommt man auch nirgends an, vielleicht hat das, was man hinter sich gelassen hat, in dem Moment aufgehört zu existieren, in dem man es aus dem Blick verloren hat.

Aber nach kurzer Zeit verblassten diese Gedanken, und ich merkte, wie lächerlich sie waren. Ich war sogar ein wenig ungehalten über mich selbst, was vermutlich der Grund ist, warum ich nicht gleich zurückging. Stattdessen holte ich eine Zigarette aus meiner Manteltasche und rauchte sie fast bis zum Filter. Dann beleuchtete ich meine Fußabdrücke im nassen Sand und ging die zehn Schritte zurück zur Plattform.

Als ich wieder am Fuß der Leiter stand, war mir, als ob sich irgendetwas in meinem Inneren kaum merklich verändert hätte, als ob ich mehr geleistet hätte als einen kurzen Spaziergang im Watt.

Ich stieg wieder auf die Plattform, wo nun ein leichter Wind durch den Eingang zu meinem Platz wehte, der fast auf einer Linie mit der Leiter lag. Ich entschied mich, umzuziehen, und machte es mir in der diagonal gegenüberliegenden Ecke bequem. Den Rucksack stopfte ich mir als Kissen unter den Kopf und deckte mich mit meiner langen Strickjacke zu. So lag ich in der Dunkelheit und schaute hinauf in den Himmel. Der war natürlich von Sternen überzogen –

von Hunderten, Tausenden Sternen, die wie Glitter verteilt waren. Seit ich London verlassen hatte, hatte ich mich an den Anblick der Sterne gewöhnt, aber trotzdem war dies etwas anderes. In jedem Zentimeter des Himmels drängten sich die Sterne. Es sah aus, als ob sie gleich explodieren würden.

Nach einer Weile merkte ich, wie meine Lippen kalt wurden. Mein Gesicht war der einzige Körperteil, der schutzlos der Nachtluft ausgesetzt war. Ich hatte die Handschuhe wieder übergestreift und die Kapuze so weit nach vorne gezogen, dass der Pelzbesatz meine Wangen kitzelte, wenn ich mich bewegte. Ich schob mir den Schal über das Gesicht und ließ nur einen kleinen Schlitz, um die Sterne weiter betrachten zu können. Später, als es noch kälter wurde, bedeckte ich auch meine Augen.

Ich weiß nicht, wie lange ich in diesem selbstgesponnenen Kokon lag, aber mir kam es so vor, als würde die Zeit außergewöhnlich schnell vergehen. Es dauerte nicht lange, da hörte ich das Meer wieder, vernahm das Rauschen des sich nähernden Wassers. Ich schaute nicht auf meine Armbanduhr und stand auch nicht auf, um zu rauchen. Je länger ich reglos auf diesem harten Holzboden lag, desto angenehmer war es, desto heimeliger fühlte ich mich. Anfangs hatten mich einige Dinge gestört – das Holz, das gegen meine Schulterblätter drückte, die Feuchtigkeit meines Atems, die sich auf dem Schal niederließ –, aber nach einer Weile nahm ich sie gar nicht mehr wahr. Oder vielleicht entschied ich mich, sie nicht mehr wahrzunehmen. Ich verlagerte nur leicht meine Aufmerksamkeit, und sie wichen aus meinem Bewusstsein in einen entlegenen Winkel meines Geistes zurück.

Lange Zeit hatte ich das Gefühl, mich am Rande eines Traums zu bewegen. Gedankenfetzen – hauptsächlich Bilder der vergangenen sechs Monate – kamen ungebeten und gingen nahtlos ineinander über. Es gab keine logische Abfolge, jedenfalls nicht, soweit ich erkennen konnte. Es waren nur unzusammenhängende Eindrücke, die wie seichter werdende Wellen anbrandeten und wieder zurückwichen. Das letzte Bild, das ich sah, war Marie Martin, die sich in diesem stylischen Restaurant in Soho vor mir verneigte. Gleich danach bin ich wohl eingeschlafen.

Als ich aufwachte, brauchte ich einen Moment, um mich zu orientieren. Dann stürzte die Erkenntnis auf mich ein. Ich befand mich auf einem zwei Meter fünfzig mal zwei Meter fünfzig messenden Holzverschlag mitten im Meer und wartete auf das Morgengrauen und die Ebbe. In diesem Augenblick wurde mir klar, dass ich vermutlich niemandem jemals von diesem Erlebnis erzählen würde.

Ich zog den Schal von meinem Gesicht, woraufhin mir ein kalter Luftstrom über die Wangen fuhr, so heftig, dass ich das Gefühl hatte, spitze Nadeln bohrten sich in mein Fleisch. Der Himmel über mir war noch immer sternengespickt. Ich schaute auf mein Handy und sah, dass es zehn vor sieben war. Innerhalb einer Stunde würde es hell werden.

Ich fühlte mich nicht mehr sonderlich wohl. Meine Füße waren kalt, mein Nacken steif, mein Rücken wie wundgelegen, und mein Bauch war ein kleiner und verkrampfter Knoten. Aber als ich aufstand und mich streckte, überkam mich ein unerwartetes Frischegefühl, gerade so, als ob ich acht Stunden auf einer bequemen Matratze geschlafen hätte und nicht auf ein paar nackten Holzplanken. Auch mein Kopf war klar, völlig frei von irgendwelchem belastenden Durcheinander, als ob er über Nacht gereinigt und neu kalibriert worden wäre.

In winzigen Schritten erhellte sich der Himmel. Ich trank einen Schluck Cola und nahm meine Tabletten. Dann stützte ich mich mit den Ellbogen auf das Geländer, während sich das Wasser zurückzog und die Sonne über Lindisfarne aufging.

Es war kurz nach halb neun. Die Wellen unter mir waren verschwunden, und der Himmel war blassblau. Ich hatte gerade den Rucksack aufgesetzt und wollte die Leiter nach unten steigen, als das Telefon klingelte. Es war meine Mutter.

»Abby, du bist wach.«

»Ja, bin ich, aber …«

»Ich dachte, ich rufe dich gleich an.«

Es lag etwas Seltsames in ihrer Stimme. Es war die Art von Stimme, die einem wie Eis in den Magen fuhr. »Mum, was ist los? Was ist passiert?«

»Liebes, es ist dein Vater …«

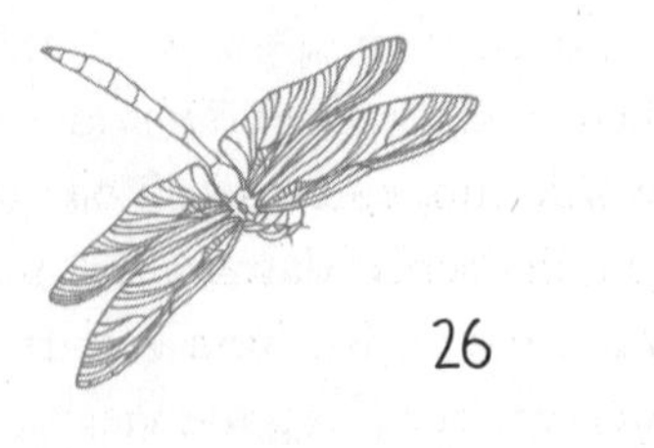

26

NOCH EINE LEICHE

Marie und meine Schwester kümmerten sich um die Beerdigung. Sie fragten mich, ob ich mich ebenfalls einbringen wollte. Francesca drückte es am Telefon so aus: Sie und Marie wollten mich »Anteil nehmen lassen«. Was natürlich eine Lüge war, aber eine gut gemeinte. Sie wollten nicht, dass ich mich ausgeschlossen fühlte. Andererseits konnte ich mir im Leben nicht vorstellen, wie wir drei zusammenarbeiten sollten. Das Catering für die Trauerfeier, die Musikauswahl, die Grabrede – all das war mit vielfältigen Fallstricken verbunden. (Nicht dass ich erwartet hätte, man würde mich bitten, die Trauerrede zu schreiben.) Und selbst so einfache Aufgaben wie das Aussuchen von Blumen oder die Entscheidung über Sandwichfüllungen schienen mir unlösbar zu sein. Die Wahrheit ist, dass ich keine Ahnung hatte, was Daddy gewollt hätte. Ich wusste nicht einmal, ob er Blumen gewollt hätte oder gar ob er begraben oder verbrannt werden wollte. Über so etwas hatte ich nie nachgedacht.

Unglücklicherweise hatte auch Daddy sich darüber keine

Gedanken gemacht, jedenfalls hatte er keine Anweisungen bezüglich seines Todes hinterlassen. Teilweise wohl deshalb, weil er nicht erwartet hatte zu sterben – und ich meine hiermit nicht nur, dass er keinen Grund gehabt hatte zu vermuten, ein Herzinfarkt würde ihn, einen scheinbar gesunden Achtundfünfzigjährigen, im Schlaf dahinraffen. Ich meine damit, dass meinem Vater nie in den Sinn gekommen war, er könnte überhaupt sterben. Sein Ego war viel zu groß, als dass er sich eine Welt ohne sich hätte vorstellen können.

Wenn ich die Grabrede geschrieben hätte, wäre das wohl mein Einstiegssatz gewesen.

»Als du ein Kind warst, hat er dich vergöttert«, sagte meine Mutter am Morgen der Beerdigung im Wagen auf dem Weg nach London. Es war nicht das erste Mal, dass sie das sagte. Sie hatte diesen Spruch in der letzten Woche oft gebracht. Ich glaube, sie wollte mich damit irgendwie trösten. »Ihr beide standet euch viel näher als er und Fran, sogar näher als du und ich, wenn wir schon dabei sind.« Sie stieß ein knappes Lachen aus. »Damals war ich sogar ein bisschen eifersüchtig. Auf dich.«

Ich warf meiner Mutter einen Blick zu, aber sie hatte die Augen auf die Straße geheftet. »Mum, du sprichst über einen sehr kurzen Zeitraum in meinem Leben, noch dazu einen, an den ich mich kaum erinnern kann. Daddy hat mich vielleicht geliebt, als ich ein Kind war, das glaube ich dir ja gerne, aber ich werde unser Verhältnis jetzt nicht schönreden.«

»Oh Abby, du tust ja gerade so, als ob er aufgehört hätte, dich zu lieben! Das hat er nicht, natürlich nicht. Er hat aufgehört, *mich* zu lieben. Das ist ein großer Unterschied. Er hat mich verlassen, nicht dich.«

»Ich war ein Teenager, Mum. Er konnte dich nicht verlassen, ohne gleichzeitig mich zu verlassen. Uns gab es nur im Doppelpack. Nenn es, wie du willst, aber er hat sich für eine Zukunft entschieden, in der wir beide keinen Platz hatten. Andere Dinge waren ihm wichtiger. Hauptsächlich sein Penis.«

Der Zusatz war nötig, weil ich das grimmige Stirnrunzeln meiner Mutter nicht ertragen konnte. Ich hatte mehr von ihr erwartet, um ehrlich zu sein. Vordergründig nahm sie an der Beerdigung teil, um für Fran und mich »da zu sein«, aber es wurde ihr allmählich klar, dass ich ihr die Sache nicht leicht machen würde. Sie meinte, es wäre viel gesünder für mich, wenn ich mir erlauben würde zu trauern.

Sie begriff einfach nicht, dass ich sehr wohl trauerte. Aber meine Trauer war kompliziert. Was ich empfand, war keine neue Trauer, sondern die aufgefrischte Trauer längst vergangener Tage über etwas, das ich vor vielen Jahren verloren hatte. Etwas, das vielleicht nie existiert hatte.

Als wir am Krematorium ankamen, war Beck noch nicht da, aber wir waren auch früh dran, und so wie die Dinge zwischen uns standen, konnte ich mich glücklich schätzen, wenn er überhaupt auftauchte. Das Telefongespräch letzte Woche war wieder einmal gründlich danebengegangen.

»Die Beerdigung ist am Mittwoch«, hatte ich ihm gesagt, »falls du kommen möchtest.«

Es herrschte kurz Stille in der Leitung. »Möchtest du, dass ich komme?«

»Ich glaube, Daddy hätte es gefallen«, sagte ich. »Ich meine, seien wir doch ehrlich, du bist mit ihm viel besser klargekommen als ich.«

Erst nachdem wir aufgelegt hatten, merkte ich, wie fürchterlich meine Worte geklungen hatten. Zu meiner Verteidigung kann ich anführen, dass ich zu dem Zeitpunkt sehr müde war. Es ist eine lahme Ausrede, aber mehr habe ich nicht.

Ich schickte ihm sofort eine SMS.

Ich möchte, dass du kommst, natürlich möchte ich das. Es gibt nichts, was ich mehr möchte. Bitte sei da.

Dann bekam ich es mit der Angst zu tun, weil ich dachte, dass ich mich nun in die andere Richtung zu weit aus dem Fenster gelehnt hatte und meine Nachricht so überschwänglich gewesen war, dass sie als unehrlich aufgefasst würde.

Aber sie war nicht unehrlich. Ich meinte es ernst, und zwar jedes Wort, und das merkte ich jetzt umso deutlicher, als ich mich umschaute und er nicht da war.

Stattdessen sah ich eine Handvoll Arbeitskollegen meines Vaters und ein paar entfernte Verwandte. Wenn ich mich so auf dem Parkplatz umblickte, konnte ich die Anwesenden in zwei Kategorien einteilen: Leute, die ich nicht besonders gut kannte, und Leute, die ich nicht besonders mochte. Und natürlich fühlten sich all diese Leute verpflichtet, sogleich auf mich zuzustürzen und mir zu kondolieren. Meistens reagierte ich mit einem leichten Lächeln und einem Dankeswort und beließ es dabei. Aber ich hatte beschlossen, dass ich nichts vortäuschen würde, was ich nicht empfand. Wenn mich jemand fragte, wie ich mich »hielt«, dann sagte ich es ihm. Wenn ihm die Antwort nicht gefiel, war das sein Problem, nicht meins. Aber nachdem mir das dreioder viermal passiert war, sehnte ich mich doch nach ein bisschen moralischer Unterstützung.

Ich konnte mir nicht vorstellen, wie es sein würde, wenn

Beck käme, aber ich war mir sicher, dass er es zumindest mir überlassen würde, ob – und wie – ich trauern wollte.

Fran und Marie standen in dem kleinen Vorbau der Kapelle. Es überraschte mich nicht, dass Marie zu der verschwindend geringen Zahl an Frauen gehört, denen Trauerkleidung gut steht. Sie sah bezaubernd aus wie immer – langes schwarzes Kleid, schwarzer Schal, ein schwarzer Schleier mit hübschen schwarzen Stickereien. Begräbnis-Schick. Fran hatte sich für ein schwarzes Oberteil und einen dunkelgrauen Rock entschieden. Sie wirkte ernst, gefasst und beherrscht – obwohl sie im Grunde genommen aussah wie jeden Tag. Frans Garderobe war zum größten Teil begräbnistauglich.

Ich dagegen hatte nicht viel Auswahl, weil ich kaum Kleider bei meiner Mutter hatte. Am Ende entschied ich mich für eine schwarze Hose und eine schwarze Strickjacke mit einer (geborgten) weißen Bluse. Das Outfit war nüchtern genug, ohne dass ich wie eine lebende Leiche wirkte. Und ich trug knallig pinkfarbene Unterwäsche. Das gab mir ein besseres Gefühl und schadete niemandem. Ich hatte extra im Spiegel nachgeschaut, aber nichts schimmerte durch. Wenigstens in dieser Beziehung konnte ich machen, wonach mir war, ohne irgendjemanden vor den Kopf zu stoßen.

Es gab vieles heute, worauf ich liebend gerne verzichtet hätte, aber ganz oben auf der Liste stand die Begegnung mit Marie. Ich hatte keine Ahnung, wie ich sie begrüßen oder was ich sagen sollte, und diese Fragen schwirrten mir immer noch im Kopf herum, als sie und meine Mutter sich etwas unbeholfen die Hände schüttelten. Aber dann fiel mir etwas auf, etwas, das ich aus der Ferne nicht bemerkt und das ich nicht erwartet hatte. Sie wirkte verletzlich. Vielleicht lag es daran, dass sie neben Fran stand, die noch nie in ihrem ganzen Leben verletzlich ausgesehen hatte, oder vielleicht lag es an dem leichten Zittern, das durch ihren Körper fuhr, als sie meine Mutter vorsichtig anlächelte. Was immer der Grund war, diese Verletzlichkeit führte dazu, dass ich ihr nicht lediglich die Hand gab, sondern mich auf die Zehenspitzen stellte und sie auf beide Wangen küsste.

Was folgte, war eine kurze, eigentümliche Stille. Sie war genauso überrascht wie ich selbst, aber wenigstens begriff sie, dass meine Geste nicht spöttisch gemeint war.

»Ihr Haarband gefällt mir«, sagte sie nach einer Weile und deutete zu meiner Stirn.

»Mir gefällt Ihr ganzes Outfit«, erwiderte ich. Dann setzte ich hinzu: »Mein herzliches Beileid.«

»Gleichfalls.« Diese Entgegnung mochte eine leichte Spitze beinhalten, aber ich war mir nicht sicher. Wie auch immer, ich wusste nichts darauf zu sagen. Es gab eigentlich nichts mehr, was wir zueinander sagen konnten.

Glücklicherweise tippte mir in diesem Moment jemand auf die Schulter. Es war Beck. Er wirkte erhitzt, als ob er sich beeilt hätte.

»Alles klar bei dir?«, fragte er.

»Meinst du jetzt gerade oder im Allgemeinen?«

»Beides.«

»Mir geht's gut«, versicherte ich ihm.

Dann hielt er mich im Arm, bis der Gottesdienst begann. Ich versuchte, nicht zu viel in diese Umarmung hineinzuinterpretieren, aber es spielte auch keine Rolle in diesem Augenblick. Es tat einfach nur gut, festgehalten zu werden, und das war genug. Ich vergrub mein Gesicht an seiner

Brust. Fast alles an diesem Tag fühlte sich falsch und unbehaglich an. Das nicht.

Der Gedenkgottesdienst war einfach und kurz. Nicht besonders religiös natürlich. Kein Singen, keine Gebete – obwohl die Trauergemeinde einmal zu einem kurzen Moment der Stille aufgefordert wurde, damit jeder auf seine Weise meines Vaters gedenken konnte. Ich dachte an einen Tag, als ich sechs oder sieben war. Daddy kaufte mir ein Eis, nachdem ich mir das Knie aufgeschlagen hatte. Es war keine großartige Erinnerung, aber eine der besseren.

Ich weiß nicht, ob Francesca die Grabrede selbst geschrieben hatte oder ob sie von dem Offizianten aus Geschichten von ihr und Marie zusammengestoppelt worden war, jedenfalls war sie ein Meisterstück ihres Genres: eine fünfminütige Biografie voller ziemlich verdächtiger Lücken. Fran und ich fanden Erwähnung – seine »beiden wunderbaren Töchter« –, aber unsere Mutter kam in der Geschichte gar nicht vor, als ob mein Vater uns in einem Labor erschaffen hätte. Marie war die »wunderschöne Lebensgefährtin«, die er hinterließ, und obwohl sie noch kein Jahr zusammengelebt hatten, erfuhren wir, dass sie in dieser Zeit ein »tiefes Glück« miteinander erfahren hatten. Vielleicht stimmte das sogar, wer weiß? Ein knappes Jahr mit meinem Vater war eine Zeitspanne, in der man durchaus noch Glück empfinden konnte. Aber wenn dies kein Begräbnis, sondern ein Gerichtsverfahren gewesen wäre, hätten die Frauen Schlange gestanden, um als Zeugin für die Anklage auszusagen.

Dem bereinigten Bild seines Privatlebens folgte eine deutlich längere Abhandlung über seine Leistungen auf beruflicher Ebene. Seine Kollegen würden ihn augenscheinlich als charismatischen Anführer in Erinnerung behalten, der »stets ein Lächeln auf den Lippen hatte und mit einem schelmenhaften Humor aufwartete«. Er war auch großzügig gewesen; so hatte er zum Beispiel einmal Champagner für alle im Büro ausgegeben, und weiterhin wurde erwähnt, dass er diverse Wohltätigkeitsprojekte »mit Hingabe« unterstützt hatte – obwohl keins dieser Projekte genannt wurde. Vermutlich kannte nur der Buchhalter meines Vaters sie. Gegen Ende des Gottesdienstes kam die Sprache sogar auf die Liebe zu seinen teuren Autos, scherzhaft wurden sie »seine anderen Kinder« genannt, was bei den Kollegen ein verschämtes Kichern auslöste.

Das also war mein Vater: ein Jesus in einem Jaguar.

»Na ja, was hast du denn erwartet?«, fragte mich Beck später. »Eine Aufzählung seiner Vergehen und Missetaten?«

»Warum nicht? Das will ich jedenfalls in meiner Grabrede hören. Ich möchte, dass du mir hier und jetzt versprichst: Wenn ich morgen sterben sollte, dann wirst du die Wahrheit sagen und nichts als die Wahrheit. Und mit diesem Satz solltest du anfangen: ›Abby konnte einem ziemlich auf die Nerven gehen.‹ Oder so ähnlich. Danach will ich eine Liste meiner Fehler haben, und zwar eine vollständige Liste!«

»Oje! Wie lang soll die Grabrede denn dauern?«

»Hm, auch wieder wahr. Nun, dann beschränke die schlechten Seiten auf fünf Minuten. Zum Schluss kannst du sagen, dass ich immer freundlich zu Tieren war und eine schöne Handschrift hatte. Es ist wichtig, mit etwas Positivem zu enden.«

Der Empfang nach der Beerdigungszeremonie fand bei Fran und Adam statt, und obwohl ihre Wohnung doppelt so groß war wie die, die ich mit Beck bewohnte – bewohnt hatte –, so mussten sich doch die etwa zwanzig Personen ziemlich zusammendrängen. Es war heiß und voll und führte unweigerlich zu weiteren unbehaglichen Gesprächen mit Menschen, die ich kaum kannte.

Es dauerte also nicht lange, bis ich auf dem Balkon stand und eine Zigarette rauchte, und nicht viel länger, bis Marie sich zu mir gesellte. Niemand sonst war hier, denn es war für niemanden sonst Platz. Frans »Balkon« war typisch für London, ein etwas breiterer Sims mit einem Geländer. Marie und ich lehnten uns nebeneinander an dieses Geländer, schauten auf die Straße und schwiegen.

»Ich hatte eine Freundin, die mal in der Psychiatrie war«, sagte sie schließlich. »Anorexie.« Das war vielleicht nicht der beste Gesprächseinstieg, den ich je gehört hatte, aber der Ton ihrer Stimme ergriff mich mehr als ihre Worte.

»Was ist aus ihr geworden?«, fragte ich nach einem kurzen Schweigen.

Marie seufzte. »Sie wäre fast gestorben, aber dann hat sie sich erholt. Es ist immer noch ein Kampf. Fast jeden Tag.«

Die Tatsache, dass Marie ein solches Detail wusste, bestätigte meinen Verdacht.

»Es tut mir leid, dass ich so gemein zu Ihnen war. Sie wissen schon, im Restaurant. Ich war sauer auf meinen Vater, nicht auf Sie.«

»Ich weiß.«

»Ich mochte meinen Vater nicht besonders.«

Sie lachte. Es war ein kurzes Lachen ohne jede Freude. »Ja, das weiß ich auch.«

»Aber das heißt nicht, dass ich ihn nicht geliebt habe.«

Ich war mir nicht sicher, inwieweit das verständlich war

und ob es tatsächlich der Wahrheit entsprach oder nur Wunschdenken war.

Marie betrachtete mich einen Moment, als ob sie über etwas nachdenken würde, dann griff sie in ihre Handtasche. »Ich habe etwas für Sie. Ich weiß nicht, ob Sie es haben wollen, aber …«

Es war die Ansichtskarte, die ich ihm aus Lindisfarne geschickt hatte. »Er hat sie behalten?«

»Er hat sich gefreut, dass es Ihnen besser ging.«

Ich betrachtete die Karte eine Weile, sowohl die Vorder- wie auch die Rückseite. Mein letzter Kontakt, mein letzter Gruß an Daddy, endete mit einem kleinen x, einem kleinen Kuss. Es hätte schlimmer kommen können.

Ich drückte die Zigarette auf dem Geländer aus. Natürlich gab es bei Fran keinen Aschenbecher.

»Marie, ich gehe jetzt. Ich hoffe, Sie werden glücklich. In der Zukunft.«

Sie nickte und wandte sich dann wieder der Stadt zu. »Ich hoffe, Sie werden auch glücklich.«

In der Wohnung trat ich zu Beck, der sich mit einem der entfernten Verwandten unterhielt. Ich berührte ihn leicht am Arm. »Würdest du mich bitte hier rausbringen?«, fragte ich ihn. »Vielleicht können wir einen Kaffee trinken gehen.« Ich kümmerte mich nicht darum, dass ich meinem Cousin zweiten Grades das Wort abgeschnitten hatte. Beck ließ es geschehen, dass ich ihn zur Tür zog, und ein paar Minuten später waren wir draußen an der frischen Luft.

Gemütlich einen Kaffee zu trinken, war schwieriger als gedacht. Es war kurz vor Mittag – und kurz vor Weihnachten. Überall war es rappelvoll. Bei Starbucks gab es nur Stehplätze, genauso bei Costa. Ich überlegte kurz, ob wir einfach spazieren gehen sollten und uns dabei unterhalten, aber auch das erwies sich als unmöglich. Die Straßen waren genauso voll wie die Cafés. Man musste sich im Zickzack durch die Menge manövrieren, und aus jeder offenen Ladentür plärrte Band Aid. Schließlich beschlossen wir, in die Wohnung zu gehen. In unsere Wohnung. Es gab einfach keine Alternative.

Vom Taxi aus schickte ich meiner Mutter eine SMS und teilte ihr mit, dass ich sie in einer halben Stunde anrufen würde. Dann, nach kurzem Nachdenken, schickte ich auch Fran eine Nachricht, in der ich sie für die tolle Organisation der Beerdigung lobte. Ich wusste, dass sie sich darüber freuen würde. Und dann, nachdem ich wieder kurz nachgedacht hatte, schickte ich Fran eine weitere Nachricht und schlug vor, wir könnten uns ja demnächst einmal treffen, auf einen Drink oder einen Kaffee.

Ich konnte mich nicht entscheiden, ob es ein merkwürdiges Gefühl war, wieder in unserem Haus zu sein. Teils ja, teils nein. Es war ein leichter Fall von kognitiver Dissonanz. Nichts hatte sich verändert, jedenfalls nicht viel. Im Treppenhaus begegnete uns eine Frau, die ich nicht kannte. Sie hatte ihren iPod eingestöpselt und stieg trotz der beiden Einkaufstaschen zügig die Treppe hoch. Im Vorbeigehen lächelte sie Beck an und nickte ihm zu.

»Wer ist das?«, fragte ich.

Er zuckte mit den Schultern. »Die neue Nachbarin. Na ja, nicht mehr ganz so neu. Sie sind vor etwa zwei Monaten eingezogen.«

»Ist sie verheiratet?«

Beck nickte. »Ja. Sie kommen aus Polen.«

»Was machen sie beruflich?«

»Keine Ahnung.«

»Aha.«

Es ist überhaupt nicht schwer.

Wir gehen hinein, wir trinken Kaffee, wir reden. Ich erzähle ihm von meinem Gespräch mit Marie, aber abgesehen davon halten wir uns hauptsächlich an Smalltalk. Wir sprechen über die Arbeit, Lindisfarne, London. Über uns sprechen wir nicht. Und dann, irgendwann, ohne dass mehr als ein paar Blicke gewechselt worden wären, gehen wir ins Schlafzimmer und haben Versöhnungssex.

Versöhnungssex ist ein Aspekt des Liebeslebens, den ich immer sehr genossen habe. Es fühlt sich an, als würden Wunden in Sekundenschnelle heilen oder als ob ein Kunstwerk restauriert würde, sodass seine Farben wieder wie neu leuchten. Trotzdem kommt mir der Gedanke, dass ich das künftig nicht mehr erleben möchte oder zumindest nicht mehr allzu oft.

Hinterher höre ich mein Telefon im Nebenzimmer klingeln, am Ende einer Spur aus abgelegter Begräbniskleidung.

»Ich denke, ich sollte rangehen«, sage ich.

Eigentlich habe ich überhaupt keine Lust. Ich will da bleiben, wo ich gerade bin. Aber wahrscheinlich ist es meine Mutter, und vielleicht macht sie sich Sorgen. Das Telefon klingelt und klingelt endlos lange, bis ich rangehe.

»Abby, wo bist du? Du hast doch gesagt, du rufst an.«

»Tut mir leid. Ich habe … die Zeit vergessen.« Ich muss ein Kichern unterdrücken, was meine Mutter als Schluchzen missversteht. Ihre Stimme wird sanft.

»Liebling, wo bist du?«

»Alles in Ordnung, Mum, mir geht's gut. Ich bin bei Beck. Wir sind zu Hause.«

»Zu Hause?«

»Ja.«

Stille. Dann: »Liebling, bitte versteh mich jetzt nicht falsch, aber nichts würde mich glücklicher machen, als wenn du mir jetzt sagst, dass du nicht mehr mit mir zurück nach Exeter fährst.«

Jetzt muss ich lachen. »Mum, ich fahre nicht mehr mit dir zurück.«

Nachdem wir uns verabschiedet haben, schalte ich mein Handy aus und gehe wieder ins Schlafzimmer.

»Und was jetzt?«, fragt Beck.

»Haben wir Wein im Haus?«

»Ähm, nein. Im Kühlschrank ist Bier, aber das war's.«

»Na gut. Dann gehen wir einkaufen. Wir brauchen zwei Flaschen Wein.«

»Zwei? Du weißt, dass ich morgen arbeiten muss.«

Ich lächle und werfe ihm seine Hose zu. »Eine Flasche ist für unsere Nachbarn. Wir sollten rübergehen und uns vorstellen.«

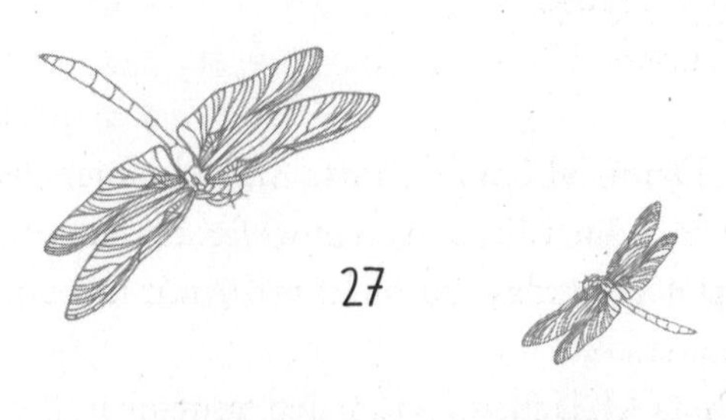

27

ZWEI MÄDCHEN IM PARK

Es ist Anfang März, aber mir kommt es vor wie Hochsommer. Das Pflaster strahlt Hitze aus, alle Leute tragen Sonnenbrillen, am Himmel ist keine Wolke in Sicht. Die Wettervorhersage prophezeite uns einundzwanzig Grad am Nachmittag, was mir heute Morgen um acht Uhr, als ich mich anzog, ziemlich unwahrscheinlich vorkam. Mittlerweile habe ich meine Strickjacke ausgezogen und um meine Schultertasche gebunden. Langsam frage ich mich, ob ich mich mit Sonnencreme hätte einschmieren sollen.

In der Nähe der Statue von Achill schaue ich auf mein Handy. Es ist kurz vor halb zwölf. Ich bin eine halbe Stunde zu früh; die Alternative wäre gewesen, eine weitere halbe Stunde zu Hause wie ein Löwe im Käfig herumzulaufen. Ich habe also noch jede Menge Zeit, und so spaziere ich unter den schattenspendenden Bäumen der Park Lane entlang. Es ist keine bewusste Entscheidung, meine Füße entscheiden für mich, und plötzlich stehe ich vor dem Dorchester, besser gesagt: auf der anderen Straßenseite. Glücklicherweise belassen es meine Füße dabei. Es ist nicht so, dass ich nicht hineingehen möchte. Ich möchte ja, genau das ist das Problem. Es wäre schön, hineinzugehen und zu erfahren, dass die Leute meinen Brief bekommen haben. Und wenn es so wäre, würde ich gerne hinzufügen, dass die Mitarbeiter, die in jener besagten Nacht Dienst getan haben, auf meiner Liste der Menschen stehen, die mir das Leben gerettet haben. Nur so nebenbei.

Glücklicherweise gelingt es mir zunehmend besser, die guten Ideen von den schlechten zu unterscheiden. Ich überquere nicht die Straße, gehe nicht in das Foyer und gebe keinen gefühlsduseligen Unsinn von mir, den außer mir sowieso niemand versteht. Ich bleibe, wo ich bin, und bin froh, dass sich acht Fahrspuren voller Autos zwischen mir und einer großen Peinlichkeit befinden.

Ganz oben auf meiner Liste steht natürlich Dr. Barbara, und sie ist auch die Einzige, die überhaupt von der Existenz dieser Liste weiß. Ich habe sie ihr vor ein paar Wochen gezeigt und ihr erklärt, dass ich plötzlich eines Morgens in der U-Bahn das Bedürfnis hatte, die Namen aufzuschreiben, und die *Metro* war das einzige Papier, das zur Verfügung stand. Deshalb musste ich die Liste auf die Rückseite eines Artikels über einen Papagei schreiben, der Kriminalfälle löst.

Als ich Dr. Barbara, unsicher, wie sie reagieren würde, das zerknitterte Papier reichte, betrachtete sie die Liste bloß ein paar Sekunden lang, ohne die Miene zu verziehen, und gab sie mir dann zurück.

»Das ist etwas ganz Besonderes und wert, bewahrt zu werden«, sagte sie.

Ich nickte und lächelte. »Ja, das stimmt.«

Ich denke, wir sprachen über mein Leben und nicht über die Liste, aber wer weiß. Auf jeden Fall bewahre ich die Liste in meiner Tasche auf. Ich habe sie niemandem sonst gezeigt. Warum auch?

Wir haben uns am Musikpavillon verabredet, aber ich bin immer noch zehn Minuten zu früh. Zeit genug, um unruhig zu werden. Dabei gibt es keinen Grund, mir Sorgen zu machen. Wir haben uns ein paar Mal gemailt, und sie hätte sich nicht auf ein Treffen eingelassen, wenn sie nicht gewollt hätte.

Aber als die Zeiger der Uhr über die Zwölf hinauswandern, wächst die Unruhe an, und als es zehn nach ist, glaube ich schon fast, dass sie ihre Meinung geändert hat und nicht kommen wird. Ich laufe ein paar Mal um den Pavillon herum, denn wer weiß – vielleicht steht sie auf der gegenüberliegenden Seite. Es ist zwar nicht so überfüllt wie in anderen Teilen des Parks, aber belebt ist es schon. Viele Pärchen oder Familien gehen spazieren, Hunde mit ihren Herrchen oder Frauchen, Kinder auf Kickboards.

Und dann sehe ich sie. Sie tritt gerade zwischen den Bäumen hervor, auf einem der Wege, die zum Serpentine Lake führen. Sie ist nicht zu übersehen; sie trägt das Kleid, das noch genauso fantastisch ist, wie ich es in Erinnerung habe. Ich hebe die Hand. Sie sieht mich und lächelt strahlend. Dann bleibt sie stehen und dreht sich im Kreis. Einen kurzen Augenblick lang empfinde ich einen scharfen Stich, eine Traurigkeit über etwas, das ich verloren habe. Aber dann ist es schon wieder weg, und was bleibt, ist ein warmes Gefühl der Erleichterung.

»Du siehst wunderschön aus«, sage ich.

Sie lächelt immer noch. »Ich bin wahrscheinlich ein bisschen overdressed für einen Sonntagmittag. Die Leute in der U-Bahn haben mich ganz schön angestarrt.«

»Es ist perfekt«, sage ich. »Ich hatte befürchtet, es würde im Altkleidersack landen. Dr. Hadley schien nicht begeistert von der Idee, es dir zu geben. Sie dachte, es könnte dich aufregen.«

»Sie hat's mir eine Woche vor meiner Entlassung gegeben. Da ging's mir schon viel besser. Noch nicht richtig gut, aber ...« Sie zuckt mit den Schultern, und eine kleine Weile schweigen wir. Keine von uns weiß so recht, wie es jetzt weitergehen soll. Dann umarmen wir uns. Das war nicht geplant, sondern geschieht einfach. Ich bin heilfroh, dass ich eine Sonnenbrille trage, denn ich fühle, wie mir die Augen brennen.

»Ich habe dich vermisst«, sage ich.

Melody sagt nichts. Stattdessen holt sie ihre Zigaretten aus der Tasche und bietet mir eine an. »Du hast doch nicht aufgehört, oder?«

Ich lache. »Nein, ich gebe mir noch drei Jahre. Ich habe irgendwo gelesen, man sollte spätestens mit dreißig aufhören, dann sind die langfristigen Auswirkungen minimal. So weit der Plan.«

Melody nickt. »Klingt vernünftig.« Sie zieht an ihrer Zigarette und stößt den Rauch durch die Nasenlöcher aus. »Ich musste wochenlang diese Nikotinpflaster tragen. Der reinste Albtraum.« Sie hält ihre Hand hoch und zeigt mir ihre Narbe, die ein Zwilling meiner eigenen Narbe ist. »Ich habe mich seit Ewigkeiten nicht mehr verletzt. Nicht mal den winzigsten Schnitt.«

»Das ist gut«, sage ich. »Das ist wirklich toll.«

»Und du? Wie geht's dir?«

»Ach, du weißt schon. Ich bin immer noch nicht richtig angekommen, aber im Großen und Ganzen okay.«

»Du hast gesagt, du bist wieder mit deinem Freund zusammen? Derjenige, der dich sitzengelassen hat.«

»Er hat mich nicht sitzengelassen. Aber es stimmt, wir sind wieder zusammen. Seit drei Monaten.«

»Wie läuft's?«

Ich überlege, ob ich ihr das Gleiche erzählen soll wie Dr. Barbara: dass unsere Beziehung diesmal viel stabiler zu sein scheint. Aber das würde weitere Erklärungen nötig machen. Denn für die meisten Leute ist »stabil« ein Wort mit einer eher neutralen Bedeutung. Man kann es zum Beispiel in Krankenhäusern hören, wenn der Patient sich noch nicht auf dem Weg der Besserung befindet, es aber Hoffnung gibt, dass sich sein Zustand nicht mehr verschlechtern wird. Der Wert, den ich diesem Wort beimesse, ist ein ganz anderer. Schließlich entscheide ich mich für eine viel einfachere Lösung.

»Wir sind glücklich«, sage ich.

Melody lächelt, und eine Weile rauchen wir einfach schweigend weiter. Dann fängt sie an, mit der Fußspitze auf den Boden zu klopfen. »Und was jetzt? Gehen wir was trinken?«

Die Bar am See ist überfüllt – kein Wunder, an einem solchen Tag. Deshalb entschließen wir uns doch zu einem Spaziergang. Es ist sowieso schöner, draußen im Freien zu sein, durch diese offene, grüne Landschaft zu schlendern. Wir gehen an der Längsseite des Sees entlang, und dann einmal ringsherum. Wir reden ununterbrochen, hauptsächlich natürlich über das St. Charles. Ich erzähle ihr, dass ich manchmal noch immer vom Krankenhaus träume – von den langen, kahlen Gängen, dem Raucherhof, den Sicherheitszäunen. Sie dagegen erzählt mir, dass sie manchmal morgens aufwacht und denkt, sie wäre immer noch da; gleich würde eine Schwester zur Tür hereinkommen.

»Aber das passiert nur, wenn ich im Halbschlaf bin«, erklärt sie. »Meistens kommt mir das St. Charles vor wie eine andere Welt – wie Jocelyns Spiegelwelt. So war das schon, gleich nachdem ich draußen war.«

Ich lächle, denn hier und heute, im hellen Frühlingssonnenschein, klingt Jocelyns Spiegelwelt wie eine harmlose und spaßige Attraktion auf einem Rummelplatz.

»Ich glaube, ich habe heute Morgen eins von Jocelyns Portalen gesehen«, sage ich und deute vage in Richtung der Park Lane.

»Cool.« Melody klingt beeindruckt. »Wie sah es aus?«

»Na ja, ich hab's nicht richtig gesehen, eher gefühlt. Es schwebte unsichtbar vor mir. Das passiert manchmal. Dann kann ich durch eine Lücke in diese Spiegelwelt schauen. Verstehst du, was ich meine?«

Melody denkt kurz nach. »Ja, ich glaube schon«, sagt sie dann. »Das ist so, wie ich mir manchmal vorstelle, ich würde Dinge tun, die mich wieder nach St. Charles bringen würden. Zum Beispiel wenn ich jetzt mein Kleid ausziehen und in den See gehen würde. Mehr wäre nicht nötig. Man würde mich sofort wieder in die geschlossene Abteilung stecken. Meinst du das damit?«

Ich grinse. »Ganz genau.«

»Ist man schon verrückt, wenn man bloß solche Gedanken hat?«

»Nein. Ich glaube, man ist erst dann verrückt, wenn man nach diesen Gedanken handelt.«

»Hm.« Melody bohrt ihre Zunge in die Innenseite ihrer Wange. »Du meinst also, dass auch normale Leute solche Gedanken haben? Oder sind das nur wir? Leute wie wir, die schon mal auf der anderen Seite waren?«

Darauf weiß ich keine Antwort. Wenn ich raten müsste, würde ich sagen, es hängt davon ab, wie stark und intensiv diese Gedanken sind. Wahrscheinlich verspürt jeder Mensch hin und wieder irgendwelche merkwürdigen Sehnsüchte, aber nur wenige müssen ständig vor ihnen auf der Hut sein.

»Bitte spring nicht in den See«, sage ich. Kurz darauf fühle ich, wie sich ihre Hand in meine schiebt. Sie sagt mir auf ihre Weise, dass sie es nicht tun wird.

Hand in Hand gehen wir weiter. Hin und wieder dreht sich jemand nach Melody um. Aber abgesehen von der Tatsache, dass eine von uns ein kobaltblaues Cocktailkleid trägt, sind wir lediglich zwei junge Frauen, die an einem Sonntagnachmittag einen Spaziergang am See machen. Nur zwei ganz normale Frauen im Park. Und das, denke ich, ist nicht das Schlechteste.

ANMERKUNGEN DES AUTORS

»Sie können selbst entscheiden, was Sie in die Öffentlichkeit tragen.« Das sagt Dr. Barbara relativ am Anfang der Geschichte zu Abby, und für gewöhnlich bin ich ihrer Meinung. Im Grunde genommen bin ich eher ein zurückhaltender Mensch. Ich bin weder auf Facebook noch auf Twitter, und mit der Stimme einer erfundenen Person zu schreiben, finde ich viel angenehmer und aufregender als mit meiner eigenen. Aber mir ist klar, dass es in der Belletristik Themen gibt, die ganz automatisch Fragen über das Verhältnis zwischen dem Autor und seinem Werk aufwerfen. Psychische Störungen sind ein solches Thema. Ganz einfach gesagt: Ich kann mir nicht vorstellen, dass dieses Buch geschrieben worden wäre, wenn man mich nicht irgendwann einmal – nein, mehrmals – gebeten hätte, über meine eigenen Erfahrungen mit psychischen Störungen zu sprechen.

Ich habe mich entschieden, dieser Bitte hier nachzugeben, so kurz und knapp wie es möglich ist, ohne die wichtigen Aspekte auszulassen.

Im Januar 2009 drehte ich durch. Nicht so wie Abby – ich war nicht in einer geschlossenen Psychiatrie, und ich wollte mich auch nicht umbringen –, aber ihre Geschichte ist ganz klar in meiner eigenen verwurzelt. Wenn man unser beider Erfahrungen auf eine Liste von Symptomen reduzieren müsste (Depression, Schlaflosigkeit, Hypomanie), dann haben wir vieles gemeinsam. Und genauso wie Abby kann auch ich den genauen Zeitpunkt benennen, wann es angefangen hat. Besser gesagt: Ich weiß, was der Auslöser war.

Es war der Silvesterabend 2008. Ich blieb drei volle Tage lang wach, nahm ein halbes Dutzend Ecstasy-Pillen und Gott weiß wie viel Speed. Wie zu erwarten war, folgte ein gnadenloser und grausamer Absturz, und am 5. Januar war ich extrem depressiv. Es war nicht das erste Mal. Seit meiner Jugendzeit war ich immer mal wieder depressiv gewesen. Außerdem waren die Wochen vor dem Jahreswechsel nicht besonders gut verlaufen. Aber diesmal führte die Depression sehr schnell zu einer lang anhaltenden Phase der Hypomanie. Ich ging traurig und verängstigt schlafen, und wenn ich aufwachte, fühlte ich mich unbeschreiblich gut. Gleichzeitig bewegten sich meine Gedanken so schnell, dass ich ihnen kaum folgen konnte. Es war, als ob mein Gehirn von null auf hundert geschaltet hätte und nun auf höchster Stufe lief, wobei es zehnmal mehr Informationen verarbeitete als sonst, ohne dass mir das irgendwelche Mühe bereitet hätte.

In der folgenden Woche schlief ich höchstens drei oder vier Stunden pro Nacht, denn mehr Schlaf brauchte ich plötzlich nicht mehr. Ich wachte um zwei, drei Uhr morgens auf, mit dem Kopf voller Ideen und so viel Energie, dass ich nicht wusste, wohin damit. Irgendwann beschloss ich, die Küste von Großbritannien zu erwandern. Den folgenden Brief schrieb ich am 13. Januar:

Sehr geehrte Damen und Herren,
ich trete heute mit einer Bitte an Sie heran, die Ihnen vielleicht merkwürdig erscheinen wird: Seit einiger Zeit tragen meine Lebensgefährtin und ich uns mit dem Gedanken, die gesamte Länge der Küste zu erwandern. Leider haben wir kein Geld, was vermutlich vielen Menschen so geht, die davon träumen, an der Küste entlangzulaufen. Aus diesem Grund suchen wir nach Sponsoren.

Die Küste Großbritanniens ist etwa fünftausend Meilen lang. Basierend auf der Annahme, dass wir fünfundzwanzig Meilen pro Tag laufen können, wird die gesamte Wanderung etwa zweihundert Tage bzw. etwas weniger als sieben Monate dauern. An den Stellen, an denen es keinen Küstenweg oder Strand gibt, werden wir uns so nah am Ufer halten wie irgend möglich.

Die Kosten dieses Vorhabens sind nicht so leicht zu schätzen. Natürlich werden wir des Öfteren zelten, aber wo es möglich ist, wollen wir in B&Bs oder Jugendherbergen übernachten. Dazu kommen die Ausgaben für die Ausrüstung und die Vorräte für sieben Monate. Die Schätzung mag knapp bemessen sein, aber ich glaube, wir könnten mit zwölf bis fünfzehn Pfund pro Tag auskommen. Diese Beträge würden sich natürlich noch reduzieren, falls wir Menschen finden, die uns mit kostenlosen Mahlzeiten oder Unterkünften unterstützen. Geld, das wir nicht verwenden, werden wir wohltätigen Zwecken spenden.

Wenn es uns gelingt, die notwendigen Gelder zusammenzubekommen, wollen wir am Samstag, dem 21. März, (zur Tagundnachtgleiche) aufbrechen, um während unserer Wanderung das Tageslicht optimal ausnutzen zu können. Nach unserer Rückkehr habe ich vor, ein Buch darüber zu schreiben. Der Arbeitstitel lautet: *Eine Wanderung rund um die Küste.*

Damit keine Missverständnisse aufkommen: Wir sind keine geübten Wanderer. Ich weiß nicht, ob ich jemals mehr als zwei Stunden am Stück gelaufen bin. Und keiner von uns beiden hat schon jemals ein solches Vorhaben in Angriff genommen. Aber ich darf Ihnen versichern, dass wir fest entschlossen sind. Sollten wir die nötige finanzielle Unterstützung bekommen, verspreche ich Ihnen, dass wir die volle Strecke absolvieren werden.

Vielleicht können Sie sich vorstellen, diese Aktion in Ihre PR- und Werbemaßnahmen einzubeziehen. Vielleicht halten Sie die ganze Idee auch für kompletten Schwachsinn. Aber jedwede Unterstützung, die Sie uns zukommen lassen könnten, wäre uns sehr, sehr willkommen.

Mit freundlichen Grüßen,
Gavin Extence

Ich glaube nicht, dass dieser Brief ausführlich kommentiert werden muss, aber zu einigen Punkten möchte ich trotzdem etwas sagen.

1. Der dritte Satz ist eine glatte Lüge: Der Plan, an der Küste entlangzulaufen, war mir gerade erst vor ein paar Tagen gekommen. Aber das sollten meine potenziellen Sponsoren nicht wissen.

2. Ich konnte mir beim besten Willen nicht vorstellen, warum die Leute mir nicht liebend gern fünfzehntausend Pfund für Unterkunft und Verpflegung in B&Bs bezah-

len sollten. Und selbst wenn ich das Geld nicht auftreiben könnte, bevor wir aufbrachen, war ich der festen Überzeugung, dass ich in jedes beliebige Hotel, B&B oder Privathaus einmarschieren und erklären könnte, was ich vorhatte, und man würde mir postwendend eine kostenlose Übernachtung anbieten.

3. Ich besaß in dieser Zeit sehr viel Überzeugungskraft. Ich hatte meine Freundin schon halb überredet, mich zu begleiten, obwohl ich rückblickend denke, dass sie hauptsächlich auf Zeit spielen wollte, um mich wieder zur Vernunft zu bringen. (Ursprünglich hatte ich ihr gesagt, dass ich in drei Wochen aufbrechen wollte und nicht erst in zwei Monaten, und selbst diese Planung ging mir noch nicht schnell genug.) Aber abgesehen davon glaube ich, dass meiner Stimmung etwas sehr Ansteckendes anhaftete. Ich war mit einem Mal so überschwänglich und selbstsicher. Ich hatte mich ganz und gar davon überzeugt, dass für den Augenblick dieser Marsch die Küste entlang der einzige Sinn meines Lebens war. »Wenn ich das nicht mache«, sagte ich zu meiner Freundin, »dann werde ich es mein Leben lang bereuen.«

Das war das erste von vielen Gesprächen voller Merkwürdigkeiten, die ich mit Freunden und Angehörigen führte, obwohl sie mir damals nicht merkwürdig vorkamen. Ich kann mich noch an eine Unterhaltung mit meiner Mutter erinnern, gleich nachdem ich ihr gesagt hatte, was ich vorhatte. Sie fragte mich, was ich essen wollte. Hauptsächlich Bananen, erwiderte ich. Sie waren billig, leicht zu transportieren, und ich hatte irgendwo gelesen, dass sie dem Körper über einen langen Zeitraum Energie spendeten. Ich machte keine Witze, und wenn meiner Mutter das zu diesem Zeitpunkt klar gewesen wäre, wenn sie verstanden hätte, dass ich ernsthaft glaubte, mich von zehn Bananen am Tag ernähren zu können, hätte sie mich ohne Umschweife zum Arzt geschleppt.

Stattdessen hielt meine Familie mich lediglich für ein bisschen exzentrisch und dachte, dieser plötzlichen Anwandlung wäre ein schneller Tod gewiss.

Doch sie starb eines langsamen Todes. Ein Teil von mir wusste von Anfang an, dass mein Gehirn nicht so funktionierte, wie es das normalerweise tat. Ich wusste, dass ich manisch war. Aber genau wie Abby wollte ich mich niemandem anvertrauen, aus Angst davor, dass man mich zwingen würde, damit aufzuhören. Und das konnte ich nicht zulassen.

Also unterdrückte ich die immer merkwürdiger werdenden Ideen, und dann, ganz allmählich, verlangsamten sich meine Gedanken. Es war ein Prozess über mehrere Wochen. Meine Stimmung schlug um, wurde schlechter und war bald ganz im Keller. Mehrere Monate lang litt ich unter Depressionen, erholte mich wieder, wurde gesund, dann fing es wieder von vorne an. Das ging etwa anderthalb Jahre lang so, bis ich im Januar 2011 anfing, ein *Stimmungstagebuch* zu schreiben. Immer noch hatte ich das Gefühl, ich müsste »objektive« Beweise dafür sammeln, dass etwas mit mir nicht stimmte. Ich bewertete dreimal täglich meine Stimmung, morgens, mittags und abends, und gab Noten von eins bis zehn. Nach einem Monat lag meine durchschnittliche Punktzahl bei 3,1. Daraufhin ging ich zu meinem Hausarzt, der mir Prozac verschrieb, was ich seitdem regelmäßig einnehme.

Abby leidet unter einer Bipolar-II-Störung. Mir hat man so etwas nicht bescheinigt, aber vermutlich nur deshalb, weil ich noch nie einem Arzt erzählt habe, was ich nun hier niederschreibe. Ich habe immer nur über die Depressionen gesprochen, weil sie für mich so schrecklich und kräftezehrend sind.

Natürlich wird das Ganze durch Drogen nur noch schlimmer. Doch ich habe seitdem noch eine Reihe hypomanischer Phasen erlebt – nicht so drastisch wie die erste, aber mit identischen Symptomen –, die nichts mit Drogen zu tun hatten. Ich habe seit sehr langer Zeit keine verbotenen Substanzen mehr eingenommen, nicht zuletzt, weil ich gemerkt habe, dass ich mit Dingen, die meine Stimmung beeinflussen, sehr vorsichtig umgehen muss. Ich nehme täglich eine niedrige Dosierung von Prozac, und das hält meine Stimmung auf einem gleichbleibend guten Level. Wenn sie einmal droht, in das eine oder andere Extrem abzurutschen, dann weiß ich mir mittlerweile zu helfen (mit Sport, gesunder Ernährung, viel Ruhe, Meditation, Zeit mit meinen Kindern und meiner Katze). Auch meine Frau passt auf mich auf. Sie kann die frühen Warnsignale mittlerweile sehr gut erkennen.

Kurz gesagt: Ich hatte großes Glück. Meine Probleme sind – auf dem weiten Feld der psychischen Störungen – nur sehr schwach ausgeprägt. Es gibt viele tausend Menschen wie Abby, die durch Höhen und Tiefen gegangen sind, die viel gefährlicher und zerstörerischer sind als meine eigenen.

Im letzten Jahr hatte ich nur ein paar leicht manische Phasen, und eine dieser Phasen wurde ausgelöst, als ich den Teil dieses Buches durchlas, der von Abbys Manie handelt. Ich brauchte mehrere Stunden und viel Schlaf, um wieder zur Ruhe zu kommen. Aber dieses Erlebnis schenkt mir auch die Hoffnung, dass ich meinem Ziel zumindest nahe gekommen bin, nämlich etwas Wahrhaftiges zu schreiben.

DANKSAGUNG UND LEKTÜREEMPFEHLUNG

Professor Caborns Theorie basiert auf dem Werk von Professor Robin Dunbar, und sein Buch *How Many Friends Does One Person Need? Dunbar's Number and Other Evolutionary Quirks* hat mich in hohem Maß inspiriert. Es ist ein wunderbar zu lesendes populärwissenschaftliches Werk und ein guter Einstieg für alle, die mehr über Evolutionspsychologie wissen wollen.

Der Begriff »Affenkreis« (monkeysphere) stammt nicht von mir; ich wünschte, es wäre so. Er wurde erfunden von dem amerikanischen Humoristen David Wong und stand in einem Artikel auf Cracked.com, einem der lustigsten Orte, an die man im Internet gelangen kann. Ich stolperte über den Artikel *What is the Monkeysphere?*, als sich dieser Roman noch in seinem Anfangsstadium befand, und musste laut darüber lachen. Zu dieser Zeit konnte ich das Lachen gut gebrauchen. Dafür und wegen des Gedankengangs, der dadurch ausgelöst wurde, bin ich sehr dankbar.

Dank schulde ich auch:

Carole und Jamie Morrow aus Bamburgh View, Lindisfarne, die mir meine unzähligen Fragen über das Inselleben beantworteten und mir die Anekdote erzählten, die ich im Roman Mrs. Moses berichten lasse.

Anna, Emily, Emma, Jason, Morag, Naomie, Valeria und allen anderen bei Hodder, die ihre Fähigkeiten und viel harte Arbeit in dieses Buch gesteckt haben.

Meiner Schwester Kara, die das Buch als eine der Ersten las, und deren Meinung für mich von unschätzbarem Wert ist.

Kate und Stan, die mir den Druck genommen und mir ihre Unterstützung und alle Zeit und allen Raum der Welt gegeben haben, um diesen schwierigen zweiten Roman zu schreiben. Euer Glaube und eure Geduld haben vieles leichter gemacht.

Und schließlich Alix, Amelia, Toby und Tigerlily. Ihr sorgt dafür, dass ich bei Verstand bleibe.

QUELLENNACHWEIS

Das Zitat von William Butler Yeats auf S. 36 stammt aus dem Gedicht »Wenn du alt bist«, zitiert nach William Butler Yeats: Liebesgedichte. Luchterhand Literaturverlag, München 1976, 2001.

Das Zitat von Emily Dickinson auf S. 231 stammt aus »Gedicht Nr. 351«, zitiert nach Emily Dickinson: Sämtliche Gedichte. Zweisprachig. Übersetzt von Gunhild Kübler. Carl Hanser Verlag, München 2015.